W9-CTZ-157

L'objet du scandale

Dunstan Ramsay est un délicieux excentrique. Ce professeur d'histoire, pourvu d'une jambe de bois et d'une passion encombrante pour la vie des saints, passerait totalement inaperçu s'il ne possédait un secret. Au moment de prendre sa retraite, il passe aux aveux et révèle le rôle étrange qu'il n'a cessé de jouer pendant toute sa vie – ou plutôt au cours de ses multiples existences.

Depuis son enfance, il exerce sur les autres une curieuse influence : des événements apparemment innocents (une bataille de boules de neige, un tour de cartes enseigné à un enfant) revêtent soudain une signification redoutable. En déchiffrant son passé, Ramsay découvre que le merveilleux est là, à portée de la main, et que les lois invisibles qui gouvernent le destin des hommes sont aussi implacables que celles de l'univers physique.

L'Objet du scandale est le premier volume d'une suite romanesque, *La Trilogie de Deptford.*

Né en 1913 à Thomesville, Ontario, Robertson Davies a fait ses études à Oxford, avant de jouer et d'enseigner à l'Old Vic de Londres. De retour au Canada en 1940, il est devenu critique littéraire, puis à partir de 1962, professeur d'anglais à l'université de Toronto où il a dirigé le Massey College jusqu'en 1981.

Robertson Davies

L'objet du scandale

roman

TRADUIT DE L'ANGLAIS PAR
ARLETTE FRANCIÈRE

Éditions Payot

TEXTE INTÉGRAL

EN COUVERTURE :
illustration Yvette Cathiard

Titre original: *Fifth Business*
Éditeur original : Macmillan, Canada

ISBN 2-02-012458-0
(ISBN 2-228-88191-0, 1re publication)

I

MADAME DEMPSTER

1

Mme Dempster est entrée dans ma vie, pour n'en plus sortir, à dix-sept heures cinquante-huit minutes, le 27 décembre 1908, alors que j'avais dix ans et sept mois.

Si je suis en mesure d'indiquer avec autant de précision la date de cet événement, c'est que, cet après-midi-là, j'avais fait du traîneau avec un garçon qui était à la fois mon ami et mon ennemi de toujours, Percy Boyd Staunton. Nous nous étions querellés parce que le traîneau tout neuf, qu'il avait reçu en cadeau à Noël, n'allait pas aussi vite que mon vieil engin. Il ne tombait jamais beaucoup de neige dans notre région, mais ce Noël-là, il y en avait eu suffisamment pour recouvrir presque complètement les plus hautes tiges d'herbes desséchées dans les champs. Sur ce genre de neige, son traîneau, avec ses patins surélevés et son mécanisme de direction ridicule, manquait de maniabilité et avait tendance à coller ; en revanche, mon vieux traîneau bas sur pattes aurait sans doute pu glisser sur de l'herbe.

Percy venait d'essuyer une humiliation, et quand il se sentait humilié, il devenait vindicatif. Ses parents étaient riches, il avait de beaux vêtements et portait des moufles de cuir achetées en ville, alors que les miennes avaient été tricotées par ma mère. Aussi lui paraissait-il inconcevable que son magnifique traîneau ne fût pas plus rapide que le mien. Victime d'une telle injustice, Percy n'était pas à prendre avec des pincettes. Il jeta sur mon traîneau un regard méprisant, se moqua de mes moufles et, pour finir, déclara carrément que son père valait mieux que le mien. J'aurais évidemment pu lui donner un coup de poing, mais cela aurait risqué de m'entraîner dans une bagarre qui se terminerait soit par un match nul, soit par une défaite. Je lui répondis donc que, puisque c'était comme ça, j'allais rentrer à la maison et lui laisser le champ libre. C'était habile de ma part, car l'heure du dîner approchait, et chez nous une règle sacro-sainte interdisait d'arriver en retard à table, quelles que soient les circonstances. Je me conformais donc à la règle familiale, tout en laissant Percy livré à lui-même.

Comme je rentrais à pied au village, il me suivit en m'abreuvant de nouvelles insultes. Je ne marchais pas, me lançait-il d'un ton méprisant et provocant, je titubais comme une vieille vache. Mon bonnet de laine était d'un ridicule achevé ; j'avais un gros derrière qui ballottait à chaque pas et autres fadaises du même genre, car il n'avait pas l'imagination très vive. Je ne dis rien car je savais que mon mutisme le vexerait bien plus qu'une riposte et qu'il perdrait ainsi la face un peu plus à chaque injure.

Notre village était si petit qu'on s'en trouvait tout de suite au cœur. Je filai comme une flèche dans notre rue. Je me dépêchais car je venais de regarder avec ostentation ma nouvelle montre, cadeau de Noël d'une valeur d'un dollar (Percy en avait une mais on ne lui permettait pas de la porter parce qu'elle était trop belle). Il était dix-sept heures cinquante-sept. J'avais tout juste le temps de rentrer, de me laver les mains en éclaboussant avec force bruits, ce qui semblait plaire à mes parents, et d'être à ma place à dix-huit heures, la tête inclinée pour le bénédicité. Maintenant Percy trépignait de rage, et je savais que j'avais gâché son dîner et probablement toute sa soirée. Puis l'imprévu vint tout bouleverser.

Devant moi, le révérend Amasa Dempster remontait la rue, donnant le bras à sa femme. Il se penchait vers elle de l'air protecteur qui lui était habituel. Ce spectacle m'était familier car à cette heure-là le couple faisait toujours une promenade. Parce que Mme Dempster attendait un bébé, ils choisissaient de sortir à la tombée de la nuit, heure à laquelle la plupart des gens dînaient. Dans notre village, la coutume voulait que les femmes enceintes n'aient pas l'impudeur de se montrer dans les rues — surtout si elles avaient un rang à tenir, et bien sûr la femme du pasteur baptiste était de celles-là. Percy m'avait lancé plusieurs boules de neige mais je les avais toutes esquivées ; comme tous les garçons, je pouvais sentir venir une boule de neige et, de plus, je connaissais Percy. J'étais persuadé qu'il tenterait comme dernière insulte d'en loger une entre mes épaules, avant que je ne me réfugie à la maison. J'accélérai, sans courir toutefois, et réussis à passer devant les Dempster, juste au moment où Percy lançait sa boule. C'est Mme Dempster qui la reçut à la tête. Elle poussa un cri et, tout en s'agrippant à son mari, s'affaissa. Il aurait peut-être pu la retenir s'il ne s'était pas immédiatement retourné pour voir qui avait lancé la boule de neige.

J'avais eu l'intention de foncer à la maison, mais le cri de Mme Dempster me glaça. C'était la première fois que j'entendais un adulte pousser un cri de douleur et ce son me fut intolérable. En tombant, Mme Dempster éclata en sanglots nerveux, et voilà que tout à coup elle était là, étendue par terre, avec son mari agenouillé à côté d'elle qui lui disait des mots tendres, des mots qui me paraissaient étranges et qui me donnaient envie de rougir. Jusqu'ici, je n'avais jamais entendu des gens mariés — ou quiconque — se parler ainsi amoureusement sans la moindre retenue. Je sentis que j'étais témoin d'une de ces « scènes » dont mes parents déploraient devant moi le très sérieux manque de bienséance. Je restais là, bouche bée, lorsque M. Dempster remarqua ma présence.

« Dunny », dit-il — j'ignorais qu'il connût mon nom — « prête-nous ton traîneau pour que je puisse ramener ma femme à la maison. »

Je me sentais contrit et coupable, car je savais que la boule de neige m'avait été destinée, mais les Dempster ne semblaient pas s'en préoccuper. Il souleva sa femme et la déposa sur mon traîneau sans aucune difficulté, car c'était une femme menue aux allures de jeune fille. Comme je tirais le traîneau pour la ramener chez elle, M. Dempster marchait à côté en se penchant maladroitement au-dessus, soutenant sa femme, et lui susurrant des mots tendres pour l'encourager car elle continuait de pleurer comme une enfant.

Ils n'habitaient pas loin de chez nous — à dire vrai, juste au coin — mais il fallait le temps de s'y rendre, d'attendre qu'ils fussent tous deux entrés, puis laissé seul devant leur porte, de constater que j'étais de trop. Il était plus de six heures et j'étais en retard pour le dîner. Je rentrai à la maison à toute vitesse (sauf pour un bref arrêt sur le lieu de l'accident), me lavai les mains, me coulai à ma place à table, et présentai mes excuses, regardant ma mère droit dans les yeux — des yeux sévères et interrogateurs. Je racontai mon histoire avec un peu d'emphase, insistant, mais sans excès, sur mon rôle de Bon Samaritain. J'en retranchai tout renseignement ou toute conjecture concernant la boule de neige elle-même et, à mon soulagement, ma mère ne s'attacha pas à débattre cet aspect de l'affaire. Elle s'intéressait beaucoup plus à Mme Dempster et, après le dîner, une fois la vaisselle faite, elle dit à mon père qu'elle allait faire un saut chez les Dempster pour voir si elle pouvait se rendre utile.

De prime abord, c'était une curieuse décision de la part de ma mère car, bien sûr, nous étions presbytériens, et Mme Dempster, la femme du pasteur, était baptiste. Non pas qu'il y eût de l'animosité entre les différentes confessions de notre village, mais il allait de soi que chacune s'occupait des siens, à moins qu'une situation ne s'aggravât au point de requérir un secours étranger. Mais ma mère était, à sa manière, une spécialiste de tout ce qui touche à la grossesse et à l'accouchement ; un jour, le docteur McCausland lui avait fait ce grand compliment : « Mme Ramsay a la tête sur les épaules » ; elle n'hésitait pas à mettre cet esprit pondéré pratiquement au service de quiconque en avait besoin. Si elle ne l'exprimait pas ouvertement, elle n'en éprouvait pas moins de la tendresse pour Mme Dempster, cette petite écervelée qui n'avait même pas encore vingt et un ans et n'était pas du tout faite pour être la femme d'un pasteur.

Ma mère sortit donc. Moi, je me plongeai dans la lecture de mon numéro spécial du *Boy's Own Paper*, mon père lut quelque chose qui avait l'air difficile et qui était écrit en petits caractères, et mon frère aîné Willie se mit à lire *The Cruise of the « Cachalot »*. Nous étions tous les trois assis autour du poêle, les pieds posés sur le garde-feu nickelé. À huit heures et demie, mon père nous envoya au lit. Je ne m'endors jamais rapidement — ce soir-là, je restai éveillé jusqu'à ce que la pendule d'en bas sonnât neuf heures et demie, et peu après j'entendis ma mère rentrer. Chez nous, il y avait un tuyau de poêle — remarquable conducteur de sons — qui reliait la salle de séjour au couloir d'en haut. Je quittai furtivement notre chambre — Willie dormait comme un loir —, collai mon oreille le plus près possible du tuyau, sans me brûler, et entendis ma mère dire :

« Je viens seulement chercher quelques affaires. J'y passerai probablement la nuit. Sors toutes les couvertures de bébé que tu trouveras dans la malle, puis va immédiatement chez Ruckle et demande-lui d'aller chercher un gros rouleau de coton hydrophile au magasin — de la meilleure qualité — et apporte-le chez les Dempster. Le docteur suggère d'en prendre deux, s'il n'y a pas de gros rouleau. »

« Voudrais-tu dire par là qu'il arrive déjà ? »

« Oui. Bien plus tôt que prévu. Ne reste pas debout à m'attendre. »

Mais bien sûr il choisit de veiller. Il était quatre heures du matin quand elle rentra à la maison, calme et sinistre, comme le dénotait sa voix durant leur conversation. Puis elle retourna chez les Dempster — dans quel but, je n'en savais rien. Et moi aussi, je restai éveillé, me sentant coupable et mal à l'aise.

C'est ainsi que Paul Dempster, dont vous n'ignorez sûrement pas la réputation (même s'il devint célèbre sous un autre nom), naquit, tôt le matin du 28 décembre 1908.

2

En vous faisant ce rapport, mon cher Directeur, j'ai choisi de commencer par la naissance de Paul Dempster, parce qu'elle est à l'origine de bien des événements qui vont suivre. Mais pourquoi, me demanderez-vous, ai-je décidé de vous écrire ? Pourquoi, après une association professionnelle si ancienne, durant laquelle je me suis toujours montré réticent à parler de ma vie privée, suis-je maintenant poussé à vous faire une telle révélation ?

C'est à cause de cet article inepte paru dans le *College Chronicle* à la mi-été de 1969 ; il m'a profondément blessé. Ce n'est pas seulement parce qu'on sent qu'il est l'œuvre d'un illettré qu'il me hérisse (toutefois je pense qu'on pourrait s'attendre à de meilleures publications trimestrielles d'une école canadienne de renom), mais je m'insurge contre le portrait qu'il fait de moi, me montrant comme un vieil instituteur gaga, qui prend sa retraite les larmes aux yeux et la roupie au nez. L'article est suffisamment explicite pour que je vous le soumette dans toute son inanité :

ADIEU AU CORK

En juin dernier, une des cérémonies de fin d'année fut le dîner offert en l'honneur de Dunstan (« Corky ») Ramsay, qui prenait sa retraite après quarante-cinq ans au service de notre école, en qualité de chef de la section Histoire et directeur adjoint au cours de ses vingt-deux dernières années d'enseignement. Plus de cent soixante anciens élèves, y compris plusieurs députés et deux ministres, étaient présents, et Mme Pierce, notre diététicienne émérite, se surpassa pour l'occasion en mettant les petits plats dans les grands. « Corky » lui-même était en excellente forme en dépit de son âge et de la crise cardiaque qui l'avait forcé à garder le lit après la mort de son ami de toujours, feu Boy Staunton, D.S.O., C.B.E., connu de tous sous le nom de *Old Boy* (Ancien Elève) et président du conseil d'administration de notre école. Il parla de l'expérience acquise au cours de ces longues années comme professeur et ami d'innombrables garçons, dont plusieurs exercent maintenant une grande influence et occupent des postes clefs. Plus d'un jeune homme pourrait lui envier sa fermeté de ton.

La carrière de « Corky » peut servir à la fois d'exemple et de mise en garde pour les jeunes maîtres car, comme il l'a dit lui-même, à son arrivée à l'école en 1924, il avait l'intention de n'y rester que quelques années — et voilà qu'il termine quarante-cinq ans d'enseignement ! Pendant sa longue carrière, il a enseigné l'histoire, ou du moins sa conception de l'histoire, à une foule de garçons : nombre d'entre eux ont poursuivi leurs études de cette discipline de façon plus scientifique dans les universités du Canada, des États-Unis et du Royaume-Uni. Quatre doyens de facultés d'histoire dans des universités canadiennes, anciens élèves de « Corky », étaient à la table d'honneur. L'un d'eux, le Professeur E.S. Warren de l'université de Toronto, rendit un généreux hommage dépourvu de toute critique à « The Cork », louant son inépuisable enthousiasme et faisant allusion avec humour à son exploration des frontières qui séparent l'histoire et le mythe.

Ce dernier sujet reparut insidieusement en fin de soirée lorsqu'on offrit à « Corky » un excellent magnétophone qui, espérait-on, lui permettrait de laisser à la disposition de tous certaines de ses réminiscences d'une époque plus lointaine et sans doute moins compliquée de l'histoire de l'école. On enregistra l'excellent hommage du directeur à « Corky » et le chœur de l'école qui chanta vraisemblablement l'hymne favori du « Cork » — jamais autant apprécié qu'en cette occasion ! —, « Pour tous les saints, qui de leurs labeurs se reposent. » Et l'école de s'écrier : « Au revoir, Corky, et bonne chance ! Pendant toute votre carrière, vous avez servi l'école selon vos lumières et celles de votre génération ! Très bien, bon et fidèle serviteur ! »

Voilà l'article, cher Directeur, de la plume même de Lorne Packer, M.A., cette indicible bourrique qui aspire au doctorat. Ai-je besoin de disséquer mon indignation ? Ce texte ne me réduit-il pas à ce que Packer pense de moi incontestablement — un personnage sénile et dépassé qui a traversé en trébuchant quarante-cinq ans d'enseignement, armé seulement de cette conception superficielle de l'histoire que l'on trouve dans *Boy's Book of Battles*, et enfourchant son dada favori, le mythe — quelle que soit l'idée du mythe que puisse se faire ce lourdaud de Packer.

Je ne me plains pas du fait que l'on ait passé sous silence ma croix de Victoria. On en a assez parlé à l'école lorsque de telles décorations étaient censées rehausser le prestige d'un professeur. Toutefois, je pense qu'on aurait pu mentionner mes dix ouvrages, dont au moins un a été diffusé en six langues et s'est vendu à plus de trois quarts de million d'exemplaires, tandis qu'un autre, que Packer essaie de ridiculiser, exerce une influence grandissante dans le domaine de l'histoire des mythes. On ignore toujours que je suis le seul collaborateur protestant aux *Analecta Bollandiana*, et cela depuis trente-six ans, quoique Hippolyte Delehaye lui-même estimât mon travail et en fît l'éloge par écrit. Mais ce qui m'exaspère le plus, c'est le ton condescendant et sans appel de l'exposé — comme si je n'avais jamais vécu en dehors de ma salle de classe, n'avais jamais atteint ma pleine maturité, n'avais jamais éprouvé la moindre joie, le moindre chagrin, n'avais jamais connu l'amour ni la haine, comme si, en un mot, je me résumais à la description que peut faire de moi cet âne de Packer, qui ne me connaît que vaguement et depuis seulement quatre ans. Packer qui me voue à l'oubli avec des étiquettes de citations bibliques dont il est incapable d'évaluer l'impertinence grossière, lui qui est un illettré en matière de religion ! Packer et son point de vue scientifique de l'histoire ! Packer qui ne peut comprendre et ne pourrait nullement concevoir que le Destin et mon propre caractère m'aient façonné pour tenir le rôle capital, même sans gloire, de Cinquième Emploi ! Packer qui serait assurément incapable de comprendre ce qu'est le Cinquième Emploi, même s'il lui arrivait de rencontrer l'acteur jouant ce rôle dans le banal théâtre de son existence !

Dans cette maison à la montagne — qui recèle les vérités cachées derrière de nombreuses illusions — je reprends des forces et cela m'incite à vous fournir une explication, cher Directeur, car vous êtes au sommet de cet étrange univers scolaire au sein duquel je semble avoir fait piètre figure. Mais que c'est difficile !

Revoyez ce que j'ai écrit au début de ce mémoire. Ai-je réussi à saisir quelque chose de cette nuit extraordinaire qui vit naître Paul Dempster ? J'ai l'impression que mon petit croquis de Percy Boyd Staunton est fidèle, mais que dire du mien ? J'ai toujours méprisé autobiographies et Mémoires dans lesquels l'auteur au début est un charmant petit bonhomme connaissant tout, doué d'une intuition et d'une sensibilité au-delà de son âge, qu'il présente d'ailleurs au lecteur avec une fausse naïveté, comme pour dire : « Quelle petite merveille j'étais, et pourtant un Vrai Garçon. » Ces écrivains ont-ils la moindre idée ou le moindre souvenir de ce qu'est un garçon ?

Je garde, moi, ce souvenir authentique, et j'ai pu le renforcer par quarante-cinq ans d'enseignement. Un garçon est un homme en miniature, et bien qu'il puisse quelquefois faire preuve de vertus remarquables et révéler des traits apparemment charmants parce que enfantins, il est en même temps comploteur, égoïste, traître, judas, escroc et scélérat — en un mot, c'est un homme. Oh ! ces autobiographies dans lesquelles l'écrivain se pavane et minaude en David Copperfield ou en Huck Finn ! Fausses, fausses, comme des promesses de prostituées !

Suis-je capable de relater sincèrement mon enfance ? Ou dois-je m'attendre que ce déplorable amour-propre, qui si souvent se rattache à l'idée qu'un homme se fait de sa jeunesse, vienne s'insinuer dans le récit pour l'altérer ? Je ne puis qu'essayer. Et pour commencer, je dois vous donner un aperçu du village dans lequel Percy Boyd Staunton, Paul Dempster et moi-même sommes nés.

3

La vie rurale a été si largement traitée par le cinéma et la télévision ces dernières années que vous pourriez fort bien répugner à en entendre davantage. Je serai donc aussi bref que possible ; car ce n'est pas en accumulant les détails que je parviendrai à vous en brosser un tableau, mais en insistant sur ce qui, à mon avis, a de l'importance.

Il y eut un temps où c'était la mode de représenter les villages comme des lieux habités par de risibles et sympathiques nigauds, qui n'avaient pas été déniaisés par la vie urbaine, quoiqu'ils fissent, à l'occasion, preuve de sagacité dans les affaires rurales. Plus tard, la mode voulut qu'on dépeigne les villages comme pourris de vice ; en particulier de vices sexuels qui n'auraient pas manqué d'étonner Krafft-Ebing s'il les avait démasqués à Vienne. Inceste, sodomie, bestialité, sadisme, masochisme étaient censés faire rage derrière les rideaux de dentelle et dans les fenils, tandis que dans la rue on professait une piété rigide. Je n'ai jamais vu notre village sous ce jour-là. Certes, on pouvait y trouver une multitude d'aspects auxquels les habitants de villes plus importantes et plus raffinées ne songent généralement pas, mais s'il avait ses péchés, ses folies, ses rudesses, il pouvait aussi faire preuve de beaucoup de vertu, de dignité, voire de noblesse.

Notre village s'appelait Deptford. Il était situé au bord de la rivière Thames à environ quinze milles à l'est de Pittstown, la plus proche localité importante du comté. Notre population officielle s'élevait à environ cinq cents habitants, et les fermes environnantes devaient porter le total du district à huit cents âmes. Nous avions cinq églises : l'anglicane, pauvre mais à laquelle on accordait une mystérieuse suprématie sociale ; la presbytérienne, solvable et jugée — en grande partie par elle-même — intellectuelle ; la méthodiste, non solvable et fervente ; la baptiste, non solvable et rachetée ; la catholique romaine, mystérieuse pour la majorité d'entre nous, mais manifestement solvable, étant donné qu'on la repeignait souvent et, selon nous, bien inutilement. Nous nous offrions les services d'un avocat, qui était aussi magistrat, et d'un banquier qui dirigeait une banque privée, comme il en existait encore à cette époque-là. Nous avions deux médecins : le docteur McCausland, qui avait la réputation d'être compétent, et le docteur Staunton, compétent lui aussi, mais dans le domaine des biens immobiliers — il détenait de nombreuses hypothèques et possédait plusieurs fermes. Nous avions un dentiste, pauvre diable dépourvu d'habileté manuelle, que sa femme sous-alimentait et qui avait assurément le cabinet le plus sale que j'aie jamais vu ; et un vétérinaire qui buvait mais qui pouvait se montrer à la hauteur. Nous avions une conserverie qui fonctionnait bruyamment et fiévreusement dès qu'il y avait la moindre chose à mettre en boîte ; et enfin une scierie et quelques magasins.

Une seule famille — les Athelstan — régnait sur le village. Ils s'étaient enrichis dans le commerce du bois de charpente au début du dix-neuvième siècle. Ils étaient propriétaires de l'unique maison à trois étages de Deptford. Elle trônait, seule, sur le chemin du cimetière. La plupart de nos maisons étaient construites en bois, et quelques-unes étaient sur pilotis car la Thames avait la manie de déborder. L'un des membres de la famille Athelstan habitait en face de chez nous — c'était une pauvre vieille folle qui avait l'habitude d'échapper de temps à autre à la gouvernante qui lui servait aussi d'infirmière pour courir dans la rue. Elle se jetait par terre, soulevant un nuage de poussière comme une poule qui prend ses ébats, hurlant de toutes ses forces : « Chrétiens, venez à mon secours ! » En général, il fallait la gouvernante et au moins une autre personne pour parvenir à l'apaiser ; ma mère offrait souvent ses services dans ces cas-là, mais je ne pouvais en faire autant car la vieille dame ne m'aimait pas — je paraissais lui rappeler un ancien ami déloyal. Cependant sa folie m'attirait et je désirais ardemment lui parler ; c'est pourquoi je me précipitais toujours à son secours lorsqu'elle tentait de s'enfuir.

Ma famille jouissait d'un certain prestige car mon père était propriétaire et rédacteur du journal local hebdomadaire, *The Deptford Banner.* Ce n'était pas une entreprise très prospère, mais avec l'imprimerie cela nous permettait de vivre sans jamais manquer de rien. Comme je devais l'apprendre plus tard, le chiffre d'affaires atteint par mon père ne dépassa jamais cinq mille dollars par an. Non seulement il était éditeur et rédacteur en chef, mais encore chef mécanicien et imprimeur. Il se faisait aider par un jeune homme mélancolique appelé Jumper Saul et par une jeune fille du nom de Nell Bullock. C'était un bon petit journal, à la fois respecté et haï, comme doit l'être tout journal local digne de ce nom ; l'éditorial, que mon père composait directement sur la linotype, était lu attentivement chaque semaine. Nous étions, dans un certain sens, les chefs de file littéraires de la communauté, et mon père siégeait au conseil d'administration de la bibliothèque en compagnie du magistrat.

Notre train de vie correspondait exactement à celui des gens aisés de notre village, et nous étions contents de nous. Cette fierté découlait en partie de notre origine écossaise ; jeune homme, mon père avait quitté Dumfries, tandis que la famille de ma mère, vivant depuis trois générations au Canada, restait aussi écossaise que ses grands-parents venus d'Inverness. Les Écossais, et je le crus au moins jusqu'à l'âge de vingt-cinq ans, étaient le sel de la terre ; on ne le mentionnait jamais dans notre foyer, mais c'était une de ces vérités qui font office de dogmes. La grande majorité des habitants de Deptford étaient venus du sud de l'Angleterre pour s'installer dans l'ouest de l'Ontario ; aussi trouvions-nous tout naturel de les voir se tourner vers nous, les Ramsay, pour trouver bon sens, prudence et sûreté de jugement dans presque n'importe quel domaine.

La propreté, par exemple. Ma mère était propre — oh ! qu'elle était propre ! Nos cabinets donnaient le ton dans le domaine sanitaire à tout le village. À Deptford nous étions tributaires de puits et l'on chauffait l'eau destinée à tous les usages dans un réservoir appelé « citerne », situé sur le côté de la cuisinière. Chaque maison avait ses cabinets, des cabanes les plus délabrées et bruyantes jusqu'aux édifices les plus élégants ; les nôtres figuraient visiblement parmi les mieux. Les cabinets extérieurs ont beaucoup fait rire depuis qu'ils sont tombés en désuétude, mais ces bâtiments n'avaient rien de drôle ; et pour ne pas devenir insupportables, ils requéraient beaucoup de soin.

En plus de ce temple de l'hygiène, nous avions un « cabinet chimique » dans la maison ; il servait lorsque quelqu'un était souffrant, mais il était si capricieux et malodorant qu'il ne faisait qu'ajouter au supplice de la maladie et n'était, pour cette raison, que rarement utilisé.

Pour l'instant, voilà tout ce qu'il me paraît indispensable de relater ; le reste, au besoin, s'intégrera au récit. Nous étions des gens sérieux qui ne manquions de rien sur le plan communautaire, et n'avions rien à envier aux localités plus importantes. Nous considérions toutefois Bowles Corners avec une compassion amusée. Ce patelin de cent cinquante âmes était à quatre milles de distance. Vivre à Bowles Corners, c'était pour nous le comble de la rusticité.

4

Les six premiers mois de la vie de Paul Dempster furent peut-être la période la plus passionnante et la plus agréable de l'existence de ma mère et, pour moi, sans aucun doute la plus misérable. Les chances de survie des prématurés étaient bien moindres en 1908 que maintenant, et Paul représentait pour ma mère et son expérience des nouveau-nés le premier défi du genre ; elle y fit front avec toute sa détermination et toute son ingéniosité. Elle n'était, dois-je le souligner, ni sage-femme, ni garde-malade. C'était tout simplement une femme de bon sens, et très généreuse, qui goûtait assez la position d'autorité dont jouissent les infirmières et l'auréole de mystère qui entourait, encore à cette époque, les fonctions féminines. Elle passa une bonne partie de ses journées et plus d'une nuit chez les Dempster pendant ces six mois-là ; d'autres femmes rendaient service lorsqu'elles le pouvaient, mais ma mère était reconnue comme grande prêtresse, et le docteur McCausland avait la bonté de dire que, sans elle, il ne serait jamais parvenu à tirer le petit Paul d'affaire et à le hisser jusqu'à la rive de ce monde.

J'appris tous les détails gynécologiques et obstétriques se rapportant au cas, au fur et à mesure qu'ils étaient transmis à mon père ; à cette différence près que lui était confortablement assis à côté du poêle de la salle à manger, en face de ma mère, tandis que moi, je me tenais, pieds nus, en chemise de nuit, près du tuyau de poêle à l'étage au-dessus, mon sentiment de culpabilité allant jusqu'à la nausée en entendant ces choses dont la nouveauté me terrifiait.

Paul était né environ quatre-vingts jours avant terme, selon les calculs bien approximatifs du docteur McCausland. L'impact de la boule de neige avait déclenché chez Mme Dempster une série de crises de larmes hystériques que son mari essayait maladroitement d'apaiser, lorsque ma mère était arrivée sur les lieux. Peu de temps après, il s'avéra qu'elle allait accoucher, et l'on envoya chercher le docteur McCausland. Celui-ci visitait un malade et ne put arriver qu'un quart d'heure avant la naissance. L'enfant était si petit qu'il naquit rapidement, si l'on tient compte du fait que c'était un premier-né. Il avait l'air si chétif qu'il fit peur au docteur et à ma mère, ce qu'ils n'avouèrent cependant que quelques semaines plus tard. C'était caractéristique de l'époque et du lieu que personne ne songeât à peser l'enfant, mais que le révérend Amasa Dempster le baptisât immédiatement, après une brève querelle avec le docteur McCausland. Ce geste était en complet désaccord avec les dictées de sa foi, mais il n'était plus lui-même, et peut-être répondait-il à une impulsion plus forte que celle de la formation qu'il avait reçue au séminaire. Ma mère raconta que M. Dempster avait voulu plonger l'enfant dans l'eau, mais que le docteur McCausland lui avait interdit péremptoirement de le faire, et que le père, affolé, avait dû se contenter de l'asperger. Pendant la cérémonie, ma mère porta l'enfant qui fut prénommé Paul parce que c'était le premier nom qui était venu à l'esprit de M. Dempster. Elle le tint dans ses bras aussi près du poêle que possible, dans des serviettes chaudes. Paul devait peser dans les trois livres car c'est ce qu'il pesait dix semaines plus tard, semblant à l'œil nu n'avoir guère pris de poids durant tout ce temps.

Ma mère n'était pas femme à insister sur l'horrible et le macabre, mais elle décrivit la laideur de Paul en des termes qui trahissaient presque de la fascination. Il était rouge, naturellement ; tous les bébés sont rouges. Mais il était de plus ridé comme un vieillard miniature et il avait la tête, le dos et une bonne partie du visage recouverts de longs poils noirs et drus. Ma mère fut bouleversée par les proportions de l'enfant : ses membres étaient grêles et on ne lui voyait que le ventre et la tête. Les ongles des doigts et des orteils étaient à peine formés. Son vagissement ressemblait au miaulement d'un chaton malade. Mais il était vivant et il était impératif que l'on s'occupât de lui.

Le docteur McCausland, consterné, n'avait jamais vu de bébé aussi prématuré, mais il avait lu des articles traitant de cas semblables. Pendant que ma mère tenait Paul le plus près possible du feu sans toutefois risquer de le brûler, le docteur et le malheureux père se mirent à construire un nid rappelant aussi fidèlement que possible celui que l'enfant avait connu. Ils s'y reprirent à plusieurs fois. Ils finirent par caler des bouillottes dans du coton de joaillier — réchauffé préalablement avec quelques briques chaudes — et à recouvrir le tout d'une tente dans laquelle on dirigeait le jet de vapeur d'une bouilloire qu'on devait surveiller de près. Il ne fallait pas laisser évaporer l'eau, ni ébouillanter l'enfant. Le médecin ne savait comment nourrir Paul, mais ma mère et lui eurent l'idée de se servir d'un compte-gouttes et d'un morceau d'ouate fine pour lui faire ingurgiter du lait dilué et sucré. Au début, Paul le rejeta faiblement. C'est seulement deux jours plus tard qu'il réussit à garder une infime portion de nourriture, mais ses vomissements étant devenus un peu plus vigoureux, ma mère décida que c'était un lutteur et qu'elle lutterait avec lui.

Tout de suite après sa naissance, le docteur et ma mère s'affairèrent autour du bébé, laissant Mme Dempster aux soins de son mari. Celui-ci fit de son mieux pour l'aider, c'est-à-dire qu'il s'agenouilla et pria à son chevet. Le pauvre Amasa Dempster était le plus sérieux des hommes, mais ni ses antécédents ni son éducation ne l'avaient pourvu de tact ; il implorait Dieu, s'Il devait rappeler à Lui l'âme de Mary Dempster, de le faire avec douceur et miséricorde. Il Lui remettait en mémoire que le petit Paul avait été baptisé et qu'ainsi l'âme du nouveau-né était sauvegardée et disposée du mieux possible à monter au ciel en compagnie de sa mère. Il développait ces thèmes avec toute l'éloquence dont il pouvait faire preuve, jusqu'à ce que le docteur McCausland se sentît obligé de le tancer vertement, aussi vertement que peut le faire un presbytérien aux lèvres pincées s'adressant à un baptiste émotif. Cette expression — « tancer vertement » — était de ma mère ; elle avait grandement approuvé la conduite du docteur car elle ressentait une satisfaction tout écossaise lorsque quelqu'un se faisait rabrouer à bon escient et remettre dans le droit chemin. « Jouer une telle comédie, au pied du lit de la malheureuse, alors qu'elle luttait pour vivre », dit-elle à mon père, et je pouvais imaginer le hochement de tête prononcé qui accompagnait ces mots.

Je me demande maintenant si Mme Dempster avait vraiment failli mourir ; par la suite, dans certaines circonstances, elle parut plus forte qu'on ne le supposait. Mais à l'époque, une croyance fortement ancrée voulait qu'une femme n'accouchât pas sans frôler la mort ; c'était d'ailleurs peut-être vrai à ce stade de développement de la médecine. Certes, le pauvre Dempster avait sûrement eu l'impression que sa femme se mourait. Il ne s'était pas éloigné durant tout l'accouchement ; il avait vu son enfant hideux et difforme ; le docteur et la bonne voisine l'avaient bousculé dans tous les sens. Il avait beau être pasteur, ce n'était au fond qu'un garçon de ferme timoré, et s'il perdit la tête, je ne puis aujourd'hui l'en blâmer. Il était de ceux dont le destin est d'être humilié et repoussé dans la vie ; pourtant, à genoux près du lit de Mary, il croyait participer au drame au même titre que les autres. Nous croyons tous être des étoiles, et ne nous en rendons guère compte lorsque nous ne sommes que des personnages secondaires, voire des figurants : c'est l'une des cruautés du théâtre de la vie.

Vous pouvez imaginer le bouleversement qui eut lieu au sein de notre foyer pendant les mois qui suivirent. Mon père ne se plaignit jamais car il était à la dévotion de ma mère. Il la considérait comme une femme merveilleuse, et il ne l'aurait jamais empêchée de dispenser ses merveilles. Que de repas sur le pouce pour que le petit Paul ne soit pas privé de son « compte-gouttes » ! Mais lorsque enfin le nouveau-né put garder un peu de la nourriture qui lui était donnée, je crois que mon père en fut encore plus heureux que ma mère.

Les semaines passèrent et la peau ridée de Paul devint moins transparente et irritée. Ses yeux, très écartés, s'ouvrirent et se promenèrent de-ci de-là ; Paul ne voyait pas encore mais il n'était pas aveugle. Il gigotait même un peu, comme un vrai bébé. Serait-il jamais fort ? Le docteur McCausland ne pouvait se prononcer ; il incarnait la prudence écossaise. Mais l'esprit léonin de ma mère avait déjà décidé que Paul aurait sa chance.

C'est au cours de cette période que j'éprouvai des affres qui, avec un recul de plus de soixante ans, me paraissent avoir été extraordinaires. J'ai connu des moments difficiles depuis, et je les ai endurés avec toute la capacité de souffrance d'un homme mûr ; je ne prétends donc pas revendiquer bêtement et par sensiblerie les souffrances d'un enfant. Toutefois, j'hésite encore à me souvenir de certaines nuits où j'appréhendais de me mettre au lit et priais jusqu'à en être couvert de sueurs froides pour que Dieu me pardonne mon crime monstrueux.

J'étais persuadé, voyez-vous, d'être responsable de la naissance de Paul, si petit, si frêle, si difficile. Si je ne m'étais pas montré aussi malin, aussi sournois, aussi rancunier en sautant devant les Dempster juste au moment où Percy Boyd Staunton me lançait une boule de neige dans le dos, Mme Dempster n'aurait pas été frappée. Ai-je jamais cru à la culpabilité de Percy ? Certes oui. Mais une difficulté d'ordre psychologique intervint alors. Lorsque je le revis après cet incident néfaste, nous nous montrâmes méfiants — comme c'est le cas pour tous les garçons après une querelle. Il paraissait disposé à parler. Je ne mentionnai pas tout de suite la naissance de Paul, mais m'aventurai peu à peu dans le sujet, et je fus étonné de l'entendre dire : « Oui, mon père dit que McCausland en a plein les bras avec celui-là. »

« Le bébé est arrivé trop tôt », dis-je pour l'éprouver.

« Ah oui ? » dit-il en me regardant droit dans les yeux.

« Et tu sais pourquoi », dis-je.

« Non, je n'en sais rien. »

« Mais si. C'est toi qui as lancé cette boule de neige ! »

« Je t'ai lancé une boule de neige », répondit-il, « et je pense qu'elle t'a donné un bon coup. »

À l'effronterie de son ton, je décelai le mensonge.

« Tu veux me faire croire que c'est vraiment ce que tu penses ? » lui demandai-je.

« Et comment ! » dit-il. « Et tu ferais mieux de le croire toi aussi ; c'est dans ton intérêt. »

Nous nous dévisageâmes et je vis qu'il avait peur ; je compris alors qu'il lutterait, mentirait, ferait n'importe quoi plutôt que d'admettre ce que je savais. Et je ne voyais absolument pas ce que je pouvais y faire.

Je me retrouvai donc seul avec ma faute. Torturé. J'étais un enfant presbytérien, très renseigné sur la damnation. Dans la bibliothèque de mon père, il y avait un *Enfer* de Dante, illustré par Doré ; à cette époque-là, de tels livres étaient monnaie courante en milieu rural, mais il est fort probable qu'aucun de nous n'ait été vraiment conscient du fait que Dante était catholique. J'avais jadis éprouvé des frissons de plaisir à regarder ces dessins. Je savais maintenant qu'ils représentaient ma situation dans toute sa réalité, et ce qui attendait un garçon comme moi dans l'au-delà. J'étais l'un des damnés. De nos jours, une telle phrase ne semble plus rien évoquer pour personne, mais pour moi elle avait un sens éminemment réel. Je languissais et perdais même du poids ; pourtant ma mère n'était pas prise par les Dempster au point d'en oublier de me donner régulièrement une dose d'huile de foie de morue. Mais si ma douleur corporelle était bénigne, je souffrais beaucoup mentalement, pour une raison qui s'apparentait à mon âge. J'allais tout juste avoir onze ans, et je me développais précocement, de sorte que je ressentais certains des premiers changements de la puberté.

Comme les enfants d'aujourd'hui semblent équilibrés ! Ou est-ce un cliché de notre époque qui nous mène à penser ainsi ? Je ne puis dire. Certes, dans mon enfance, l'attitude courante vis-à-vis des pratiques sexuelles suffisait à transformer l'adolescence en un véritable enfer pour des garçons qui, comme moi, étaient profondément sérieux et se méfiaient de tout ce qui s'apparentait au plaisir dans la vie. Non seulement j'étais soumis aux spéculations grivoises murmurées par les autres garçons — et tourmenté de plus par le soupçon que mes parents étaient impliqués dans la fange du sexe qui commençait à m'obséder —, mais encore j'étais directement responsable d'un acte grossièrement sexuel — la naissance d'un enfant. Et quel enfant ! Hideux, déshérité, la caricature d'un être vivant ! Troublé par ces pensées démentes, je me mis à croire que j'étais davantage responsable de la naissance de Paul Dempster que ne l'étaient ses parents, et que si cela venait à se découvrir, un sort affreux m'attendrait. Ce sort affreux consisterait sûrement, en partie, à être rejeté par ma mère. Je ne pouvais en supporter la pensée, mais ne parvenais pas à m'en débarrasser.

Je n'étais pas au bout de mes peines lorsque, environ quatre mois après la naissance de Paul, j'entendis ces mots monter le long du tuyau de poêle — plus frais maintenant, car le printemps était déjà bien avancé :

« Je crois que le petit Paul va s'en sortir. Le docteur pense que son développement sera lent mais satisfaisant. »

« Tu dois être heureuse. C'est en grande partie grâce à toi. »

« Oh non ! J'ai fait de mon mieux, c'est tout. Mais le docteur souhaite que quelqu'un surveille Paul. Sa mère en est bien incapable ! »

« Elle ne se remet donc pas ? »

« Cela n'en a pas l'air. Ce fut un choc terrible pour la pauvre petite. Et Amasa Dempster n'arrive pas à comprendre qu'il y a un temps pour parler de Dieu et un temps pour faire confiance à Dieu et se taire. Heureusement, elle n'a pas l'air de saisir grand-chose à ce qu'il dit. »

« Suggères-tu qu'elle soit devenue simple d'esprit ? »

« Elle est toujours aussi calme, aussi amicale et d'un naturel aussi agréable, pauvre petite âme, mais elle n'a plus toute sa tête. Cette boule de neige l'a terriblement atteinte. Qui, à ton avis, a pu la lui lancer ? »

« Dempster n'a rien vu. J'imagine qu'on ne le saura jamais. »

« Je me suis demandé plus d'une fois si Dunstable n'en sait pas plus long qu'il ne le prétend. »

« Oh non ! Il connaît la gravité de la situation. S'il était au courant de quoi que ce soit, il aurait déjà parlé. »

« Le diable a guidé la main du coupable, quel qu'il soit. »

Oui, et le diable avait changé de cible. Mme Dempster était devenue simple d'esprit ! Je me faufilai jusqu'à mon lit, me demandant si j'allais survivre à cette nuit-là, et en même temps j'avais terriblement peur de mourir.

5

Ah ! si mourir n'était que cela ! Enfer et tourments en même temps, mais du moins vous savez à quoi vous en tenir. Ce qui coûte, c'est de vivre avec ces secrets coupables. Cependant, plus le temps passait et moins je me sentais capable d'accuser Percy Boyd Staunton d'avoir lancé la boule de neige qui avait rendu Mme Dempster simple d'esprit. Son refus effronté d'en accepter la responsabilité semblait renforcer mon propre sentiment de culpabilité, qui maintenant était lié autant à la dissimulation qu'à l'action elle-même. Mais après quelque temps, la simplicité d'esprit de Mme Dempster ne me parut plus aussi épouvantable que je l'avais craint tout d'abord.

Ma mère, avec son infaillible bon sens, frappa juste lorsqu'elle dit que Mme Dempster n'était pas vraiment différente de ce qu'elle avait été auparavant ; mais sa personnalité s'était accentuée. Quand Amasa Dempster était venu s'installer avec sa petite femme dans notre village au printemps qui précéda le Noël de la naissance prématurée de Paul, les femmes étaient généralement d'avis que rien au monde n'arriverait à transformer celle-là en femme de pasteur.

J'ai déjà mentionné que notre village avait beaucoup à offrir sur le plan humain mais qu'il ne possédait pas tout. Le sens de l'esthétique était une lacune qui sautait aux yeux. Nous étions tous beaucoup trop les descendants de pionniers boucanés pour souhaiter ou encourager un tel goût. Nous dénigrions des qualités qui, dans une société plus raffinée, auraient pu avoir de la valeur. Mme Dempster n'était pas jolie — nous acceptions la joliesse et admettions avec réserve son côté agréable, bien que superflu, chez une femme —, mais elle avait une délicatesse de teint et une douceur d'expression peu communes. Ma mère, qui avait des traits accusés et une coiffure stricte, disait que le visage de Mme Dempster lui faisait penser à un bol de lait. Mme Demspter était petite et frêle, et même ses vêtements de femme de pasteur ne dissimulaient pas sa silhouette de jeune fille ni son pas léger. Pendant sa grossesse, elle resplendissait d'un éclat qui contrastait avec le sérieux de sa position. Qu'une femme enceinte sourît autant était inconvenant, et elle n'aurait pas dû tolérer que des mèches rebelles s'échappent si souvent d'une coiffure qui se voulait sévère. Elle était bien gentille, mais sa voix douce parviendrait-elle jamais à dominer une réunion mouvementée de l'Auxiliaire féminin ? Et pourquoi riait-elle autant, quand il n'y avait même pas de quoi rire ?

Amasa Dempster, prédicateur toujours pondéré, était fou de sa femme. Il la couvait des yeux, et on pouvait le voir puiser de l'eau au puits pour la lessive, travail qui était pourtant l'apanage des femmes jusqu'au dernier mois environ d'une grossesse. Quand il regardait sa femme, on se demandait s'il n'avait pas le cerveau un peu ramolli. À croire qu'il la courtisait encore au lieu de servir le Seigneur, comme il lui incombait de le faire, et de gagner ses cinq cent cinquante dollars par an ; c'était la somme que les baptistes versaient à leur pasteur à qui ils allouaient une maison, pas tout à fait assez de combustible, et un rabais de dix pour cent sur tout article acheté dans un magasin tenu par un baptiste — et dans quelques autres magasins qui, selon l'expression, « honoraient la soutane ». (Évidemment, on escomptait qu'il en rendît exactement un dixième à l'église, pour donner l'exemple.) Les habitants de Deptford espéraient bien que M. Dempster n'irait pas jusqu'à rendre sa femme complètement ridicule.

Dans notre village, on ne mettait pas toujours en pratique ce que l'on prêchait. Ma mère, qui certes n'aurait jamais pu être accusée de manquer de fermeté avec sa famille ou avec les gens, faisait tout son possible pour aider Mme Dempster — je ne dirais pas pour en faire son amie, car une amitié entre des personnes de caractère si dissemblable n'aurait jamais pu naître ; mais elle essaya de lui apprendre « les rouages », et parmi les mystérieux rouages féminins de ma mère, il y avait bien sûr une multitude de bonnes choses qu'elle cuisinait et qu'elle apportait à la jeune mariée à l'occasion d'une brève visite, le prêt ainsi qu'une démonstration de la pose de tringles à tapis, de l'utilisation des séchoirs pour les rideaux de dentelle et de toute une série d'ustensiles ménagers, sans oublier l'art de faire briller les vitres avec du papier journal.

Pourquoi la mère de Mme Dempster n'avait-elle pas préparé sa fille au côté pratique du mariage ? On apprit qu'elle avait été élevée par une tante qui avait de l'argent et par une domestique ; comment pourrait-on forger une femme de pasteur à partir d'un métal aussi léger ? Ma mère s'offusquait des taquineries de mon père sur les quantités de nourriture qu'elle apportait aux Dempster, et elle rétorquait : « Dois-je les laisser mourir de faim sous mes yeux le temps que cette fille apprenne à se débrouiller toute seule ? » Mais Mme Dempster n'apprenait pas vite. À cette accusation, ma mère répondait que, vu son état, on ne pouvait s'attendre qu'elle fût rapide.

Or il s'avérait de plus en plus qu'elle n'apprendrait jamais l'art de tenir une maison. Elle se remettait lentement de la naissance de Paul, et tandis qu'elle reprenait des forces son mari s'occupait du ménage. Des voisines et une veuve baptiste aidaient Amasa Dempster de temps à autre, mais le pasteur dut amasser un peu d'argent sou par sou afin de rémunérer les services de cette dernière. Avec le retour du printemps, Mme Dempster se rétablit complètement, mais on ne remarqua pas chez elle la moindre velléité de se mettre sérieusement au travail. Elle nettoyait un peu, cuisinait lamentablement, et riait de ses échecs comme une enfant. Elle s'affairait toujours autour du bébé ; son nouveau-né de petite taille perdait son aspect de monstre écorché et prenait une allure chrétienne. Elle en était aussi heureuse qu'une enfant avec sa poupée. Elle lui donnait maintenant le sein — ma mère et toutes les voisines durent admettre qu'elle le faisait bien — mais elle n'avait pas la solennité des femmes qui allaitent. Elle y prenait plaisir, et parfois ses voisines la trouvaient les seins à l'air, bien que son mari fût présent, comme si elle n'avait pas suffisamment de tête pour rajuster son corsage. Je la trouvai une fois ou deux dans cette tenue ; je restai bouche bée et écarquillai des yeux gourmands d'adolescent. Mais elle ne sembla pas s'en apercevoir. De plus en plus, on pensa que Mme Dempster était simple d'esprit.

Il n'y avait qu'une chose à faire : aider les Dempster le plus possible, sans approuver ni encourager aucune tendance contraire au bon usage. Ma mère m'ordonna d'aller chez les Dempster couper et entasser du bois, tondre le gazon, arracher les mauvaises herbes du petit jardin potager, et, en gros, rendre service deux ou trois fois par semaine et le samedi au besoin. Je devais garder un œil sur le bébé, car ma mère ne pouvait se débarrasser de l'horrible pensée que Mme Dempster le laisserait s'étouffer ou tomber de son panier ou qu'il lui arriverait malheur d'une façon ou d'une autre. Il ne risquait rien de semblable, comme je pus m'en rendre compte très rapidement, mais obéir à ces directives me permettait de rester souvent en compagnie de Mme Dempster qui riait de mon inquiétude au sujet du bébé. Elle ne pensait pas qu'il pût lui arriver quoi que ce soit quand il était sous sa garde. Je sais maintenant qu'elle avait raison et que ma vigilance avait dû lui paraître maladroite et importune.

S'occuper d'un bébé est une chose, et les nombreuses occupations de la femme d'un pasteur en sont une autre, mais pour ces dernières, Mme Dempster ne montrait aucune aptitude. Un an après la naissance de Paul, son mari était devenu pour tout le monde « le pauvre révérend Amasa », accablé d'une femme simple d'esprit et d'un enfant délicat. On s'étonnait qu'il arrivât à joindre les deux bouts. À coup sûr, un homme au revenu annuel de cinq cent cinquante dollars avait besoin d'une femme économe ; or Mme Dempster donnait à tout-venant. Quelle histoire lorsqu'elle offrit un vase décoratif à une femme qui lui avait apporté du pain fraîchement cuit ! Le vase, qui faisait partie du mobilier du presbytère, n'appartenait pas aux Dempster. Les dames patronnesses s'insurgèrent contre cet acte de générosité irréfléchie et exigèrent d'Amasa Dempster qu'il envoyât sa femme reprendre l'objet chez la voisine : s'il fallait lui faire avaler des couleuvres, elle en avalerait. Mais il ne voulut pas humilier sa femme et il alla lui-même faire la démarche déplaisante, ce que tout le monde s'accorda à juger comme une faiblesse de sa part — faiblesse qui mènerait à des incidents plus graves. L'une des tâches que me confiait ma mère consistait à vérifier sur les poteaux de la véranda s'il n'y avait pas de marques de craie, et de les effacer si j'en trouvais ; ces marques étaient le signal que les vagabonds se donnaient pour indiquer les maisons qui font généreusement l'aumône, peut-être même en argent.

Après un an ou deux, la plupart des femmes se lassèrent de prendre en pitié le pasteur baptiste et sa femme. Elles en vinrent à penser que lui aussi était simple d'esprit. Comme bien des gens mis au ban de la société, les Dempster se conduisirent de plus en plus comme des originaux. Mais ma mère ne flancha jamais, sa compassion n'étant pas de nature temporaire. Les Dempster passèrent donc en quelque sorte à la charge de ma famille et je travaillai de plus en plus pour eux. Mon frère Willie ne s'en souciait guère. Il avait deux ans de plus que moi et son travail scolaire l'accaparait davantage ; en outre, après l'école il allait à l'imprimerie du *Banner* pour rendre service et apprendre le métier. Mais ma mère ne cessait de veiller sur eux. Et mon père, aux yeux duquel elle était irréprochable, approuvait entièrement toutes ses actions.

6

Officieusement, j'étais le chien de garde de la famille Dempster. Le plus souvent embêtante, cette activité ne contribuait en rien à ma popularité. Mais à cette époque je grandissais rapidement et j'étais fort pour mon âge. Parmi mes camarades d'école, rares étaient ceux qui s'aventuraient à me dire grand-chose en face. Pourtant, je savais qu'ils ne perdaient pas une occasion de jaser derrière mon dos. Percy Boyd Staunton était de ceux-là.

Percy occupait une place à part dans notre univers scolaire. Il y a des hommes qui, dès leur enfance, prennent des airs supérieurs et sont considérés comme des seigneurs par leur entourage. Il était aussi grand que moi et bien en chair sans être gras ; il était rondouillard. Ses vêtements étaient de meilleure qualité que les nôtres. Il possédait un intéressant couteau de poche au bout d'une chaîne qu'il accrochait à son pantalon de golf, et une bouteille d'encre qu'on pouvait renverser sans qu'une seule goutte s'en échappe. Le dimanche, il portait un complet dont la veste était ornée d'une élégante martingale. Il était déjà allé une fois à Toronto pour l'Exposition et, tout compte fait, ne semblait pas respirer le même air que nous.

Une rivalité existait entre nous, car si j'étais dépourvu des grâces qu'il tirait de sa personne ou de sa richesse, j'avais une langue de vipère. Mes os saillaient et je portais des vêtements qu'on avait souvent déjà vus sur Willie, mais j'avais le chic pour faire des remarques sarcastiques et notre groupe s'en réjouissait. Si l'on me poussait à bout, je pouvais « en lancer une bonne ». Notre petite ville avait de la mémoire : elle emmagasinait ces sarcasmes et les citait pendant des années.

J'avais une raillerie toute prête pour le cas où Percy m'embêterait. Sa mère avait un jour raconté à la mienne en ma présence que tout petit, sachant à peine parler, il disait qu'il s'appelait « Pissi » Boy-Boy, la meilleure version qu'il pût donner de son nom Percy Boyd. Elle l'appelait encore ainsi dans ses élans d'affection. Je savais qu'il me suffisait de l'appeler une seule fois « Pissi » Boy-Boy dans la cour de l'école pour lui régler son compte ; vraisemblablement, le suicide serait sa seule échappatoire. Je détenais là une arme puissante en réserve.

J'en avais bien besoin. Un peu de la bizarrerie et de la solitude des Dempster commençait à déteindre sur moi. J'avais double corvée à faire, ce qui m'éloignait de maints jeux auxquels j'aurais voulu participer. Envoyé en commissions, je faisais souvent la navette entre la maison des Dempster et la nôtre, risquant à tout moment de rencontrer des copains. Mme Dempster restait souvent sur le seuil de sa porte, tandis que je regagnais la maison en courant. Elle me faisait signe de la main et me remerciait d'une voix qui me paraissait mystérieuse et susceptible de faire retomber sur moi des moqueries, si quelqu'un l'entendait, comme c'était souvent le cas. J'étais devenu particulièrement sensible à la moquerie des filles et je n'ignorais pas que quelques-unes m'avaient surnommé Nounou. Toutefois, elles ne m'appelaient pas ainsi en face.

Dans ce domaine, ma situation était la pire de toutes. Je voulais être en bons termes avec les filles que je connaissais ; j'aurais voulu qu'elles m'admirent et me trouvent merveilleux à tous égards. Dieu sait combien il y en avait qui étaient folles de Percy et qui lui envoyaient des cartes enfiévrées à la Saint-Valentin, le 14 février. Elles ne signaient pas mais leur écriture les trahissait. Aucune fille ne m'envoyait de carte à moi, à l'exception d'Elsie Webb, que nous appelions tous Spider Webb (Toile d'Araignée) en raison de sa démarche dégingandée, les jambes écartées. Je ne voulais pas de Spider Webb, je voulais Leola Cruikshank qui avait des anglaises et une façon sensationnelle de ne jamais vous regarder dans les yeux. Mais mes sentiments pour Mme Dempster faisaient dévier ceux que j'avais pour Leola. La conquête de cette dernière représentait pour moi un trophée ; Mme Dempster, elle, commençait à remplir toute ma vie : plus sa conduite devenait étrange, plus le village la plaignait et la maintenait à l'écart, plus mon obsession grandissait.

Je croyais être amoureux de Leola. Disons que la trouvant dans un coin tranquille, assuré que l'on n'en saurait jamais rien et armé de tout mon courage, au bon moment, je l'aurais embrassée. Mais avec le recul, je comprends maintenant que j'étais amoureux de Mme Dempster. Non pas comme certains adolescents sont amoureux de femmes adultes qu'ils adorent de loin et à qui, dans une vie rêvée, ils font une cour assidue. Je l'aimais d'une façon pénible et immédiate. Je la voyais chaque jour : je faisais des travaux domestiques chez elle et j'avais pour mission de la surveiller et de l'empêcher de faire des bêtises. De plus, je me sentais lié à elle par la certitude que j'étais responsable de ses égarements, de la confusion qui régnait dans son ménage et du corps chétif de l'enfant qui faisait les délices de sa vie. J'avais fait d'elle ce qu'elle était et il ne me restait plus qu'à la détester ou à l'aimer. En fait, je l'aimais d'une façon bien trop intense pour mon âge ou mon expérience de la vie.

L'aimant, je devais la défendre. Lorsque les gens disaient qu'elle était folle, je devais me forcer à leur rétorquer que c'étaient eux les fous et les menacer de leur démolir le portrait s'ils répétaient les mêmes bêtises. Fort heureusement, l'une de mes premières altercations fut avec Milo Papple, et il était facile de s'occuper de lui.

Milo était le bouffon de notre école et le fils de Myron Papple, notre barbier. Les barbiers, dans des communautés plus raffinées, sont parfois des hommes à la chevelure abondante, ou des hommes qui ont su donner une élégance particulière à un crâne chauve, mais Myron Papple n'avait aucun panache. Il était petit, gros, et avait la forme d'une poire ; son teint et ses cheveux faisaient penser à un cochon de la race Chester White. Sa seule distinction consistait à se mettre cinq tablettes de chewing-gum dans la bouche chaque matin ; il mâchonnait sa boule jusqu'à l'heure de fermeture de sa boutique, soufflant la menthe poivrée sur chaque client, pendant qu'il rasait, tondait, parlait.

Milo était le portrait de son père en miniature et tout le monde s'accordait à voir en lui un phénomène. Son répertoire de plaisanteries était restreint mais il constituait une source inépuisable de joie. Il pouvait roter à volonté, et ne s'en privait pas. Il pouvait aussi lâcher des vents sur commande, modulant une note geignarde et plaintive. Lorsqu'il faisait une démonstration en classe et regardait tout autour de lui, le visage empreint de colère, murmurant « Qui qu'a fait ça ? », notre joie était chaucérienne.

L'institutrice devait alors se résigner à prendre un air pincé, signifiant ainsi qu'elle était au-dessus d'un monde dans lequel pareille conduite était possible. Même les filles — même Leola Cruikshank — trouvaient que Milo était un phénomène.

Un jour, on me demanda si je jouerais au ballon après l'école. Je répondis que j'avais du travail à faire.

« Bien sûr », dit Milo. « Dunny doit se rendre immédiatement à l'asile pour tondre le gazon. »

« À l'asile » ? questionnèrent certains garçons à l'esprit lourd.

« Ouais. Chez les Dempster. C'est l'asile maintenant. »

C'était le moment ou jamais. « Milo », dis-je, « si je t'entends encore dire ça, je prendrai un bon gros bouchon et je te l'enfoncerai où tu penses. Alors tu ne feras plus jamais rire personne. » Tout en disant cela, je m'avançai, menaçant. Milo recula : je sus que j'étais vainqueur, du moins pour l'instant. Nos collectionneurs d'expressions amusantes surent cultiver et exploiter la plaisanterie de Milo et du bouchon, et on ne lui permit pas de l'oublier. « Si vous enfoncez un bouchon dans Milo, il ne fera plus rire personne », de dire et de s'esclaffer ces glaneurs sans vergogne des champs de la repartie. Personne ne me parla de l' « asile » pendant bien longtemps, mais parfois je me rendais compte qu'ils mouraient d'envie de le dire, et je savais qu'ils employaient l'expression derrière mon dos. Cela renforça le sentiment de mon isolement — je me sentais forcé de quitter le monde auquel j'appartenais pour l'étrange monde déconcertant des Dempster.

7

Au fil des jours, mon isolement prit d'autres formes. À treize ans, j'aurais dû apprendre le métier d'imprimeur. Willie suivait les traces de mon père qui travaillait avec adresse et rapidité. Quant à moi, je faisais figure d'empoté dans le magasin. J'apprenais avec beaucoup de mal la disposition des châssis-presses dans lesquels on distribuait les fontes, je serrais maladroitement les formes, je me tachais avec l'encre et je gâchais du papier en quantité. Je n'étais vraiment pas bon à grand-chose, si ce n'est à justifier le composteur ou à corriger les épreuves, travail que mon père se réservait de toute façon. Je ne suis jamais arrivé à attraper le coup de l'imprimeur qui lit un texte à l'envers et de gauche à droite, et je n'ai jamais appris à plier correctement une feuille de papier. En somme, je gênais tout le monde dans le magasin. Comme cela m'humiliait et que mon père était d'une grande bonté, il me chercha un autre travail honorable pour ne plus m'avoir dans ses jambes. On avait suggéré la possibilité d'ouvrir notre bibliothèque quelques après-midi par semaine aux écoliers les plus dignes de confiance. On cherchait un sous-bibliothécaire, car la bibliothécaire était professeur pendant la journée et la perte de nombreuses heures de loisir ne lui souriait pas. On me nomma à ce poste, sans salaire, l'honneur étant considéré comme une récompense suffisante.

Cela me convenait à merveille. Trois après-midi par semaine, j'ouvrais l'unique pièce de notre bibliothèque située au-dessus de la mairie et posais en grand seigneur devant les écoliers qui se présentaient. Un jour, j'eus le plaisir vertigineux de chercher quelque chose dans l'encyclopédie pour Leola Cruikshank qui devait rédiger un devoir sur l'équateur et qui ne savait pas s'il passait par les pôles ou encerclait la Terre. Le plus souvent, personne ne venait, ou bien ceux qui venaient repartaient dès qu'ils avaient trouvé ce qu'ils cherchaient, et j'avais la bibliothèque pour moi tout seul.

C'était une piètre collection — peut-être quinze cents livres en tout, dont environ le dixième pour les enfants. Le budget annuel se montait à vingt-cinq dollars. Une bonne partie de cet argent servait à s'abonner aux revues que le magistrat, qui était le président du conseil municipal, voulait lire. Les acquisitions provenaient donc généralement de legs de personnes récemment décédées, et notre commissaire-priseur nous donnait tous les livres qu'il ne réussissait pas à vendre ; nous gardions ce que nous voulions et envoyions le reste à la Mission Grenfell, partant du principe que les sauvages lisent n'importe quoi.

Nous possédions alors d'étranges ouvrages, dont les plus étranges étaient gardés sous clé dans un placard du couloir. Il y avait un livre de médecine, avec une effroyable gravure de matrice descendue, celle d'un cas de varicocèle, et le portrait d'un homme à l'abondante chevelure et aux favoris épais mais sans nez, ce qui fit de moi un ennemi juré de la syphilis. Mes trésors les plus chers étaient *The Secrets of Stage Conjuring* de Robert-Houdin, *Modern Magic* et *Later Magic* du Professeur Hoffman ; ils avaient été bannis en raison de leur manque d'intérêt — manque d'intérêt ! — et dès que je les vis, je compris que le Destin me les réservait. En les étudiant, je deviendrais prestidigitateur, étonnerais tout le monde, gagnerais l'admiration échevelée de Leola Cruikshank, deviendrais un homme d'une puissance remarquable. Je les cachai immédiatement dans un endroit où ils échapperaient aux mains de personnes indignes de les lire, y compris notre bibliothécaire, et me consacrai à l'étude de la magie.

Je me souviens encore de ces heures passées à me familiariser avec les moyens qu'avait employés un prestidigitateur français pour étonner les sujets de Louis-Napoléon comme d'une ère de plaisir arcadien. Il m'importait peu que ce livre fût si irrémédiablement démodé ; si profond que fût le fossé entre Robert-Houdin et moi, je pouvais accepter son monde comme le monde réel, du moins en ce qui concernait l'art merveilleux de l'illusion. Quand il insistait sur la nécessité de posséder des choses tout à fait inconnues à Deptford, je présumai qu'il en était ainsi parce que Deptford était un village et Paris une grande capitale raffinée, où toute personnalité marquante raffolait de prestidigitation et trouvait le plus grand plaisir à être agréablement mystifiée par un maître de l'art, élégant, quelque peu sinistre, mais tout à fait charmant. Je n'étais aucunement surpris d'apprendre que Robert-Houdin avait été envoyé par son empereur en mission diplomatique à Alger afin de détruire le pouvoir des marabouts en leur montrant que sa magie était supérieure à la leur. Je lus le compte rendu de son exploit à bord du yacht du sultan de Turquie. Robert-Houdin pulvérisa à coups de marteau la montre à rubis du sultan dans un mortier, jeta les morceaux par-dessus bord, lança une ligne dans la mer, remonta un poisson, demanda au cuisinier du sultan de le nettoyer et le regarda découvrir la montre intacte, enfermée dans un sac de soie dans les entrailles du poisson. Je compris aussitôt que la vie devait être vécue de cette façon-là. Les prestidigitateurs étaient évidemment des personnages de première importance qui fréquentaient toujours des gens distingués. Je serais de ceux-là.

Le sens pratique de mes parents écossais, que j'arrivais assez bien à singer, n'était pas inné en moi ; je me moquais trop des difficultés. Je m'avouais que Deptford avait peu de chance de fournir une table de prestidigitation — un guéridon doré, qui, avec l'aide d'une *soubrette* habile permettait d'emmagasiner des choses qu'on ne voulait pas montrer, et d'une gibecière dans laquelle on pouvait faire tomber des pièces et des montres sans le moindre bruit ; je n'avais pas d'habit, et si j'en avais eu, je doute que ma mère eût accepté de coudre une vraie *profonde* de prestidigitateur dans les pans pour que j'y fasse disparaître des objets. Lorsque le Professeur Hoffman me disait de replier mes manchettes, je savais bien que je n'avais pas de manchettes, mais c'était sans importance. Je me consacrerais à des tours d'illusionniste qui ne feraient pas appel à tout ce matériel. Ces illusions, devais-je découvrir, nécessitaient un dispositif spécial, que le Professeur qualifiait toujours de « simple », et qu'il recommandait de construire soi-même. Pour moi, un garçon qui laçait toujours ses chaussures de travers et dont la cravate du dimanche ressemblait à une corde de potence, un tel dispositif présentait des difficultés qui, je dus l'admettre après quelques essais, étaient insurmontables. J'étais dans le même pétrin pour les tours qui requéraient quelques « substances faciles à obtenir chez n'importe quel pharmacien », car la pharmacie Ruckle n'en avait jamais entendu parler. Mais je ne me considérais pas comme battu. J'excellerais dans le domaine que Robert-Houdin jugeait comme la plus vraie, la plus classique forme de prestidigitation : je serais un maître des tours de passe-passe, un prestidigitateur sans pareil.

Cela me ressemblait bien de débuter avec des œufs — ou, pour être plus précis, avec un œuf. Il ne me vint jamais à l'idée qu'un œuf d'argile, comme ceux que l'on utilise pour tromper les poules, ferait aussi bien l'affaire. Je subtilisai un œuf dans la cuisine de ma mère et quand la bibliothèque fut vide, je m'exerçai à le faire sortir de ma bouche, de mon coude et de derrière mon genou ; j'appris aussi à le placer dans mon oreille droite et, après avoir poussé un petit gloussement de poule, à l'extraire de mon oreille gauche. J'avais l'impression de me débrouiller merveilleusement. Quand le magistrat entra soudainement pour venir chercher le dernier *Scribner*, j'eus un moment de joie folle, croyant pouvoir l'éblouir en faisant sortir un œuf de sa barbe. Naturellement je n'osai pas aller si loin, mais la délicieuse pensée de pouvoir le faire, si je le désirais, déclencha en moi un fou rire tel qu'il me regarda d'un air pensif. Quand il fut parti, je manipulai l'œuf avec encore plus de hardiesse jusqu'à ce que, l'ayant fait disparaître dans ma poche revolver, j'y aie enfoncé mon pouce.

Ha, ha ! Tout garçon a vécu des expériences semblables, et on les juge le plus souvent drôles et enfantines. Mais cet œuf entraîna une terrible dispute entre ma mère et moi. Elle avait eu besoin de l'œuf — je n'avais jamais songé que l'on pût compter des œufs — et elle m'accusa de l'avoir pris. Je mentis. Un peu plus tard, elle me surprit en train d'essayer de nettoyer ma poche, car, dans une maison sans eau courante, laver ne peut être une activité vraiment secrète. Elle dénonça mon mensonge et exigea de savoir ce que je voulais faire d'un œuf. Mais comment un garçon de treize ans peut-il dire à une Écossaise admirée à la ronde pour son sens pratique qu'il songe à devenir le premier prestidigitateur du monde ? Je me retranchai derrière une insolence muette. Elle tempêta. Elle exigea de savoir si je croyais qu'elle était une poule pondeuse. Un de mes bons mots me vint malencontreusement à l'esprit : je répondis que c'était à elle de décider de la chose. Ma mère avait peu d'humour. Tout en me disant que si je me croyais trop vieux pour être battu, elle allait me montrer que j'avais tort, elle sortit du placard de la cuisine le fouet à poney.

Il ne servait pas aux poneys. Dans mon enfance, on vendait ces jolis petits fouets aux foires rurales. Les enfants les achetaient, les brandissaient, et parfois en frappaient les arbres. Mais quelques années plus tôt, ma mère avait confisqué l'un de ces fouets que Willie avait rapporté à la maison, et depuis elle s'en servait pour nous corriger. Il y avait bien deux ans que je n'avais pas reçu de volée, mais maintenant ma mère brandissait le fouet. Quand je me mis à rire, elle me frappa avec, à l'épaule gauche.

« Ose donc me toucher encore une fois », lui criai-je ; et cela la mit dans une rage dont je ne la croyais pas capable. Ce fut une scène peu banale, car elle me poursuivit tout autour de la cuisine, me fouettant jusqu'à ce qu'elle vainquît ma résistance et que je me misse à pleurer. Elle pleura aussi, de façon hystérique, et me frappa plus fort, pestant contre mon impudence, mon manque de respect envers elle, ma singularité croissante et mon arrogance d'intellectuel — non pas qu'elle formulât sa pensée en ces termes, mais je n'ai pas l'intention d'écrire ceux qu'elle employa vraiment. Elle ne s'arrêta que sa fureur épuisée. Puis elle courut à l'étage, en pleurs, et claqua la porte de sa chambre. Je me faufilai jusqu'au bûcher, comme un criminel, me demandant quoi faire. Devenir chemineau, peut-être, comme ces sinistres types aux habits en lambeaux qui venaient si souvent demander l'aumône à la porte de derrière ? Me pendre ? J'ai été malheureux depuis — malheureux non pas une heure mais des mois durant — et pourtant je puis encore ressentir cette heure de souffrance dans toute sa désolation, s'il m'arrive d'être assez idiot pour en évoquer le souvenir.

Mon père et Willie rentrèrent à la maison et le dîner n'était pas prêt. Évidemment, mon père prit le parti de ma mère ; quant à Willie, il affirma avec beaucoup de zèle, et en connaissance de cause, qu'avec une raclée je m'en tirais vraiment à bon compte. Finalement, il fut convenu que ma mère descendrait, si j'acceptais de lui demander pardon à genoux, en répétant une formule improvisée par mon père : je devais prêter serment de toujours aimer ma mère, à qui je devais le grand don de la vie, et je devais la supplier — et Dieu en second — de me pardonner, sachant très bien que je n'étais pas digne d'une telle clémence.

Je me relevai purifié et purgé, et pris très peu de nourriture, comme il sied à un criminel. Quand ce fut l'heure d'aller me coucher, ma mère me fit signe d'approcher, m'embrassa et murmura : « Je sais que mon petit chou ne me causera jamais plus d'inquiétude. »

Je méditai ces mots avant de m'endormir. Comment

pouvais-je concilier cette affection maternelle avec le souvenir de la furie hurlante qui me poursuivait tout autour de la cuisine, me fustigeant jusqu'à ce qu'elle fût gorgée de — de quoi ? De vengeance ? De quoi s'agissait-il ? Plus tard, vers la trentaine, alors que je lisais Freud pour la première fois, je crus comprendre. Maintenant je n'en suis plus aussi sûr. Mais j'appris alors qu'on ne pouvait se fier à personne — pas même à sa mère — dans un monde étrange que l'on ne voyait qu'en surface.

8

Cet incident, loin de m'écœurer de la magie, accrut mon appétit. J'avais besoin de me sentir fort dans un domaine où mes parents — ma mère en particulier — ne pourraient me suivre. Bien sûr, je ne considérais pas l'affaire d'un point de vue logique, parfois je languissais d'amour pour ma mère et me haïssais de l'avoir peinée, mais presque aussi souvent je constatais que son amour se faisait payer cher et que sa conception d'un bon fils était sans grande envergure. Alors je besognais secrètement à la magie.

Maintenant je m'adonnais à des tours de cartes. Je n'eus aucune difficulté à me procurer ces dernières, car mes parents étaient grands joueurs d'euchre. Parmi les nombreux jeux de la maison, je pouvais subtiliser le plus vieux (trop bon pour être jeté mais trop patiné et ramolli pour être utilisé) et m'en servir une heure ou deux chaque après-midi, si je le replaçais ensuite au fond du tiroir à sa place habituelle. En possession de cet unique jeu, je ne pouvais m'exercer à des tours nécessitant deux cartes de même couleur et de même valeur, mais j'apprenais à la perfection certains vieux stratagèmes dans lesquels quelqu'un choisit une carte que le prestidigitateur retrouve après avoir battu et rebattu tout un paquet. J'en avais un fameux : à l'aide d'un fil de soie, d'un coup sec je faisais sortir du paquet la carte choisie tandis que moi, le prestidigitateur, je me tenais nonchalamment à distance.

J'avais besoin d'un public afin de juger de ma réussite, et je le trouvai aisément en la personne de Paul Dempster. Il avait quatre ans, et moi quatorze ; aussi, sous prétexte de m'occuper de lui une heure ou deux, je l'emmenais à la bibliothèque et le divertissais avec mes tours. Il était plutôt bon spectateur, car il restait assis muet et solennel quand on le lui ordonnait et il choisissait des cartes à mon commandement ; si je lui présentais le paquet que je serrais très fort en laissant légèrement dépasser une carte, il choisissait invariablement celle-là. Il avait ses défauts, il ne savait ni lire ni compter, de sorte qu'il ne pouvait savourer tout ce que mon tour avait de prodigieux lorsque je brandissais triomphalement sa carte après avoir copieusement battu tout le paquet ; mais je savais que je l'avais mystifié et je le lui disais. D'ailleurs, mes aptitudes pour l'enseignement virent le jour dans cette petite bibliothèque, et comme j'aimais bien donner des leçons, j'enseignai à Paul beaucoup plus que je ne le supposais.

Naturellement, il voulait aussi jouer, et il n'était pas facile de lui expliquer que je ne jouais pas mais que je lui démontrais une science fascinante et complexe. Je dus établir un système de récompenses, et comme il aimait les histoires, je lui en lisais après qu'il m'eut regardé faire mes tours.

Heureusement, nous aimions tous deux le même livre. C'était un joli volume que j'avais trouvé dans le placard des livres à l'index. *A Child's Book of Saints* était l'œuvre d'un certain William Canton, et il débutait par une conversation entre une petite fille et son père, que je considérais comme un modèle d'élégance stylistique. Je puis encore en citer des passages, car j'avais l'habitude de les lire et de les relire à Paul, et lui, avec la mémoire auditive de celui qui ne lit pas, pouvait les répéter par cœur. Il en est un que, cinquante ans plus tard, sans jamais l'avoir relu, je suis sûr de pouvoir rapporter fidèlement.

Parfois ces légendes nous menaient à deux pas du terrible abîme des controverses religieuses et des mystères insolubles, mais, comme ces doux sauvages qui honorent les esprits de l'eau en accrochant des guirlandes d'un arbre à l'autre par-dessus la rivière, W.V. (W.V. était la petite fille) pouvait toujours jeter un pont de fleurs sur nos abîmes. « Notre raison », déclarait-elle, « n'est rien à côté de celle de Dieu ; et quoique les grandes personnes en aient plus que les enfants, la raison de toutes les personnes du monde rassemblées ne serait rien comparée à la Sienne. Pour lui nous ne sommes que des bébés ; nous ne Le comprenons pas du tout. » Rien ne pouvait lui paraître plus clair que le caractère raisonnable d'une légende qui enseignait que même si Dieu répond toujours à nos prières, Il n'y répond pas forcément de la façon que nous souhaitons, mais d'une façon meilleure qui nous échappe. « Oui », remarquait-elle, « Il n'est qu'un cher vieux Papa. » N'importe quelle histoire sur notre Seigneur absorbait son imagination ; et elle exprimait souvent le vœu qu'Il revînt. « Alors — pauvre petite mortelle, que des problèmes, qu'on ne pouvait même pas imaginer, rendaient perplexe —, nous serons sûrs de tout. Mlle Catherine nous enseigne ce qu'elle trouve dans les livres. Lui puiserait dans sa mémoire. Aujourd'hui, les gens ne seraient pas aussi cruels envers Lui. La reine Victoria ne permettrait à personne de Le crucifier. »

Il y avait un portrait de la reine Victoria accroché au mur de la bibliothèque. Il suffisait d'y jeter un coup d'œil pour savoir que toute personne sous sa protection avait la chance de son côté.

C'est ainsi que pendant quelques mois Paul me servit d'auditoire modèle. Je le payais en histoires racontant la vie de sainte Dorothée et de saint François, et lui laissais regarder les jolies illustrations de Heath Robinson.

Je progressais et passai des cartes aux pièces de monnaie, ce qui était nettement plus difficile. Tout d'abord, j'avais très peu de pièces, et lorsque mes livres me disaient : « Procurez-vous six demi-couronnes et faites-les disparaître », je m'arrêtais net, car je n'avais ni demi-couronnes, ni rien d'approchant. Je possédais une très belle pièce : c'était une médaille de bronze que la compagnie de linotypes avait émise à titre publicitaire, mais mon père n'y tenait pas. Elle était à peu près de la taille d'un dollar en argent, de sorte que je m'en servais pour pratiquer mes tours. Mais oh ! que j'étais maladroit !

Je n'ai plus la moindre idée du nombre de semaines que je consacrai à un tour de passe-passe qui s'appelait l'Araignée. Pour exécuter ce truc, vous calez une pièce entre l'index et l'auriculaire, puis vous la faites tourner en faisant bouger les deux doigts du milieu d'avant en arrière ; de cette façon il est possible de montrer successivement les deux côtés de la main sans faire voir la pièce. Mais essayez voir ! Essayez avec des mains d'Écossais rouges et noueuses, aux paumes racornies par les travaux de désherbage et de déneigement, et voyez quelle adresse vous pouvez déployer ! Bien sûr, Paul voulut savoir ce que je faisais et, étant professeur dans l'âme, je le lui expliquai.

« Comme ça ? » demanda-t-il, me retirant la pièce des mains et effectuant le tour de passe-passe à la perfection.

Je fus ébloui et humilié, mais, avec le recul, je crois m'être fort bien comporté.

« Oui, comme ça », lui dis-je. Il me fallut quelques jours pour me rendre compte que j'étais devenu le professeur de Paul. Il pouvait tout faire de ses mains. Il pouvait battre les cartes sans les faire tomber, ce que je n'étais jamais sûr de réussir, et il accomplissait des merveilles avec ma grosse médaille de bronze. Il avait de petites mains, de sorte que la pièce était généralement visible, mais on la voyait faire des choses intéressantes ; il pouvait la faire marcher sur le revers de sa main, la calant entre ses doigts avec une dextérité qui me laissait pantois.

C'était peine perdue de l'envier ; ses mains étaient faites pour cela, pas les miennes, et s'il y eut des moments où j'envisageai de le tuer, rien que pour débarrasser le monde de ce fléau précoce, sa dextérité ne pouvait m'échapper. Chose surprenante, il me considérait comme son maître, car je pouvais lire et lui dire quoi faire ; qu'il puisse exécuter les tours ne l'impressionnait pas. Il se montrait reconnaissant, et j'étais à une période de ma vie où j'accueillais à bras ouverts la gratitude et l'admiration, même d'une créature comme Paul.

S'il paraît cruel d'écrire « une créature comme Paul », laissez-moi m'expliquer. C'était un petit être à l'allure bizarre — il avait une tête exceptionnellement grosse sur un corps frêle. Ses vêtements ne semblaient jamais lui aller ; la plupart provenaient d'aumônes envoyées par des familles baptistes, et sa mère se montrait si maladroite qu'ils étaient pleins de trous, effilochés, et il leur manquait toujours des boutons. Il avait les cheveux châtains frisés et longs, car sa mère suppliait sans cesse Amasa Dempster de repousser le terrible jour où Paul irait chez Myron Papple pour l'habituel scalpage digne d'un garçon. Dans son petit visage, ses yeux paraissaient plus grands ; certes, ils étaient extrêmement écartés et on les eût dits foncés tant sa peau était blanche et fine. Ma mère s'inquiétait de cette pâleur qu'elle attribuait aux vers et faisait le nécessaire pour l'en débarrasser — humiliation dont les enfants ne semblent plus avoir besoin de nos jours. Paul n'était pas un des enfants chéris du village et l'aversion que tant de gens portaient à sa mère — aversion envers les originaux et les gens contre qui s'acharnait la malchance — rejaillissait sur le fils qui n'y était pour rien.

9

Ma propre aversion, je la réservais à Amasa Dempster. Certains éléments de son troupeau disaient qu'il était très près de Dieu et que cela le rendait inquiétant. À la maison, nous priions en famille comme tout le monde — un salut respectueux à la Providence avant le petit déjeuner mais pas plus. Mais Dempster était capable de tomber à genoux à n'importe quel moment et de prier avec une ferveur qui semblait indécente. Étant fréquemment chez eux, je surprenais parfois l'une de ces démonstrations de piété ; il me faisait signe de m'agenouiller auprès d'eux jusqu'à ce qu'il ait fini — ce qui pouvait se prolonger pendant dix ou quinze minutes. Parfois il mentionnait mon nom ; j'étais l'étranger dans les murs, et je savais qu'il disait à Dieu que je m'occupais bien de la pelouse et du tas de bois ; mais généralement il me donnait un coup de patte à la fin, quand il demandait à Dieu de me pardonner l'effronterie de ma bouche, faisant ainsi allusion aux petites plaisanteries que je faisais pour essayer de faire rire ou tout au moins sourire sa femme. Il ne terminait jamais sans demander à Dieu la force de porter sa lourde croix. Je savais qu'il voulait parler de Mme Dempster ; elle le savait aussi.

C'était la seule méchanceté qu'il proférât à son égard. Pour tout le reste, il se montrait patient et, en esprit, aimant. Mais avant la naissance de Paul, il l'avait aimée avec un cœur passionné ; maintenant il semblait l'aimer par principe. À mon avis, il ne se rendait pas compte qu'il suggérait à Dieu de remarquer la résignation avec laquelle il supportait son infortune, mais c'était l'impression que ses prières me laissaient. Ce n'était pas un rhétoricien habile ni, le pauvre homme, un être très intelligent. Souvent, il exprimait ses sentiments plus clairement qu'il ne l'aurait voulu.

Il était très porté sur le sentiment. Cette qualité, je crois, l'avait rendu acceptable aux baptistes qui la vénéraient — beaucoup plus que nous presbytériens. Les sentiments nous effrayaient et nous leurs préférions l'intelligence. Je me souviens du jour néfaste où je pus juger de la vigueur de ses sentiments.

« Dunny, accompagne-moi jusqu'à mon bureau à l'église. J'ai à te parler », me dit-il.

Me demandant ce que diable toute cette solennité pouvait bien augurer, je le suivis jusqu'à l'église baptiste, puis dans le minuscule bureau du pasteur situé derrière les fonts baptismaux. Tout d'abord, il se jeta à genoux et pria Dieu de l'aider à se montrer juste mais sans méchanceté. Enfin il se mit à me morigéner.

J'avais introduit la corruption dans le monde innocent de l'enfance. J'avais scandalisé l'un des enfants de Dieu. J'avais été l'agent — involontaire, espérait-il — par lequel le Mauvais avait répandu son limon noir sur une vie pure.

Naturellement, je pris peur. Il y avait des garçons et des filles de ma connaissance qui, au crépuscule, se rendaient parfois dans les bosquets de la vieille carrière située à l'ouest de notre village, et s'adonnaient à des attouchements explorateurs. L'une des filles, une certaine Mabel Heighington, serait allée jusqu'au bout, selon les rumeurs, avec plus d'un garçon. Mais je ne faisais pas partie de ce groupe, j'avais bien trop peur de me faire prendre, et de plus, je dois le dire pour rendre justice à mon jeune âge, j'étais trop difficile pour vouloir de Heighington, cette coureuse pleine de boutons. Je préférais mon intense et solitaire adoration pour Leola Cruikshank à ce corps à corps peu ragoûtant. Mais tous les garçons pouvaient faire l'objet d'accusations en matière de sexe ; leurs seules pensées, pour ne rien dire de leurs actions à demi consenties, à demi dégoûtantes, les incriminaient à leurs propres yeux. Je crus que quelqu'un avait donné mon nom au pasteur afin de détourner les soupçons de celui-ci à l'égard des autres.

J'avais tort. Après de mystérieux préliminaires, il ressortit qu'il m'accusait d'avoir mis des cartes à jouer — il les appelait « le livre d'images du Démon » — entre les mains de son fils Paul. Mais pis — bien pis encore —, j'avais appris à l'enfant à tricher avec les cartes, à les manier comme un joueur de compartiment-fumeurs, et aussi à faire des tours de passe-passe trompeurs avec de l'argent. Ce matin-là, après la visite du boulanger, il était resté trois sous de monnaie sur la table. Paul les avait ramassés et il les avait fait disparaître ! Naturellement, il les avait restitués — la corruption totale ne s'était pas encore ancrée — et après une bonne fessée et beaucoup de prières, on apprit tout des cartes et de mon enseignement.

C'était affreux en soi, mais le pire n'était pas dit. Du papisme ! J'avais raconté à Paul des histoires de saints, et si je ne savais pas que la vénération des saints était l'une des plus viles superstitions de l'Église catholique, il en toucherait deux mots au pasteur presbytérien, le révérend Andrew Bowyer, pour qu'il me mette au courant. Accusé de perversité, Paul révéla des trucs blasphématoires sur quelqu'un qui avait passé sa vie en prières perché sur un pilier de quarante pieds de haut, sur saint François qui avait vu un Christ vivant sur un crucifix, sur sainte Marie des Anges, et d'autres histoires du même genre qui lui avaient glacé le sang. Maintenant, il me laissait le choix. Accepterai-je de recevoir la volée que je méritais, ou devrait-il en informer mes parents pour qu'ils fissent leur devoir ?

J'étais alors un garçon de quinze ans, et je n'avais pas l'intention de recevoir une volée du pasteur. Si mes parents me frappaient, je me sauverais et deviendrais chemineau. Aussi je lui répondis qu'il ferait mieux d'en informer mes parents.

Cela le déconcerta, car il avait été pasteur assez

longtemps pour savoir que les parents n'étaient pas toujours reconnaissants lorsqu'on se plaignait de leurs enfants. J'eus assez de courage pour lui dire que peut-être il ferait mieux de parler à M. Bowyer, comme il m'avait menacé de le faire. C'était un bon argument, car notre pasteur n'était pas homme à aimer les conseils d'Amasa Dempster ; sans doute il m'aurait passé un savon, mais pas avant d'avoir avalé le pasteur évangéliste baptiste tout cru. Pauvre Dempster ! Il avait perdu la bataille et n'avait plus comme dernier recours que de me bannir de sa maison. Je ne devais jamais plus y remettre les pieds ni oser m'approcher de son fils. Il prierait pour moi, conclut-il.

Je quittai l'église dans un état d'esprit qui me paraissait étrange pour un garçon de Deptford, bien que je dusse apprendre plus tard qu'il était assez commun. Je n'avais pas le sentiment d'avoir mal agi, et pourtant j'avais été bien bête d'oublier avec quel acharnement les baptistes s'opposaient aux cartes. Quant aux histoires de saints, c'étaient des contes merveilleux, comme *Les Mille et Une Nuits*, et lorsque le révérend Andrew Bowyer nous invita, nous presbytériens, à nous préparer au *Festin des Noces de l'Agneau*, je trouvai que *Les Mille et Une Nuits* et la Bible présentaient beaucoup de points communs — et je le disais sans raillerie. Je m'offusquai surtout parce que Dempster avait rabaissé ma prestidigitation au rang d'une simple tricherie, d'un simple jeu de hasard ; j'y avais vu le moyen de donner une autre dimension à l'existence, la possibilité de créer un monde merveilleux qui ne faisait de mal à personne. Cette vision vague mais scintillante que je m'étais faite de Paris, avec Robert-Houdin accomplissant des merveilles pour enchanter les grands de ce monde, avait été avilie par ce pasteur de Deptford, qui n'y connaissait rien et qui se contentait de haïr tout train de vie dépassant cinq cent cinquante dollars par an. J'aspirais à une vie autre que celle-là. Mais j'avais succombé à l'intimidation morale, à la conviction que Dempster avait raison et moi tort, et que cela lui conférait une autorité sur moi, fondée sur le sentiment plutôt que sur la raison : c'était mon premier contact avec la puissance émotive de la morale populaire.

Dans mon amertume, je souhaitai du mal à Amasa Dempster. Je n'aurais jamais dû faire cela, et je le savais. Dans l'optique de mes parents, la superstition était sottise pour gens ignorants, mais ils faisaient certaines réserves : ils pensaient, par exemple, que cela portait malheur de souhaiter du mal à quelqu'un. Le vœu néfaste retomberait certainement sur celui qui l'avait formulé. Je souhaitai quand même du mal à Dempster ; je suppliai Quelqu'un — un Dieu qui puisse me comprendre — de lui faire amèrement regretter de m'avoir parlé de la sorte.

Il ne dit rien à mes parents, ni même à M. Bowyer. J'interprétai son silence comme de la faiblesse, et ce fut probablement, en effet, un facteur important dans sa décision de se taire. Maintenant je le voyais plusieurs fois par semaine, de loin, et j'avais l'impression qu'il était accablé par le fardeau de sa vie. Il ne se voûtait pas, mais il avait l'air plus décharné que jamais et plus fou. Je n'aperçus Paul qu'une seule fois, mais il me tourna le dos et courut chez lui, en pleurs ; cela me fit beaucoup de peine. Quant à Mme Dempster, je la voyais souvent, car elle traînait de plus en plus dans les rues et passait des matinées entières à aller de porte en porte — « courant les rues », selon l'expression que beaucoup de femmes utilisaient maintenant —, offrant des bottes de rhubarbe toute molle, des laitues fanées, ou d'autres produits de leur jardin, qui était si mal entretenu sans moi que rien n'y poussait convenablement. Mais elle voulait faire des cadeaux et se vexait si ses voisins les refusaient. Son visage reflétait une expression douce mais d'une tristesse bien peu deptfordienne ; il sautait aux yeux qu'elle se sentait perdue, et il lui arrivait parfois de se rendre trois fois à la même maison en une seule matinée, dérangeant ainsi une femme occupée à faire la lessive ou à préparer un repas pour son mari et ses fils.

Maintenant, lorsque je pense à ma mère, j'essaie de me rappeler comment elle se comportait avec Mme Dempster. Mauvaise actrice, elle feignait toutefois d'apprécier le cadeau et insistait toujours pour donner autre chose en retour, généralement quelque chose d'important qui durerait. Elle se souvenait toujours de ce que Mme Dempster avait apporté et elle l'en félicitait par la suite, alors que le plus souvent c'était tout juste bon à jeter.

« La pauvre âme trouve tellement de plaisir à donner », disait-elle à mon père, « que ce serait inhumain de l'en empêcher. Le malheur, c'est qu'il n'y ait pas davantage de gens ayant les moyens de donner qui éprouvent ce même besoin. »

J'évitais les contacts directs avec Mme Dempster, car elle disait : « Dunstable Ramsay, tu es presque un homme maintenant. Pourquoi ne viens-tu plus nous voir ? Tu manques à Paul ; il me le dit. »

Elle avait oublié, ou peut-être n'avait-elle jamais su, que son mari m'avait enjoint de ne plus aller chez eux. Je ne la voyais jamais sans me sentir coupable, ni sans m'inquiéter pour elle. Mais pour son mari, je n'éprouvais aucune pitié.

10

Les errances de Mme Dempster prirent fin le vendredi 24 octobre 1913. Il était presque dix heures du soir et j'étais en train de lire auprès du poêle en compagnie de mon père ; ma mère cousait — quelque chose pour la vente de charité de la Mission — et Willie assistait à une répétition de l'Orchestre des Jeunes qu'un enthousiaste du coin avait organisé ; Willie jouait du cornet et avait un faible pour la première flûte, une certaine Ada Blake.

Quand on frappa à la porte, mon père se leva pour aller ouvrir, et après que nous eûmes entendu des chuintements, il demanda aux visiteurs d'entrer pendant qu'il enfilait ses bottes. Il y avait Jim Warren, agent de police à temps partiel du village, George et Garnet Harper, deux farceurs qui, en cette occasion, avaient un air solennel qu'on ne leur connaissait guère.

« Mary Dempster a disparu », expliqua mon père. « Jim est en train d'organiser une battue. »

« Ouais, a disparu depuis le souper », dit l'agent de police. « L'révérend est rentré à neuf heures et a n'était pus là. Nulle part dans les environs, et maintenant on va fouiller la carrière. Si a n'y est pas, y faudra draguer la rivière. »

« Tu ferais bien d'accompagner ton père », me dit ma mère. « J'irai chez les Dempster jeter un coup d'œil sur Paul, et me tiendrai prête pour quand vous la ramènerez chez elle. »

Ces paroles impliquaient bien des choses. À cet instant, ma mère reconnut que j'étais un homme, capable de m'occuper d'affaires sérieuses. Elle avait aussi témoigné par là que je me souciais des Dempster, peut-être autant qu'elle ; on ne m'avait jamais questionné pour savoir pourquoi je n'allais plus leur rendre service ces derniers mois. Je suis persuadé que mes parents savaient qu'Amasa Dempster m'avait signifié de me tenir à distance et qu'ils supposaient que cela venait de son fol orgueil et d'une suffisance grandissante. Mais si Mme Dempster était perdue la nuit, toutes les considérations de la journée devaient être mises à l'écart. À cette époque, les gens conservaient encore beaucoup de l'esprit pionnier, et ils savaient quand quelque chose de sérieux se produisait.

Je partis en flèche chercher une lampe électrique ; mon père avait récemment acheté une voiture — faisant preuve de hardiesse pour l'époque et le lieu — et l'on gardait une grosse lampe électrique dans la boîte à outils sur le marchepied, en prévision d'une crevaison de nuit.

Nous partîmes pour la carrière où dix ou douze hommes étaient déjà rassemblés. Je m'étonnai de voir M. Mahaffey, notre magistrat, parmi eux. À Deptford, l'agent de police et lui représentaient la loi, et leur présence trahissait une inquiétude publique grave.

Cette carrière avait pris une grande importance dans notre vie communautaire parce qu'elle empêchait complètement toute extension normale des rues ou la construction de maisons à l'extrémité occidentale du village ; notre conseil municipal s'en indignait fréquemment. Cependant la carrière appartenait à la compagnie de chemins de fer qui y tenait, trouvant là le gravier dont elle avait besoin pour entretenir ses ballasts, qu'elle extrayait et transportait sur des distances considérables le long de la voie ferrée. Je ne suis pas en mesure de fournir les dimensions exactes de la carrière, mais elle était grande, et les préjugés la faisaient paraître plus grande encore. On ne l'exploitait pas constamment, de sorte qu'on la délaissait parfois pendant plus d'un an ; la rivière qui la longeait s'y infiltrait pour former des mares, et il y avait beaucoup d'arbustes rabougris, de sumacs, de saules, d'érables du Manitoba, et d'autres arbres de peu de valeur, ainsi que des verges d'or et autres mauvaises herbes de la même famille.

Les mères haïssaient cette carrière car parfois de petits enfants s'y égaraient et se blessaient tandis que les plus grands s'y faufilaient pour rencontrer Mabel Heighington et ses pareilles. Mais par-dessus tout, on la détestait car elle offrait refuge aux voyageurs clandestins du rail. Certains étaient de jeunes costauds ; d'autres des hommes âgés ou le paraissant, vêtus de capotes déchirées, ceinturées d'un morceau de corde ou de lanière, portant des chapeaux tout cabossés. Ils sentaient des pieds, puaient la sueur, les fèces et l'urine à faire reculer un bouc. Ils buvaient des quantités considérables d'essences aromatiques et de liniments à forte base d'alcool. Ils étaient tous susceptibles d'apparaître à une porte de derrière pour quémander de la nourriture. On lisait dans leurs yeux l'hébétude et l'ahurissement de gens qui couchent à la belle étoile sans manger à leur faim. En général, on leur donnait de la nourriture et surtout on les craignait comme des hors-la-loi.

Dans la seconde moitié de ma vie, j'ai été l'objet tantôt d'éloges, tantôt de moqueries pour ma faculté d'entrevoir les éléments mythiques qui me paraissent sous-tendre nos vies, en apparence ordinaires. Sans doute, cette tournure d'esprit tire-t-elle ses origines de notre fameuse carrière, qui se rapprochait beaucoup de l'Enfer protestant. Je fus probablement l'auditeur le plus passionné d'un sermon que le révérend Andrew Bowyer prononça un jour sur le thème de la Géhenne, cette vallée horrible en dehors des murs de Jérusalem, où vivaient les parias dont les feux vacillants, vus des murs de la ville, donnèrent peut-être naissance à l'idée d'un enfer de flammes perpétuelles. Il aimait, de temps à autre, secouer son auditoire, et il dit que notre carrière ressemblait en bien des points à la Géhenne. Mes aînés trouvèrent cette comparaison tirée par les cheveux, mais moi, je ne voyais aucune raison pour que l'Enfer n'ait pas, pour ainsi dire, des succursales visibles dans tous les coins du monde — j'en ai d'ailleurs visité un bon nombre depuis.

Sous le commandement de Jim et de M. Mahaffey, nous nous mîmes d'accord pour que quinze d'entre nous entreprennent la descente ardue dans la carrière et forment une ligne, laissant vingt à trente pieds entre chaque homme, pour sillonner le terrain de part en part. Le premier à découvrir un indice devait crier. Pendant la fouille de la carrière, on entendit beaucoup de bruit car, à mon avis, la plupart des hommes voulaient prévenir les chemineaux de notre arrivée pour qu'ils puissent déguerpir ; personne ne tenait à tomber à l'improviste sur un de leurs bivouacs — on les appelait des « jungles », ce qui les faisait paraître encore plus terribles. Nous n'avions repéré que deux feux, à l'autre extrémité de la carrière, mais il pouvait y avoir toute une bande de chemineaux sans feu.

J'avançais dans la carrière entre mon père, trente pieds à ma gauche, et un grand type du nom d'Ed Hainey, à ma droite. En dépit de la proximité des chercheurs, c'était un travail solitaire ; bien qu'il fît clair de lune, celle-ci décroissait et la lumière était mauvaise. J'avais peur, sans toutefois savoir de quoi — la pire des peurs. On avait peut-être marché un quart de mille quand je me trouvai tout à coup devant un bouquet de saules. J'allais le contourner, lorsque j'entendis quelque chose bouger. J'émis un son — je suis certain que ce n'était pas un hurlement — et mon père accourut à mes côtés, dirigeant le faisceau de sa lampe dans les broussailles. Dans cette lumière terne et blafarde, nous vîmes un chemineau et une femme en train de s'accoupler. Le chemineau roula de côté et, terrorisé, nous regarda avec effarement. La femme était Mme Dempster.

Ce fut Hainey qui poussa le cri d'alerte, et en quelques secondes tous les hommes furent sur les lieux. Jim Warren braqua son pistolet sur le chemineau et dit : « Haut les mains ! » Il répéta son ordre deux ou trois fois ; c'est alors que Mme Dempster prit la parole.

« Vous devriez lui parler beaucoup plus fort, monsieur Warren, dit-elle, il est un peu sourd. »

Aucun de nous, me semble-t-il, ne savait où regarder en l'écoutant ; elle rabaissa ses jupes mais ne se releva pas. C'est à ce moment-là que le révérend Amasa Dempster nous rejoignit ; je n'avais pas remarqué sa présence au début de notre chasse, et pourtant il devait être là. Il se comporta avec une grande dignité, se penchant pour aider sa femme à se relever, avec ce même amour protecteur que je lui avais vu la nuit où Paul était né. Mais il ne put se retenir de lui poser une question.

« Mary, qu'est-ce qui t'a poussée à faire cela ? »

Elle le regarda bien en face et lui fit cette réponse qui devint célèbre à Deptford : « Il s'est montré très poli, 'Masa. Et il en mourait d'envie. »

Il prit le bras de sa femme et se mit en route pour leur demeure, tout comme s'ils partaient en promenade. Sous la conduite de M. Mahaffey, Jim Warren emmena le chemineau au poste. Nous nous dispersâmes en silence.

11

Amasa Dempster rendit visite à M. Mahaffey tôt le samedi suivant et lui déclara qu'il ne voulait ni porter plainte ni prendre part à aucun procès. Le magistrat tint alors conseil avec mon père et quelques autres sages, puis il demanda à Jim Warren d'expulser le chemineau du village et de lui signifier de ne plus jamais y remettre les pieds.

Le vrai procès aurait lieu le dimanche, et tout le monde le savait. Les commérages allèrent bon train toute la journée du samedi, et le dimanche à l'église tout non-baptiste mourait d'envie de savoir ce qui allait se passer durant ce service-là. Le révérend Andrew Bowyer pria pour « tous ceux dont l'esprit est en détresse et en particulier pour une famille connue de tous, actuellement très éprouvée ». Quelque chose d'approchant fut prêché dans les églises anglicane et méthodiste. Seul l'abbé Regan de l'église catholique parla sans ambages. Du haut de la chaire, il qualifia la carrière de honteuse et dénonça les chemins de fer qui avaient l'outrecuidance de refuser de la nettoyer ou de la fermer. Mais quand nous apprîmes la teneur de son sermon, chacun jugea qu'il était passé à côté de la question. Mme Dempster avait consenti : là était l'essentiel. En supposant qu'elle n'eût pas toute sa tête, quel stade avancé de la folie une femme devait-elle atteindre avant d'en arriver là ? Le docteur McCausland, sollicité sur les marches de notre église par ceux qui recherchaient la vérité, affirma qu'une telle conduite révélait une dégénérescence mentale sans doute progressive.

Bientôt nous apprîmes ce que le pasteur baptiste avait dit le matin même : il était monté en chaire, avait prié silencieusement quelques instants, puis avait annoncé à sa congrégation que le temps était venu pour lui de résilier ses fonctions, étant donné qu'il avait d'autres devoirs incompatibles avec sa charge. Il leur avait demandé de prier pour lui, puis s'était rendu dans son bureau. Un membre éminent de la congrégation, un boulanger, se chargea du service qu'il transforma en réunion ; le boulanger et quelques autres étaient d'avis de demander au pasteur de s'accorder un temps de réflexion, mais la majorité s'y opposa, en particulier les femmes, bien qu'aucune n'ait pris la parole.

Elles s'étaient prononcées avant d'entrer à l'église, et leurs maris savaient que la tranquillité s'achète. Le boulanger, suivi d'un ou deux hommes, dut alors regagner le bureau pour dire à Amasa Dempster qu'on acceptait sa démission. Il quittait l'église sans avenir devant lui, avec une femme folle et déshonorée, un enfant délicat et six dollars en espèces. Plusieurs hommes auraient aimé faire quelque chose pour lui, mais l'attitude de leurs femmes les en empêcha.

Il y eut une terrible dispute au sein de notre foyer — d'autant plus terrible que je n'avais jamais entendu mes parents ne pas être du même avis quand ils savaient que Willie et moi pouvions les entendre ; ce que j'entendais grâce au tuyau de poêle équivalait parfois à un désaccord mais jamais à une dispute. Mon père accusa ma mère de manquer de charité ; elle répondit qu'étant mère de deux garçons elle devait défendre des normes de bienséance. Voilà l'essentiel de la dispute qui, dès qu'elle fut entamée, poussa ma mère à dire que s'il était prêt à défendre la conduite obscène et l'adultère, il était loin d'être l'homme qu'elle avait épousé et il dit qu'il ne la savait pas si cruelle. (J'aurais pu lui en toucher deux mots.) Cette dispute éclata au dîner du dimanche et poussa Willie, le type le moins démonstratif qu'on ait jamais rencontré, à jeter sa serviette sur la table, à s'exclamer, « Oh ! pour l'amour des canards sauvages ! » et à sortir. Je n'osai pas le suivre, et comme la colère de mes parents s'intensifiait, j'étais au supplice.

Évidemment, ma mère remporta la victoire. Si mon père n'avait pas cédé, il aurait été la victime de la vertu outragée — peut-être pour le restant de ses jours. Quoi qu'il en soit, me semble-t-il, elle n'abandonna jamais le soupçon qu'il n'était pas aussi moralement intègre qu'elle l'avait supposé jusque-là. Mme Dempster avait transgressé les lois dans un domaine où il ne pouvait y avoir de degrés entre le vrai et le faux. Et quelle raison avait-elle donné de sa conduite !

C'est ce que les femmes « bien » de Deptford n'arrivaient pas à digérer : Mme Dempster n'avait pas été violée, comme l'aurait été une femme honnête — non, elle avait cédé parce qu'un homme la désirait. Le sujet n'était pas de nature à être librement discuté même avec des intimes, mais il tombait sous le sens que si les femmes se mettaient à céder pour de telles raisons, le mariage et la société auraient tôt fait de disparaître. Tout homme qui prenait la défense de Mme Dempster croyait certainement à l'Amour Libre. Il associait sans doute le sexe au plaisir, et cela le mettait dans une catégorie de penseurs dégoûtants comme Cice Athelstan.

Cecil Athelstan — qu'on appelait toujours Cice — était la brebis galeuse de la famille qui régnait sur notre village. C'était un ivrogne gras et pansu qui passait son temps assis sur une chaise devant le bar Tecumseh House quand il faisait beau, ou autrement, sur la même chaise à l'intérieur. Une fois par mois, quand il touchait son chèque, il allait passer une nuit ou deux à Detroit, de l'autre côté de la frontière, où selon ses propres récits, il était le boute-en-train des bordels. Fainéant au langage grossier s'il en fut, il avait toutefois un tel bagage d'expérience et d'humour local qu'il imposait le respect à un petit groupe de flâneurs. Ses remarques, amusantes quelquefois, étaient fréquemment citées, même par des gens qui le désapprouvaient.

La réponse de Mme Dempster comblait un homme comme Cice. « Hé ! » criait-il à l'un de ses compères de l'autre côté de la rue, « Tu t' sens-tu *poli* aujourd'hui ? J' me sens sacrément *poli*, alors y faut qu' j'aille tout de suite à Detroit — ou peut-être chez Qui Tu Sais ! » Ou bien, quand une femme respectable passait devant l'hôtel mais de l'autre côté de la rue, il chantait juste assez fort pour être entendu, « J'en ai envi-i-e... ! Hé, Cora, j'en meurs d'envi-i-i-e... ! » Chose étrange, la conduite de ce fou patenté rendait l'énormité des paroles de Mme Dempster encore plus incroyable, mais ne diminuait pas l'estime que la ville portait à Cice Athelstan — probablement parce qu'elle ne pouvait descendre plus bas.

À l'école, plusieurs garçons me tourmentèrent pour que je leur décrive dans les moindres détails anatomiques ce que j'avais vu dans la carrière. Je n'eus aucun mal à les réduire au silence, mais, bien sûr, Cice et sa bande restèrent hors de ma portée. Cice lui-même, avec quelques-uns de sa troupe, et les garçons Harper (qui auraient dû être plus raisonnables) organisèrent un charivari lors du déménagement des Dempster. Amasa Dempster quitta sa cure baptiste le mardi suivant sa démission et mena sa femme et son fils à un cottage situé sur le chemin de l'école. Le presbytère était meublé, de sorte qu'ils avaient peu de choses à déménager, mais quelques personnes incapables de supporter la déchéance des Dempster rassemblèrent des meubles pour la nouvelle maison, sans toutefois révéler trop clairement leur provenance. (Je sais que mon père fournit — tout à fait clandestinement — une partie de l'argent destiné à ce projet.)

À minuit, une bande d'hommes aux visages noircis tapèrent sur des casseroles et klaxonnèrent devant le cottage pendant une demi-heure, et quelqu'un lança un balai allumé sur le toit, mais par cette nuit humide il n'y eut pas de dégâts. On put entendre la voix de Cice dans la moitié de la ville crier : « Sors donc, Mary ! On meurt d'envie ! » J'aimerais pouvoir rapporter qu'Amasa Dempster sortit pour les affronter, mais il n'en fit rien.

Je n'ai jamais vu un homme changer aussi rapidement. Il était décharné et solitaire auparavant, mais une lueur brillait dans ses yeux ; en deux semaines, il se mit à ressembler à un épouvantail. Il avait un emploi : George Alcott, propriétaire de la scierie, lui avait offert une place comme comptable et chronométreur à douze dollars par semaine, salaire convenable pour ce genre de travail ; d'ailleurs les Dempster se trouvaient ainsi un peu plus à l'aise, car aucune dîme n'en était prélevée. Mais la déchéance et le déshonneur brisèrent Amasa Dempster. Il avait été pasteur, et cette charge lui tenait à cœur ; maintenant il n'était plus rien à ses propres yeux, et l'on voyait qu'il craignait le pire pour sa femme.

Ce qui se passa entre eux demeura un mystère, mais on ne la vit plus au village et très rarement dans la petite cour de leur cottage. On murmurait qu'il l'avait attachée chez elle à une longue corde, de sorte qu'elle pût bouger librement mais sans pouvoir sortir. Le dimanche matin, à son bras, elle se rendait à l'église baptiste, et ils s'asseyaient sur un banc du fond, sans jamais parler à quiconque avant ou après le service. Elle affichait un air très étrange en vérité, et si elle n'avait pas été folle auparavant, disait-on, elle l'était maintenant.

Je me montrais plus avisé. Après quelques semaines pendant lesquelles je souffris des racontars du village, je me faufilai jusque chez eux et jetai un regard furtif par la fenêtre. Elle était assise sur une chaise près d'une table, fixant le vide, mais lorsque je frappai au carreau, elle me regarda et m'adressa un sourire : elle m'avait reconnu. Un instant plus tard, j'étais à ses côtés, et après quelques minutes de gêne nous parlions avec beaucoup de vivacité. Sa solitude avait entraîné une certaine bizarrerie mais elle s'exprimait de façon sensée, et j'avais assez de jugeote pour me cantonner dans des sujets généraux. J'appris rapidement qu'elle ne savait rien de ce qui se passait dans le monde car les Dempster n'achetaient aucun journal.

Par la suite, j'y retournai deux ou trois fois par semaine avec un journal du jour ou un exemplaire de notre *Banner*. Je lui lisais ce qui pouvait l'intéresser, et la tenais au courant des ragots du village. Paul était souvent avec nous, car il ne jouait jamais avec d'autres enfants, et je faisais ce que je pouvais pour lui. J'avais signifié à Mme Dempster qu'elle ne devait pas mentionner ces visites à son mari, car j'étais sûr qu'il me considérait encore comme une influence néfaste.

Je choisis d'aller la voir ainsi en cachette — car ma mère aurait été furieuse, et je savais que si l'on me surprenait la nouvelle se répandrait aussitôt — espérant faire par là quelque chose pour elle, mais je découvris très rapidement que c'est elle qui faisait beaucoup pour moi. Je ne sais comment l'exprimer, mais c'était une femme d'une grande sagesse, et bien qu'elle fût seulement de dix ans mon aînée (elle avait donc vingt-six ans), elle me paraissait avoir une largeur d'esprit et une clarté de vision qui m'émerveillaient par leur étrangeté ; mais je n'arrive pas à me souvenir d'exemples probants. À l'époque, je ne savais pas en quoi résidait cette qualité particulière, mais je me rends compte maintenant que c'était chez elle l'absence de crainte, d'appréhension, le refus, quoi qu'il arrive, d'envisager le pire, qui m'étonnaient et m'enrichissaient. Elle n'était pas dans cet état lorsque je la rencontrai pour la première fois après la naissance de Paul, mais je vois aujourd'hui qu'elle s'y acheminait déjà. Quand elle avait semblé rire des choses que son mari prenait très au sérieux, c'est de la disproportion de son sérieux qu'elle riait, et naturellement à Deptford on avait interprété ce rire comme les ricanements hébétés d'une folle.

Il serait faux de suggérer qu'il y eût quoi que ce soit de philosophique dans son attitude. Cela tenait plutôt de la religion et il était impossible de lui parler longtemps sans se rendre compte qu'elle était essentiellement religieuse. Je ne dis pas « profondément religieuse » car c'est ce que les gens disaient de son mari, et, semble-t-il, ils entendaient par là qu'il imposait la religion, ou du moins la conception qu'il en avait, à tout et à tous. Mais elle, prisonnière dans une maison minable, sans amis excepté moi, semblait vivre dans un monde de confiance, qui n'avait rien de commun avec le caractère maladif, affadi, irréel de la religion. Elle se savait en disgrâce auprès de ses semblables, mais elle ne se sentait pas disgraciée ; elle savait qu'on se moquait d'elle, mais elle ne ressentait aucune humiliation. Une lumière intérieure éclairait sa vie ; cela me dépassait, sauf qu'elle ressemblait aux splendeurs que je trouvais dans les livres, sans toutefois être livresque. C'est comme si, exilée d'un monde qui voyait les choses à sa façon et désolée de n'être pas comprise par les gens de Deptford, elle n'éprouvait aucun ressentiment. Lorsqu'on franchissait la barrière de sa timidité, elle avait des opinions très positives, mais ce qui paraissait le plus étrange chez elle, c'est qu'elle ne connaissait pas la peur.

C'était là le meilleur de Mary Dempster. Je ne parlerai pas du désordre ni de l'inconfort du cottage, et bien que le petit Paul fût aimé et chéri par sa mère, il avait l'apparence d'un enfant pitoyablement négligé. Par conséquent, elle était peut-être vraiment à moitié folle, mais ce n'était qu'à moitié ; son bon côté apportait du réconfort et de l'assurance à ma vie qui en avait grand besoin. Je finis par ne plus remarquer la corde qu'elle portait (c'était d'ailleurs un harnais qui lui enserrait la taille et les épaules ; la corde de chanvre sentant le cheval était nouée à un anneau posé sur le côté, de sorte qu'elle pouvait s'allonger si elle le désirait) ni ses vêtements en guenilles, ni de temps à autre les brefs moments pendant lesquels elle n'avait pas toute sa lucidité. Je la considérais comme ma plus grande amie, et notre entente secrète était le suc nourricier de ma vie.

En dépit du rapprochement qui s'établit entre nous, le moment favorable pour la questionner sur le chemineau ne se présenta jamais. J'essayais d'oublier le spectacle, si horrible dans mes songes, que j'avais découvert quand je les avais surpris : des fesses nues et quatre jambes si étrangement entremêlées. Mais je ne parvins jamais à l'oublier. Ce fut mon premier contact avec une certaine réalité que ma religion, mon éducation et ma tournure d'esprit superficiellement romantique avaient déclaré obscène. Il y avait donc un aspect de Mary Dempster qui se trouvait en dehors de ma compétence ; mais, étant jeune et peu disposé à reconnaître qu'il y ait ou puisse y avoir des choses que je ne connaissais pas, j'en conclus que cet aspect inconnu devait s'appeler la folie.

12

L'année suivante, je fus très occupé et, en dehors de mes visites à Mme Dempster, très solitaire. Mes compagnons d'école m'accusaient d'être un « je sais tout », et par esprit de contradiction cette appellation me plaisait. À fouiller le dictionnaire, je découvris qu'un « je sais tout », chez les gens qui apprécient le savoir et la culture, s'appelait un érudit, et je me mis en devoir d'être un érudit avec le même enthousiasme qui m'avait un jour poussé à travailler pour devenir prestidigitateur. C'était un travail beaucoup plus facile ; je n'eus qu'à lire l'encyclopédie de notre bibliothèque de village. C'était une Chambers de 1888 et je n'étais pas stupide au point de croire que je pouvais la lire d'un bout à l'autre ; je lisais les articles qui me plaisaient, et quand je trouvais quelque chose de particulièrement savoureux je lisais tout ce qui s'y rapportait. Je travaillais comme un castor pour lire cette encyclopédie, avec une ténacité que j'aimerais encore posséder aujourd'hui, et si je ne suis pas devenu parfaitement érudit, j'accumulai cependant suffisamment d'informations pour embêter mes connaissances.

Je parvins aussi à mieux connaître mon père, car après la fouille de la carrière pour retrouver Mme Dempster, il s'ingénia à faire de moi son ami. C'était un homme intelligent, d'une solide éducation à l'ancienne mode ; enfant, il avait étudié à la Dumfries Academy, et ce qu'il savait, il pouvait s'en servir avec une précision que je lui ai souvent enviée ; avec lui, l'étude du latin cessa d'être pour moi un pensum, car sans la connaissance de cette langue, insistait-il, personne ne pouvait écrire clairement l'anglais.

Parfois, lors de nos promenades du dimanche le long de la voie ferrée, Sam West, un électricien d'une intelligence très supérieure à sa condition, nous rejoignait. Enfant, on l'avait attelé à la Bible : non seulement il pouvait en citer n'importe quel verset mais il n'y avait pas la moindre contradiction ni la moindre absurdité qu'il ne connût ni ne chérît. Il exécrait d'une manière absolue la religion et les Églises et grondait contre elles dans une langue qui devait son mordant à l'Ancien Testament. Dans toutes ses affaires, il faisait preuve d'une intégrité sans faille, pour prouver aux esclaves du cléricalisme et de la superstition que la morale n'avait rien à voir avec la religion ; il assistait irrégulièrement aux services de toutes nos églises locales pour pouvoir s'attaquer mentalement aux sermons et les réfuter. Ses imitations des différents pasteurs témoignaient d'un sens très fin de l'observation, et il n'avait pas son pareil quand il imitait le révérend Andrew Bowyer : « O Seigneur, prenez un charbon ardent de votre autel et touchez vos lèvres », criait-il, caricaturant le bel accent d'Edimbourg de notre pasteur ; puis, riant à gorge déployée : « Comme il serait étonné si sa prière était entendue ! »

S'il espérait faire de moi un athée, il fit fausse route ; je savais reconnaître une métaphore, et je préférais la métaphore au raisonnement. J'ai connu bien des athées depuis Sam, et ils échouent tous sur la métaphore.

À l'école, j'étais un fléau, car mon père était maintenant président de notre commission d'École permanente et je me considérais comme l'égal ou presque du professeur, une jeune femme que mon attitude devait rendre folle de rage. Je voulais tout discuter, tout développer, et en général je cherchais à faire de chaque classe un pow-wow socratique au lieu d'avancer dans le programme scolaire. Je l'énervais sans doute, comme peut si facilement le faire un élève débordant de connaissances fraîchement acquises dont il brûle de se servir. J'ai eu affaire, depuis, à d'innombrables variantes du jeune que j'étais dans les salles de classe et je me suis intérieurement excusé d'avoir été aussi fatigant.

Mes contemporains grandissaient également. Leola Cruikshank était maintenant une beauté dans le village, et nul n'ignorait qu'elle fût la bonne amie de Percy Boyd Staunton. J'émerveillais encore Spider Webb et lui permettais gracieusement de m'adorer — de loin. Milo Papple avait découvert que le don d'émettre des vents à volonté ne pouvait à lui seul assurer le succès mondain. Il apprit alors quelques trucs des commis-voyageurs auxquels son père faisait la barbe ; ces trucs lui valurent un statut nouveau. À cette époque-là, la parodie de chansons populaires amusait les gens et lorsqu'une conversation tombait, Milo entonnait :

J'avais un double menton
Un gros double menton
Tu avais le nez rouge
Tout rouge, tout rouge.

Ou encore :

Je rêve de Denise
Aux cheveux clairs
En chemise
Soûle dans les waters.

Ces couplets étaient toujours très brefs, et Milo comptait toujours sur ses auditeurs pour qu'ils éclatent d'un rire incontrôlable, avant qu'ils ne soient terminés. Peste comme j'étais, j'avais l'habitude de l'inciter à continuer, ce qui le faisait me haïr vigoureusement. Il connaissait aussi quelques bonnes blagues sur les pieds malodorants à raconter aux surprises-parties. Je refusais d'en rire car je jalousais toute personne plus drôle que moi. Malheureusement, mes plaisanteries avaient tendance à être si compliquées que personne ne riait, sauf Spider Webb qui visiblement ne les comprenait pas.

Le grand événement du printemps fut la révélation que Percy Boyd Staunton et Mabel Heighington avaient été surpris en train de faire l'amour par la mère de Mabel qui les avait pistés jusqu'à la grange du docteur Staunton et les avait trouvés. Mme Heighington était une petite femme sale et hystérique dont la première vertu n'était pas la chasteté ; son mari l'avait quittée depuis plusieurs années. Ce qu'elle dit au père de Percy, qu'elle exigea de voir un jour juste au moment où il s'apprêtait à faire un petit somme après le dîner, elle le répéta si souvent dans les rues que je l'entendis plus d'une fois. S'il croyait que, parce que sa mère était une pauvre femme seule, sa fille unique serait foulée aux pieds par le fils d'un homme riche pour être ensuite abandonnée par Dieu ! elle allait lui montrer qu'il se méprenait. Elle avait son amour-propre, comme tout le monde. Devait-elle se rendre directement chez M. Mahaffey et mettre en marche les rouages de la justice, ou allait-il lui demander de s'asseoir pour parler affaires ?

L'issue de cette histoire est demeurée un mystère. Certains parlèrent de cinquante dollars, d'autres de cent. Mme Heighington ne révéla jamais le montant exact. Il y avait ceux qui disaient que vingt-cinq sous auraient été un prix suffisant pour la vertu de Mabel, ou ce qui en restait ; elle rencontrait régulièrement le garde-frein d'un train de marchandises qui s'allongeait sur une voie de garage proche de la carrière une demi-heure chaque vendredi, et il obtenait ses faveurs sur quelques sacs dans un wagon à bestiaux ; elle avait également eu des relations avec deux journaliers qui travaillaient à proximité de la Réserve indienne. Mais le docteur Staunton avait de l'argent — beaucoup d'argent au dire de tout le monde — car au cours des années il avait acquis d'importantes propriétés et ses cultures de tabac et de betteraves à sucre lui rapportaient beaucoup. La betterave sucrière était récemment devenue une denrée de tout premier plan. La profession de médecin était une seconde corde à son arc, et il la conservait principalement en raison du prestige qu'elle lui conférait. Toujours est-il qu'il était médecin et quand Mme Heighington lui dit que s'il y avait un bébé, elle exigerait qu'il fît quelque chose, le coup porta.

Pour notre village, cela équivalait à un scandale dans la haute société. Certaines femmes s'apitoyèrent avec beaucoup de compassion sur Mme Staunton ; d'autres la blâmèrent d'avoir donné trop de liberté à Percy. Certains hommes pensèrent que Percy était un jeune garnement, mais la bande de Cice Athelstan l'acclama comme l'un des leurs. Ben Cruikshank, petit charpentier pas commode, arrêta Percy dans la rue et lui conseilla de ne plus jamais s'approcher de Leola s'il ne voulait pas se faire estropier. Pendant des jours, Leola eut l'air abattu ; on savait qu'elle se languissait de Percy et qu'elle lui pardonnait en dépit de tout, ce qui eut pour effet de me rendre cynique envers les femmes. Certains de nos moralistes les plus acharnés remontèrent à l'incident de Mme Dempster et dirent qu'il n'y avait rien d'étonnant à ce que la conduite de la femme du pasteur ait donné des idées aux jeunes. Le docteur Staunton observa le silence, mais on apprit qu'il avait décidé d'envoyer Percy faire ses études ailleurs, là où il ne serait pas traité en bébé par sa mère. Et voilà comment, cher Directeur, Percy échoua à Colbourne College, dont il devint par la suite un Ancien Élève distingué et président du conseil d'administration.

13

Presque partout, l'événement frappant de l'automne 1914 fut la déclaration de guerre, mais à Deptford la maladie de mon frère Willie fut une affaire presque aussi importante.

Présentant des rémissions, la maladie de Willie durait depuis quatre ans déjà. L'origine de ses troubles remontait à l'accident survenu dans les locaux du *Banner* : il avait essayé d'enlever quelques rouleaux de la grande presse — celle qu'on utilisait pour imprimer le journal — sans se faire aider. Jumper Saul était absent, jouant pour l'équipe de base-ball locale. Les rouleaux n'étaient pas très lourds mais difficiles à manier ; l'un d'eux tomba sur Willie et le plaqua au sol. Au premier abord, on jugea que c'était un accident sans conséquences et qu'il s'en tirerait avec un hématome important dans le dos. Mais peu à peu Willie souffrit par intermittence de fortes douleurs internes. Le docteur McCausland ne pouvait pas faire grand-chose pour lui ; nous n'avions pas encore entendu parler de la radiographie dans nos contrées, et les interventions exploratrices, si courantes de nos jours, étaient virtuellement inconnues. Mes parents conduisirent Willie à Pittstown chez un chiropraticien pour quelques séances, mais le traitement se révéla si douloureux pour Willie que ce praticien refusa de continuer. Toutefois, jusqu'à l'automne de 1914, Willie s'était toujours remis après s'être alité quelques jours, prenant des repas légers et lisant une grande quantité d'histoires écrites par Sexton Blake.

Cette fois-là, il était vraiment très malade — si malade qu'il eut des périodes de délire. Cependant, son symptôme le plus dramatique, divulgué à mi-voix dans tout le village, était une tenace rétention d'urine qui ajoutait beaucoup à sa détresse. Le docteur McCausland envoya chercher un spécialiste de Toronto — démarche alarmante dans notre village — et le spécialiste n'eut pas grand-chose à suggérer, si ce n'est le bienfait que Willie pourrait tirer d'immersions dans l'eau chaude toutes les quatre heures ; il ne conseilla pas encore l'opération, car l'ablation d'un rein était alors une affaire extrêmement grave.

Dès que les nouvelles du traitement conseillé par le spécialiste se furent répandues, il y eut un groupe de volontaires prêts à nous aider pour les immersions. Celles-ci seraient forcément malcommodes, car nous n'avions qu'une baignoire portative ; on pouvait la mettre à côté du lit mais il fallait la remplir d'eau chaude à l'aide de seaux. J'ai déjà dit que notre village avait le cœur sur la main, et c'était le genre de services qu'il aimait rendre ; six immersions par jour étaient une bagatelle, en regard du désir d'aider. Même le nouveau pasteur presbytérien, le révérend Donald Phelps (successeur du révérend Andrew Bowyer, qui s'était retiré au printemps de 1914), se porta volontaire, bien qu'il fût encore relativement étranger ; plus étonnant encore, Cice Athelstan faisait partie du groupe, et il était tout à fait sobre quand il arrivait. Faire surmonter ce mauvais moment à Willie devint une cause publique.

Certes, les bains semblaient apporter un soulagement à Willie, bien que l'enflure occasionnée par la rétention d'urine s'aggravât. Le samedi de notre Foire d'automne — il était au lit depuis plus de deux semaines —, un problème se présenta. Mon père devait assister à la foire : non seulement il lui fallait écrire un article pour le *Banner*, mais en sa qualité de président de la Commission d'Études Permanentes, il devait juger deux ou trois compétitions. On s'attendait que ma mère s'y rendît aussi. Elle y tenait d'ailleurs car l'Auxiliaire féminin de notre église offrait un « Dîner de Volaille » et, organisatrice réputée, elle savait promouvoir les victuailles de luxe. Les hommes qui donneraient à Willie son bain de six heures arriveraient à temps, mais qui resterait avec lui pendant l'après-midi ? Je serais heureux de le faire ; j'irais à la Foire après dîner, ce que je préférais d'ailleurs, car tout paraissait toujours beaucoup plus gai et romantique à la tombée de la nuit.

De deux à trois heures, je restai assis dans la chambre de Willie à lire, et entre trois heures et trois heures et demie, je fis ce que je pus pour Willie alors qu'il mourait. Mais ce fut bien peu. Il s'agitait et avait chaud, je recouvris son front d'une serviette froide. Il se mit à s'agiter et à frémir : je lui pris les mains et essayai de le réconforter de mon mieux en lui parlant. Il cessa de m'entendre, son agitation s'accrut et fit place à des secousses puis à des convulsions. Il cria cinq ou six fois, pas des hurlements mais des cris spasmodiques, et en un instant il fut glacé. Je portai mon oreille à son cœur : rien. J'essayai de trouver son pouls : rien. Assurément, il ne respirait plus ; je courus chercher le miroir de poche de ma mère et l'approchai de ses lèvres : il ne s'embua pas. Je lui soulevai une paupière : son œil était révulsé. Je me rendis soudain compte qu'il était mort.

C'est très facile aujourd'hui de dire ce que j'aurais dû faire. Je ne peux rapporter que ce que je fis. Le sentiment de catastrophe qu'entraîna pour moi la mort de Willie (ce fut l'équivalent psychologique d'une maison qui s'écroule, et je le ressens encore) fit place rapidement à la révolte. Willie n'était pas mort. Cela ne se pouvait pas. Et, sans songer à appeler le médecin (que je n'avais jamais vraiment aimé, bien que ce fût la coutume familiale de le respecter), je courus chercher Mme Dempster.

Pourquoi ? Je n'en sais rien. Il ne s'agissait pas d'un acte raisonné — encore moins d'une décision. Mais je me rappelle cette course dans la chaleur d'un après-midi d'automne, et je me rappelle avoir entendu la faible musique des manèges sur le parcours. Dans notre village, tout se trouvait à proximité, et j'atteignis le cottage des Dempster en moins de trois minutes. Fermé à clé. Bien sûr, Dempster avait emmené Paul à la foire. J'entrai par la fenêtre de la salle de séjour, coupai la corde de Mme Dempster, lui débitai tout ce que j'avais à dire et l'entraînai par la fenêtre derrière moi ; tout se fit dans une telle confusion que j'ai du mal à m'en souvenir vraiment. Je suppose que nous aurions eu l'air d'un couple bizarre, s'il y avait eu quelqu'un pour nous voir ; nous courions dans les rues, main dans la main, et je me souviens clairement qu'elle relevait ses jupes comme une fillette, ce qu'une femme adulte n'aurait jamais fait si elle ne s'était laissé emporter par mon émotion.

Ce dont je me souviens, c'est du retour à la chambre de Willie. C'était d'ailleurs la chambre de mes parents, mais le malade l'occupait car elle était plus confortable. Je le trouvai comme je l'avais quitté, blanc, froid et raide. Mme Dempster le regarda avec solennité mais sans tristesse, puis elle s'agenouilla près du lit, prit ses mains dans les siennes et pria. Je n'avais pas la possibilité d'établir le temps qu'elle passa à prier, mais cela dura certainement moins de dix minutes. Je fus incapable de prier et je ne m'agenouillai pas. Je restai bouche bée — et espérai.

Après un moment, elle releva la tête et l'appela. « Willie », dit-elle d'une voix basse, infiniment douce, et en vérité presque joyeuse. De nouveau : « Willie. » J'espérais jusqu'à en avoir mal. Elle secoua doucement les mains de mon frère, comme pour réveiller un dormeur. « Willie. »

Willie soupira et remua un peu les jambes. Je m'évanouis...

Quand je revins à moi, Mme Dempster était assise sur le lit de Willie, lui parlant tranquillement et joyeusement, et il lui répondait faiblement mais avec beaucoup d'intérêt. Je me mis à courir dans tous les sens, allant chercher une serviette pour baigner son visage, la boisson d'orange et de blanc d'œuf qu'il pouvait prendre en très petites quantités, un éventail pour lui donner un peu d'air — tout ce que je pouvais trouver qui pût lui être utile et me permettre de manifester ma joie extatique. Très vite, Willie s'endormit. Mme Dempster et moi parlâmes à voix basse. Elle paraissait très heureuse mais, si mes souvenirs sont exacts, elle ne semblait pas particulièrement étonnée de ce qui venait d'arriver. Je sais que je jacassais à perdre haleine.

Cet après-midi-là, j'ai dû perdre la notion du temps, car ce fut peu après, me semble-t-il, que les hommes arrivèrent pour préparer le bain de six heures. Il devait donc être cinq heures et demie. Ils s'étonnèrent de la trouver là, mais parfois les situations extraordinaires imposent avec tact leurs propres bonnes manières, et personne ne laissa échapper un mot qui pût accentuer leur stupéfaction première. Willie insista pour qu'elle se tînt à ses côtés pendant qu'on le plongeait dans l'eau, et elle aida à l'essuyer, tâche délicate, car tout son corps était sensible.

Il devait donc être près de six heures et demie lorsque mon père et ma mère rentrèrent, et avec eux Amasa Dempster. Je ne sais pas à quel genre de scène je m'attendais ; quelque chose dans la veine biblique aurait été de circonstance. Mais Dempster se contenta de prendre le bras de sa femme, comme je l'avais vu faire si souvent, et de l'emmener. Comme elle partait, elle s'arrêta un instant pour souffler à Willie un baiser sur le bout des doigts. C'était la première fois que je voyais pareil geste, et je le trouvai d'une grande beauté ; Willie souffla à son tour sur le bout de ses doigts un baiser, ce qui resta éternellement à son honneur. Je n'ai jamais vu le visage de ma mère plus noir qu'en cet instant-là.

Après le départ des Dempster, quand ma mère eut remercié les hommes et leur eut offert de la nourriture qu'ils refusèrent (selon le rituel, car seuls les plongeurs de nuit, à deux heures et six heures du matin, jugeaient de bon ton d'accepter du café et des sandwichs), mes parents me firent une scène, en bas. Elle fut aussi terrible, quoique moins longue, que tout ce qu'il m'a été permis de vivre pendant la guerre.

Que signifiait cette conduite ? Pourquoi avais-je omis d'envoyer chercher le docteur McCausland et mes parents au premier signe de danger ? Juste ciel, qu'est-ce qui m'avait pris d'avoir recours à cette femme, une folle et une dégénérée, et de l'amener non seulement dans notre maison mais au chevet même d'un garçon dangereusement malade ? Est-ce que toutes les cyniques stupidités que je proférais et les airs supérieurs que je prenais signifiaient que moi aussi je perdais la tête ? Comment avais-je pu devenir si intime avec Mary Dempster dans sa condition actuelle ? Si toutes mes lectures menaient à cela, il était grand temps qu'on me fît travailler pour me remettre dans le droit chemin.

Cela venait en grande partie de ma mère, et elle joua des variations sur ces thèmes jusqu'à ce que je fusse excédé de les entendre. Je sais maintenant que sa colère était principalement motivée par les reproches qu'elle s'adressait à elle-même : elle s'était absentée, faisant belle figure à l'Auxiliaire féminin, quand son devoir l'appelait au chevet de Willie. Mais elle se vengeait sur moi et, à un degré moindre, mon père en faisait autant ; il se sentait obligé de la soutenir, mais s'y prêtait manifestement de mauvaise grâce.

Cette scène se serait poursuivie jusqu'à ce que nous tombions d'inanition, je crois, si le docteur McCausland n'était pas arrivé ; il venait tout juste de rentrer de la campagne. Il répandit son atmosphère personnelle — froide, hautaine, sentant le désinfectant — et examina Willie de près. Puis il m'interrogea. Il me tint sur la sellette, me demandant de décrire les symptômes et le comportement de Willie avant sa mort. Car je persistais à dire que Willie était vraiment mort. Pas de pouls, pas de respiration.

« Mais les mains crispées ? » dit le docteur McCausland. « Oui », répondis-je, mais est-ce que cela signifiait alors que Willie n'avait pas pu mourir ? « Il n'est assurément pas mort, autrement je ne lui aurais pas parlé il y a quelques minutes. Je crois que tu peux t'en remettre à moi pour constater la mort des gens, Dunny », continua-t-il, avec ce qu'il croyait sûrement être un sourire de gentillesse. Il s'était agi d'une forte convulsion, dit-il à mes parents ; la forte crispation des mains en témoignait. De plus, on ne pouvait demander à une personne sans expérience de détecter une respiration ou un battement de cœur très faibles. Il était tout raisonnement, tout assurance. Le lendemain, il arriva de bonne heure pour mettre une sonde à Willie ; il lui enfonça une aiguille creuse dans le côté et en retira une étonnante quantité d'urine teintée de sang. Une semaine plus tard, Willie était sur pied ; quatre mois plus tard, habile menteur, il réussit à se faire engager dans l'armée canadienne ; en 1916, il fut de ceux qui disparurent à jamais dans les boues de Saint-Éloi.

Je me demande s'il avait les mains crispées après sa mort. Par la suite, j'ai vu mourir plus d'hommes que je ne puis en compter, et un nombre surprenant de corps sur lesquels je butais ou que j'enlevais du chemin avaient les mains crispées, mais je ne pris pas la peine d'écrire au docteur McCausland pour l'en informer.

Pour moi, le retour à la vie de Willie est, et restera toujours, le second miracle de Mme Dempster.

14

Les semaines suivantes furent pénibles et remplies pour moi de désillusions. Aux yeux de mes amis, je passai de la position d'érudit à celle d'âne crédule qui croyait qu'une dangereuse aliénée pouvait ressusciter les morts. Je ferais bien d'expliquer que Mme Dempster était maintenant jugée dangereuse, non pas parce qu'elle s'était montrée violente, mais parce que les peureux redoutaient un nouveau scandale sexuel, si elle recouvrait sa liberté ; ils étaient vraiment persuadés, je crois, que le côté irrationnel de ses désirs pourrait à lui seul corrompre les jeunes gens inexpérimentés ou méduser des maris autrement fidèles. On s'accordait à penser que, même si elle n'y pouvait rien, elle était la proie d'une concupiscence aveugle, que rien ne pouvait assouvir. Inévitablement, il ressortit que je lui avais rendu visite en cachette, et les plaisanteries salées allèrent bon train mais les meilleures d'entre elles fusèrent à propos de ma conviction qu'elle avait ressuscité mon frère.

Les gens âgés prirent la chose plus sérieusement. Certains pensaient que mes lectures assidues avaient ébranlé ma raison ; ils se demandaient si la « fièvre cérébrale », cette maladie redoutée qui est censée frapper les étudiants, ne me guettait pas. Un ou deux amis suggérèrent à mon père qu'un retrait immédiat de l'école et un ou deux ans passés à travailler dans une ferme pourraient me guérir. Le docteur McCausland trouva l'occasion, selon son expression, « de me dire deux mots ». En substance, il me dit que je pourrais devenir détraqué si je n'essayais pas d'équilibrer mon savoir théorique avec le genre de bon sens qu'on pourrait acquérir de — eh bien, par exemple, de lui. Il dit à mots couverts que je pourrais devenir comme Elbert Hubbard si je continuais dans cette voie. Elbert Hubbard était un Américain notoirement détraqué qui pensait que le travail pouvait être un plaisir.

Notre nouveau pasteur, le révérend Donald Phelps, m'entreprit et m'avertit qu'il était blasphématoire de penser que quiconque — même quelqu'un de caractère irréprochable — pût redonner la vie aux morts. L'âge des miracles était révolu, dit-il, et j'eus l'impression qu'il en était ravi. Je l'aimais bien ; il disait cela gentiment, différant en cela du docteur McCausland.

Mon père me parla plusieurs fois d'une façon qui me permit de comprendre son caractère, car s'il était un homme de courage peu commun dans son métier d'éditeur, à la maison il recherchait la tranquillité à tout prix. Je ferais mieux, pensait-il, de me taire et de ne pas insister sur des choses que ma mère ne pouvait tolérer.

À la rigueur, j'aurais peut-être pu suivre ce conseil si elle s'était contentée de renoncer à en parler. Mais ma mère voulait coûte que coûte déraciner tout fragment de croyance en ce que j'avais vu et me soutirer des promesses de ne plus revoir Mme Dempster. De plus, elle insistait pour que je partage l'opinion que le village se faisait de cette dernière. Elle ne cessait d'y faire des allusions obscures ou d'en faire ouvertement le sujet de conversation, surtout pendant les repas. Il est évident que maintenant elle considérait une ébauche de tendresse envers Mme Dempster comme une déloyauté envers elle, et comme la loyauté était la seule forme d'amour qu'elle pût revendiquer, elle se montrait très passionnée alors qu'elle se voulait très raisonnable. Durant ces scènes, je parlais peu et elle avait raison d'interpréter mon silence comme un refus de changer d'avis.

Elle ne se doutait pas à quel point je l'aimais, et à quel point j'étais malheureux de la braver, mais que devais-je faire ? Au plus profond de moi, je savais que céder et promettre ce qu'elle voulait entraînerait la fin de tout ce qu'il y avait de bon en moi ; je ne ressemblais pas à son mari qui, lui, pouvait préserver sa tranquillité en dépit de la furieuse rectitude de sa femme ; j'étais son fils, avec une bonne part de son caractère des Highlands et de sa détermination de granit.

Un jour, après un dîner particulièrement pénible, elle conclut en exigeant que je fisse un choix entre elle et « cette femme ». J'en fis un troisième. J'avais assez d'argent pour acheter un billet de train, et le lendemain je manquai l'école, me rendis au chef-lieu du comté et m'enrôlai.

Ce geste changea considérablement la situation. J'étais trop jeune de presque deux ans, mais j'étais grand et fort et bon menteur — je n'eus aucune difficulté à me faire admettre. Ma mère voulut aller trouver les autorités pour me reprendre, mais là mon père opposa un refus formel. Il dit qu'il ne permettrait pas que je fusse déshonoré parce que ma mère m'avait arraché à l'Armée. Alors elle fut déchirée entre la peur que je me fasse certainement tuer dès le deuxième jour de mon entraînement militaire et la conviction qu'il y eût, entre Mme Dempster et moi, quelque chose d'encore plus grave que ce qu'elle avait osé imaginer.

Quant à mon père, il était dégoûté de moi. Il partageait ma mauvaise opinion des soldats, et comme il avait encouru quelques risques à se montrer pro-Boer en 1901, il avait de sérieux doutes sur la justice des combats. Dans notre village, on se faisait de la guerre une idée romantique, car elle nous touchait si peu, mais mon père et M. Mahaffey en connaissaient davantage les implications et ils ne pouvaient partager le sentiment populaire. Il m'incita à révéler mon âge véritable et à quitter l'armée, mais j'étais têtu et je répandis le plus vite possible la nouvelle de ce que j'avais fait.

J'ignorais ce que mes aînés en pensaient et d'ailleurs je m'en moquais, mais je regagnais du terrain auprès de mes congénères. À l'école, je ne fichais rien, c'était normal pour un homme qui allait être appelé à des choses plus sérieuses. Mes amis s'attendaient que je disparaisse d'une heure à l'autre, et chaque fois que je rencontrais Milo Papple, ce qui arrivait au moins une fois par jour, il me saisissait la main et déclarait avec passion :

Dites crachat,
Mais pas glaviot —

qui était la version du barbier d'une chanson à la mode débutant ainsi :

Dites au revoir
Mais pas adieu.

Les filles me virent sous un jour nouveau. À ma surprise et à mon enchantement, Leola Cruikshank me fit comprendre qu'elle était mienne, qu'elle s'offrait en prêt, pour ainsi dire. Elle se languissait encore de Percy Boyd Staunton, mais il faisait ses études au loin et il lui écrivait irrégulièrement de piètres lettres, de sorte que Leola pensa qu'une modeste aventure romanesque avec un héros en herbe ne pourrait pas lui faire de mal — elle pourrait même l'envisager comme un devoir patriotique.

C'était une délicieuse jeune fille, jolie, la tête pleine d'âneries sentimentales, et très soignée — elle sentait toujours le linge fraîchement repassé. Je la voyais souvent, la persuadais que quelques baisers ne pourraient constituer un acte de déloyauté envers Percy, et je la promenais fièrement le samedi soir, portant mon plus beau costume et paradant le long de la grand-rue.

Je m'étais éloigné de Mme Dempster, en partie par obéissance et par peur, en partie parce que je ne pouvais supporter de me trouver face à face avec elle quand tant de méchancetés odieuses à son égard sonnaient encore à mes oreilles. Toutefois, je savais que je ne pouvais partir pour la guerre sans lui dire au revoir et un après-midi, je me rendis au cottage en tapinois et grimpai par la fenêtre pour la troisième fois. Elle me parla comme si je lui avais rendu visite aussi souvent qu'avant. Elle n'eut pas l'air très étonnée d'apprendre que je m'étais engagé dans l'armée. Nous avions longuement parlé de la guerre à sa déclaration, et elle avait ri de bon cœur aux nouvelles que deux femmes de Deptford, qui aimaient s'occuper un peu de spiritisme, se rendaient plusieurs fois par semaine au cimetière pour lire les plus récentes nouvelles de France à leur mère morte ; elles s'asseyaient sur la tombe, comme si elles avaient été à un pique-nique. Quand je dus prendre congé, elle m'embrassa sur les deux joues — ce qu'elle n'avait jamais fait — et dit : « Souviens-toi d'une chose : quoi qu'il arrive, cela ne sert à rien d'avoir peur. » Alors je lui promis de ne pas avoir peur, et il se peut même que j'aie été assez fou pour me croire capable de tenir ma promesse.

En temps voulu, je fus appelé sous les drapeaux. Je grimpai dans le train, fier de mon laissez-passer pour le camp, et de la fenêtre, je fis signe à ma mère qui était au bord des larmes, et à mon père, dont je ne pouvais interpréter l'expression. Leola était à l'école, car nous étions tombés d'accord qu'il serait préférable qu'elle ne vînt pas à la gare — cela eût beaucoup trop ressemblé à des fiançailles officielles. Mais le soir précédant mon départ, elle m'avait confié qu'en dépit d'efforts surhumains pour garder une brillante image de Percy, au fond de son cœur, elle avait découvert qu'elle m'aimait vraiment, qu'elle m'aimerait toujours, et qu'elle m'attendrait jusqu'à ce que je revinsse des champs de bataille de l'Europe.

II

JE RENAIS

1

Je parlerai peu de la guerre, car si je l'ai faite du début de 1915 jusqu'à la fin de 1917, je n'en découvris vraiment la signification que plus tard. C'est aux commandants et aux historiens de discuter des guerres ; j'étais dans l'infanterie, et la plupart du temps je ne savais pas où je me trouvais ni ce que je faisais, sauf que j'obéissais à des ordres et que j'essayais de ne pas me faire tuer ; pourtant, les occasions plus horribles les unes que les autres ne manquaient pas. Depuis, j'ai lu suffisamment pour avoir une certaine connaissance des combats auxquels j'ai participé, mais l'opinion des historiens n'éclaire que faiblement mes souvenirs. Puisque, pour rendre compte de mes faits et gestes, je ne veux pas paraître le moindrement différent de ce que j'étais à l'époque de mon récit, je me contenterai de rapporter ce que je savais au moment des événements.

Quand je dus partir pour le camp d'instruction, je n'avais jamais quitté la maison ni vécu seul. Je me trouvai tout à coup au milieu d'hommes qui connaissaient le monde mieux que moi, et j'essayai de ne pas me faire remarquer par une conduite singulière. Certains savaient que la maison me manquait terriblement et ils faisaient preuve de gentillesse à mon égard ; d'autres se raillaient de moi et des autres très jeunes garçons. Ils avaient hâte de faire de nous des hommes, c'est-à-dire qu'ils entendaient nous rendre comme eux. D'ailleurs, certains étaient effectivement des hommes — de jeunes fermiers et des artisans lents et graves, qui semblaient posséder des ressources de force et de courage illimitées ; il y avait aussi la racaille que l'on trouve dans n'importe quel groupe d'hommes réunis au hasard. Aucun d'entre eux n'avait reçu une éducation poussée, aucun ne se faisait une idée bien précise de la guerre, bien qu'ils fussent nombreux à penser que l'Angleterre avait été menacée et qu'il fallait la défendre ; nos connaissances sommaires en géographie surprenaient peut-être le plus : nous pensions qu'en allant combattre en France nous trouverions tous les climats, du polaire à l'équatorial. Bien sûr, quelques-uns parmi nous avaient appris un peu de géographie à l'école et étudié quelques cartes, mais une carte d'école est trop théorique.

J'appartenais à la deuxième division canadienne, et plus tard au *Canadian Corps*, mais ces noms ne me disaient pas grand-chose. Je remarquais la présence des hommes de mon entourage immédiat mais j'avais rarement l'occasion d'en rencontrer d'autres. Je ferais bien d'ajouter tout de suite que si j'étais en bons termes avec tout le monde, je ne me fis pas d'amis véritables. Il y en avait qui nouaient de solides amitiés les conduisant parfois à des actes de bravoure ; il y avait ceux qui étaient grands amateurs de « copains » et qui nous le faisaient savoir à cor et à cri, en paroles et en chansons. Ceux d'entre eux qui vivent encore continuent d'agir ainsi. Mais je me sentais bien seul, et quoique j'eusse beaucoup aimé avoir un ami, l'occasion ne se présenta jamais.

Je m'ennuyais alors comme il ne m'est plus jamais arrivé de le faire — un ennui qui alourdissait chaque fibre de mon corps et qui m'empêcha probablement de me faire des amis. Il ne s'agissait pas de l'ennui qui provient de l'inactivité ; du matin au soir, une recrue n'a pas une minute de répit, et elle dort bien. C'était la sorte d'ennui qui découle de la rupture avec tout ce qui rend la vie agréable, avec tout ce qui éveille la curiosité, ou qui élargit l'éventail des sensations. Cet ennui qui survient quand on doit accomplir d'insipides et interminables tâches, et acquérir des aptitudes dont on se passerait volontiers. J'appris à marcher, à manœuvrer, à tirer et à paraître propre selon les normes de l'armée ; à faire mon lit, à astiquer mes bottes et mes boutons et à m'entortiller les jambes dans des bandes molletières couleur de merde conformément aux ordres. Tout me paraissait plutôt irréel, mais j'appris à tout faire, et même à bien le faire.

Par conséquent, lorsque je rentrai chez moi en permission avant de partir pour l'étranger, je suscitai quelque ébahissement. Extérieurement, j'étais un homme. Cela imposa presque le silence à ma mère qui, du moins, ne me critiqua pas comme elle avait l'habitude de le faire ; à quelques reprises, elle tenta bien de me réduire à la position de bon petit chou, mais je n'étais pas disposé à jouer le jeu. Leola Cruikshank était fière de se montrer avec moi, et lors de notre dernière rencontre nous dépassâmes un peu l'étape des baisers. Je voulais éperdument voir Mme Dempster ; mais ce fut impossible, car dans mon uniforme j'étais incapable de me rendre où que ce soit sans me faire remarquer, et bien que j'eusse préféré mourir plutôt que de l'admettre, je craignais encore trop ma mère pour la défier ouvertement. Je vis Paul un jour, mais je doute qu'il m'ait reconnu, car après m'avoir fixé il s'éloigna.

Je partis sur un transport de troupes et suivis les cours d'officiers qui s'empressaient de nous endurcir en nous bourrant d'histoires sur les atrocités allemandes. J'en déduisis que ces Allemands étaient de véritables monstres ; ils ne gagnaient pas de campagnes, mais ils mutilaient les enfants, violaient les femmes (jamais moins de dix fois pour une seule victime) et insultaient la religion — voilà ce qui les incitait à faire la guerre. Ils prenaient le ton de leur Kaiser, un monstre comique et dément ; il fallait leur montrer que la décence existait encore dans le monde, et nous incarnions cette décence. J'avais alors suffisamment goûté à la vie militaire pour savoir que, si c'était le cas, les Allemands devaient être de vraies brutes, car on pouvait difficilement imaginer une bande d'endurcis plus grossiers, plus voleurs et plus débauchés que certains de nos propres soldats. Mais je n'étais pas mécontent de ma vie militaire ; j'étais mécontent de moi-même, de ma solitude et de mon ennui.

En France, même si je m'ennuyais toujours autant, la peur vint remplacer ma solitude. J'eus peur d'une façon muette, contenue, désespérée, pendant les trois ans qui suivirent. Je vis beaucoup d'hommes qui donnèrent libre cours à leur peur ; ils perdirent la tête ou se blessèrent volontairement (se tuant ou se mutilant au point de ne plus pouvoir servir dans l'armée) ou encore ils exaspéraient tellement le reste de la compagnie qu'il fallait les éliminer d'une façon ou d'une autre. Mais je crois qu'il y eut beaucoup de soldats dans mon cas ; effrayés par la mort, les blessures, la captivité, mais surtout effrayés à l'idée d'admettre leur peur et de perdre la face devant les autres. Ce genre de peur n'est pas aiguë, bien sûr ; c'est une compagne fastidieuse qui colore tout en gris à longueur de journée. Parfois on oubliait la mort, mais jamais pour très longtemps.

J'ai fait plus que ma part dans l'armée, car j'étais fort, ne tombais jamais malade et échappais miraculeusement à toute blessure. J'eus des permissions quand la possibilité de nous en accorder se présentait, mais pendant plusieurs mois d'affilée je ne quittai pas ce qu'on appelait le front. Le front de quoi, je ne le sus vraiment jamais, car il y avait toujours des hommes prêts à dire — Dieu seul sait avec quelle exactitude — où se trouvaient placées les troupes alliées, quelle était notre position par rapport aux Britanniques et aux Français, et si on les avait crus on aurait pensé que le front était partout. Certes nous fûmes souvent à quelques centaines de mètres seulement des lignes allemandes et nous pouvions facilement voir l'ennemi et ses casques en forme de casseroles. Si vous commettiez la folie de sortir la tête, ils pouvaient y loger une balle, et nous avions des détachements pour effectuer le même sale boulot.

Maintenant cette guerre peut paraître bizarre, car depuis nous en avons eu une autre qui a fixé les règles modernes de combat. Je vis des choses qui font que mes élèves peuvent me comparer à l'un des hommes de Wellington, voire de Marlborough. Ma guerre fut grandement compliquée par les chevaux, car les véhicules à moteur étaient inutilisables dans la boue des Flandres. Si l'on se trouvait au milieu des chevaux pendant un bombardement, comme il m'est arrivé de l'être une fois par hasard, les animaux se révélaient aussi dangereux que les obus allemands. J'ai même vu de la cavalerie, car il y avait encore des généraux pour penser que s'ils pouvaient seulement charger une fois l'ennemi avec la cavalerie, les mitrailleuses seraient rapidement réduites au silence. Ces cavaliers me stupéfiaient autant que les Croisés, mais je n'aurais pas voulu monter un de leurs chevaux pour tout l'or du monde. Et, bien sûr, je vis des cadavres et m'habituai à leur air anodin, car un homme mort privé de l'apparat de la mort est un objet dérisoire. Pis, je vis des hommes qui n'étaient pas encore des cadavres mais qui le seraient bientôt et qui aspiraient à la mort.

C'étaient l'indignité, l'ignominie, la saleté auxquelles la guerre réduisait un combattant blessé qui me rongeaient le plus. Des hommes à l'agonie, écrabouillés de telle sorte qu'ils ne seront plus jamais entiers même s'ils survivent, ne devraient pas être une réalité que l'on feint d'ignorer ; mais nous apprîmes à les ignorer, et j'ai posé le pied sur plus d'un pauvre type et l'ai enfoncé davantage dans la boue, parce que je devais lui monter dessus pour atteindre l'objectif, avec ordre d'y parvenir ou de mourir.

Quand nous combattions, du moins faisions-nous quelque chose. Mais pendant des jours et des semaines on ne se battait guère et nous vivions dans les tranchées, dans de la boue couleur de merde parce que toutes les saletés imaginables y compris de la merde y avaient été piétinées, vêtus de nos uniformes couleur de merde ; nous souffrions du froid, de la faim et des poux. Nous ne pouvions jamais nous isoler et nous nous mîmes à douter de notre individualité, car nous avions l'impression de nous fondre dans la masse ; c'était ce que les sergents craignaient le plus, et ils accomplissaient un travail étonnant pour tenir ce danger en échec la plupart du temps ; parfois, l'horrible perte de personnalité et l'apathie due à la déchéance les dépassaient, alors, on devait nous envoyer à l'arrière dans ce qu'on appelait des camps de repos ; ce n'était pas du repos, mais du moins pouvait-on respirer à pleins poumons sans s'asphyxier à cause de la puanteur chaux-et-merde des latrines.

La vie d'un soldat est extrêmement grégaire : je mangeais, dormais, me tenais debout, m'asseyais, pensais, vidais mes intestins et sentais planer sur moi la terreur de la mort, toujours en compagnie des autres ; toutefois je trouvais un peu de temps pour lire. Mais je ne possédais qu'un seul livre, le *Nouveau Testament*, qu'un organisme bien intentionné avait distribué par milliers aux troupes. De moi-même je n'aurais jamais fait ce choix ; s'il fallait que ce soit la Bible, j'aurais choisi l'*Ancien Testament* sans la moindre hésitation, cependant j'aurais préféré quelques bons gros romans. Mais où un simple soldat pouvait-il bien garder pareils trésors ? Depuis j'ai appris que, pendant la guerre, des hommes avaient lu des livres de toutes sortes ; mais c'étaient des officiers. Une ou deux fois au cours de mes permissions, je me procurai quelques livres en anglais que je perdis dès les premiers combats. Seul mon *Testament* pouvait rester dans ma poche sans faire une trop grosse bosse, et je le lus et le relus d'un bout à l'autre.

Cela me valut la désagréable réputation d'être religieux, une grenouille de bénitier — l'aumônier lui-même évitait cette catégorie de soldats, car ils finissaient toujours par vous attirer des ennuis. On m'avait surnommé le « Diacre » parce que je lisais mon *Testament*. Je perdais mon temps à leur expliquer que je ne lisais pas par ferveur mais par curiosité et que de longs passages confirmaient ma vieille impression que la religion et les *Contes des Mille et Une Nuits* exprimaient la même vérité. (Plus tard, je pus dire que la nature de cette vérité était plus psychologique que textuelle, et qu'à sa façon la vérité psychologique était vraiment aussi importante que l'authenticité historique ; mais, jeune soldat, je n'avais pas un vocabulaire suffisant pour mener pareille discussion, même si j'en ressentais le bien-fondé.) Je crois que mon livre favori était l'*Apocalypse* ; les Évangiles me paraissaient moins pertinents que les visions de bêtes de Jean ou que le combat de la Femme Couronnée, qui avait la lune sous les pieds, avec le grand Dragon couleur de feu.

Le surnom de « Diacre » me resta jusqu'à ce que, dans l'un des camps de repos, la nouvelle se répandît qu'on organisait un spectacle improvisé ; on recherchait la participation de volontaires pour divertir les troupes. Avec un aplomb qui me renverse aujourd'hui, j'arrivai à me convaincre d'offrir une imitation de Charlie Chaplin que j'avais vu exactement deux fois dans des films présentés aux troupes derrière les lignes. Je parvins à me procurer le chapeau qu'il me fallait en l'empruntant à un Français dans un village des environs et me taillai une petite canne à même un buisson. Le soir de la représentation, avec du bouchon brûlé, je me fis une moustache et montai sur l'estrade en traînant les pieds ; pendant douze minutes je racontai les plaisanteries les plus salées que je connaissais, les attribuant à tous les officiers — même à l'aumônier — et à tous les hommes en vue. Maintenant ces souvenirs me font rougir. Je m'approvisionnai largement au répertoire de Milo Papple et fus étonné du succès formidable que je remportai. Même l'ancien fantaisiste (qui à lui seul pouvait chanter *If you Were the Only Girl in the World and I Were the Only Boy*[1] dans un duo baryton-et-voix de fausset) fut moins admiré. Désormais je n'étais plus le « Diacre », j'étais « Charlot ».

Je m'étonnais surtout de la surprise des hommes devant mon numéro. « Bon Dieu, le vieux Diacre, hein — Comment qu'il vous balance cette histoire salée sur le major, hein ? Bon Dieu, et cette devinette sur Cookie, hein ? Qu'est-ce que vous en dites ?! » Ils ne pouvaient guère concevoir que quelqu'un qui lisait le *Testament* pût être autre chose qu'une souris de sacristie — pût avoir un autre côté à son caractère, en apparence tout à fait différent. Je suis incapable de me souvenir d'une époque où je ne tenais pas pour acquis que tout le monde avait au moins deux côtés à sa personnalité, sinon vingt-deux. Leur étonnement m'étonnait. Bon Dieu ! hein ? Les gens ne regardent pas les autres de près, bon Dieu !

Je n'ai pas philosophé dans les tranchées ; j'ai enduré. J'ai même essayé de bien faire ce que je devais faire. Si je n'avais pas été aussi jeune et aussi handicapé par mon manque d'instruction — mesuré en termes de diplômes, car l'armée ne savait pas que j'étais un érudit et d'ailleurs elle s'en serait moquée —, on m'aurait peut-être envoyé faire mes classes d'officier. Dans les circonstances, je finis par devenir sergent ; les pertes étaient lourdes — ainsi s'exprimait l'armée pour dire que des hommes que j'avais connus et aimés avaient explosé presque sous mon nez comme des bombes remplies de boyaux — et je réussis

1. *Si tu étais la seule fille au monde et moi le seul garçon.*

suffisamment bien à cacher ma peur pour me valoir une réputation de sang-froid ; sergent je devins, ainsi qu'ancien combattant des bois du Sanctuaire et de la Crête de Vimy, avant d'avoir vingt ans. Mais je crois que je dois ma réussite la plus surprenante à ma transformation en Charlot.

2

Mon état de combattant prit fin dans la semaine du 5 novembre 1917, au cours de la troisième bataille d'Ypres, lorsqu'on fit venir les Canadiens pour tenter la prise de Passchendaele. C'était un jeudi ou un vendredi ; je ne peux être plus exact parce que de nombreux détails de cette époque restent flous dans mon esprit. C'est la bataille la plus terrible à laquelle j'aie participé ; nous essayions de prendre un village qui était déjà en ruine, et nos progrès se mesuraient en pieds ; le front n'était que confusion parce qu'il avait plu tous les jours pendant des semaines et la boue était si dangereuse que nous n'osions bouger sans prendre la peine de placer laborieusement des caillebotis. Il fallait les soulever et les replacer devant nous à mesure que nous progressions ; on peut aisément imaginer la lenteur, le danger et l'inefficacité de cette méthode. Par mes lectures, j'appris plus tard que notre avance totale se chiffra en milles à un peu moins de deux ; dans mon esprit, il aurait pu s'agir de deux cents. La boue était devenue notre hantise. Les bombardements allemands la malaxèrent au point de la rendre horriblement traîtresse, et si un homme s'enfonçait dans la boue au-dessus des genoux, il n'avait guère de chances de s'en sortir ; un obus explosant dans les parages pouvait entraîner un soulèvement de terrain qui l'ensevelissait, et la possibilité même de retrouver son corps était minime. J'en parle le plus brièvement possible, car ma terreur était si violente que pour rien au monde je ne la réveillerais.

L'un des principaux obstacles à notre avance était une série d'emplacements de mitrailleuses allemandes. J'imagine qu'elles étaient disposées selon un plan établi, mais nous n'étions pas en mesure de déceler le moindre plan. Dans la minuscule région que je connaissais, il y avait un de ces engins, et il était clair que nous ne pourrions avancer avant de l'avoir réduit au silence. On effectua deux dangereuses tentatives, encourant de nombreuses pertes. Je pouvais suivre l'évolution de la situation et voir rapetisser la liste des hommes qui pouvaient s'attendre à être envoyés à l'attaque de ce nid de mitrailleuses. Je savais que mon tour approchait. Je ne me souviens pas si l'on nous demandait de nous porter volontaires ; d'ailleurs c'eût été une pure formalité à ce stade-là. Il n'était plus question de faire croire à la possibilité d'un choix. De toute façon, je fus l'un des six qui avaient été détachés pour effectuer un raid de nuit, entre deux bombardements, pour voir si nous pouvions atteindre les mitrailleuses et les mettre hors d'usage. On nous distribua des armes de petit calibre et tout le nécessaire. Nous profitâmes de cinq minutes d'accalmie dans les bombardements pour nous mettre en route, pas en groupe, bien sûr, mais à quelques mètres de distance les uns des autres.

Les hommes du nid nous attendaient, car nous agissions exactement comme ils l'auraient fait en pareille circonstance. Mais, jambes et bras écartés, nous rampâmes dans la boue afin de répartir notre poids sur la plus grande surface possible. On aurait cru nager dans de la mélasse, avec la détresse supplémentaire que la mélasse puait et contenait des morts.

Je progressais de façon satisfaisante, quand tout à coup les choses se gâtèrent. Quelqu'un — c'était peut-être un de nos hommes à une certaine distance ou bien un Allemand du nid — envoya une fusée éclairante ; il est impossible d'établir d'où viennent ces fusées, car elles explosent en l'air et éclairent le paysage sur une superficie considérable. En pareil cas, surtout si comme moi vous êtes en train de ramper vers un objectif, la meilleure chose à faire est de s'aplatir, visage contre terre, et d'espérer passer inaperçu. Étant donné que j'étais couvert de boue de la tête aux pieds et que je m'étais noirci le visage avant de partir, il n'aurait pas été facile de me voir, et si l'on m'avait vu, on aurait pu me prendre pour un mort. Après l'extinction de la fusée, je m'avançai de nouveau en rampant et couvris une bonne distance, autant que je pusse en juger ; je ne savais pas où se trouvaient les autres, mais je présumais que, comme moi, ils se dirigeaient vers le nid et attendaient un signal de notre chef, un sous-lieutenant, pour accomplir au mieux notre mission. Mais alors trois fusées éclatèrent, et aussitôt un crépitement de mitrailleuse se fit entendre. Je m'aplatis de nouveau. Mais c'est le propre des fusées, lorsqu'elles ont atteint le sommet de leur trajectoire, de retomber précipitamment en émettant un sifflement sonore, facile à reconnaître ; si l'une de ces fusées vous touche, vous êtes gravement brûlé, car l'engin conserve un gros noyau de feu jusqu'au bout et, entre mourir brûlé ou noyé dans la boue, le choix est sans importance. Deux de ces fusées éclatées sifflaient dans l'air au-dessus de moi, et il fallait que je sorte d'où j'étais le plus vite possible. Je me relevai d'un bond et me mis à courir.

À ce moment-là, alors que nous avions escompté une accalmie d'au moins une demi-heure, les bombardements reprirent, et à mon grand effroi nos propres mitrailleuses, à une distance considérable sur la gauche, se mirent à répondre. Ce genre d'incident représentait toujours un risque lorsque nous effectuions de petits raids, mais c'était un risque que je n'avais jamais encouru auparavant. Dès que les balles commencèrent à siffler, je pris mes jambes à mon cou ; j'ignore combien de temps je pataugeai et tournai en rond dans le noir, mais cela se situa entre trois et dix minutes. Je pris conscience d'un crépitement assourdissant auquel se mêlait une voix coléreuse, exacerbée, à ma droite. Je recherchai un abri quelconque, et soudain, à la faveur d'une explosion de lumière, j'aperçus juste en face de moi une entrée, cachée par des ordures, mais qui à ne pas s'y méprendre était une porte recouverte de toile de sac boueuse. Je poussai le rideau et me trouvai dans le nid de mitrailleuse ennemi, avec devant moi trois Allemands occupés à tirer.

J'avais un revolver, et je les tuai tous les trois à bout portant. Ils ne me virent même pas. Il est inutile d'en dire davantage. Je n'en suis pas fier aujourd'hui et je ne m'en glorifiai pas à l'époque. La guerre place les hommes dans des situations où ces choses-là arrivent.

Je voulais avant tout rester où j'étais ; je voulais reprendre mon souffle et recouvrer mes esprits avant de retourner derrière nos lignes. Mais le bombardement s'intensifia, et je savais que si je restais sur place un de nos obus pourrait tomber sur la position et me faire voler en éclats, ou bien les Allemands, dont le téléphone de campagne sonnait déjà en plein sous mon nez, enverraient quelques hommes voir ce qui se passait, et c'en serait fini de moi. Il me fallait sortir de là.

Alors je sortis en rampant, la boue sous moi et les obus volant au-dessus, et j'essayai de me repérer. De part et d'autre, les bombardements avaient perdu de leur intensité et il était difficile de savoir vers quelle mort je devais ramper — par malchance je me dirigeai vers les lignes allemandes.

J'ignore pendant combien de temps je rampai, car j'étais alors plus effrayé, embrouillé et désespéré que jamais. « Désorienté » est le terme à la mode pour décrire ma condition. Très vite, je fus pis que désorienté ; j'étais blessé et, d'après moi, grièvement. Un éclat d'obus qui venait d'exploser m'avait atteint à la jambe gauche, mais je ne savais toujours pas à quel endroit ; plus tard j'eus un accident de voiture, et l'effet fut analogue — un choc soudain comparable à un coup de massue. Il me fallut quelque temps avant de constater que ma jambe gauche était touchée ; toutefois, je n'étais pas en mesure d'établir la gravité de la blessure.

Plus tôt, je vous ai dit que je n'avais jamais encore été blessé ; il y eut un nombre surprenant d'hommes qui sortirent indemnes de la guerre. Je n'avais pas été gazé non plus, même si à deux reprises je m'étais trouvé dans les parages de zones affectées par les gaz de combat. Je redoutais d'être blessé, car j'avais vu quantité de blessures. Que doit faire un blessé ? Ramper pour se mettre à l'abri et espérer être découvert par les siens. Je rampai.

Certains combattants ont trouvé qu'une blessure stimule les sens ; sous la menace du danger leur ingéniosité atteint des sommets exceptionnels. Mais je faisais partie de l'autre catégorie. J'étais moins effrayé que découragé. J'étais un homme de boue, dans une confusion de bruit, de lumières intermittentes, et dans la puanteur de la mélinite. Je voulais tout plaquer ; je n'avais plus le cœur au jeu. Mais je rampais, me rendant de plus en plus compte que ma jambe gauche ne répondait pas et que je devais la traîner, et l'horrible sensation de ne pas savoir où j'allais ne me quittait pas. Après quelques minutes, j'aperçus des ruines à ma droite et me traînai dans cette direction. Quand enfin j'atteignis mon but, je me calai le dos contre un mur de pierre et contemplai le danger et l'état désespéré de ma situation. Pendant trois ans j'avais gardé mon sang-froid en réprimant mon intelligence, mais maintenant je laissai mon intelligence se déchaîner et mon sang-froid s'évanouit. Je suis sûr que la misère, la peur et le désespoir ont atteint de plus hauts sommets dans l'histoire mondiale, mais j'établis alors un record personnel que je n'ai jamais égalé depuis.

Seules des sensations auditives peuvent décrire mon état. J'entendis ma jambe souffrir ; muette au départ, elle se mit à murmurer, puis à gémir et à se lamenter, enfin à crier. Je ne pouvais pas estimer les dégâts à cause de la boue dont j'étais recouvert, mais ma main exploratrice rencontra une grande viscosité que je savais être du sang. Je pouvais discerner aussi que ma jambe reposait sur le sol dans une position anormale. Tu vas attraper le tétanos, me dis-je, et tu mourras dans une crise de trismus. C'était une croyance deptfordienne que dans cette maladie on se recourbait jusqu'à ce que la tête touchât les talons et qu'il fallait vous ensevelir dans un cercueil rond. J'avais vu quelques cas de tétanos dans les tranchées, et personne n'aurait eu besoin d'un cercueil rond, même s'il y en avait eu de disponible. Cependant, dans l'état où j'étais, la croyance l'emportait sur l'expérience.

Je pensai à Deptford et je pensai à Mme Dempster. Je pensai tout particulièrement aux derniers mots qu'elle avait prononcés avant mon départ : « Souviens-toi d'une chose : quoi qu'il arrive, cela ne sert à rien d'avoir peur. » Mme Dempster, dis-je à haute voix, était folle. J'avais peur, et je n'étais pas dans une situation où me conduire bien ou mal pût avoir un sens quelconque.

C'est alors que survint un des phénomènes qui ont étrangement marqué ma vie — une expérience que d'autres n'ont pas vécue ou n'admettent pas avoir vécue. C'est une des raisons qui me font en vouloir à Packer et à sa façon de me considérer comme un homme insignifiant à qui rien d'important n'est jamais arrivé.

Je me rendis compte que le bombardement avait cessé, et que seule, par moments, une mitrailleuse se faisait entendre. Mais des fusées éclairantes apparaissaient dans le ciel par intervalles, et l'une d'elles se mit à tomber dans ma direction. La lumière me permit de voir que les restes de maçonnerie encore debout contre lesquels j'étais allongé devaient être ceux d'une église, ou peut-être d'une école — de toute façon, d'un bâtiment d'une certaine taille — et que j'étais couché au pied d'une tour en ruine. Alors que la flamme sifflante s'abattait sur moi, je vis sur le mur d'en face, à environ dix ou douze pieds au-dessus de moi, une statue de la Vierge à l'Enfant dans une niche. Je l'ignorais alors, mais je sais maintenant qu'il s'agissait d'une représentation de l'Immaculée Conception, car la petite Vierge était couronnée et elle se tenait sur un croissant de lune qui reposait lui-même sur un globe ; d'une main elle portait l'Enfant, et dans l'autre elle tenait un sceptre d'où jaillissaient des lis. N'en connaissant pas la signification, l'idée me traversa qu'il devait s'agir de la Femme Couronnée de l'*Apocalypse* — celle qui avait la lune sous ses pieds et que le Dragon couleur de feu menaçait. Mais le visage de la statue me frappa davantage que l'éclat d'obus : c'était celui de Mme Dempster.

J'avais depuis longtemps déjà perdu mon sang-froid. Alors que la dernière fusée sifflait dans ma direction, je perdis connaissance.

3

« Puis-je avoir un verre d'eau ? »

« Avez-vous parlé ? »

« Oui. Pourrais-je avoir à boire, mademoiselle ? »

« Vous pouvez avoir une coupe de champagne, s'il y en a. Qui êtes-vous ? »

« Sergent Ramsay, D., de la deuxième division canadienne. »

« Eh bien ! Ramsay-Dé, c'est merveilleux de vous avoir parmi nous. »

« Où suis-je ? »

« Vous le découvrirez. Et *vous*, où étiez-vous ? »

Ah ! où avais-je été ? Je n'en savais rien et je ne le sais toujours pas, mais c'était un endroit comme je n'en avais jamais connu auparavant. Des années plus tard, quand pour la première fois je lus *Kubla Khan* de Coleridge et tombai sur —

Weave a circle round him thrice
And close your eyes with holy dread,
For he on honey-dew hath fed,
And drunk the milk of Paradise

Tissez trois fois autour de lui un cercle
De terreur sacrée fermez les yeux
Car de miellée il s'est nourri
Et bu le lait du Paradis

— je sursautai, car ces mots décrivaient parfaitement mon état avant mon réveil à l'hôpital. J'avais eu le sentiment d'être merveilleusement rétabli et de jouir d'une paix bénéfique ; des voix me parlaient, mais je n'étais nullement forcé de les écouter ou d'y répondre ; je baignais dans une atmosphère de beauté, l'esprit parfaitement libre, et même si tout paraissait étrange autour de moi, je ne me sentais aucunement menacé. De temps à autre, la petite Madone apparaissait et me regardait avec une sollicitude amicale avant de se retirer ; une ou deux fois, elle me parla, mais je ne compris pas ce qu'elle disait et n'éprouvai pas le besoin de comprendre.

Mais j'étais là, apparemment couché, et une très jolie fille en uniforme d'infirmière me demandait d'où je revenais. On voyait bien qu'elle plaisantait, croyant savoir d'où je revenais. Par conséquent, la plaisanterie était à ses dépens, car personne, pas même moi, ne le savait.

« Suis-je dans un hôpital de l'arrière ? »

« Pas du tout ! Comment vous sentez-vous, Ramsay-Dé ? »

« Bien. Quel jour sommes-nous ? »

« Le 12 mai. Je vais vous chercher à boire. »

Elle disparut, et je fis quelques calculs. Ce n'était pas facile. Mes derniers souvenirs d'une vie consciente remontaient à novembre ; si c'était le mois de mai, j'avais vécu dans ce monde splendide et insouciant pendant un bon moment. Je n'étais pas dans un si mauvais endroit maintenant ; je ne pouvais guère bouger la tête, mais je pouvais voir un plafond en plâtre merveilleusement sculpté et des boiseries ornaient les murs situés dans mon champ visuel. Quelque part, une fenêtre était ouverte, et de l'air doux — qui n'empestait ni la boue, ni les explosifs, ni les cadavres, ni les latrines — pénétrait dans la pièce. J'étais propre. Je frétillai un peu, de pur bien-être — et le regrettai aussitôt, car plusieurs parties de mon corps s'étaient insurgées. Mais la jeune fille était de retour, accompagnée d'un homme au visage rouge, vêtu d'une longue blouse blanche.

Il avait l'air très exalté, surtout quand je fus capable de me souvenir de mon numéro matricule, et bien que je n'en apprisse pas immédiatement la raison, je découvris au bout de quelques jours que j'étais en voie de devenir le préféré des médecins, car ma guérison prouvait quelque chose ; n'étant que simple patient, je n'eus jamais droit à toutes les explications, mais je crois avoir fait l'objet, à titre de curiosité psychiatrique, d'au moins deux communications médicales. Étant donné qu'on parlait de moi sous le nom de « patient », je ne fus jamais capable de m'identifier avec certitude. L'homme au visage rouge s'était en quelque sorte spécialisé dans le traitement des chocs occasionnés par les obus, et j'étais une de ses réussites, bien que je croie plutôt m'être guéri tout seul, à moins que ce ne soit la petite Madone qui m'ait guéri ou encore que je doive la vie à d'autres phénomènes qui ne relèvent ni des soins d'une infirmière ni de l'observation médicale.

Oh ! que j'avais eu de la chance ! Apparemment, je fus bel et bien touché par la fusée éclairante, et avant de s'éteindre celle-ci brûla complètement une bonne partie de mes vêtements et consuma le cordon de ma plaque d'identité, de sorte qu'elle se perdit dans la boue quand on me releva. On se posa la question de savoir si j'étais mort ou en passe de l'être, mais on me ramena à notre base, et comme je m'entêtais à ne pas mourir on m'évacua finalement vers un hôpital français ; puis comme je persistais à refuser de choisir entre la vie et la mort, je fus dirigé vers l'Angleterre ; j'étais donc devenu un cas très intéressant de survie contre toute probabilité. Le docteur au visage rouge m'avait pris sous sa coupe ; on m'avait transporté dans cet hôpital spécialisé installé dans une belle vieille maison du Buckinghamshire. J'étais dans le coma, et susceptible d'y rester, bien que le docteur au teint rougeoyant affirmât avec entêtement qu'un jour je me réveillerais et lui communiquerais des renseignements précieux. C'était le mois de mai, j'étais réveillé, et le personnel hospitalier s'en réjouissait. J'étais leur chouchou.

Ils avaient d'autres nouvelles à m'annoncer, pas très bonnes celles-là. J'avais été grièvement brûlé, et à cette époque-là, le traitement des brûlures était loin d'être aussi perfectionné qu'aujourd'hui, de sorte que la peau de ma poitrine et de mon côté gauche était affreusement enflammée et ressemblait à de la cire à cacheter avec des grumeaux dedans. Elle ne s'est guère améliorée depuis, sauf qu'elle est un peu plus brune. Dans le lit, sur le côté gauche, il y avait un dispositif métallique, une sorte d'arceau, pour empêcher le drap de toucher la partie sensible de mon moignon. Pendant tout le temps où mon esprit savourait des vacances paradisiaques, on m'avait nourri de liquides ; j'étais donc mince et affaibli. Sans oublier ma longue barbe que la jolie infirmière et moi nous amusâmes follement à raser.

Mais pourquoi toujours la nommer « la jolie infirmière » ? Elle s'appelait Diana Marfleet. C'était l'une de ces volontaires qui avaient reçu une bonne formation mais qui ne purent jamais atteindre à la sérénité des infirmières de métier. C'était la première Anglaise que je voyais de près, et un beau spécimen du type peau blanche, cheveux noirs, yeux bruns. Non seulement elle était jolie, mais elle avait du charme, beaucoup de simplicité et parlait de manière spirituelle, car elle appartenait à cette classe d'Anglais qui trouvent mal élevé de s'en tenir à la crudité des faits, et de prendre tout au sérieux. Elle avait vingt-quatre ans, ce qui lui donnait un avantage de quatre ans sur moi, et elle ne tarda pas à me confier que son fiancé, un lieutenant dans la Marine, avait été porté disparu lors du torpillage de l'*Aboukir* au tout début de la guerre. Très vite nous fûmes en excellents termes, car elle avait pris soin de moi dès mon arrivée à l'hôpital en janvier : elle m'avait nourri et fait boire à la cuiller ; elle m'avait lavé et s'était occupée du bassin et du pistolet, et continuait de le faire ; une jeune fille qui en est capable sans prendre des airs pudiques et sans embarrasser un homme n'est pas quelqu'un d'ordinaire. Diana était une fille merveilleuse, et je suis sûr que si je reprenais des forces et progressais à un rythme inespéré c'était pour lui faire plaisir.

Un jour elle s'approcha de mon lit avec beaucoup de sérieux et me fit le salut militaire.

« Qu'est-ce que cela veut dire ? »

« Hommage d'une humble infirmière au héros de Passchendaele. »

« Allons donc ! » (C'était l'une des fameuses expressions de mon père, et je ne l'ai jamais entièrement abandonnée.)

« C'est un fait. Qu'est-ce que tu crois avoir mérité ? »

« Toi. »

« Pas d'effronterie, s'il vous plaît. On a reconstitué votre passé, sergent Ramsay. Saviez-vous qu'officiellement vous étiez mort ? »

« Mort ! Moi ? »

« Oui. Toi. C'est pourquoi on t'a décerné la croix de Victoria à titre posthume. »

« Allons donc ! »

« C'est un fait. On t'a décerné la croix de Victoria pour

la très grande bravoure et le sens aigu du devoir dont tu as fait preuve en nettoyant un nid de mitrailleuses, assurant ainsi une avance de — je ne sais pas exactement la distance, mais c'était assez loin. Tu fus le seul à ne pas retourner derrière les lignes et l'un des hommes te vit — du moins ta haute silhouette qui ne pouvait tromper — courir en direction du nid de mitrailleuses ; alors il n'y avait aucun doute possible, même si par la suite on ne put retrouver ton corps. De toute façon, tu as la croix et le docteur Houneen fera le nécessaire pour que tu la reçoives et qu'elle ne soit pas envoyée au Canada pour chagriner ta mère. »

Les trois autres hommes dans la pièce crièrent bravo, mais sur le mode ironique. Nous prétendions tous nous moquer des décorations, cependant je n'ai jamais entendu dire que quelqu'un ait refusé la sienne.

Quelques jours plus tard, Diana fut vraiment désolée d'avoir mentionné la possibilité qu'on envoyât la médaille à ma mère, car je reçus une lettre du révérend Donald Phelps en réponse à la lettre que le docteur Houneen avait adressée à mes parents, annonçant qu'Alexander Ramsay et sa femme, Fiona Dunstable Ramsay, étaient morts tous les deux pendant l'épidémie de grippe du début de 1918, mais pas avant d'avoir appris la nouvelle de ma mort présumée à Passchendaele.

Diana avait honte parce qu'elle pensait m'avoir peut-être blessé. J'avais honte parce que je ressentais si peu la perte de mes parents.

4

Il me fallut des années avant de voir dans la mort de mes parents autre chose qu'une délivrance ; dans la trentaine, je fus capable de les juger comme de vraies personnes qui avaient vécu de leur mieux la vie que le destin leur avait réservée. Mais couché dans cet hôpital, j'étais ravi : plus jamais je ne serais le gentil petit chou de ma mère, plus jamais je n'essaierais de lui expliquer la signification de la guerre, plus jamais je ne falsifierais ma nature pour complaire à ses exigences dogmatiques. Je savais qu'elle avait dévoré mon père et je me réjouissais de ne plus avoir à me battre pour l'empêcher de me faire subir le même sort. Oh ! ces femmes bonnes, ignorantes et sûres d'elles ! Comme on en vient à les haïr ! J'éprouvais une satisfaction rancunière à l'idée que ma mère n'ait pas vécu pour apprendre que j'avais été décoré de la croix de Victoria ; comme elle se serait pavanée, avec des airs faussement modestes en mère de héros, l'utérus et la matrice mêmes de la bravoure, et tout cela à cause de mes trois ans de déchéance dans la boue des Flandres !

Évidemment, je ne me confiais pas à Diana sur ce sujet-là. Elle était extrêmement curieuse de connaître mon expérience de la guerre, et il m'était facile de lui en parler. Mais je lui témoignais ma confiance et à mesure qu'elle me montrait sa sympathie, je m'aperçus que nous devenions de plus en plus attachés l'un à l'autre et qu'un jour ce fait devrait être pris en considération. Cela m'était égal. Vivre suffisait à mon bonheur, et je ne vivais que pour la douceur du moment.

C'était une romantique, et comme je n'avais jamais rencontré de romantique du sexe féminin auparavant, j'étais ravi d'explorer ses émotions. Elle voulait tout connaître de moi, et je me dévoilais avec toute l'honnêteté dont j'étais capable ; mais comme j'avais à peine vingt ans, et que j'étais moi-même un romantique, je sais maintenant que je mentais à chaque mot — mentais non pas dans les faits mais dans l'intensité, la couleur et l'intention. L'idée de vivre au Canada l'exaltait et j'y étais pour quelque chose. Je lui parlai même de Mme Dempster (omettant toutefois de dire que j'étais responsable de son dérangement) et quand elle accueillit froidement mon récit, j'en fus déçu. Mais lorsque je lui mentionnai la petite Madone de Passchendaele qui plus tard devait me rendre visite durant mon long coma, elle fut ravie et immédiatement elle lui conféra une signification religieuse conventionnelle qui, en toute franchise, ne m'était jamais venue à l'esprit. Elle reprit maintes et maintes fois ce thème qui me rappelait l'introduction à *A Child's Book of Saints* et la petite fille à qui ces histoires avaient été dédicacées. Personnellement, j'en étais venu à considérer la petite W.V. comme quelqu'un de rasoir, mais je suspendais mon jugement, car Diana était la petite W.V. incarnée, et j'appuyais Diana à cent pour cent.

Peu à peu, je m'aperçus que Diana avait décidé que je lui appartenais, et je me sentais trop flatté pour comprendre ce que cela impliquait. Nombre d'infirmières dans cet hôpital étaient des filles de bonne famille ; elles travaillaient dur et accomplissaient toutes les tâches incombant à une infirmière, mais elles avaient certains privilèges qui n'étaient sûrement pas courants. La plupart habitaient tout près, et elles avaient la permission de rentrer chez elles en dehors des heures de service.

Quand Diana revenait de ces balades pendant ses heures de liberté, elle me parlait de son foyer et de ses parents ; ceux-ci ne correspondaient pas à la conception que je m'étais faite des parents. Son père, le chanoine Marfleet, était aumônier domestique à Windsor ainsi que pasteur de paroisse. Je n'avais qu'une vague notion des fonctions d'un aumônier domestique, mais je présumais que, comme tous nos pasteurs, il faisait des laïus moralisateurs à la famille royale. Sa mère portait le titre d'honorable, bien que le chanoine ne le fût pas, ce qui me surprit. Elle était née De Blaquière, mais je ne le sus pas tout de suite car Diana prononçait d'Blackyer. En raison de la guerre, les Marfleet vivaient simplement — ils se contentaient de deux domestiques et d'un jardinier trois fois par semaine. Le chanoine avait suivi l'exemple royal et avait interdit toute boisson alcoolisée chez lui pendant la durée de la guerre, sauf un verre ou deux de porto lorsqu'il se sentait un peu faible. Ils avaient réduit la hauteur de l'eau de leur bain quotidien à trois pouces, économisant ainsi du mazout pour Notre Cause ; de ma vie je n'avais connu quelqu'un qui se baignât chaque jour et je m'étais imaginé que mon bain quotidien à l'hôpital représentait une mesure curative temporaire.

Avec Diana mon éducation fit d'énormes progrès. Comme elle m'accaparait peu à peu, elle se mit à corriger chez moi certaines habitudes qu'elle trouvait charmantes — pas répréhensibles, juste charmantes. Par bonheur, je m'exprimais avec une bonne dose d'accent écossais et il n'y eut pas besoin de marchander en matière de prononciation, comme le font habituellement les couples de l'Ancien et du Nouveau Monde ; toutefois, elle s'amusait follement à m'entendre dire *a spool of thread* pour *a reel of cotton* et elle m'assura que les *pants* se portaient sous les *trousers*. Mais elle ne transigea pas sur les points suivants : on rompait son pain au lieu de le couper avec un couteau, on le beurrait seulement par bouchées, ce que je considérais comme une affectation et une perte de temps ; elle m'empêcha aussi de me jeter sur ma nourriture comme si je n'avais pas mangé depuis trois jours, habitude enfantine qui avait été renforcée dans les tranchées et qui me reprend lorsque je suis nerveux. Je m'en réjouissais. Je lui témoignais de la reconnaissance. D'ailleurs elle me reprenait avec humour et charme ; elle n'avait pas du tout l'esprit querelleur.

Bien sûr, tout n'arriva pas en même temps. Il fallut quelque temps après ma sortie du coma pour que je puisse quitter mon lit, et plus longtemps encore pour que je puisse essayer toute une ribambelle de jambes artificielles avant de trouver la bonne. Je dus apprendre à marcher avec des béquilles, et parce que nombre de mes muscles, surtout ceux de mon bras gauche, étaient couturés ou considérablement endommagés, la rééducation fut lente et douloureuse. Diana m'aida à tout supporter. Au sens propre comme au figuré, je m'appuyais sur elle, et de temps à autre je tombais sur elle. C'était une merveilleuse infirmière.

Quand enfin il fut possible de le faire, elle m'emmena chez elle, et je fis la connaissance du chanoine et de l'honorable. Je leur fis le meilleur compliment en disant qu'ils étaient dignes d'être les parents de Diana. Le chanoine était un homme charmant, bien différent des autres pasteurs de ma connaissance ; même au déjeuner du dimanche, il ne parlait pas de religion. En bon presbytérien, une fois ou deux j'essayai de le complimenter sur son prêche au service du matin et d'en développer le thème, mais il s'y opposa. Il voulait parler de la guerre. Partisan de Lloyd George et homme bien informé, il ne m'invitait pas à discuter de la situation avec le fanatisme courant. En Angleterre, nombreux furent ceux qui durent partager son opinion, bien qu'il eût été difficile d'en arriver à cette conclusion si l'on considère la paix que nous avons fini par signer. L'honorable était une merveille ; elle n'avait rien d'une mère. C'était une femme spirituelle et frivole, d'une beauté en accord avec son âge — d'après moi, elle avait dans les quarante-sept ans —, qui parlait comme si elle était dépourvue de cervelle. Mais je voyais clair ; elle était ce que Diana serait à cet âge-là, et cela me plaisait énormément.

Comme je me suis épanoui chez les Marfleet ! Pour un homme qui était passé par où j'étais passé, c'était splendide. J'ose seulement espérer avoir su me tenir correctement et ne pas avoir dit trop d'insanités. Mais quand je repense à cette époque-là, je revois très bien le chanoine, l'honorable et Diana, tandis que mes actions ou mes paroles demeurent très vagues.

5

Le décousu de mes souvenirs d'alors tient, je suppose, à mon épuisement après trois années de guerre. J'en étais finalement sorti, et j'étais heureux de trouver du plaisir à être propre et en sécurité, sans trop m'intéresser à ce qui se passait. De temps à autre, on pouvait entendre l'artillerie en France. Nous étions rationnés, mais la nourriture était supérieure à celle que j'avais mangée dans les tranchées. Nous apprenions les nouvelles en lisant des dépêches inquiétantes dans les journaux. Néanmoins, j'étais heureux et savais que pour moi, du moins, la guerre était finie. Mes projets étaient simples : apprendre à marcher avec une béquille, et plus tard avec une jambe artificielle et une canne. Sans être positivement amoureux de Diana, j'étais ensorcelé et flatté par ses attentions. J'avais fait ma guerre et me reposais.

Nous avons fini par la gagner, et l'hôpital célébra bruyamment l'occasion. Le lendemain du 11 novembre, le docteur Houneen se procura une voiture et me conduisit ainsi qu'un autre homme en état de faire le voyage jusqu'à Londres pour assister aux réjouissances. Diana et une autre infirmière étaient de la fête. Mais pour mon goût cela ressemblait un peu trop à une attaque d'infanterie. Pour la première fois depuis ma blessure, je me retrouvai dans la foule : le bruit et la cohue m'alarmèrent. D'ailleurs, depuis la fin de 1917 je supporte mal l'un et l'autre. Mais je fus témoin de l'allégresse et aussi de choses qui me choquèrent ; des gens qui venaient d'échapper à la destruction devinrent eux-mêmes terriblement destructeurs ; des gens qui étaient enfin délivrés de la licence et des émeutes se tripotaient, se tapaient dessus et hurlaient des obscénités dans les rues. Pourtant, je devrais me taire, car je ne fis pas mieux qu'eux ; la nuit du 12 novembre, dans une maison d'Eaton Square appartenant à une de ses tantes De Blaquière, je couchai avec Diana pour la première fois, la tante donnant son consentement par son silence et sa discrète absence ; pour moi, du moins, il y avait quelque chose d'inconvenant dans l'union de mon corps couturé et mutilé, et de sa beauté intacte. Inconvenant ou non, c'était ma première expérience de cet ordre, car je n'avais jamais réussi à profiter des bordels de guerre ni des femmes faciles qui s'offraient aux hommes en uniforme. Diana n'était pas une novice — le fiancé qui coula avec l'*Aboukir*, je suppose — et elle m'initia avec une infinie tendresse dont je lui serai toujours reconnaissant. Ainsi nous devînmes amants au sens le plus large du mot, et pour moi l'expérience fut un pas important dans l'accession à l'état d'homme qui s'était imposé à moi sous un unique aspect dans les tranchées.

Le lendemain soir, parce que Diana avait autant de chance que d'influence, nous avions des billets pour *Chi-Chin-Chow* au théâtre His Majesty's, et ce fut une autre expérience fabuleuse, d'un genre très différent, car ma connaissance du théâtre se bornait à des spectacles montés par des militaires. Lors de l'une de mes deux brèves permissions à Paris, je m'étais rendu à l'emplacement du théâtre de Robert-Houdin, mais celui-ci avait disparu. Je devais être un jeune homme bien naïf pour avoir supposé qu'il pût encore exister. Mon sens historique se développa plus tard.

Je vois que j'ai eu la maladresse d'établir un rapprochement entre mon initiation sexuelle et une soirée à une comédie musicale, ce qui suggère peut-être un manque d'équilibre. Mais avec le recul, les deux expériences, bien que très différentes, ne le sont pas autant, du point de vue psychologique, qu'on pourrait le supposer ; elles représentaient toutes les deux des enchantements, d'étranges contrées qui se révélaient à moi en des circonstances chargées d'émotions. J'imagine que j'étais encore de santé plutôt délicate, mentalement aussi bien que physiquement.

Après cela, le grand moment de ma vie fut la remise de ma croix de Victoria des mains du roi lui-même. Le docteur Houneen avait établi que j'étais vraiment en vie, de sorte que la distinction honorifique qui avait été attribuée à titre posthume fut reportée sur l'une des listes, et en temps voulu, je me rendis en taxi à Buckingham Palace un matin de décembre et fus décoré. Diana m'accompagna, car j'avais droit à un invité ; le choix s'imposait. L'assistance nous regarda avec une sentimentalité amicale, et je suppose qu'un soldat visiblement mutilé, accompagné d'une très jolie infirmière, représentait à l'époque un spectacle des plus prisés.

La plupart des détails me paraissent assez vagues, mais il y en a quelques-uns, néanmoins, qui sont restés gravés dans ma mémoire. Une fanfare dans une pièce voisine joua les morceaux favoris de *The Maid of the Mountains* (au dire de Diana) et nous restâmes tapis le long des murs jusqu'à ce que le roi et quelques aides de camp fissent leur entrée et prissent place au centre. Quand ce fut mon tour, je m'avançai en clopinant sur ma plus récente jambe métallique, progressant plutôt bruyamment, et me postai juste en face du roi. Quelqu'un lui tendit la médaille et il l'épingla à ma tunique. Puis il me serra la main en disant : « Je suis heureux que vous ayez réussi à arriver jusqu'ici. »

Je me souviens encore de sa voix profonde et plutôt bourrue, et aussi de sa barbe soignée d'officier de Marine. Il était beaucoup plus petit que moi, de sorte que je plongeai mon regard dans ses yeux très bleus, très scintillants, et je me dis que je ferais mieux de rire de la plaisanterie royale, ce que je fis avant de me retirer d'une façon tout à fait protocolaire.

Cependant, nos regards se croisèrent, le temps d'un battement de cils, et j'eus alors une révélation qui demande beaucoup plus de temps à expliquer qu'à vivre. Me voici, pensai-je, en train d'être décoré pour mon héroïsme, et aux yeux de tous ici je suis vraiment un héros ; mais je sais que mon acte de bravoure était plutôt un sale boulot que j'avais fait sous l'emprise d'une peur effroyable ; j'aurais pu aussi bien tout rater et me faire tuer comme n'importe lequel d'entre nous. Mais peu importe, car les gens semblent avoir besoin de héros. Dans la mesure où je ne perds pas de vue la vérité, pourquoi pas moi plutôt qu'un autre ? Et là, en face de moi, se tient un petit homme merveilleusement adapté à sa fonction, qui m'épingle une médaille de héros sur la poitrine uniquement parce que certains de ses ancêtres se sont appelés Alfred le Grand, Charles 1er, voire le roi Arthur, que je sache. Mais je ne serais pas étonné d'apprendre qu'en son for intérieur il se sente aussi intrigué que moi par le destin qui l'a conduit ici. Nous sommes tous deux des icônes publiques : lui, une icône de la royauté et moi une icône de l'héroïsme, irréelles et pourtant nécessaires ; nous avons des obligations qui dépassent nos préoccupations personnelles, et laisser nos sentiments obscurcir ces obligations serait manquer à notre devoir.

J'élucidai plus à fond la question pendant un déjeuner très gai au Savoy ; le chanoine et l'honorable me fêtèrent au champagne. Ils avaient tous l'air de me prendre pour un véritable héros, et je fis de mon mieux pour bien me conduire, sans y croire de façon trop manifeste, mais sans toutefois non plus protester que je n'étais qu'un pauvre type qui n'avait fait que son devoir au moment voulu — une pose qui m'a toujours profondément dégoûté. Depuis, j'ai essayé de penser charitablement aux gens qui occupent des positions importantes ; nous leur assignons un rôle et devons par conséquent les considérer uniquement comme des acteurs, sans essayer de les discréditer au moyen de ragots sur leur vie privée — à moins qu'eux-mêmes ne traînent celle-ci avec eux sur la scène.

6

Essayer de me faire à l'idée que j'étais un héros représentait seulement une partie de la tâche qui m'attendait pendant mon long séjour à l'hôpital. Quand je repris connaissance pour la première fois — je ne parlerai pas de retour à la conscience, car il me semblait avoir été conscient à un niveau différent tout au long de ce qu'ils appelaient mon coma — je dus m'habituer à être un unijambiste avec en plus un bras gauche incontestablement amoindri. Je ne me montrai pas aussi habile à surmonter ces handicaps que certains des autres amputés qui étaient à l'hôpital avec moi. J'ai toujours été maladroit, et bien que Diana et le médecin m'aient assuré que je ne tarderais pas à marcher aussi bien qu'avant, je n'y croyais pas ; en fait, je n'ai jamais été capable de marcher sans boiter et je me sens beaucoup plus à l'aise avec une canne. Tout d'abord, j'étais affaibli physiquement, et bien que je fusse parfaitement sain d'esprit, j'eus pendant plusieurs semaines des absences. C'est pour cette raison que mes souvenirs de cette période sont si confus. Mais il fallait que je m'habitue à être un héros — c'est-à-dire que tout en ne me prenant pas moi-même au sérieux, je ne devais pas me montrer offensant pour ceux qui croyaient en moi — et il fallait aussi que je prenne une décision au sujet de Diana.

Une aura d'irréalité planait sur nos relations mais celles-ci prenaient racine dans quelque chose de plus durable que mes absences. Je ne dirai pas de mal de Diana et lui serai toujours reconnaissant de m'avoir enseigné le côté physique de l'amour ; après l'horreur sordide des tranchées, sa beauté et sa vivacité d'esprit furent mes meilleurs remèdes. Mais je ne pouvais fermer les yeux sur le fait qu'elle me considérait comme sa propre création. Et pourquoi pas ? Ne m'avait-elle pas nourri et lavé, ne m'avait-elle pas ramené à la vie, alors que j'en étais si loin ? Ne m'avait-elle pas réappris à marcher, faisant preuve d'une patience infinie devant mes essais maladroits ? N'avait-elle pas tenu à me faire adopter de nouvelles habitudes de table et de conduite ? Mais tout en écrivant, je sais clairement que ce qui n'allait pas entre Diana et moi c'est qu'elle était beaucoup trop maternelle. Ayant déjà eu une mère et l'ayant perdue, je n'étais pas pressé d'en acquérir une autre — pas même une jeune et jolie mère avec laquelle je puisse jouer le rôle d'Œdipe pour notre plus grand plaisir à tous deux. Si cela ne dépendait que de moi, je n'avais plus jamais l'intention d'être le petit chou de quiconque.

Cette décision, prise à ce moment-là, a façonné ma vie et, sans doute, en a faussé certains aspects, mais je persiste à croire que j'ai eu raison. Pendant les longues périodes de repos à l'hôpital, j'étudiais soigneusement ma situation. Ma conclusion fut que je m'étais généreusement acquitté vis-à-vis de la société pour tout ce qu'elle m'avait donné ou me donnerait à l'avenir ; une jambe et une bonne partie d'un bras, c'est payer en espèces sonnantes. La société avait décidé de faire de moi un héros, et quoique j'aie fort bien su que je n'étais pas plus un héros que beaucoup de soldats avec qui j'avais combattu, et moins que certains autres qui avaient perdu la vie en accomplissant des exploits dont j'aurais été incapable, je résolus de laisser la société me considérer comme elle l'entendait. Je n'exploiterais pas cette attitude, mais je ne l'écarterais pas non plus. J'obtiendrais une pension en temps voulu, et ma croix de Victoria me rapportait la retentissante somme de cinquante dollars par an ; j'accepterais ces récompenses avec gratitude. Mais je voulais ma vie, et avant tout je voulais être heureux.

Je n'englobai pas Diana dans mes projets. Elle semblait prendre le contraire pour acquis, et je fus peut-être injuste envers elle en négligeant de mettre un terme à ses illusions dès le début. Pour être franc, j'aimais bien la savoir amoureuse de moi ; cela relevait mon moral qui en avait grand besoin. J'aimais coucher avec elle, et elle aussi, de sorte que l'échange me paraissait équitable. Mais je ne pouvais envisager de passer mes jours avec Diana. Comme le font les filles, elle présuma que nous glissions vers les fiançailles et le mariage ; bien qu'elle ne le dît jamais ouvertement, je savais qu'elle pensait que nous irions au Canada quand je serais rétabli. Si je ne m'abuse, elle envisageait la culture du blé dans une belle grande ferme de l'Ouest, car elle perpétuait l'illusion, si typique des Anglais, qu'être fermier est un mode de vie formidable. Je m'y connaissais suffisamment pour être persuadé que ce n'était pas une vie pour amateurs ou invalides.

Toutes les deux semaines, Diana faisait son apparition, belle et lointaine, et me tendait une lettre de Leola Cruikshank. C'étaient toujours des situations difficiles car les lettres me plongeaient dans l'embarras ; elles étaient si dépourvues d'idées, si mal rédigées, si totalement différentes de la Leola toute boucles, lèvres douces et murmures, dont je gardais le souvenir. Comment, me demandais-je, avais-je pu être stupide au point de fréquenter pareille cervelle de moineau ? Diana savait que l'expéditeur était une fille car la candeur de son écriture ne pouvait la classer ailleurs que dans ce groupe humain, et elle devinait intuitivement que cette fille tenait une place spéciale dans ma vie, puisque c'était pratiquement les seules lettres que je recevais. Je n'aurais pu lui dire dans quelle mesure il s'agissait d'une place spéciale, car j'étais incapable de me souvenir avec précision des engagements que j'avais pris avec Leola ; étais-je ou non fiancé ? Les lettres que j'écrivais en retour, et qu'à grand-peine je faisais subrepticement mettre à la poste pour que Diana ne les vît pas, étaient aussi diplomatiques que le permettait mon courage ; j'essayais de rédiger le genre de lettres qui, sans toutefois m'engager, susciterait chez Leola le besoin de me donner une idée de sa conception de nos relations. Cela demandait une subtilité qui n'était pas à la portée de Leola ; elle n'avait aucun don d'expression, et ses petites lettres plates mentionnaient les ragots de Deptford (dont elle retirait le piment) et se terminaient le plus souvent par ces mots : « Tout le monde attend ton retour avec impatience et ce sera merveilleux de te revoir. Amitiés. Leola. » S'agissait-il de froideur ou de réserve toute virginale ? Parfois j'y réfléchissais si intensément que je me retrouvais couvert de sueur.

Une des lettres de Leola arriva juste avant Noël. J'avais reçu l'autorisation d'aller passer les fêtes dans la famille de Diana. Le chanoine avait célébré l'armistice en abandonnant son vœu de ne pas boire d'alcool, et l'occasion promettait d'être joyeuse. Dans l'armée, j'avais appris à boire du rhum pur et j'étais prêt à tout. Mais la veille de Noël, Diana trouva le moyen d'avoir un tête-à-tête avec moi : elle me demanda sans ambages qui était la fille qui m'écrivait du Canada et elle voulut savoir si je la fréquentais. *Fréquenter* est le terme qu'elle employa. Je redoutais cette question, mais je n'avais pas de réponse prête. J'ânonnai, pataugeai et m'aperçus que le nom de Leola avait un petit air provincial dans les circonstances ; je m'en voulus d'ailleurs aussitôt d'avoir eu cette pensée. Tous mes problèmes, imbécile que j'étais, venaient de mes efforts pour être loyal envers Leola sans pour autant blesser Diana, et plus je lui fournissais d'explications, plus je m'enlisais. En un rien de temps, Diana était en larmes, et je fis de mon mieux pour la consoler, mais je parvins à garder au premier plan ma résolution de ne pas me fiancer avec elle, ce qui exigea des acrobaties verbales qui déclenchèrent sans tarder une querelle de tous les diables.

À cette époque-là, les soldats canadiens avaient une drôle de réputation en Angleterre ; nous étions censés être des types loyaux, impétueux, des poilus qui crachions des balles sur l'ennemi mais dévorions les femmes toutes crues. Diana m'accusa d'être un de ces ogres qui l'avait entraînée à exprimer des sentiments que je ne payais pas de retour. Comme un imbécile, je lui dis que je la croyais assez vieille pour connaître ses sentiments. Ha ! dit-elle, c'était donc ça ? Parce qu'elle était plus âgée que moi, je la prenais pour une noceuse invétérée qui n'avait besoin de personne pour la défendre, c'était bien cela ? Une noceuse ? Jamais de la vie, rétorquai-je avec une franchise dont je rougis maintenant, mais après tout elle s'était déjà fiancée, non ? Nous y revoilà, rétorqua-t-elle ; je la prenais pour de la marchandise avariée ; je lui jetai au visage qu'elle s'était donnée à un homme qui était mort héroïquement au tout début de la guerre. Je la considérais comme une amusette, quelqu'un pour aider à passer le temps ; elle m'avait aimé dans ma faiblesse, sans soupçonner ma force véritable. Et bien d'autres commentaires de même acabit.

Bien sûr, petit à petit, les échanges redevinrent beaucoup plus tendres, et nous savourâmes les doux plaisirs de la réconciliation. Mais ce ne fut pas long avant que Diana ne désire connaître, par simple amitié naturellement, jusqu'à quel point je m'étais engagé avec Leola. Je n'osai pas lui avouer que je désirais précisément le savoir autant qu'elle ; j'étais trop jeune pour être franc en pareil cas. Eh bien, continua-t-elle, étais-je amoureux de Leola ? En toute honnêteté je pus lui répondre que je ne l'étais pas. Alors, c'est d'elle que, après tout, j'étais amoureux, dit Diana avec cette logique toute féminine dont les acrobaties coupent le souffle aux hommes. Je m'embarquai dans un long discours pour expliquer que je ne savais jamais ce que les gens entendaient par « être amoureux de quelqu'un ». Je t'aime, dis-je à Diana ; je t'aime vraiment. Mais quant à « être amoureux » — je débitai une kyrielle de sottises qui m'échappent maintenant et que je n'écrirais pas si je m'en souvenais.

Diana changea alors de tactique. J'étais trop intellectuel, dit-elle, et j'analysais des choses que seuls les sentiments devaient guider. Si je l'aimais, elle n'en demandait pas plus. Que nous réservait le futur ?

Dans le compte rendu de cette conversation, je ne cherche pas à donner l'impression d'une Diana calculatrice, mais je dois dire qu'elle était particulièrement douée pour arriver à ses fins. *Elle* avait des idées bien définies sur ce que le futur nous réservait, moi pas, et je suis persuadé qu'elle en était consciente. Elle me posait donc cette question non pas pour entendre ma réponse mais pour me renseigner. Mais moi aussi j'avais plus d'un tour dans mon sac. Je lui dis que la guerre m'avait tellement secoué que je n'avais pas d'idées précises sur l'avenir, et que de toute façon je n'avais pas envisagé de lui demander d'épouser quelqu'un d'aussi grièvement mutilé que moi.

Cela s'avéra être une grave erreur. Diana exprima avec une telle véhémence les sentiments qu'une honnête femme nourrit pour un homme handicapé par ses blessures de guerre — sans compter que cet homme a reçu la plus haute distinction pour sa bravoure — que je perdis presque la tête et faillis la supplier de devenir ma femme. Je ne peux penser à moi, si jeune, dans cette situation sans éprouver une honte et un dégoût considérables. Jusque-là j'avais été capable de rejeter l'amour de cette fille, mais sa flatterie faillit me prendre au piège. Non pas qu'elle manquât de sincérité ; elle était toujours sincère. Mais pendant toute son enfance on lui avait tellement parlé de l'héroïsme, de l'Empire, de la bienséance et de la supériorité de la femme dans le domaine émotif qu'elle pouvait en parler sans rougir, comme les pasteurs parlent de Dieu. Et je n'avais que vingt ans.

Quelle nuit ! Nous parlâmes jusqu'à trois heures du matin, compliquant notre situation à grand renfort de scrupules, comme les jeunes font, essayant mutuellement de ne pas nous blesser, alors que Diana voulait se fiancer avec moi et que je me battais désespérément pour éviter ce dénouement. Mais je l'ai déjà dit, et je le répète, Diana était vraiment une fille exceptionnelle ; quand elle vit qu'elle ne parviendrait pas à ses fins, elle abandonna gracieusement la partie.

« C'est bon », dit-elle, se redressant sur le sofa et arrangeant ses cheveux (car nous nous étions passablement chahutés à certains moments de notre dispute, et ma plus récente jambe artificielle avait émis des croassements inquiétants). « S'il n'est pas question de mariage, c'est bon, n'en parlons plus ! Mais toi, que vas-tu faire, Dunny ? Voyons, tu ne vas pas épouser cette fille dont le nom ressemble à celui d'une lotion capillaire et continuer de diriger le malheureux petit journal de ton père ? Tu vaux mieux que ça. »

J'approuvai, car j'étais certain de valoir mieux que ça, mais je ne savais pas encore exactement en quoi et il me fallait du temps pour y arriver. De plus, je savais que je devrais en faire la découverte tout seul. J'omis de dire à Diana qu'il me restait toute la question de la petite Madone à explorer, car je savais qu'avec ses antécédents chrétiens conventionnels et sa généreuse sentimentalité, elle se mettrait aussitôt à me fournir des explications, et chaque atome d'intuition que je possédais me disait que ce ne serait pas les bonnes. Mais je lui fis remarquer que j'étais loin d'ignorer que mon manque d'instruction était le plus sérieux obstacle et qu'il fallait à tout prix que j'aille à l'université ; si je retournais au Canada et étudiais les possibilités qui pourraient s'offrir à moi, j'y parviendrais certainement. Ce n'est pas facile de mettre par écrit ce que l'on dit à une fille en pareille circonstance, mais je réussis à exprimer clairement mon désir le plus cher, celui d'avoir le temps d'acquérir un peu de maturité ; la guerre n'avait pas fait de moi un adulte, je ressemblais à un morceau de viande brûlé d'un côté et cru de l'autre, et il me fallait m'attaquer au côté cru. Je la remerciai de mon mieux pour ce qu'elle avait fait pour moi.

« Laisse-moi faire une dernière chose pour toi », dit-elle. « Laisse-moi te rebaptiser. Qui diable a pu te donner ce nom de Dunstable ? »

« C'est le nom de jeune fille de ma mère », dis-je. « De nombreuses personnes au Canada ont reçu le nom de jeune fille de leur mère comme prénom. Mais que lui trouves-tu de mal ? »

« Premièrement, c'est difficile à prononcer », dit-elle, « et puis ça sonne comme un tombereau roulant sur des pavés. Tu n'arriveras à rien dans la vie en t'appelant Dumbledum Ramsay. Pourquoi ne le changes-tu pas en Dunstan ? Saint Dunstan était un être merveilleux et tu lui ressembles beaucoup — avide de connaissances, terriblement sévère, inflexible et renfrogné ; il résistait magnifiquement à la tentation, comme par magie. Sais-tu qu'un jour où le Diable était venu le tenter sous la forme d'une femme fascinante, il lui prit le nez entre ses pincettes d'orfèvre et lui donna un méchant tour ? »

Je lui pris le nez entre mes doigts et lui donnai un tour. Cela faillit me faire perdre tout le terrain gagné, mais après quelque temps nous recommençâmes à parler. L'idée de prendre un nouveau nom me plaisait ; cela suggérait une nouvelle liberté et une nouvelle personnalité. Alors Diana sortit le porto de son père, me le versa sur la tête et me rebaptisa. Elle était anglicane, bien sûr, et sa légèreté envers les choses sacrées surprenait encore le profond presbytérien que j'étais ; mais je n'avais pas passé à gué la soupe de boue-et-de-sang de Passchendaele pour me préoccuper de ces vétilles ; le blasphème pour une bonne cause (ce qui généralement implique sa propre cause) n'est pas difficile à digérer. Quand nous allâmes enfin nous coucher, deux merveilleux changements s'étaient produits : Diana et moi étions amis au lieu d'être amants, et je portais un nouveau prénom tout à fait excellent.

Le jour de Noël dépassa mes espérances. Je suis sûr que

les parents de Diana savaient ce qui se mijotait ; ils s'en accommodaient suffisamment pour ne pas nous mettre des bâtons dans les roues, si nous avions vraiment voulu nous marier. Mais ils furent très soulagés d'apprendre que nous en avions décidé autrement. J'ignore complètement comment ils apprirent la chose, mais les parents sont souvent moins stupides que ne le croient leurs enfants, et je soupçonne que l'honorable le sentit dans l'air du matin. Après tout, quelle satisfaction auraient-ils pu tirer du mariage de leur fille à un homme physiquement diminué, d'un milieu très différent et plus jeune qu'elle de quatre ans, tout cela dans le but d'aller chercher fortune dans un pays dont ils ignoraient tout ? Alors ils s'en réjouirent, et je m'en réjouis. Je soupçonne que Diana était au fond beaucoup plus heureuse qu'elle n'eût jamais voulu l'admettre.

Elle était tombée amoureuse de moi parce qu'elle avait le sentiment d'avoir fait de moi ce que j'étais à partir d'un cas médical désespéré ; mais, semble-t-il, elle ne tarda pas à se rendre compte comme moi que notre mariage n'aurait jamais pu marcher. Ainsi ce Noël-là, je perdis une occasion de me marier, mais j'acquis trois bons amis.

7

Les formalités compliquées de l'armée et mon état soi-disant fragile retardèrent quelque peu mon retour au Canada, mais au début du mois de mai suivant, je descendis du train en gare de Deptford, fus accueilli par le président du conseil municipal, Orville Cave, et conduit en grande pompe partout dans le village comme si j'étais la vedette principale d'une procession.

Cette cérémonie grandiose avait été soigneusement orchestrée à l'avance, par lettre, mais n'en demeurait pas moins étonnante. Je n'avais pas imaginé qu'après quatre ans de guerre l'atmosphère de Deptford pût avoir autant changé. À l'époque où j'allais à l'école, le village manifestait peu d'intérêt pour les affaires mondiales. Mais voilà que s'approchait notre cordonnier, Moïse Languirand, vêtu d'un uniforme qui se voulait français, paradant en maréchal Foch ; il avait adopté cette fonction pour l'excellente raison qu'il était le seul Canadien d'expression française à des milles à la ronde, et il arborait une énorme moustache grise. Puis venait un grand jeune homme que je ne connaissais pas, dans son accoutrement qui ressemblait plus ou moins à celui de l'Oncle Sam. Il y avait deux John Bull, en raison d'un malentendu qui n'avait pu être dissipé sans blesser les sentiments de quelqu'un. Il y avait un bataillon d'infirmières de la Croix-Rouge — six ou sept. Une fille qui s'appelait Katie Orchard, célèbre dans mon temps pour ses grands pieds, était toute pavoisée et portait un pansement sur l'œil ; c'était la Valeureuse Petite Belgique. Ces gens, et d'autres, habillés de façon patriotique quoique souvent vague, formaient une procession de nature hautement allégorique qui descendait notre rue principale, entraînée par une fanfare de sept cuivres et d'un tambour retentissant. Je suivais dans une Gray-Dort décapotée, en compagnie du président du conseil municipal, et derrière nous il y avait ce qu'on appelait alors un défilé historique d'enfants gaiement habillés. Ils tourmentaient et injuriaient Myron Papple en qui on reconnaissait l'Empereur allemand grâce à sa fausse moustache énorme, aux pointes recourbées vers le haut. Myron se trémoussait, simulant la folie et la déchéance de façon très amusante, mais avec une telle vigueur qu'on se demandait comment un homme aussi gras pouvait s'agiter ainsi aussi longtemps. Notre village étant petit, nous déambulâmes dans toutes les rues, montâmes et descendîmes l'artère principale au moins trois fois. Pourtant, vers deux heures quarante-cinq, nous avions épuisé tous les circuits possibles, et j'étais descendu lourdement du train à une heure trente ! C'est la plus étrange procession que j'aie jamais vue, mais parce qu'elle fut donnée en mon honneur, je ne m'en moquai point. C'était la version deptfordienne d'un triomphe romain, et je m'efforçai d'être à la hauteur, prenant un air solennel et saluant chaque drapeau d'au moins douze pouces sur huit. Je prêtai également une attention particulière aux citoyens âgés.

Au terme de la procession, on me cacha dans la Tecumseh House jusqu'à cinq heures trente, heure à laquelle j'étais invité à un dîner officiel chez le président du conseil municipal. « Cacher » est à prendre textuellement. Mes concitoyens étaient d'avis qu'il ne siérait pas que je me promenasse dans les rues, comme le commun des mortels, avant mon apothéose le soir même. Le drapeau canadien avait été cloué sur la porte de la meilleure chambre de l'hôtel, qui m'avait été réservée. Le barman, Joe Gallengher, avait pour stricte consigne de ne laisser passer personne. Alors, assis à ma fenêtre, je regardais la cour d'une écurie de louage dans la direction de l'église St James'Presbyterian, lisant de temps en temps *Guerre et Paix* (car maintenant je m'étais embarqué dans la lecture de bons gros romans comme j'y aspirais au front). Mais j'étais vraiment trop excité pour faire quoi que ce fût, sinon m'émerveiller d'être là et me demander quand je serais libre d'agir à ma guise.

Je n'avais aucune chance d'être libre ce jour-là. À six heures, je fus convié à un banquet chez le président ; les invités étaient si nombreux que nous mangeâmes sur la pelouse, sur des tables à tréteaux. Il y avait du poulet froid et du jambon, de la salade de pommes de terre, d'étonnantes variétés de conserves au vinaigre et des montagnes de glace, de tartes et de gâteaux. Nous arrosâmes ce banquet de café fort et chaud. Notre défilé jusqu'à l'Athelstan Opera House fut imposant, comme il convenait aux personnalités de l'heure, et nous arrivâmes dix minutes avant la réunion, fixée à sept heures trente.

Si vous vous étonnez qu'une aussi petite localité possède un opéra, je me dois de vous expliquer qu'il s'agissait de notre principale salle de réunions située en haut de l'Athelstan Block, le plus important centre commercial de notre village. Ce n'était pas l'habituelle construction en bois, mais un édifice en briques. C'était un vrai théâtre, avec une scène, qui avait un étrange rideau sur rouleau, où était peinte une magnifique fresque, évoquant les aspects les plus romantiques de l'Europe. Bien des années ont passé depuis, mais je revois clairement un château sur les bords d'un lagon où flottaient des gondoles parmi des bateaux plus importants qui semblaient entrer et sortir de la baie de Naples, blottie au pied des Alpes enneigées. Le plancher de l'opéra était plat pour que l'on puisse danser ; pour compenser, la scène plongeait jusqu'à la rampe et l'inclinaison en rendait la position assise délicate, voire périlleuse. Je ne sais pas combien de personnes ce théâtre pouvait contenir, mais pour l'occasion la salle était comble ; il y avait des gens debout ou assis dans les allées sur des chaises supplémentaires, prêtées par un entrepreneur de pompes funèbres.

Le président et moi, accompagnés des autres notables, grimpâmes par un escalier du fond et nous nous frayâmes un chemin parmi les décors, pour aller nous asseoir sur les chaises installées à notre intention sur la scène. Derrière le rideau, l'orchestre composé d'un piano, d'un violon et d'un trombone ne couvrait pas la rumeur de la foule. Un peu après l'heure fixée — pour tenir compte des retardataires, au dire du président, mais aucun retardataire n'aurait pu se frayer un passage — le rideau se leva (tout en s'incurvant dangereusement vers nous) et nous apparûmes, nous détachant sur la toile de fond qui représentait une épaisse forêt d'un vert bilieux. Nos chaises étaient disposées en rangées rectilignes derrière une table sur laquelle reposaient deux cruches d'eau et une bonne douzaine de verres, pour secourir les orateurs assoiffés.

Nous formions un groupe imposant : trois membres du clergé, le magistrat, le député et le représentant du corps législatif, le président de la commission d'Éducation permanente, et sept membres du conseil municipal étaient sur scène, ainsi que le président et moi. Je crois que nous ressemblions beaucoup à des ménestrels. J'étais le seul homme en uniforme sur la scène proprement dite, mais au premier rang des spectateurs, il y en avait six autres, et à la droite de ce groupe se trouvait Percy Boyd Staunton dans un uniforme de commandant, avec Leola à ses côtés.

Au quatrième doigt de la main gauche, Leola portait un énorme diamant. Diana m'avait appris à connaître ces raffinements et je pus saisir immédiatement les signaux que cette bague me lançait de tous ses feux pendant les applaudissements qui accueillirent notre entrée. Ai-je été frappé au cœur ? Ai-je blêmi et ressenti que toute ma gloire n'était que poussière ? Non, j'étais plutôt soulagé. Je me disais qu'un des problèmes posés par mon retour s'était résolu de lui-même. Néanmoins, je fus un peu décontenancé et trouvai que Leola avait manqué de franchise en ne m'informant pas, dans une de ses lettres, de la tournure des événements.

La raison du rassemblement était clairement affichée : un *Union Jack* drapait la table de l'orateur et une banderole peinte, qui pendait au-dessus de nos têtes dans la forêt bilieuse, proclamait en lettres rouges et bleues sur fond blanc : « Bienvenue À Nos Vaillants Soldats de Retour du Front. » Nous nous mîmes solennellement au garde-à-vous tandis que le piano, le violon et le trombone venaient à bout du *God Save the King*, de *O Canada*, et pour faire bonne mesure de *The Maple Leaf Forever*. Mais nous ne nous précipitâmes pas sur les plus nobles splendeurs de la soirée. Nous commençâmes par écouter un concert patriotique, aiguisant ainsi plus finement encore notre ferveur.

Muriel Parkinson chanta *The Rose that Blows in No*

Man's Land, et lorsqu'elle se mit à hurler (car sa voix était plus puissante que mélodieuse) « au sein de la grande malédiction de la guerre se tenait l'infirmière de la Croix-Rouge », de nombreuses personnes s'essuyèrent les yeux. Puis elle chanta une chanson en l'honneur de Jeanne d'Arc. Ce succès qui remontait à la guerre tint lieu de compliment délicat à la France, notre grande alliée. Après Muriel, ce fut le tour d'une petite fille que je ne connaissais pas ; vêtue à l'Indienne, elle récita le poème *Canadian Born* de Pauline Johnson. C'est à ce moment-là que je remarquai l'absence de l'un de nos vaillants garçons, en l'occurrence George Muskrat, le tireur indien qui avait abattu des Allemands comme il abattait les écureuils. George n'était pas un type très respectable (il buvait avec excès de l'essence de vanille fortement alcoolisée et il hurlait dans les rues quand il cuvait une cuite) ; de plus, il n'avait reçu aucune médaille.

La fillette fut bissée et elle terminait presque son nouveau poème qu'on entendait encore les applaudissements pour son premier numéro. Puis, sans raison apparente, une autre fille joua deux morceaux au piano — pas très bien. Le premier s'appelait *Chanson des Fleurs* et l'autre *La Jeunesse* : c'étaient peut-être de nouveaux compliments destinés aux Français. Enfin, Murray Tiffin, bien connu du village pour ses traits d'esprit, nous « divertit » ; on lui demandait souvent de « divertir » les gens à des soirées paroissiales, mais cette fois-ci c'était la soirée de sa vie. Il peina comme un cheval de labour pour nous amuser ; des charades, des plaisanteries et des imitations qui, toutes, se rapportaient à la vie locale.

« Quelle est l'action la plus courageuse qu'un homme puisse accomplir ? » demanda-t-il. « Est-ce d'aller tout droit en Afrique et de tuer un lion ? Non, ce n'est pas l'action la plus courageuse qu'un homme puisse accomplir ! Est-ce la capture d'un nid de mitrailleuses allemand par un homme seul ? » (Applaudissements enthousiastes pendant lesquels moi, le plus mauvais acteur du monde, j'essayai de feindre un mélange de modestie et d'allégresse.) « Non ! L'action la plus courageuse qu'un homme puisse accomplir est de se rendre à la poste à six heures une minute et de demander à Jerry Williams un timbre d'un sou ! » (Allégresse incontrôlable, coups de coude dans les côtes du voisin, et signes de la main dans la direction du maître de poste qui essayait d'avoir l'air d'un homme qui raffolait qu'on se moque de sa mauvaise humeur.)

Puis Murray nous lança encore plusieurs bonnes blagues : il était encore plus économique de faire ses provisions à Bowles Corners que de voler les marchands de Deptford, et d'autres histoires humoristiques locales qui ne vieillissent pas et qui ne perdent pas de leur sel à être souvent rabâchées ; je me trouvai des affinités avec Murray, car en dépit du fait qu'elles n'étaient nullement grivoises, ses plaisanteries ressemblaient beaucoup à celles qui avaient assuré mon propre succès au camp de repos lorsque j'avais imité Charlie Chaplin.

Quand Murray eut insulté individuellement la moitié de l'assistance, et eut fait collectivement nos délices, le président du conseil se leva et enchaîna : « Mais pour donner une tournure plus sérieuse... » ce qu'il fit pendant au moins dix minutes. « Nous sommes réunis, dit-il, pour honorer ceux de notre communauté qui ont risqué leur vie pour la défense de la liberté. » Après qu'il eut terminé, le pasteur méthodiste nous dit, assez longuement, combien il était méritoire de risquer sa vie pour la défense de la liberté. Puis l'abbé Regan lut solennellement la liste des onze hommes de notre petit coin du monde qui avaient été tués sous les drapeaux ; Willie fut cité, et je crois que c'est à cet instant-là que je compris vraiment que je ne le reverrais jamais plus. Le révérend Donald Phelps pria afin qu'on n'oubliât pas les disparus, et sa prière dura assez longtemps ; si Dieu n'avait pas suivi la guerre de près, il était beaucoup plus documenté, selon nous, une fois que Phelps eut terminé. Le représentant du corps législatif nous dit qu'il ne nous retiendrait pas longtemps, mais il parla pendant quarante minutes du futur et de ce que nous allions en faire, s'appuyant sur les sacrifices des quatre dernières années, en particulier pour ce qui avait trait à l'amélioration du réseau provincial de routes. Puis le député fut lâché sur nous ; il parla pendant une heure et trois minutes, alliant le patriotisme au jargon de la partisanerie politique et affirmant clairement que même si Lloyd George, Clemenceau et Wilson étaient incontestablement des hommes de valeur, c'était Sir Robert Borden qui avait mené la guerre à bonne fin.

Il était maintenant dix heures, et même la soif d'un auditoire canadien pour l'art oratoire était presque étanchée. Seuls les grands moments qui allaient suivre auraient pu retenir leur attention. Mais c'est alors que le président du conseil choisit de s'attaquer à nous pour la deuxième fois ; afin que Deptford n'oubliât jamais ceux qui avaient combattu et étaient revenus, dit-il, et afin que nos héros ne perdissent jamais de vue la gratitude de Deptford, chacun de nous allait recevoir une montre gravée. Et ce n'était pas tout. Il ne s'agissait pas de montres ordinaires mais de celles utilisées par les chemins de fer qui garantissaient l'heure exacte dans les conditions les plus difficiles et probablement pour l'éternité. Nous comprenions le mérite de ces montres parce que, comme nous le savions tous, son fils Jack était un employé des chemins de fer (garde-frein du *Grand Trunk*) et Jack jurait que c'étaient les meilleures qu'on pût trouver. Sur ce, les montres furent présentées, trois par le président lui-même et trois par le représentant du corps législatif.

Alors qu'on proclamait son nom et sa gloire, chaque homme de la première rangée dans la salle montait les marches qui menaient à une porte réservée sur le côté de la scène, se faufilait le long du décor vert et se rendait au centre de la plate-forme, pendant que sa famille et ses concitoyens l'acclamaient, tapaient des pieds et sifflaient. Percy Boyd Staunton était le sixième, le seul officier du groupe et le seul homme qui ait accepté sa montre en se donnant des airs ; il avait mis sa casquette d'officier avant de se rendre sur scène et il fit le salut militaire au représentant du corps législatif, puis il se tourna et salua le public de la même façon. Cela fit bel effet, et comme je souriais et applaudissais, mon estomac était ravagé par la jalousie.

J'aurais dû me montrer généreux, car j'étais le numéro sept, récipiendaire de la croix Victoria, le seul homme à s'être vu décerner un siège sur la scène et le seul à recevoir sa montre des mains de notre député. Il fit un discours. « Sergent Dunstable Ramsay », dit-il, « ce soir je salue en vous un héros... » et il poursuivit assez longuement, bien que je ne puisse juger de la durée, car je me tenais devant lui, ayant l'impression d'être un idiot et un imposteur, ce qui ne m'était pas arrivé devant le roi. Mais il finit par me tendre la montre des chemins de fer ; comme j'avais laissé mon chapeau à l'extérieur, je ne pus saluer ; je dus donc hocher la tête, puis la hocher en direction du public qui applaudissait et tapait des pieds, bien plus longtemps que pour Percy, me sembla-t-il. Cependant, mes sentiments étaient si confus que je ne pus en jouir ; je désirais ardemment m'éclipser.

Pour clore la cérémonie, nous chantâmes *God Save the King* une fois de plus, dans une version sophistiquée : Muriel Parkinson était censée chanter certains passages en solo et nous devions reprendre en chœur à son signal ; mais quelques-uns d'entre nous l'accompagnèrent tout au long, de leur bourdonnement monotone, gâchant quelque peu l'effet d'ensemble. Enfin, quand ce fut terminé, nous pûmes disposer. Personne ne paraissait enclin à nous brûler la politesse, et quand j'eus traversé le décor vert et descendu les marches, je fus entouré par des amis et de vieilles connaissances qui voulaient me parler et me serrer la main. Je me dégageai de mon mieux sans paraître impoli et sans négliger qui que ce fût, mais je m'étais donné une petite tâche à accomplir — une idée qui m'était venue pendant la longue heure qu'avait duré le discours du représentant du corps législatif, et je voulais m'assurer d'un bon auditoire. Enfin, j'arrivai devant Percy et Leola ; je saisis la main de Percy et la serrai vigoureusement, puis j'étreignis Leola et lui donnai sur la bouche un baiser sonore et qui dura assez longtemps pour mériter, à Deptford, le qualificatif de familier.

Leola avait toujours été le genre de fille qui ferme les yeux quand on l'embrasse, mais je gardai les miens grands ouverts et je pus constater que les siens chaviraient sous ses paupières ; Diana m'avait enseigné une chose ou deux dans l'art d'embrasser, et j'en donnai une belle démonstration à Leola.

« Chérie », m'écriai-je, sans desserrer mon étreinte, « tu ne peux pas te figurer comme c'est bon de te voir ! »

Percy esquissa un sourire forcé et nerveux. Embrasser en public ne se faisait pas aussi couramment qu'aujourd'hui, et surtout pas dans notre village. « Dunny, Leola et moi avons un secret à te confier — bien que cela ne puisse rester bien longtemps un secret, évidemment — mais nous voulons que tu sois le premier à l'apprendre (en dehors de nos familles, bien sûr !) : nous sommes fiancés ! » Et son sourire viril s'épanouit, car nous étions au centre d'une foule et tout le monde pouvait entendre. Il y eut un murmure heureux, et quelques personnes applaudirent.

Je comptai mentalement jusqu'à trois, juste assez pour m'assurer de l'attention du public, puis je lui serrai de nouveau la main en rugissant : « Eh bien, cela veut dire que le meilleur de nous deux a gagné ! » J'embrassai Leola de nouveau, pas aussi longuement ni de façon aussi possessive, mais assez pour montrer qu'il y avait eu concurrence entre nous et que j'avais moi-même failli gagner — ayant d'ailleurs fait preuve d'une certaine célérité dans les épreuves éliminatoires.

Ce fut un bon moment dans ma vie, et je le savourai pleinement. Percy portait quelques médailles dont l'admirable D.S.O., mais les autres étaient des décorations mineures, surtout méritées pour avoir participé à des engagements isolés. J'ai déjà dit que je ne suis guère acteur ; toutefois, je personnifiai magnifiquement le foudre de guerre qui dédaigne les charmes de Vénus. Je suis sûr qu'il y a des gens à Deptford pour s'en souvenir encore.

Je suppose que c'était mesquin de ma part. Mais dans son bel uniforme d'officier, Percy m'agaçait comme il l'avait toujours fait ; quant à Leola, je ne la désirais pas vraiment, mais je prenais mal qu'elle appartînt à un autre. J'ai promis d'être franc dans la mesure du possible, et Dieu me préserve de prétendre qu'il n'existe pas une généreuse dose de rancune dans ma nature.

Cet affrontement nous plaça dans une de ces situations qui sont imposées aux gens par le destin, car pour la foule — à ce moment-là, Deptford était le monde entier — nous étions le point de mire de la soirée : deux hommes (d'une part un héros unijambiste, de l'autre un beau jeune homme riche, héros à un échelon légèrement inférieur) avaient aspiré à la main de la plus jolie fille du village et le vainqueur avait été acclamé ; nous incarnions une merveilleuse histoire sentimentale, et c'eût été d'une maladresse extrême — un affront à la Providence — de ne pas rester ensemble pour que les gens puissent s'émerveiller et s'étonner. Nous nous rendîmes donc au feu de joie tous les trois.

C'est à l'extérieur du bâtiment qui abritait la bibliothèque municipale, le tribunal et le poste d'incendie que devait être allumé le grand feu de joie après les pompeuses cérémonies de l'opéra, et pour faire contraste, c'est dans la gaieté que devait se terminer la soirée. Là-bas, nous nous étions montrés solennels, acclamant l'héroïque jeune homme et écoutant le sage vieillard. Ici, la foule était animée et dans l'expectative ; des enfants couraient de-ci, de-là, et sans raison particulière les rires fusaient de partout. Mais pas pour longtemps. Au loin, nous entendîmes un tintamarre de batterie de cuisine, des appels de trompettes. Une procession descendait la grand-rue, éclairée par les flammes provenant de balais trempés dans l'huile — lumière rougeoyante et fuligineuse — accompagnant le maréchal Foch, les deux John Bull, l'Oncle Sam, la Vaillante Petite Belgique, toute la bande traînant au bout d'une corde la conception que Deptford se faisait de l'Empereur allemand, le gros Myron Papple, dont les contorsions et les cabrioles surpassaient ses efforts de l'après-midi, comme l'aria de la mort d'un ténor surpasse ses roucoulements du premier acte.

« Pendez-le ! » entendîmes-nous les représentants des Alliés crier alors qu'ils se rapprochaient, et la foule assemblée autour de la salle du village hurla en chœur. « Pendez-le », « Pendez le Kaiser ! »

Et ils le pendirent. Une corde était déjà accrochée au mât, et pendant des préparatifs désordonnés, un œil perçant aurait pu voir Myron s'échapper et disparaître dans l'ombre tandis qu'une effigie était attachée à la corde par le cou et hissée lentement. Alors qu'elle montait, l'une des infirmières de la Croix-Rouge l'enflamma avec un balai allumé, et arrivée au faîte, la silhouette brûlait joyeusement.

Alors les acclamations retentirent, et les enfants sautèrent et coururent autour du mât en hurlant : « Pendez le Kaiser ! » de façon de plus en plus hystérique. Il y en avait qui étaient bien trop petits pour comprendre le sens du mot pendre ou savoir ce qu'était un Kaiser, mais je ne peux les qualifier d'innocents, car ils avaient toute la méchanceté que permettaient leur âge et leur expérience. Et les gens dans la foule ne ressemblaient guère aux honnêtes citoyens qui, une demi-heure plus tôt, avaient été si dociles sous le charme de l'éloquence patriotique, si sensibles à *Canadian Born*, si émus par le romantique ménage à trois que Leola, Percy et moi-même formions. Ils se tenaient là, dans cette lumière fuligineuse et rougeoyante, participant joyeusement à un acte de cruauté et de haine. J'étais la seule personne, j'imagine, à avoir souffert de brûlures vraiment graves, et je les observais avec une consternation qui se transformait peu à peu en horreur, car ces gens étaient mes concitoyens.

Le visage de Leola était ravissant, alors qu'elle levait la tête dans la direction du feu ; Percy riait et essayait de s'attirer des regards admiratifs tandis qu'il criait de sa voix forte et mâle : « Pendez le Kaiser ! »

Myron Papple, artiste jusqu'au bout des ongles, avait grimpé à la tour de la salle paroissiale pour que ses hurlements et ses supplications donnent le plus possible l'impression de provenir de l'effigie en flammes. Je pouvais encore l'entendre bien après m'être esquivé pour aller me coucher à la Tecumseh House. Je n'avais pas voulu rester jusqu'au bout.

8

Le lendemain était un samedi, et j'avais beaucoup à faire. J'étais toujours un objet d'émerveillement, mais maintenant je pouvais agir librement et ma première démarche fut d'obtenir du magistrat les clefs de mon ancienne maison pour rendre une visite mélancolique à ses six pièces. Tout se trouvait à l'endroit même où j'escomptais le trouver, mais tous les objets paraissaient petits et ternes — la pendule de ma mère, le bureau de mon père, la pierre qu'il avait apportée de Dumfries et qui lui avait toujours servi de presse-papiers. Dans cette maison, l'amour avait régné, et privée d'amour elle s'était recroquevillée. Je ramassai quelques affaires que je voulais conserver — en particulier quelque chose que j'avais longtemps gardé caché — et sortis le plus vite possible.

Puis je me rendis chez Ada Blake, la fille pour qui Willie avait eu un faible, et bavardai avec elle. Ada était une fille « bien » et je l'aimais beaucoup, mais bien sûr le Willie dont elle se souvenait n'était pas le frère que je connaissais. J'ai l'impression qu'ils furent amants, brièvement, et c'est ce que Willie représentait pour elle. Pour moi, sa signification principale tenait maintenant à ce qu'il était mort deux fois, et que la première fois Mme Dempster l'avait ramené à la vie. Certes je n'avais aucunement l'intention de rendre visite au docteur McCausland pour voir s'il avait changé d'avis sur ce point, bien que j'eusse bavardé avec deux ou trois de nos anciens avant d'aller déjeuner à l'hôtel.

Dès que j'eus avalé mon ragoût graisseux et ma tarte aux pommes, je traversai la rue pour aller me faire couper les cheveux chez Papple. J'avais déjà remarqué que Milo était seul à travailler ; son père était probablement à la maison, se remettant de ses efforts patriotiques de la veille, et c'était pour moi l'occasion rêvée de me mettre au courant des nouvelles du village. Milo m'accueillit en héros et m'installa sur l'une des deux chaises, me recouvrant d'un drap rayé qui sentait, en proportions égales, les parfums d'un barbier et l'essence des mâles de Deptford.

« Fichtre, Dunny, c'est la première fois que je te coupe les cheveux — sais-tu ? J'ai égalisé les cheveux de ton Pé une ou deux fois après ton départ pour le front, mais jamais les tiens. C'est parce qu'on est du même âge, tu crois pas ? Mais maintenant je prends de plus en plus la succession de mon vieux père. Son cœur n'est plus très bon ; il dit que c'est parce qu'il a respiré des bouts de cheveux toute sa vie ; il dit que ça forme une sorte de boule de cheveux chez les barbiers et que beaucoup finissent comme ça. Je n'y crois pas ; c'est pas scientifique.

Il n'a jamais été au-delà de la troisième année à l'école — le savais-tu ? Mais dis donc, hier il les a fait rire pour de bon, pas vrai ? Et hier soir ! Mais il s'en est ressenti. Il dit qu'aujourd'hui il peut sentir la boule de cheveux exactement comme si c'était l'un de ses organes.

« Tu as un épi double. T'étais au courant ? Ça rend difficile une bonne coupe. Que vas-tu faire de l'ancienne maison ? Y vivre, hein ? Un bon endroit pour t'établir si tu songes à te marier. Tes parents s'en sont toujours bien occupés. Cice Athelstan avait coutume de dire : " Les Ramsay sont des vrais maniaques de la peinture. " Mais j'imagine que tu ne vas pas épouser Leola, hein ? Remarque, pour ceux qui savaient voir, y avait pas à hésiter — c'était la petite amie de Percy — pas à hésiter. Oh ! je sais que toi et elle vous vous êtes serrés de près, par moments, avant ton départ pour la guerre ; tout le monde pouvait voir ça et ils en riaient au fond. Moi-même j'en ai ri. C'était seulement la fièvre de la guerre, comme on l'appelait — l'uniforme, tu vois. Mais tu dois admettre qu'elle a joué franc-jeu. Elle t'a écrit jusqu'à la fin. Jerry Williams nous disait que les lettres arrivaient à la poste tous les deux lundis, réglé comme du papier à musique. Parce qu'elle t'écrivait tous les deux dimanches, savais-tu ça ? Mais quand Percy termina ses cours à cette école de Toronto à l'été de 1917, il n'hésita pas une minute. Tout de suite l'entraînement militaire ; il partit pour la guerre officier et en revint commandant. Et un D.S.O. Mais tu as la croix de Victoria, hein, mon gars ? J'imagine que tu as eu de la chance. On ne m'a jamais enrôlé : les pieds plats. Mais toi et Perse, vous étiez chanceux, je suppose. Il avait l'habitude de venir ici aussi souvent qu'il le pouvait et l'on voyait clairement à qui Leola avait donné son cœur. C'est c' que sa vieille mère avait l'habitude de dire. " Leola a donné son cœur ", qu'elle disait. Au début, Ben Cruikshank n'était pas emballé par Perse, mais la vieille l'a finalement fait taire. Il est content maintenant, ça c'est sûr. L'as-tu vu hier soir ? Naturellement il croit que le soleil se lève et se couche avec Leola. C'est dur pour un père, j'imagine. Mais hier soir, c'était toi la grande attraction, pas vrai ? Ouais, t'étais le garçon en sucre d'orge, aux pieds en boule de gomme et aux jambes de caramel. Une jambe de caramel, en tout cas. Mais pas pour Leola. Elle a donné son cœur.

« Dis donc ! la guerre a bien changé ce vieux petit bourg ! plein d'instabilité. Tu vois ce que je veux dire. Beaucoup de changements. Deux incendies — graves — et Harry Henderson a vendu son magasin. Mais c'est surtout les changements chez les gens que je veux dire. Des jeunes dans le pétrin, souvent. Et Jerry Cullen — tu te souviens de lui ? — envoyé au pénitencier. Sa fille l'a dénoncé. Elle a dit qu'il était toujours après elle. C'était qu'une gamine, remarque bien. Mais le fin du fin, c'est qu'à mon avis Jerry ne savait pas ce qu'y avait fait de mal. Y devait croire que tout le monde était comme ça. Il a toujours été plutôt stupide. Mais dans ce goût-là pourtant, je crois que le pire ç'a été Grace Izzard — peut-être que tu te souviens pas d'elle — on l'appelle Bec-de-Lièvre, à cause de cette espèce de drôle de lèvre qu'elle a. Eh ben, arrivée à quatorze ans, elle commença à être curieuse, je suppose, mais qui est-ce qui voudrait d'elle avec un visage pareil ? Alors elle promet à son jeune frère Bobby, qui avait environ douze ans, vingt-cinq sous s'il le fait avec elle. Il accepte mais seulement s'il reçoit dix sous d'avance. Eh ben, voilà-t-y pas que, quand il a fini, elle lui donne seulement une pièce de cinq sous, en disant que c'est tout ce que ça vaut ! Voilà qui t'en bouche un coin, pas vrai ? Les gosses d'aujourd'hui, hein ? Et puis... »

Et puis deux bâtards, un avortement juteux provoqué par la femme elle-même, plusieurs séparations brutales, une vieille fille devenue folle à la ménopause et un goitre gigantesque qui fit ressembler tous les autres goitres de la région à des verrues et que le docteur McCausland soignait actuellement à Bowles Corners. Le lascif, l'humiliant et le macabre étaient les terrains de prédilection de Milo, et nous les explorâmes tous.

« Cependant la grippe surpassa tout. La grippe espagnole, comme on l'appelait, mais j'ai toujours imaginé que c'étaient les Huns qui l'avaient concoctée d'une façon ou d'une autre. Grand Dieu, ce bourg ressembla à la Vallée du Shadda pendant des semaines. Bien sûr, nous on s'en aperçut davantage que la majorité des habitants. On souffle toujours dans le nez d'un barbier, vois-tu. Le vieux et moi, nous nous accrochions des sacs d'assafoetida autour du cou pour combattre les microbes. Mais oh ! les gens tombaient comme des mouches ! Comme des mouches ! McCausland travailla vingt-quatre heures sur vingt-quatre, je pense bien. Doc Staunton se retira dans une de ses fermes et abandonna plus ou moins sa pratique. Mais depuis des années il s'occupait surtout d'une grande exploitation agricole. C'est un homme riche maintenant. Tu te souviens de Roy Jones le pasteur anglican et de sa femme ? Ils ne prirent pas une minute de repos ; ils visitaient les familles malades, et puis tous les deux moururent en quarante-huit heures. Le président du conseil municipal mit le drapeau en berne et tout le monde approuva. Et ta mère, Dunny — Dieu, quelle femme merveilleuse ! Elle ne cessa jamais de donner des soins, elle apporta de la soupe et autre nourriture à ton père jusqu'à la dernière minute. Sais-tu qu'il refusait d'aller se coucher ? Il s'est battu sans relâche pendant sa maladie. Bien sûr que ça se voyait. Les lèvres bleues. Ouais, aussi bleues que des myrtilles. C'était le signe avant-coureur. On leur donne quarante-huit heures après ça. Ton père a continué à travailler avec des lèvres aussi bleues qu'un habit du dimanche pendant toute une journée, puis il s'affala à côté du marbre, et Jumper Saul le ramena chez lui sur un traîneau. Ta mère perdit courage et elle aussi rendit l'âme avant la fin de la semaine. De braves gens. Dans le tirage suivant du *Banner*, Jumper Saul et Nell chamboulèrent l'ordre habituel des colonnes, et la première page ressembla à une annonce nécrologique. Dieu, en la voyant je me mis à brailler comme un gosse. J'ai pas pu m'en empêcher. Sais-tu que dans cette petite ville de cinq cents habitants et dans le district avoisinant nous avons perdu quatre-vingt-seize personnes en tout ? Mais la pire journée, c'est quand Jumper chamboula les colonnes. Tout le monde a dit qu'il avait bien fait.

« Tu sais que 'Masa Dempster n'est plus ? Ma foi, ça faisait des années qu'il n'allait pas bien. Et cela depuis ses ennuis, tu te souviens ? Mais sans doute ! On avait l'habitude de te voir te faufiler chez eux après l'école et grimper par la fenêtre pour la voir, elle et Paul. Personne ne songea jamais qu'il s'y passait quelque chose de mal, bien entendu. Nous savions que ta mère avait dû t'envoyer. Elle ne pouvait rien faire publiquement pour les Dempster, bien entendu, mais elle t'envoyait t'occuper d'eux. Tout le monde le savait et on la respectait. Tu te souviens quand tu nous disais que Mary Dempster avait ressuscité Willie ? Dieu, tu avais tout du jeune fou, Dunny, mais je suppose que la guerre t'a libéré de tout cela...

« Mam' Dempster ? Oh non ! elle attrapa pas la grippe, elle. Cette race de gens est toujours épargnée tandis que des gens de meilleure constitution y passent. Mais après la disparition de 'Masa, elle posa un problème. Pas d'argent, tu vois. Alors le président du conseil et le magistrat Mahaffey découvrirent qu'elle avait une tante quelque part près de Toronto. À Weston, je crois bien. La tante vint la chercher. La tante avait de l'argent. Le mari avait fait fortune dans les poêles, à ce qu'on m'a dit.

« Non, Paul ne l'accompagna pas. Drôle de sa part. Il n'avait pas dix ans qu'il faisait une fugue. On lui rendait la vie impossible à l'école, je suppose. Y pouvait pas beaucoup se bagarrer à cause de sa taille en dessous de la moyenne, mais les gosses avaient l'habitude de l'encercler à la récréation et de hurler : “ Hé, Paul, est-ce que ta mère porte une culotte ? ” et des questions semblables. Pour rire, tu sais. Comme des enfants. Mais Paul se mettait en colère, se battait et se faisait mal, et ils le tourmentaient davantage pour le voir faire. Ils hurlaient d'un côté de la rue à l'autre : “ Pute tu venir avec nous, Paul ? ” Sournois, vois-tu, car il savait foutument bien qu'ils ne voulaient pas dire “ Peux-tu venir avec nous, Paul ? ” mais “ Ta mère est une pute ”. Une sorte de jeu de mots, t'appellerais ça, je suppose. Alors quand le cirque donna un spectacle à l'automne de 1918, il s'enfuit avec l'une des troupes. Mahaffey essaya de retrouver le cirque, mais il n'aboutit à rien. Des gens rusés. Drôle, c'est la meilleure chose que Paul a faite, en un sens, parce que tout enfant rêve de s'enfuir avec un cirque. Après son départ, il devint une sorte de héros. Mais Mary Dempster réagit très mal et là elle perdit la boule complètement. Elle prit l'habitude de hurler par la fenêtre aux enfants qui se rendaient à l'école : “ Avez-vous vu mon fils Paul ? ” Ç'aurait été triste si on n'avait pas su qu'elle était folle. Et ce n'est que deux ou trois semaines plus tard que 'Masa attrapa la grippe et mourut. Il a certainement eu la vie dure. Et dans la même semaine, la tante vint la chercher, et on les a pas revues depuis. »

C'est à ce moment-là que prit fin la coupe de cheveux, et Milo insista pour m'asperger de chaque parfum et de chaque tonique qu'il avait en magasin et pour m'étouffer sous le talc — en hommage personnel à ma carrière militaire.

Le lendemain était un dimanche et je fis une entrée très appréciée dans l'église presbytérienne St James. Le lundi, après une brève conversation avec le directeur de la banque et le commissaire-priseur, et après une bien plus longue discussion avec Jumper Saul et Nell, je montai dans le train — cette fois-ci il n'y avait pas foule à la gare. Je quittai Deptford physiquement, mais il me fallut beaucoup de temps avant de reconnaître que je ne l'avais jamais vraiment quitté en esprit.

[illegible] quelqu[illegible] [illegible]
ter la soirée [illegible] des enfants [illegible]
[illegible] et servant [illegible]
d'avantage [illegible] Brunet d'un côté de la
rue à l'autre [illegible] avec nous, Paul [illegible]
[illegible] tandis qu'à [illegible]
[illegible] nous. Paul [illegible]
[illegible] une sorte de jeu de [illegible]
[illegible] quand le [illegible]
l'automne de 1956 [illegible] avec l'une des [illegible]
[illegible] essaya de reproduire le circuit, mais [illegible]
[illegible]
Paul a fait [illegible]
[illegible] avec [illegible]. Après [illegible]
[illegible] Mary [illegible]
[illegible] Elle [illegible]
[illegible] sur la [illegible]
Aussi, quand [illegible] Paul [illegible]
n'avait pas [illegible] elle avait [illegible]
[illegible]
Il [illegible]. Et dans la [illegible]
[illegible]
[illegible]
Mlle [illegible]
[illegible]
[illegible]
[illegible]
[illegible]
[illegible]
[illegible]
[illegible]
[illegible]
[illegible]

III

MA SAINTE-TOQUÉE

1

À l'automne de 1919, j'entrai à l'University College, de l'université de Toronto, et je choisis de me spécialiser en histoire. Je n'étais pas vraiment qualifié mais cinq professeurs me parlèrent pendant une heure et décidèrent de m'admettre selon un règlement invoqué au profit d'un certain nombre d'hommes qui s'étaient battus à l'étranger. C'était la première fois que mes efforts de jeunesse pour devenir un érudit me rendaient service ; de plus, j'ai toujours eu la chance de paraître plus lettré que je ne le suis vraiment, grâce à une mine cadavérique et renfrognée et à une voix écossaise plutôt pédante ; assurément, ma croix de Victoria et mon aspect général qui révélaient que j'avais versé mon sang pour la liberté ne me firent pas de tort. J'étais donc très satisfait de ma situation.

J'avais vendu la maison familiale pour mille deux cents dollars et son contenu, mis aux enchères, me rapporta six cents dollars auxquels je ne m'attendais pas. J'avais même vendu le *Banner* à un petit imprimeur qui envisageait de publier un journal. Nous nous étions mis d'accord sur sept cent cinquante dollars comptant et deux mille sept cent cinquante dollars en billets à ordre, répartis sur une période de quatre ans ; j'étais l'innocence même en affaires et lui, un dur à cuire, de sorte que je n'ai jamais tout récupéré. Néanmoins, l'espoir d'argent à venir était encourageant. Je recevais une pension d'invalide de guerre très satisfaisante, la promesse de jambes de bois à volonté et, bien entendu, cinquante dollars par an pour ma croix de Victoria. Je me donnais l'impression d'être le possesseur d'importantes ressources et d'une certaine manière j'en eus la preuve puisque, après quatre ans d'études et l'obtention de mon B.A., j'avais les moyens de poursuivre mes études une année de plus en vue d'un M.A. J'avais toujours eu en tête d'obtenir mon doctorat à une date ultérieure, mais je m'intéressais alors à une branche de l'érudition dans laquelle ce diplôme n'avait pas d'importance.

Pendant mes longues vacances d'été, je prenais des emplois faciles — pointeur dans la voirie par exemple —, ce qui me permettait de lire beaucoup et de ne pas mourir de faim, sans toucher à l'argent réservé à mes études (c'est ainsi que je considérais mon capital).

L'histoire ne me causa pas de problèmes particuliers. Je choisis de me spécialiser dans cette discipline parce que durant mon service militaire, je m'étais aperçu que l'on se servait de moi — des forces sur lesquelles je n'avais aucun contrôle m'opprimaient pour des raisons que je ne comprenais pas. J'espérais que l'histoire m'enseignerait le fonctionnement des affaires mondiales. Je me leurrais, mais je m'intéressais à l'histoire pour le plaisir et finis par trouver une branche qui s'empara de tout ce que j'avais d'intelligence pour ne plus jamais relâcher son emprise. À l'université, je ne descendis jamais au-dessous de la cinquième place en aucune matière et sortis premier ; mon M.A. me valut des compliments, même si ma thèse ne cassait rien. J'avalais tous les à-côtés nécessaires à une éducation complète ; même la zoologie (un cours préliminaire) sut me plaire et en français je finis par me débrouiller assez bien. Plus tard j'appris l'allemand, mais en vitesse et pour un travail spécifique, avec un professeur de la méthode Berlitz. Je faisais également partie de la poignée d'étudiants qui s'intéressaient sérieusement aux *Connaissances Religieuses*, bien que ce cours ne valût pas grand-chose, car il s'appuyait beaucoup trop, pour mon goût, sur les voyages de saint Paul, et évitait toute discussion se rapportant à l'aide qu'il prétendait apporter dans ces périples. Cependant, j'éprouvais du plaisir à être à l'intérieur et au chaud, au lieu de patauger dans la boue, et je travaillais avec acharnement, je suppose, même si je n'en étais pas conscient à l'époque. Je ne me fis pas d'amis intimes et ne recherchai jamais la popularité, ni une fonction au sein des comités d'étudiants, mais je m'entendais bien avec tout le monde. Je devais être plutôt terne ; ce n'est pas dans ma jeunesse que je me suis épanoui.

Par contre, Percy Boyd Staunton s'épanouissait avec éclat, et je le rencontrais assez souvent ; les jeunes gens brillants semblent avoir besoin d'un ami terne pour les écouter, tout comme les jolies filles ont besoin d'une amie effacée pour faire ressortir leur beauté. Comme moi, il portait un nouveau prénom. Je m'étais inscrit à l'université sous le nom de Dunstan Ramsay ; Percy, à une étape de ses expériences dans l'armée, avait rejeté son prénom (qui faisait l'objet de facéties, comme Algernon) et avait supprimé le « d » à la fin de Boyd. Il était maintenant Boy Staunton, et cela lui allait à merveille. Tout comme Childe Rowland et Childe Harold furent appelés ainsi parce qu'ils symbolisaient le romanesque et la naissance aristocratique, il était Boy Staunton parce qu'il incarnait l'essentiel de la gloire de la jeunesse d'après-guerre. Il étincelait, il rayonnait ; ses cheveux étaient plus brillants, ses dents étaient plus blanches que celles des jeunes gens du commun. Il riait beaucoup et sa voix était musicale. Il dansait souvent, et avec brio, toujours au courant des nouveaux pas — et à cette époque-là, il y en avait de nouveaux chaque mois. D'où venaient sa prestance et son style, je ne le sus jamais ; certainement pas de ce vieux bougon de Doc Staunton avec sa moustache de morse et sa bedaine tombante, ni de sa mère qui était une femme dépourvue de charme. Boy semblait s'être créé à partir de rien, et le résultat était merveilleux.

Mais il était perfectionniste, et jamais content. Je me souviens d'une anecdote qu'il me rapporta : pendant sa première année de droit, une jeune fille lui dit qu'il lui rappelait Richard Barthelmess, l'étoile de l'écran ; il aurait préféré lui rappeler John Barrymore, et la comparaison lui déplut. Moi-même, j'allais régulièrement au cinéma et je dis bêtement qu'il ressemblait plutôt à Wallace Reid dans *The Dancin' Foll* ; son indignation me surprit, car Reid était un bel homme. Plus tard, je découvris qu'il aspirait à donner une impression aristocratique, par son apparence et son maintien, et Reid manquait de distinction. À ce moment-là, il recherchait encore un idéal sur lequel il pût se modeler. Ce n'est qu'en deuxième année de droit qu'il le trouva.

Cet idéal, ce moule qui servait à façonner son personnage, n'était autre qu'Edward Albert Christian George Patrick David, prince de Galles. À cette époque-là, les journaux regorgeaient de nouvelles du prince. Il était le grand ambassadeur du Commonwealth, mais il avait aussi un côté familier ; il parlait avec ce que les rombières horrifiées jugeaient un accent commun, mais son charme était irrésistible ; il dansait et avait une réputation de don Juan ; on rapportait qu'il se querellait avec son père (mon roi, l'homme à la barbe d'officier de Marine taillée en torpille) sur la façon de s'habiller ; on l'avait photographié fumant une pipe au culot nettement en forme de pomme. Il respirait le romanesque et le mystère, car sur son front perplexe se dessinait l'ombre de la couronne ; comment un jeune homme aussi fringant s'astreindrait-il jamais aux devoirs de la royauté ? Il était couvé par de vieilles douairières qui se demandaient sur quelle princesse il jetterait son dévolu, et adoré des jeunes fauves parce qu'il attachait plus d'importance au charme et à la beauté qu'au sang royal. La rumeur voulait qu'il ait fait la noce avec des filles de mœurs légères, lors de sa visite au Canada, en 1919. La jeunesse réincarnée, certes ! mais c'était néanmoins un prince, distant et voué à un grand destin. Le modèle par excellence pour Boy Staunton qui se voyait sous le même jour.

À cette époque-là, l'université ne formait pas d'avocats — pas dans notre région du Canada tout au moins. Il fallait aller à Osgoode Hall, où la Law Society of Upper Canada vous faisait franchir différentes étapes avant de vous convoquer finalement au barreau. Cela inquiétait Boy, mais pas outre mesure. L'université, m'avoua-t-il (je ne lui avais pas demandé de me faire pareil aveu), marquait un homme de son sceau ; mais si l'on commençait par obtenir ce sceau avant d'étudier le droit, on était un vieux barbon avant d'entrer de plein fouet dans la vie. Pour autant que je puisse en juger, entrer de plein fouet dans la vie était intimement lié au sucre.

Le vieux Doc s'intéressait avant tout au sucre. Il avait accaparé de nombreuses terres dans la région de Deptford et les avait toutes plantées en betterave sucrière. L'épaisse terre noire alluviale des régions basses de la rivière, aux alentours de Deptford, était bonne pour n'importe quel genre de culture et sensationnelle pour la betterave. Doc n'était pas encore le Roi de la Betterave sucrière, mais il n'en était pas loin — une sorte de Duc du Sirop. Boy, qui voyait plus loin que son père, réussit à convaincre le vieil homme d'investir dans le secteur secondaire de la production, c'est-à-dire au stade du raffinement du sucre de betteraves. Cela s'avéra étonnamment profitable et Doc s'enrichit à un point qui dépassait l'entendement de Deptford ; en vérité, il était si riche qu'ils en oublièrent qu'il avait décampé lors de l'épidémie de grippe. Quant au présent, un homme très riche a mieux à faire qu'à écouter tousser les vieilles femmes et à raccommoder des fermiers tombés dans le hache-paille. Officiellement, Doc Staunton n'abandonna jamais sa pratique. Il accepta l'aura de sainteté qui accompagne la richesse comme il avait accepté son prestige de médecin — avec un visage bougon et des airs à la fois pompeux et récriminateurs, qui n'appartenaient qu'à lui. Il ne quitta pas Deptford. Il ne savait où aller, je suppose, et la vie d'un richard de village — dépassant de loin les Athelstan — lui convenait très bien. Les Athelstan s'en attristaient, et Cice en lâcha une « bonne » que le village chérit pendant des années. « Si Jésus est mort pour racheter Doc Staunton, dit-il, il a drôlement gâché son boulot. »

Boy Staunton savait donc qu'une couronne lui était également destinée. Il n'envisageait pas de pratiquer le droit, mais c'était une préparation pour les affaires et, éventuellement, pour la politique. Il allait devenir un homme très riche — plus riche que son père et de beaucoup — et il se préparait.

Tout comme son idéal, il ne s'entendait pas très bien avec son père. Doc Staunton donnait de l'argent de poche à Boy et il se considérait comme généreux ; c'était une somme raisonnable mais sans plus, et elle ne suffisait pas à Boy. Alors il effectua de judicieux placements boursiers à court terme, ce qui lui permit un train de vie qui étonnait et ennuyait le vieil homme. Ce dernier attendait rageusement que son fils s'endettât. Mais Boy ne s'endetta pas. Seuls les nigauds s'endettent, disait-il, et il narguait le vieillard en faisant étalage de jouets du genre étuis à cigarettes en or et chaussures sur mesure, sans donner d'explication.

Pendant que Boy menait la grande vie, je vivais non pas misérablement, mais d'une manière qui me convenait. Je trouvais que vingt-quatre dollars suffisaient amplement à l'achat d'un costume de confection et que c'était criminel de payer quatre dollars pour une paire de chaussures. Je changeais deux fois par semaine de chemise et une fois de sous-vêtements. Je n'avais pas encore acquis le goût du luxe et trouvais tout naturel de vivre dans une bonne pension ; beaucoup plus tard, j'en vins finalement à la conclusion que les bonnes pensions n'existent pas. Une fois, momentanément envieux de Boy, je m'achetai une chemise en soie que je payai neuf dollars. Elle me brûla comme la tunique de Nessus, mais j'ai porté ce vêtement de luxe coupable jusqu'à ce qu'il tombât en lambeaux, car je voulais en avoir pour mon argent.

Il me faut maintenant avouer quelque chose qui ne me fera pas honneur. Je pouvais compter sur Boy pour me fournir des renseignements sur les placements à faire et de temps à autre, je risquais deux ou trois cents dollars de mon petit pécule, toujours avec des résultats encourageants. En vérité, pendant mes années d'université, j'ai jeté les fondations de la modeste mais agréable fortune que je possède maintenant. Ce que Boy fit par milliers, je le fis par centaines, et sans ses directives, j'aurais été impuissant, car les placements d'argent n'étaient pas de mon ressort ; j'en savais tout juste assez pour suivre ses conseils — quand acheter et quand vendre, et surtout, quand attendre. Les raisons qui le poussèrent à agir me paraissent découler de l'amitié qu'il me témoignait. Mais c'était une sorte d'amitié — comme vous le verrez clairement avant la fin, je l'espère — qui était lourde à porter.

Nous étions jeunes tous les deux, ni l'un ni l'autre n'ayant acquis sa propre personnalité, et quels que fussent les sentiments qu'il me portait, je savais que je le jalousais sous bien des rapports. Il avait quelque chose à m'offrir — ses conseils qui me faisaient tirer quelques milliers de dollars de mes quelques centaines — et je ne m'excuse pas d'avoir bénéficié des conseils d'un homme que je raillais mentalement ; j'étais trop écossais pour laisser un dollar m'échapper quand il était à la portée de la main. Je ne tiens pas à jouer au héros dans ce mémoire. Plus tard, quand j'eus à mon tour quelque chose à lui offrir et que j'aurais pu l'aider, il ne l'accepta pas. Vous saisissez la situation ; pour lui, la réalité de la vie résidait dans le monde extérieur, tandis que pour moi la seule réalité était celle de l'âme — de l'esprit, comme je le croyais alors, n'ayant pas encore compris quel cruel farceur et quel maître abject peut être l'intellect. Alors, si vous choisissez de voir en moi un ami fourbe qui exploite un jeune homme franc et talentueux, allez-y ! Il me reste à espérer qu'avant la fin de mon récit, votre perspective aura changé.

Nous nous rencontrions environ toutes les deux semaines, sur rendez-vous, car nos vies mondaines ne se croisaient jamais. Et comment en aurait-il été autrement ? Surtout après que Boy eut acheté sa voiture, une très élégante machine d'un bel auburn foncé. Il faisait la tournée des dancings avec des hommes de sa trempe accompagnés de filles comme ils les aimaient, buvant de grandes quantités d'alcool de leurs « flasks » de poche et faisant beaucoup de bruit.

Je me souviens de l'avoir vu à un match de rugby à l'automne 1923 ; à peine un an plus tôt, le comte de Carnavon avait découvert la tombe de Toutankhamon, et déjà les marchands de confection pour hommes sortaient une nouvelle collection d'inspiration égyptienne. Boy portait un merveilleux pull-over rouge ocre — sur lequel défilaient des processions de petits Égyptiens, copiés sur les dessins de la tombe —, le plus bouffant des knickerbokers, fumait d'un air dégagé une pipe au culot en forme de pomme, posant au grand seigneur. Une jolie fille, coiffée à la garçonne et dont les bas roulés vous laissaient apercevoir les genoux, l'accompagnait. L'un après l'autre, ils prenaient des rasades d'un grand « flask » qui contenait, j'en suis sûr, un liquide intoxicant mais pas vraiment toxique puisqu'il provenait du meilleur bootlegger de la ville de Toronto. Il était la quintessence de l'Âge du Jazz, un personnage de Scott Fitzgerald. Tout au cours de sa vie, Boy s'arrangea toujours pour être la quintessence de quelque chose que quelqu'un d'autre avait reconnu et défini.

J'étais rempli d'un mépris amer que je peux maintenant qualifier d'envie, mais que je prenais alors pour de la philosophie. Je ne désirais pas vraiment les vêtements, ni la fille ni l'alcool, mais cela me rongeait de voir Boy en profiter, et je m'en allais en boitillant, grommelant comme Diogène. Je reconnais maintenant que je boitais davantage quand j'enviais Boy ; je suppose qu'inconsciemment j'exagérais mon infirmité pour que les gens la remarquent et disent : « Ce doit être un homme qui en revient ! » Dieu que la jeunesse est une période affreuse ! Tant d'émotions qu'on n'arrive pas à maîtriser !

Lors de nos rencontres, nous finissions généralement par parler de Leola. Les parents de Boy et les Cruikshank s'étaient mis d'accord sur ce point : elle devait attendre que Boy fût reçu avocat avant de se marier. Leola avait plus ou moins suggéré la possibilité de faire des études d'infirmière entre-temps, mais il n'en fut rien car ses parents pensèrent que cela endurcirait leur petite chérie de passer bassins et pistolets, de laver des hommes nus et le reste. Alors elle mena à Deptford une vie désœuvrée, enveloppée du nuage de sainteté qui était en principe l'apanage d'une fiancée, attendant les week-ends où Boy venait de temps à autre lui rendre visite dans sa voiture auburn. Grâce à ses confidences, je savais qu'ils aimaient bien ce que l'euphémisme du jour appelait « le flirt poussé » — masturbation réciproque serait un terme plus brutal — mais que Leola avait des principes et qu'ils n'allèrent jamais plus loin, de sorte que techniquement et physiquement parlant — mais certainement pas spirituellement — elle demeurait vierge.

Boy, cependant, avait acquis dans l'armée des goûts qui ne pouvaient se satisfaire de halètements sonores et d'ébats non consommés dans une voiture en stationnement, mais il n'avait pas les idées assez claires pour se libérer de son sentiment de culpabilité lorsqu'il trompait Leola — ce qu'il faisait régulièrement avec toutes sortes de filles à l'esprit large qu'il rencontrait à Toronto. Il échafauda une structure métaphysique boiteuse pour tenter de régler son problème et me demander d'y apposer le sceau de la sagesse universitaire.

Ces filles faciles, expliquait-il, « savaient ce qu'elles faisaient », de sorte qu'il n'avait aucune responsabilité morale envers elles. Certaines d'entre elles étaient très douées pour ce qu'on appelait alors le baiser à la française ou baiser de l'âme, mais que d'autres appelaient irrévérencieusement des « échanges de salive ». Bien qu'il pût s'intéresser à l'une ou l'autre pendant quelques semaines — aller même jusqu'à s'enticher d'elles —, il ne les aimait pas comme il aimait Leola. J'avais moi-même établi cette splendide distinction philosophique dans mes rapports avec Diana, et j'étais étonné de l'entendre dans la bouche de Boy ; j'avais bêtement imaginé que ce sophisme relevait de ma seule invention. Du moment qu'il n'aimait sincèrement et constamment personne d'autre que Leola, ces béguins ne comptaient pas, n'est-ce pas ? Ou bien étais-je d'avis contraire ? Avant tout, il voulait être parfaitement honnête envers Leola qui poussait la gentillesse jusqu'à même ne jamais lui demander s'il était tenté de s'amouracher des filles avec qui il dansait en ville.

J'aurais donné beaucoup pour pouvoir lui dire que je n'avais aucune opinion sur le sujet, mais je n'avais pas assez de caractère, et d'autre part, je ne pouvais résister au plaisir malsain et aigre-doux de l'écouter. Je sais que cela lui donnait le plaisir — que probablement il ne s'avouait pas encore — de me défier avec sa possession de Leola. Il lui avait tiré les vers du nez, et elle lui avait confié qu'à un moment elle avait pensé m'aimer. Il m'assura que maintenant tous les trois nous considérions cela comme une aberration passagère — la fièvre de guerre, phénomène bien connu. Je ne le démentis pas, mais cela me déplut quand même.

Je ne la désirais pas, mais qu'elle soit la femme de Boy m'agaçait. Non seulement j'avais connu l'amour physique sous des dehors splendides grâce à Diana, mais encore par elle j'avais appris à envisager la femme comme une créature délicieuse qui parlait, riait, plaisantait, pensait, comprenait, ce qui surpassait de beaucoup le modeste répertoire des charmes de Leola. Néanmoins — salaud que j'étais — je lui en voulais de m'avoir écarté pour me remplacer par Boy et de ne pas avoir eu le courage de m'écrire pour m'en informer. Je comprends maintenant que c'était au-delà des possibilités de Leola de mettre quoi que ce fût de vraiment important par écrit ; quand bien même elle aurait ardemment désiré le faire, elle n'aurait pas trouvé les mots pour exprimer ce qu'elle aurait dû dire. Mais à ce moment-là, ses parents la gardaient pour ainsi dire en fiducie érotique pour Boy Staunton, et je prenais le tout en mauvaise part.

Pourquoi ne trouvais-je pas quelqu'un d'autre ? Diana, cher Directeur, Diana. Je me languissais pour elle, mais jamais au point d'écrire pour lui demander si nous ne pourrions pas reconsidérer notre décision. Je savais que Diana n'était pas faite pour le genre de vie que je voulais mener, et qu'elle exigerait d'être associée pleinement à la vie de tout homme qu'elle épouserait avec la possibilité d'en prendre le commandement. Mais cela ne m'empêcha pas, souvent et péniblement, de la désirer.

Un pauvre malheureux — égoïste, envieux, bafoué, mais qu'importe —, voilà ce que j'étais.

2

Le genre de vie que je voulais mener — qu'était-ce ? Je n'en avais pas une idée bien définie. J'avais par à-coups des intuitions et des impulsions, mais rien de concluant. Après avoir fini mes études à l'université, dûment nanti d'un M.A. en histoire, j'avais donc encore besoin de temps pour trouver ma voie, et comme bien d'autres qui ont été dans la même impasse, je me consacrai à l'enseignement.

S'agissait-il d'une impasse ? M'étais-je ainsi mis au rang de ces universitaires qui promettent tant et ne tiennent jamais ? Vous pouvez répondre à cette question aussi bien que moi, cher Directeur, et vous affirmeriez, comme moi, j'en suis sûr, que la réponse est non. Enseigner me fut tout de suite aussi naturel que pour un canard d'apprendre à nager, et comme un canard je ne portais pas un intérêt exagéré au milieu dans lequel j'évoluais. Je fis une demande d'emploi au Colbourne College surtout parce que, étant une école privée, il n'exigerait pas de moi un permis d'enseignement provincial ; je ne voulais pas perdre une année supplémentaire à l'obtenir, et je n'envisageais pas vraiment de faire carrière dans l'enseignement. J'aimais également Colbourne parce que c'était une école de garçons ; je n'ai jamais voulu enseigner aux filles — je ne pense pas d'ailleurs que ce soit à leur avantage de recevoir une éducation conçue par des hommes pour des hommes.

J'ai été bon professeur, car je n'ai jamais beaucoup réfléchi à l'enseignement, j'ai suivi les programmes, donné mes cours et exigé un haut degré d'excellence. Je n'ai jamais eu de favoris, n'ai jamais essayé d'être populaire, n'ai jamais eu à cœur la réussite d'un garçon intelligent plutôt qu'un autre, et m'assurai de bien connaître ma matière. Je n'étais pas facile à aborder, mais si un élève le faisait, je me montrais poli et sérieux. J'ai donné des leçons particulières à des douzaines de jeunes qui voulaient obtenir une bourse, et je n'ai jamais accepté d'honoraires. Naturellement, j'ai pris plaisir à tout cela, et j'imagine que mon plaisir influença les garçons. Avec l'âge, ma passion — les thèmes de l'histoire qui se répètent si bizarrement, et qui sont aussi les thèmes du mythe — s'est affirmée, et pourquoi pas ? Mais lorsque je mis les pieds dans une salle de classe de Colbourne pour la première fois, portant la toge qui était alors de rigueur, je n'imaginais pas que quarante ans s'écouleraient avant que je ne la quittasse pour de bon.

Du simple point de vue scolaire, j'imagine que ma vie est apparue bizarre et aride, mais, de l'aveu général, utile. Avec le temps, on finit par m'acquitter du soupçon qui pèse sur tout professeur célibataire — à savoir qu'il est homosexuel, soit ouvertement, soit dans le douloureux enfer de la dissimulation. Les garçons ne m'ont jamais attiré. D'ailleurs, je ne les ai jamais beaucoup aimés. Pour moi, un garçon est une pomme verte que je compte exposer au soleil de l'histoire jusqu'à ce qu'il devienne une pomme rouge — un homme. Je connais trop bien les jeunes pour faire du sentiment en parlant d'eux. Moi-même j'ai été un garçon et je sais par conséquent de quoi il retourne : un garçon est soit un imbécile, soit un homme emprisonné qui cherche à s'évader.

Non, l'enseignement se limitait pour moi à ma vie professionnelle, que je prenais très sérieusement. Les sources auxquelles se nourrissait ma vie envisagée dans son sens le plus large étaient ailleurs, et c'est pour vous en parler que je vous adresse ce mémoire, cher Directeur, espérant ainsi qu'après ma mort il y aura au moins un homme qui aura su ce que j'étais et qui pourra me rendre justice.

Ai-je vécu chastement — moi qui ai tant critiqué les liaisons mouvementées de Boy Staunton ? Aucun mémoire contemporain ne peut être jugé complet sans quelque commentaire sur la vie sexuelle du sujet, alors laissez-moi vous dire que durant mes premières années dans l'enseignement je découvris plusieurs femmes intéressantes, et qui s'intéressaient suffisamment à moi, pour me donner une certaine vie sexuelle. C'étaient le genre de femmes qui en général se donnent à des hommes qui ne recherchent pas le mariage. Il y eut Agnes Day, qui brûlait d'envie de prendre sur elle tous les péchés du monde et de sacrifier son corps et son esprit à la cause d'un homme méritant. Rapidement, elle devint une compagne ennuyeuse. Puis il y eut Gloria Mundy, la fille qui aime faire la bringue, et qu'il fallait régaler de repas coûteux, de billets de théâtre et de virées de toutes sortes. Elle coûtait beaucoup plus que ce que valait sa compagnie, bien qu'agréable ; elle fut assez aimable pour rompre d'elle-même. Et, bien entendu, Libby Doe qui croyait que le sexe était la véritable clé apostolique qui apportait remède à tout ; elle n'était jamais rassasiée, mais je le fus. J'ai agi loyalement envers toutes, du moins je l'espère ; que je ne les aie pas aimées d'amour ne m'a pas empêché d'éprouver une profonde amitié pour elles, et de ma vie je n'ai considéré une femme comme un simple objet.

Toutes se lassèrent rapidement de moi, car mon sens de l'humour, que je contrôlais dans la salle de classe, avait libre cours dans l'alcôve. J'étais un amant bavard, ce que la plupart des femmes détestent. Et mon infirmité était gênante. Les femmes s'empressaient de m'assurer que mon infirmité ne les dérangeait pas ; Agnès allait même jusqu'à considérer mon corps ravagé comme le bûcher de son martyre. Mais je ne pouvais oublier mon moignon d'un rouge brunâtre, ni mon côté gauche qui ressemblait à la peau croquante du porc rôti. En plus de cette atteinte à mon sens de la bienséance érotique, il y avait d'autres problèmes que je trouvais parfois très drôles. Par exemple, que conseillerait l'étiquette à un galant unijambiste ?

Devrait-il enlever sa prothèse avant de mettre son préservatif, ou vice versa ? Je suggérai à mes partenaires que nous devrions poser la question à Dorothy Dix. Cette suggestion ne les amusa pas du tout.

Je ne découvris l'amour que beaucoup plus tard, et alors ce ne fut pas la Vieille et Douce Chanson d'Amour, qui m'aurait rappelé Diana : non, je bus la gorgée régénératrice au Chaudron de Ceridwen. Et cela valut bien la peine d'attendre.

3

À l'âge de vingt-six ans, j'obtins mon M.A., et la fortune d'environ cinq mille dollars avec laquelle j'avais commencé, s'étant accrue de façon spectaculaire grâce aux conseils de Boy, atteignait maintenant huit mille dollars. Entre-temps, ma pension m'avait permis de vivre comme je l'entendais. Je ne connais pas le montant de la fortune de Boy, car il en parlait mystérieusement comme d'une « petite réserve » (expression tirée de son répertoire du prince de Galles), mais il avait l'air prospère et ignorait les soucis. Lorsqu'il épousa Leola en l'église St James' Presbytarian de Deptford, j'étais son garçon d'honneur et j'avais l'air d'un imbécile, affublé d'un costume prince-de-Galles et d'un chapeau haut de forme loués. Ce fut le mariage le plus chic de toute l'histoire de Deptford. Il fut gâté seulement par la conduite de quelques avocats, amis du marié, qui mirent de l'animation dans la Tecumseh House quand la réunion sans alcool chez Doc Staunton eut heureusement pris fin. Les parents de Leola jouèrent un rôle mineur tout au long du mariage — et avec raison, au dire de tous, car ils n'avaient certainement pas les moyens de « recevoir ». Pas plus d'ailleurs que les parents Staunton, mais ils étaient loin de s'en douter. L'aisance mondaine des amis de Boy les impressionnait mais ils se consolèrent en pensant qu'ils pouvaient tous les acheter et les revendre, et leurs parents avec, sans entamer leur capital. Je voyais clairement que Boy avait maintenant dépassé son père en ambition et en envergure. Il n'avait besoin que de temps.

Tout le monde s'accordait à trouver Leola une mariée radieuse ; même dans l'horrible accoutrement des robes de mariée de 1924, elle était belle à croquer. Ses parents (pas de vêtements loués pour Ben Cruikshank ; mais ses bottes avaient un reflet argenté qui provenait du genre de graphite le plus souvent utilisé pour astiquer les poêles) pleurèrent de joie dans l'église. Assis au tout premier rang, je pouvais voir sans difficulté qui pleurait et qui souriait.

La lune de miel se passa en Europe, ce qui était loin d'être aussi courant que de nos jours. J'allai moi-même en Europe pour gaspiller mille dollars des huit mille que j'avais — une récompense que je m'octroyais pour ma bonne conduite. Je voyageais en deuxième classe — qu'on n'appelait pas encore la classe touriste — sur le *Melita* de la ligne CPR ; dès ma première heure à bord, en parcourant la liste des passagers, je fus assez déçu d'y lire les noms de « M. et Mme Boy Staunton » parmi les passagers de première. Partageant l'avis de bien des gens, je considérais le mariage comme un cul-de-sac et j'avais compté y laisser Boy et Leola pendant au moins un certain temps. Et voici que je les avais littéralement sur le dos.

Eh bien ! qu'ils me trouvent ! Je me disais que je me moquais de la distinction entre les classes, mais ce serait intéressant de voir comment eux considéreraient la chose. Une fois de plus, je sous-estimais Boy. Un mot et une bouteille de vin — une demi-bouteille pour être précis — m'attendaient sur ma table, à l'heure du dîner, et il descendit me voir trois ou quatre fois pendant la traversée, m'expliquant avec beaucoup de gentillesse que le règlement à bord ne lui permettait pas de m'inviter à les rejoindre en première classe. Leola ne vint jamais me rendre visite, mais elle me fit un signe de la main, lors du concert donné sur le bateau. Certains passagers talentueux chantèrent *Les Roses de Picardie*, racontèrent des plaisanteries sur scène et regardèrent un matelot — on les utilisait encore pour sonner du clairon avant les repas, etc. — danser une bonne gigue au son de la cornemuse.

Il va sans dire que Boy fit la connaissance de tous les passagers de première classe, y compris le passager titré — un fabricant de chaussures de Nottingham —, mais celui qui lui ouvrit des horizons nouveaux fut le révérend George Maldon Leadbeater, un grand prophète venu d'une église new-yorkaise à la mode, qui avait pris le bateau de Montréal, parce qu'il aimait faire la traversée la plus longue de l'Atlantique nord.

« Il ne ressemble à aucun autre prédicateur », dit Boy. « Sincèrement, c'est à se demander comment de vieilles badernes du genre d'Andy Bowyer et de Phelps ont pu avoir l'aplomb de monter en chaire quand il y a des hommes du calibre de Leadbeater dans le métier. Personnellement, je trouve qu'il donne pour la première fois du sens au mot chrétien. J'entends, le Christ était vraiment une personne très distinguée, un prince de la Maison de David, un poète et un intellectuel. Bien sûr, Il était charpentier ; tous les Juifs des temps bibliques savaient se servir de leurs mains. Mais quel genre de charpentier était-Il ? Pas un constructeur d'établis, je parie. Sans aucun doute, l'équivalent pour l'époque d'un décorateur et d'un manufacturier. Autrement, comment se serait-Il fait toutes ses relations ? Tu sais, lorsqu'Il voyageait, Il s'arrêtait chez toutes sortes de gens riches et influents dont Il était l'invité de marque — Il ne vagabondait pas à travers la Palestine, tu peux en être sûr. Il vivait chez des gens qui voyaient en Lui un homme valable, le défenseur d'une excellente philosophie. Tu sais, cette façon qu'ont les Orientaux de se faire une petite fortune avant d'entreprendre des études de philosophie. Et regarde comme Il appréciait la beauté ! Lorsque cette femme appliquait de l'onguent sur Ses pieds, je parie qu'Il pouvait reconnaître le bon onguent du mauvais ! Et les Noces de Cana — une véritable fête. Il tira d'affaire l'hôte lorsqu'il n'y eut plus rien à boire. Il s'était probablement trouvé dans la même situation quand Il travaillait et Il savait combien ça peut être embarrassant. Et quel économiste ! Il fait sortir les changeurs du Temple — pourquoi ? Parce qu'ils exploitaient les pèlerins avec leurs taux exorbitants, voilà pourquoi, parce qu'ils mettaient en danger l'existence d'un lieu touristique très important et qu'ils ravageaient l'économie. Il s'agissait d'une sorte de discipline de marché, si tu veux le voir sous cet angle, et Il était le seul à avoir l'intelligence requise pour comprendre clairement la situation et le cran pour y remédier. Leadbeater pense que cela pourrait expliquer la Crucifixion ; les prêtres recevaient une commission sur les taux de change du Temple, imagine-toi ; aussi décidèrent-ils qu'ils devaient se débarrasser de ce type qui avait une meilleure conception de l'économie qu'eux — en plus de grandes capacités intellectuelles dans plusieurs autres domaines, bien sûr.

« Leadbeater — il veut que je l'appelle George ; d'ailleurs, je dois perdre cette habitude anglaise d'appeler les gens par leur nom de famille — George aime la beauté. C'est ce qui séduit Leola, tu sais. Franchement, Dunny, puisque tu es un vieil ami, je peux te dire que Leola n'a pas eu la chance de s'épanouir dans le milieu familial qui est le sien. Des gens bien, les Cruikshank, naturellement, mais bornés. Toutefois, elle apprend vite. George a insisté pour lui prêter un merveilleux roman, *If Winter Comes* de A.S.M. Hutchinson. Elle le dévore. Mais ce qui m'a vraiment impressionné, c'est que George s'habille si bien. Et pas seulement comme pasteur, mais en général. Il va me présenter à son tailleur de Londres. Il faut se faire introduire auprès des bons tailleurs. Il dit que Dieu a créé des choses belles et agréables à regarder ; et que de ne pas s'en servir c'est ne pas comprendre les intentions de Dieu. As-tu jamais entendu un pasteur parler de la sorte ? Bien sûr, ce n'est pas un prédicateur-à-six-cents-dollars-par-an, mais un homme qui tire huit mille cinq cents dollars de sa paroisse et qui double cette somme en donnant des conférences et en écrivant des livres ! Si le Christ n'était pas pauvre — et Il ne l'était certainement pas —, George n'a pas l'intention de l'être non plus. Me croirais-tu si je te disais qu'il garde une poignée de pierres — semi-précieuses mais magnifiques — dans la poche droite de son manteau, *rien que pour le plaisir de les toucher !* Il les sort deux ou trois fois par jour et les étale sur le mouchoir en soie garance qu'il a toujours dans sa poche de veste, il laisse la lumière jouer sur elles, et alors tu devrais voir son visage ! “ La pauvreté et le péché ne sont pas du tout ce que Dieu a créé ”, dit-il avec une sorte de sourire poétique. “ Voilà ! elles sont aussi belles que Ses gouttes de pluie, et pas moins Son œuvre que le lépreux, la fleur ou le sourire de la femme. ” J'aimerais que tu puisses venir en première classe pour faire sa connaissance, mais il ne peut en être question, et je ne voudrais pas lui demander de descendre ici. »

Je ne fis donc jamais la connaissance du révérend George Maldon Leadbeater, bien que je me fusse demandé s'il avait lu le Nouveau Testament aussi souvent que moi. De plus, j'avais lu *If Winter Comes* à sa parution ; il avait servi de thème à un panégyrique extravagant de la part de l'honorable William Lyon Mackenzie King, Premier ministre du Canada ; il avait dit que c'était indubitablement le meilleur roman de notre temps, et les libraires en avaient tiré parti. J'avais l'impression que les goûts de M. King en littérature rejoignaient ceux de Leadbeater en matière de religion et dénotaient un amateur de sucreries, rien de plus.

4

Boy et Leola débarquèrent à Southampton. Je poursuivis mon voyage jusqu'à Anvers, parce que mon premier objectif était de visiter les champs de bataille. Pas reconnaissables, bien sûr. Propres et soignés à la façon des Pays-Bas ; des tranchées que j'avais connues comme des trous boueux et puants étaient tapissées de ciment, afin que les dames ne salissent pas leurs chaussures. Même les grands cimetières n'éveillèrent aucun sentiment en moi ; à cause de leur taille démesurée, je perdis toute impression qu'ils contenaient des hommes qui, s'ils avaient vécu, auraient eu mon âge. Je partis dès que j'eus fouillé tout Passchendaele à la recherche de quelque indication de l'endroit où j'avais été blessé, et où j'avais rencontré la petite Madone. Pas une des personnes que je pus voir n'eut la moindre idée de son emplacement ; la nouvelle ville l'avait probablement ensevelie sous les rues et les maisons. Des statuettes de Notre-Dame — oui, il y en avait beaucoup, dans les églises et sur les bâtiments, mais la plupart étaient récentes, hideuses et ne divulguaient rien. Aucune ne ressemblait à la mienne. Je l'aurais reconnue n'importe où, comme je le fis d'ailleurs bien plus tard.

C'est ainsi que naquit mon intérêt pour l'art médiéval et celui de la Renaissance — surtout l'art religieux. La petite Madone était une idée fixe ; je voulais la revoir. C'était une idée extravagante, comme celle d'un homme que je connaissais, qui perdit une canne à laquelle il tenait beaucoup lors du Blitz de Londres et qui continue de faire les magasins d'antiquités dans l'espoir de la retrouver. Moi aussi j'espérais toujours. Par conséquent, je vis un grand nombre de Madones de toutes les époques, dans tous les matériaux possibles, et rapidement je fus très versé en la matière. À vrai dire, j'en appris suffisamment pour être capable de décrire celle que je recherchais comme la Vierge de l'Immaculée Conception en bois polychrome d'environ vingt-quatre pouces de haut, et très probablement l'œuvre d'un artiste flamand ou allemand du nord, de la période allant de 1675 à 1725. Si vous croyez que j'ai rassemblé tous ces éléments après l'avoir trouvée, laissez-moi vous dire que vous vous méprenez.

Tout d'abord ma recherche, puis un enthousiasme grandissant pour ce que je voyais, me conduisirent à des tas d'églises aux Pays-Bas, en France, en Autriche et en Italie. Je ne m'étais donné que quelques semaines, mais je me fis envoyer de l'argent pour rester jusqu'à la dernière limite en août. Que fais-tu ici, Dunstan Ramsay ? me demandais-je parfois, et après m'être dit que je nourrissais un nouvel et splendide enthousiasme pour l'art et l'architecture religieux, je sus que je redécouvrais également la religion. N'allez pas supposer que je devenais « religieux » ; le presbytérianisme de mon enfance me protégeait efficacement contre tout abandon enthousiaste à la foi. Mais je m'aperçus que j'étais un illettré en matière de religion, et j'abhorrais l'ignorance. Je n'étais ni fou ni esthète au point de supposer que tout cet art était seulement de l'art pour l'art. Il traitait de quelque chose, et je voulais connaître ce quelque chose.

De par ma formation d'historien, j'aurais dû, j'imagine, commencer par le commencement, mais le temps me manquait. Des scènes de la Bible ne présentaient aucune difficulté pour moi ; je pouvais reconnaître Jaël clouant Sisera ou Judith tenant la tête d'Holopherne assez facilement. C'étaient les saints qui me déroutaient. Alors je me mis au travail de mon mieux et très rapidement je sus que le vieux à la cloche était Antoine Abbot, et le même vieillard en compagnie d'une bande de démons qui le harcelaient était Antoine dans le désert. Sébastien, ce porc-épic sanctifié, était facile à repérer, de même que saint Roch qui avait une jambe malade et qui était accompagné d'un chien. Je ressentis une joie innocente à rencontrer saint Martin partageant son manteau, sur une pièce de monnaie suisse.

Mon goût pour le détail qui m'avait tout d'abord incité à devenir un érudit se révélait fort utile, car je pouvais retenir sans difficulté les attributs et symboles d'un grand nombre de saints, et la lecture de leurs légendes me charma. Je devins épouvantablement orgueilleux et me mis à courir les saints rares et difficiles, inconnus des catholiques pratiquants en général. Je pouvais lire et parler le français (toutefois mon accent me trahissait) et je maniais fort bien le latin ; j'appris donc l'italien en cours de route — mal, mais je me débrouillais. J'avais besoin de l'allemand, et j'étais décidé à l'acquérir au cours du prochain hiver. Je ne m'inquiétais pas ; tout ce qui m'intéressait, je pouvais l'apprendre et l'apprendre rapidement.

À cette époque-là, il ne me vint jamais à l'esprit que les légendes recueillies parlaient de gens qui avaient vécu et accompli quelque chose qui les avait rendus populaires et les avait fait aimer après leur mort. Ce que j'appris ne fit que ranimer et confirmer l'idée que je m'étais faite, étant enfant, que la religion se rapprochait davantage par l'esprit des *Mille et Une Nuits* que de tout ce que l'église St James' Presbyterian enseignait. Je me demandais ce qu'ils en penseraient si je proposais de replacer la Colombe captive, perchée sur le plus haut tuyau de l'orgue, par la bucarde de saint Jacques. J'étais fou et vaniteux, je le sais, mais j'étais aussi une chèvre heureuse qui avait gambadé dans le prodigieux jardin clos de l'hagiographie, et je broutais avidement et avec satisfaction. Quand enfin il fut temps de rentrer, je savais que j'avais découvert un bonheur durable.

5

L'enseignement m'occupait pendant la journée et une partie de la soirée. J'étais assistant-préfet, et j'avais une belle grande pièce sous les combles du bâtiment principal, une horrible niche à toutou en guise de chambre, et le droit à une salle de bains que je devais partager avec deux ou trois collègues. J'enseignais toute la journée, mais heureusement ma jambe de bois m'épargnait l'ennui d'avoir à surveiller les sports après la classe. Tous les soirs, il y avait des copies à corriger, mais très vite je pris une attitude professionnelle envers ces malheureuses explorations des cavernes de l'ignorance et je ne les laissais pas me déprimer. J'aimais la compagnie de la majorité de mes collègues qui se répartissaient en proportions égales entre des hommes valables qui étaient de bons professeurs, des hommes détestables qui étaient de mauvais professeurs, et les grotesques ou inadaptés qui avaient fini par échouer dans l'enseignement et qui si souvent ont l'influence la plus marquante dans l'éducation d'un garçon. Si un jeune ne peut avoir un bon professeur, qu'on lui donne à affronter un infirme psychologique ou un raté plein d'exotisme mais qu'on ne lui inflige surtout pas un mauvais professeur, ennuyeux par surcroît. Voilà où les écoles privées l'emportent sur les écoles publiques ; elles peuvent faire de la place au sein de leur personnel à quelques fous cultivés sans avoir de compte à rendre à personne.

Les élèves aimaient ma jambe de bois, dont ils entendaient les bruits sourds qui les avertissaient de mon arrivée et qui permettaient aux fumeurs, aux flâneurs et aux rêveurs (ces deux derniers groupes sont bien distincts) de faire le nécessaire avant mon arrivée. J'avais pris l'habitude d'utiliser une canne, sauf lorsque je participais activement à des cérémonies, et tous les garçons raisonnables en préféraient un bon coup bien assené sur le derrière à un travail supplémentaire fastidieux. J'ai peut-être fait le désespoir des psychologues, mais je connaissais les jeunes et je connaissais ma matière — le résultat des examens en témoigna rapidement.

Boy Staunton se distinguait également comme éducateur. Il éduquait Leola, et comme je les voyais assez régulièrement, je pouvais donc mesurer son succès. Il voulait faire d'elle la femme parfaite du jeune entrepreneur qui commençait à se faire un nom dans l'industrie du sucre, car il travaillait beaucoup et progressait rapidement : il s'était déjà lancé dans le commerce des boissons non alcoolisées, des bonbons et de la confiserie.

Il y avait brillamment réussi selon un principe si simple qu'il mérite d'être consigné : il fonda pour commencer une petite compagnie en empruntant cinq mille dollars pendant quatre mois ; étant donné qu'il avait déjà les cinq mille dollars, il n'eut aucune difficulté à rembourser la somme. Puis il emprunta dix mille dollars qu'il remboursa aussi promptement. Sur ce principe, il établit très vite une excellente réputation, payant toujours à l'échéance, mais jamais avant pour ne pas retirer au créancier l'intérêt sur lequel il misait. Les directeurs de banque se mirent à aimer Boy, mais il cessa bientôt de faire affaire avec les succursales et n'emprunta plus qu'au siège social. Il était devenu l'un des chérubins favoris du ciel de la finance et il avait maintenant besoin d'une femme qui l'aiderait à devenir un ange, puis, le plus tôt possible, un archange. Leola prit donc des leçons de tennis et de bridge, apprit à ne plus appeler sa bonne « la fille », même en pensée, et demeura sans enfant puisque le moment n'était pas encore venu. Elle était plus jolie que jamais, elle avait appris à manier un certain nombre de clichés qui lui permettaient de parler intelligemment de tout ce que les amis de Boy pouvaient connaître, et elle adorait Boy, tout en le craignant un peu. Il était si alerte, si brillant, si beau. Je crois qu'elle s'étonnait toujours un peu d'être vraiment sa femme.

C'est en 1927 que se manifesta pour la première fois l'étonnante chance de Boy — l'une de ces coïncidences qu'il est peut-être plus sage d'appeler synchronisme et qui favorisent les ambitieux —, quelque chose qui d'un seul coup lui fit grimper plusieurs échelons et le maintint là où il était arrivé. Il faisait toujours partie de son régiment et participait régulièrement aux exercices ; il envisageait de faire de la politique, me dit-il, et ses relations avec la milice lui vaudraient de nombreuses voix. À l'arrivée du prince de Galles pour une tournée au Canada cette année-là, quel jeune homme avait plus d'allure, de gaieté et d'aptitudes pour servir d'aide de camp à Son Altesse Royale que Boy Staunton ? Et non seulement pour la cérémonie à Toronto, mais pour la tournée tout entière, d'un océan à l'autre ?

Je n'eus guère l'occasion de voir cet apparat, sauf lorsque le prince rendit visite à notre école ; comme elle était sous le patronage royal il fut bien obligé d'y venir. Nous, les maîtres, fîmes notre apparition en robes et épitoges, des représentants en sueur du *Rifle Corps* se pavanèrent, hurlèrent, puis s'évanouirent de chaleur, et le fragile descendant du roi Arthur, du roi Alfred et de Charles II fit gracieusement son devoir. On me présenta, décoré de ma croix de Victoria épinglée à la soie de ma toge ; cependant ce n'est pas du jeune prince dont je me souviens, mais de Boy qui fut de loin le personnage le plus magnifique ce jour-là. Ancien élève de l'école et aide de camp du prince, ce fut un jour glorieux pour Boy et le directeur d'alors le combla d'attentions à un point qui aurait pu paraître un peu exagéré à un œil critique.

Leola était présente, car même si elle ne participait pas à la tournée avec Boy, on s'attendait, bien sûr, qu'elle fît son apparition de temps à autre en différents points du Canada, comme si elle s'y trouvait par hasard. Elle avait appris à faire de très jolies révérences — ce qui n'était pas facile avec les jupes de l'époque —, à manger sans donner l'impression de mastiquer, et à se comporter en dame de la cour, comme le demandait Boy. Je suis certain que pour elle le prince n'était rien d'autre qu'un prétexte pour faire briller Boy. Je n'ai jamais vu une femme aussi complètement absorbée par son amour ; j'en étais heureux pour elle et lui souhaitais, du fond du cœur, tout le bien possible.

Après le départ du prince, les Staunton reprirent leur position, modestement comme il seyait à leur jeunesse, de leaders de la société. Boy avait adopté certains usages courants chez les gens bien, et portait maintenant des guêtres pour aller au bureau. Pour lui et Leola, l'Age du Jazz avait pris fin ; maintenant, ils étaient des Jeunes Mariés sérieux et conscients de leurs responsabilités.

Cette année-là, ils eurent leur premier-né qui fut baptisé de façon conservatrice, mais significative, Edward David. En temps voulu — comment S.A.R. avait-il bien pu l'apprendre ? — arriva une timbale de baptême de chez Mappin & Webb, décorée de trois plumes et portant l'inscription *Ich Dien*. Davis s'en servit jusqu'à ce qu'il soit en âge d'avoir une tasse et une soucoupe ; après quoi, remplie d'allumettes, elle fut placée avec désinvolture sur la table du salon.

6

Doc Staunton et sa femme ne rendirent jamais visite à Boy et à Leola, pour des raisons d'ordre religieux, je présume. Quand ils allaient à Toronto, ce qui était rare, ils invitaient les jeunes Staunton à dîner à leur hôtel — le Carls-Rite, conservateur et bon marché — mais ils refusaient de mettre les pieds dans une maison où l'on consommait de l'alcool, contrairement à la loi du pays et contre la volonté manifeste de Dieu. De plus, ils ne pouvaient digérer que Boy et Leola aient quitté l'Église presbytérienne pour devenir anglicans.

Dans un mouvement qui atteignit son paroxysme en 1924, les presbytériens et les méthodistes avaient consommé un *mysterium coniunctionis* aboutissant à la création de l'Église Unie du Canada ; dans sa doctrine (plus douce que du fromage blanc), la dureté du presbytérianisme et la piété rustaude du méthodisme ne tenaient guère de place. Quelques presbytériens têtes de pioche et quelques méthodistes vraiment zélés refusèrent l'union, mais une majorité la considérait comme une grande victoire pour le Royaume du Christ sur terre. Malheureusement, cette union entraîna aussi des chicanes entre les riches presbytériens et les pauvres méthodistes, ce qui réveilla l'humeur moqueuse du reste du pays ; les catholiques en particulier racontaient des plaisanteries irlandaises sur la plus grande appropriation de terrains et de propriétés dans l'histoire du Canada.

Pendant ce tumulte, quelques âmes sensibles se jetèrent dans les bras des anglicans ; les envieux et les dissidents dirent qu'ils agissaient ainsi parce que l'Église anglicane était dans une certaine mesure plus raffinée que les Églises évangéliques, et qu'ainsi ils amélioraient leur position sociale. À cette époque-là, tout Canadien devait appartenir, nominalement, à une Église donnée ; les directeurs du recensement refusaient catégoriquement d'accepter des termes comme « agnostique » ou « sans religion » et de les porter à la colonne « Religion ». Des statistiques flatteuses étaient donc compilées à partir de rapports du recensement qui donnaient une fausse idée de l'importance réelle des principales religions. Boy et Leola étaient discrètement passés à une Eglise anglicane à la mode. Le recteur, le chanoine Arthur Woodiwiss, était si large d'esprit qu'il n'insista même pas pour qu'ils fissent leur confirmation. Toutefois, en temps voulu, David fit sa confirmation, ainsi que Caroline qui le suivit deux ans plus tard comme prévu.

Je m'intéressais tellement aux saints que je ne pouvais m'empêcher d'en parler, et Boy s'en inquiétait pour moi. « Prends garde de ne pas devenir détraqué, Dunny », disait-il parfois ; et aussi : « Arthur Woodiwiss dit que les saints, c'est bon pour les catholiques qui ont affaire à tant de gens ignorants, mais que pour nous, c'est dépassé depuis longtemps. »

Cela eut pour résultat de m'inciter à glisser davantage de saints dans ma conversation rien que pour l'irriter. Maintenant il s'irritait et se montrait pompeux très facilement. Il m'exhorta à laisser tomber l'enseignement (tout en faisant des éloges de cette profession) et à devenir quelqu'un. « Si tu ne te dépêches pas de faire connaître à la vie ce que tu veux, la vie te montrera diablement tôt ce qu'elle te réserve », dit-il un jour. Mais je n'étais pas convaincu de vouloir donner des ordres à la vie ; j'aimais beaucoup la notion grecque de laisser le destin prendre en main mes affaires. C'est à l'automne de 1928 qu'il s'est manifesté et qu'il me détourna d'une large route pour m'attirer sur un chemin plus étroit.

Notre directeur — celui d'avant votre prédécesseur — s'enthousiasmait pour ce qu'il appelait « amener le monde à l'école et l'école au monde », et chaque vendredi matin nous avions un conférencier spécial à l'heure de la prière, pour nous entretenir de ce qu'il faisait dans le monde. Sir Archibald Flower nous parla de reconstruire le Shakespeare Memorial Theatre à Stratford-upon-Avon et à ces fins il reçut un dollar de presque chaque garçon ; l'abbé Jellicoe parla de nettoyer les taudis de Londres, et cela coûta un autre dollar à la majorité d'entre nous. Mais en général nos orateurs étaient canadiens, et un matin le directeur fit une entrée majestueuse — balayant le plancher de sa toge — suivi de M. Joel Surgeoner.

Surgeoner était déjà bien connu, quoique je ne l'aie

jamais vu auparavant. Il était à la tête de la Lifeline Mission, à Toronto, où il s'efforçait de venir en aide aux indigents, aux épaves humaines et aux marins qui naviguaient sur les Grands Lacs — c'était alors un groupe de durs dont on ne s'occupait pas. Il s'adressa à toute l'école, brièvement mais bien, car en dépit de son flagrant manque d'instruction, il donnait une vive impression de sincérité, même si je le soupçonnais d'être un pieux menteur.

Il nous dit tranquillement et dans le langage le plus simple qu'il subvenait aux besoins de sa mission en mendiant, et que parfois il mendiait en vain ; quand cela arrivait, il priait, demandait de l'aide, et ce qu'il demandait ne lui avait jamais été refusé ; des couvertures, ou plus souvent de la nourriture, finissaient par arriver, souvent tard dans la journée, et le plus souvent, c'étaient des dons anonymes qui étaient déposés sur les marches de la Mission. Jeune imbécile suffisant, j'étais tout à fait prêt à croire que saint Jean Bosco se servait du même stratagème quand il invoquait le ciel en faveur de ses garçons ; j'étais même persuadé que cela avait dû arriver quelquefois au docteur Barnardo dont on racontait aussi l'histoire. Mais j'étais beaucoup trop canadien, profondément convaincu (même si c'était inconsciemment) de l'infériorité de mon propre pays et de ses habitants, pour croire que cela pût se passer à Toronto et que ce fût le cas d'un homme que je pouvais voir de mes propres yeux. J'imagine que je devais avoir un air railleur.

Surgeoner me tournait le dos, mais tout à coup il fit volte-face et me dit : « Je vois que vous ne me croyez pas, monsieur, mais je dis la vérité et si vous acceptez de venir à la Lifeline un de ces soirs, je vous montrerai les vêtements, les couvertures et la nourriture que Dieu a suggéré aux hommes et aux femmes de nous donner afin que nous puissions faire Son travail parmi Ses enfants oubliés. » Ces paroles nous électrisèrent ; quelques garçons rirent, le directeur me jeta un regard enflammé qui me roussit les sourcils, et les dernières remarques de Surgeoner furent chaleureusement applaudies. Mais j'avais mieux à faire que de réfléchir sur cette humiliation, car au moment même où Surgeoner me fit face, je reconnus en lui le chemineau que j'avais vu pour la dernière fois dans la carrière de Deptford.

Je ne perdis pas de temps ; je me rendis le soir même à la Lifeline Mission. Elle était située au rez-de-chaussée d'un entrepôt en bordure du lac. Tout y respirait la pauvreté ; la partie inférieure des fenêtres avait été peinte en vert, et on pouvait y lire en lettres tracées par un amateur : « Lifeline Mission, Entrez. » À l'intérieur, l'éclairage électrique était secondé par deux lampes à pétrole installées sur une table ; sur des bancs fabriqués avec du bois récupéré, il y avait huit ou dix personnes dont quatre ou cinq étaient des clochards et le reste des disciples de Surgeoner, pauvres mais respectables. J'arrivais en plein service religieux.

Surgeoner priait ; il avait besoin d'une multitude de choses, mais la seule dont je me souvienne était une nouvelle marmite pour faire la soupe et il souligna à Dieu que le tas de bois de chauffage diminuait à vue d'œil. Quand il eut, pour ainsi dire, passé sa commande, il se mit à nous parler calmement et modestement comme il l'avait fait le matin même à l'école ; maintenant je pouvais voir qu'il portait un appareil auditif à l'oreille gauche — l'un de ces trucs gênants en usage alors — et qu'un fil passant sous son col semblait rejoindre un renflement sur le devant de sa chemise, de toute évidence un récepteur. Mais sa voix, qu'il contrôlait bien, était agréable ; elle ne ressemblait en rien aux cris de canard désordonnés qu'émettent trop souvent les sourds.

Il me vit, bien sûr, et hocha gravement la tête. Je m'attendais qu'il essayât de me faire participer au service, probablement dans le but de me faire passer pour un mécréant civilisé et un railleur, mais j'avais tort. À la place, il nous parla très simplement de son expérience avec un marin des Grands Lacs qui était un blasphémateur notoire, un homme dont chaque remarque contenait une insulte envers le Saint Nom de Dieu. Surgeoner n'avait pas réussi à le changer et, vaincu, il avait abandonné. Un jour, Surgeoner avait parlé à une vieille femme, extrêmement pauvre mais riche de l'Esprit du Christ, et en s'en allant elle lui avait mis un sou dans la main, la seule pièce qu'elle eût en sa possession. Avec ce sou, Surgeoner acheta une brochure qu'il garda distraitement dans sa poche pendant plusieurs semaines, jusqu'à ce qu'il rencontrât par hasard le blasphémateur. Impulsivement, il tendit la brochure à cet homme qui, naturellement, la reçut avec un juron. Surgeoner oublia l'incident, mais deux mois plus tard il rencontra de nouveau le blasphémateur — un homme transfiguré, cette fois. Il avait lu la brochure, il avait accepté le Christ et avait commencé une nouvelle vie.

Je m'attendais que cela prouvât que la vieille femme était la mère du blasphémateur et que tous les deux avaient été réunis par l'amour, mais Surgeoner n'alla pas jusque-là. Était-ce la chaste abnégation du cultivateur qui le retenait, ou n'avait-il pas encore pensé à un tel dénouement ? Lorsque la réunion prit fin avec une morne interprétation du cantique du renouveau :

Throw out the Life Line,
Throw out the Life Line,
  Someone is drifting away.
Throw out the Life Line,
Throw out the Life Line,
Someone is sinking today.

Lancez la Ligne de Sauvetage,
Lancez la Ligne de Sauvetage,
  Quelqu'un part à la dérive.
Lancez la Ligne de Sauvetage,

Lancez la Ligne de Sauvetage,
Quelqu'un est en train de sombrer.

— ils chantaient sans accompagnement avec la lenteur découragée des dévots sans talent — le petit groupe se dispersa, les clochards vers leur dortoir dans la pièce à côté et les gens respectables chez eux. Je me retrouvai seul avec Joel Surgeoner.

« Eh bien, monsieur, je savais que vous viendriez, mais je ne m'attendais pas à vous voir si tôt », dit-il en m'invitant du geste à m'asseoir sur une chaise de cuisine à côté de la table. Par souci d'économie, il éteignit l'électricité et nous nous assîmes, éclairés seulement par des lampes.

« Vous m'avez promis de me montrer ce que vos prières vous rapportaient », dis-je.

« Regardez autour de vous », répondit-il ; puis remarquant la surprise sur mon visage devant la misère de la Mission, il me mena à une porte qui donnait dans la pièce suivante — une double porte qui glissait sur un rail, comme celles que l'on trouve dans les entrepôts — et la fit glisser. Dans la pénombre qui tombait du plafond par un vasistas, je vis un pauvre dortoir où dormaient une cinquantaine d'hommes sur des lits de camp.

« La prière m'amène ces hommes-là, et la prière, le labeur et les aumônes, sollicitées fidèlement, permettent de subvenir à leurs besoins, monsieur Ramsay. » Il avait dû apprendre mon nom à l'école.

« Ce soir, j'ai parlé à notre trésorier, lui dis-je, et votre causerie de ce matin vous rapportera un chèque d'un montant de cinq cent quarante-trois dollars ; de la part de six cents garçons et d'environ trente professeurs, ce n'est pas mal. Qu'en ferez-vous ? »

« L'hiver approche ; cette somme facilitera l'achat de nombreux sous-vêtements chauds. » Il ferma la porte coulissante, et nous nous assîmes de nouveau dans ce qui paraissait être à la fois la chapelle, la pièce commune et le bureau de la Mission. « Nous ne recevrons certainement pas ce chèque avant une semaine et nos besoins se font sentir quotidiennement et même d'heure en heure. Voici la quête de notre petite réunion de ce soir. » Il me montra treize sous sur une soucoupe ébréchée.

Je décidai qu'il était temps de passer à l'attaque. « Treize sous pour une causerie de treize sous », lui dis-je. « Vous attendiez-vous qu'ils croient à votre conte à dormir debout ? Un marin qui blasphème ! L'obole d'une veuve ! Ne les sous-estimez-vous donc pas ? »

Il ne se démonta pas. « Je m'attends qu'ils croient à l'esprit de l'anecdote, dit-il ; et par expérience je sais que c'est le genre d'anecdotes qu'ils aiment. Vous, les gens instruits, vous avez la manie de ce que vous appelez la vérité, et par là vous pensez aux faits tels qu'ils sont présentés au tribunal par la police. Ces gens-là ont le nez plongé dans cette réalité à longueur de journée et jour après jour, et ils ne veulent pas qu'à mon tour je leur en parle. »

« Alors vous leur fournissez des histoires sentimentales », lui dis-je.

« Je leur fournis quelque chose qui renforce la foi, monsieur Ramsay, du moins je fais de mon mieux. Je ne suis pas un orateur doué ni un homme instruit ; souvent, je rabâche des histoires qui paraissent minces et bien vieilles, et j'imagine que pour un homme comme vous, elles ne sont pas vraisemblables. Ces gens-là ne me demandent pas de prêter serment et ils ne sont pas stupides non plus. Ils peuvent faire la différence entre la vie et mes efforts peu convaincants pour transformer sa brutalité en parabole. Et je ne vous tromperai pas : il y a quelque chose d'inhérent à mon genre de travail, comme au genre de vie de ces gens-là, qui émousse la brutalité des faits. Si vous croyez que je suis un menteur — et vous le croyez —, vous devriez entendre certaines des confessions qui sont faites ici quand l'assistance est nombreuse. Des histoires à dormir debout que des gens qui ont trouvé la joie dans la foi, mais qui n'ont pas encore dépassé leur besoin d'importance en ce monde, inventent de toutes pièces. Alors ils gonflent leurs péchés comme des ballons. Et des gens meilleurs qu'eux aspirent à paraître pires. On s'approche de Dieu à petits pas et non par bonds ; cet amour de la vérité pour tribunal correctionnel que vous prisez tant se rencontre très tard sur la route, quand il se rencontre, ce qui est loin d'être sûr. Qu'est-ce que la vérité ? comme le demanda Pilate ; je n'ai jamais prétendu que j'aurais été capable de le lui dire. Moi, je me contente d'être heureux lorsqu'un ivrogne cesse de boire, qu'un homme ne bat plus sa femme, ou qu'un jeune délinquant essaie de se remettre dans le droit chemin. Si cela le pousse un peu à se vanter, ce n'est pas ce qu'il peut faire de pire. Vous, les gens qui n'avez pas la foi, vous utilisez de purs et cruels critères pour nous juger, nous, les croyants. »

« Qu'est-ce qui vous fait penser que je suis un incroyant ? lui dis-je. Et qu'est-ce qui vous a poussé à vous tourner vers moi ce matin, devant toute l'école ? »

« Je vous concède que c'était un truc, dit-il. Dans cette sorte de causerie, c'est toujours fort utile d'attaquer quelqu'un un peu avant la fin et de l'accuser de ne pas croire. Quelquefois on voit quelqu'un rire, mais on ne peut en tirer parti. Le mieux c'est d'attaquer quelqu'un derrière soi si possible. Cela donne l'impression que vous avez des yeux derrière la tête, d'accord ? Cela demande une certaine dose d'ingéniosité, bien entendu, mais je suis parvenu à mes fins, et personne n'a vraiment souffert. »

« C'est une attitude de tordu », lui dis-je.

« Ça se peut. Mais vous n'êtes pas le premier que j'utilise à ces fins, et je peux vous promettre que vous ne serez pas le dernier. Il faut servir Dieu et je dois utiliser les moyens que je connais. Si j'ai trompé Dieu — et j'essaie sincèrement de ne pas le tromper — je ne m'en fais pas trop pour un inconnu de temps à autre. »

« Je ne suis pas aussi inconnu que vous le croyez », lui dis-je. Je lui fis savoir alors que je l'avais reconnu. Je ne sais pas à quelle réaction je m'attendais — un démenti, je crois. Mais il garda son sang-froid.

« Je ne me souviens pas de vous, bien sûr, dit-il. Je ne me souviens de personne cette nuit-là, sauf de la femme elle-même. C'est elle qui m'a conduit à Dieu. »

« Quand vous l'avez violée ? »

« Je ne l'ai pas violée, monsieur Ramsay ; vous l'avez entendu de sa propre bouche. Pourtant, j'en aurais bien été capable, dans mon état d'esprit d'alors. J'étais au bout du rouleau. J'étais un vagabond, voyez-vous. Avez-vous la moindre idée de ce que c'est d'être un vagabond ? Ce sont des hommes perdus ; peu de gens les comprennent. J'ai entendu et j'ai lu des énormités à leur sujet : ce seraient des hommes qui ne peuvent supporter les chaînes de la civilisation, qui ont besoin de respirer l'air de la liberté ; beaucoup seraient des hommes instruits professant une philosophie merveilleuse et qui se moquent des travailleurs et des fermiers à qui ils demandent l'aumône ; eh bien, c'est de la foutaise — comme ils diraient eux-mêmes. Ce sont surtout des fous, des criminels et des dégénérés, et le vagabondage ne fait qu'aggraver leur état. C'est à cause de leur vie au grand air. Oh ! je sais que le grand air est une chose formidable, à condition d'avoir à manger et de savoir où coucher, mais autrement cela vous rend fou ; la faim et l'oxygène font un terrible mélange pour quiconque n'a pas connu que cela, comme les sauvages par exemple. Ces types ne sont pas des sauvages. Ce sont presque tous des êtres faibles, mais dépravés.

« Je suis devenu comme eux d'une façon très banale. J'étais un peu “ le gars qui sait tout ” ; je me suis querellé avec mon vieux père qui était dur et fanatiquement religieux ; je fis une fugue, je travaillais ici et là, puis je me mis à chaparder des trucs et à boire. Savez-vous ce que boit un vagabond ? Parfois du cirage liquide passé au tamis à travers un morceau de pain ; ça vous rend fou. Ou bien, il prend quelques pruneaux et les met à sécher au soleil dans une boîte de conserve jusqu'à fermentation ; ingurgité le ventre creux, ou seulement après avoir mangé quelques légumes crus arrachés dans un champ, ça vous fait pisser noir. Comme ces betteraves sucrières aux alentours de Deptford ; fermentées quelque temps, elles feraient un trou dans une casserole en cuivre.

« Et le sexe aussi. C'est drôle comme il devient féroce quand le corps est mal nourri et mal utilisé. Les vagabonds sont presque tous sodomites. J'étais un jeune gars, et ce sont les jeunes et les vraiment vieux dont on se sert, parce qu'ils ne peuvent pas très bien se défendre. Ils ne mettent pas de gants blancs, vous savez ; ça n'a rien à voir avec ce que faisait cet Anglais qui fut envoyé en prison ; lorsqu'une bande de vagabonds s'attaque à un adolescent, vous croiriez qu'il y a de quoi vous tuer. Mais on s'en tire. C'est comme ça que je suis devenu sourd, en partie du moins. J'ai résisté à une bande et ils m'ont frappé sur les oreilles avec mes propres bottes jusqu'à ce que je ne puisse plus résister. Savez-vous ce qu'ils disent ? “ Enculage et beuveries ”, voilà ce qu'ils disent. C'est leur vie. La mienne aussi, jusqu'à la grande charité de cette femme. Je sais que Dieu est tout aussi près d'eux qu'Il l'est de vous et moi en cet instant, mais ils Le bravent, les pauvres âmes.

« Cette nuit-là, j'étais fou. J'avais déboulé du train de marchandises dans cette jungle proche de Deptford, et j'avais trouvé un feu et sept types autour ; ils avaient un ragoût — quelqu'un avait attrapé un lapin et il cuisait avec des carottes dans un seau sur le feu. En avez-vous déjà mangé ? C'est dégueulasse, mais j'en voulais et après bien des méchancetés ils me dirent que je pourrais y goûter s'ils obtenaient d'abord ce qu'ils voulaient de moi. Ma virilité ne pouvait accepter ça, et je partis. Ils se mirent à rire et me dirent que je reviendrais les voir quand j'aurais vraiment faim.

« C'est alors que je rencontrai cette femme qui errait toute seule. Je savais que c'était une femme de la ville car les vagabondes sont très rares ; elles ont bien trop de bon sens, j'imagine. Elle était propre et me paraissait ressembler à un ange, mais je la menaçai et lui demandai de l'argent. Elle n'en avait pas ; puis je l'empoignai. Elle n'eut pas tellement peur et elle me demanda ce que je voulais. Je le lui dis en langage de vagabond et je m'aperçus qu'elle ne comprenait pas, mais quand je me mis à la pousser, à la faire tomber par terre et à attraper ses vêtements, elle me dit : « Pourquoi êtes-vous aussi brutal ? » et c'est alors que je me mis à pleurer. Elle posa ma tête sur sa poitrine et me parla gentiment. Je pleurai de plus belle, mais, chose étrange, je continuai de la désirer. Comme si c'était la seule chose qui pût me remettre, voyez-vous ? C'est ce que je lui ai dit. Et savez-vous ce qu'elle m'a répondu ? « Vous pouvez si vous me promettez de ne pas être brutal. » Alors c'est ce que je fis, et à ce moment-là, vous autres qui la cherchiez, êtes arrivés.

« Quand j'y repense, je m'étonne que cela n'ait pas marqué ma fin immédiate. Mais ce ne fut pas le cas. Non, c'était la gloire qui entrait dans ma vie. C'était comme si j'étais descendu directement aux Enfers, à travers le pire des feux, et que j'étais arrivé au bord d'une eau claire et pure où j'aurais pu me laver et ressortir propre. J'étais emprisonné dans ma surdité, de sorte que je ne savais pas grand-chose de ce qui se disait, mais je pouvais voir qu'elle était dans une situation terrible, et je n'y pouvais rien.

« Ils me relâchèrent le lendemain matin, et je quittai la ville en riant et en criant comme l'homme délivré des démons par notre Seigneur. Comme je l'avais été, voyez-vous. Il s'est servi de cette femme, et c'est une sainte, car ce qu'elle a fait pour moi — je le dis comme je le pense — fut un miracle. Où est-elle maintenant ? »

Qu'en savais-je ? Mme Dempster était souvent dans mes pensées, mais chaque fois que je pensais à elle, la mort dans l'âme, je mettais la pensée de côté comme faisant partie d'une époque complètement révolue. J'avais essayé d'écarter Deptford de mes pensées, tout comme Boy l'avait fait, et pour la même raison ; je voulais vivre une nouvelle vie. Les paroles de Surgeoner me firent comprendre clairement que toute vie nouvelle devait comprendre Deptford. Ce n'est pas en étouffant le passé que je pouvais me libérer.

Notre conversation se poursuivit quelque temps, et il me devenait de plus en plus sympathique. Quand je finis par me lever pour partir, je laissai un billet de dix dollars sur la table.

« Merci, monsieur Ramsay, dit-il. Cela nous procurera la marmite à soupe dont nous avons besoin, ainsi qu'un chargement de bois. Voyez-vous maintenant comment nos prières sont exaucées ? »

7

Je retournai sans tarder à Deptford, à la première occasion. Je feignis de vouloir consulter M. Mahaffey au sujet du filou qui m'avait acheté le *Banner* et qui me devait encore plus de la moitié du prix d'achat. Le magistrat me recommanda la patience. Mais j'obtins ce que je voulais, à savoir l'adresse de la tante qui avait recueilli Mme Dempster après la mort de son mari. Elle n'était pas veuve, comme le pensait Milo Papple, mais vieille fille : une certaine Mlle Bertha Shanklin qui habitait Weston. Il me donna son adresse sans me demander à quelles fins je voulais m'en servir.

« Une bien mauvaise affaire, pas vrai ? » dit le magistrat. « Elle avait l'air d'une bonne personne. Et puis — une folle ! Frappée par une boule de neige. J'imagine que vous n'avez pas la moindre idée de qui a bien pu la lancer, n'est-ce pas ? Non ? Je m'en doutais, autrement vous l'auriez déjà dit. Il y a un coupable, forcément ; pas d'erreur possible, il y a un coupable. Je ne sais pas vraiment ce qu'on aurait pu faire, mais voyez les conséquences ! McCausland est formel — sur le plan moral, c'est maintenant une idiote : elle n'a aucune idée du bien et du mal. Et le résultat fut la terrible histoire dans la carrière. Je me souviens que vous étiez présent. Et la vie de son mari fut gâchée. Plus la fugue du gamin, encore presque un bébé. Je n'ai jamais vu un aussi grand chagrin que le sien lorsqu'elle finit par se rendre compte qu'il était parti. McCausland dut lui injecter une forte dose de morphine pour que Mlle Shanklin puisse l'emmener. Oui, il y eut un coupable, qu'on ait pu ou non porter plainte. Et cette culpabilité, quelqu'un en porte le fardeau jusqu'à ce jour ! »

La véhémence du vieil homme et la façon dont il n'arrêtait pas de regarder par-dessus, par-dessous et sur les côtés de ses petites lunettes très sales indiquaient manifestement qu'il croyait que j'en savais plus long que je ne voulais bien l'admettre et qu'il se pourrait même que je fusse le coupable. Mais je ne vis aucune raison pour lui communiquer quoi que ce fût ; je gardais rancune à Boy pour ce qu'il avait fait, mais je me rappelais également que si je n'avais pas été aussi sournois, Mme Dempster n'aurait pas été touchée. Je désirais considérer toute l'affaire comme un accident qui n'impliquait ni souci ni chagrin.

Cependant, cette conversation raviva mon profond sentiment de culpabilité et de responsabilité envers Paul ; la guerre et ma vie adulte avaient couvert le feu mais ne l'avaient pas étouffé. Cela me poussa à agir déraisonnablement. Je rendis visite à l'abbé Regan, qui était encore le prêtre catholique de Deptford.

Je ne lui avais jamais parlé, mais je cherchais quelqu'un à

qui je puisse me confier, et je partageais la notion protestante que les prêtres sont silencieux comme la tombe et qu'ils voient plus qu'ils ne disent. Plus tard, j'abandonnai cette idée, mais à ce moment-là je recherchais quelqu'un qui fasse partie de Deptford, mais pas tout à fait, et je voyais en lui mon homme. Il n'y avait pas un quart d'heure que j'avais quitté le magistrat que je me trouvais au presbytère. Assis sur l'une de ces chaises particulièrement inconfortables qui, dans le monde entier, trouvent refuge dans les salons des prêtres, je reniflais une odeur de savon.

Il pensait à juste titre que je cherchais des renseignements, et il se montra très soupçonneux, mais lorsqu'il découvrit de quoi il retournait, il rit aux éclats, du rire court et grinçant d'un homme à qui la vie ne procure pas beaucoup de plaisanteries.

« Une sainte, dites-vous ? Franchement, c'est demander un peu trop. Je suis incapable de vous aider. Découvrir des saints n'entre pas du tout dans le cadre de mon ministère. De même, je ne peux me prononcer sur les miracles. Mais je ne crois pas que l'évêque ait grand-chose à dire de vos raisons ; ce serait à lui de penser à ces choses-là, si c'est à quelqu'un de le faire. Un clochard qui s'est réformé. J'ai moi-même réformé un ou deux clochards ; ils ont des périodes de repentir, comme la plupart des gens. Ce type dont vous me parlez me semble maintenant aussi extrême dans son zèle qu'il l'était dans le péché. Je n'aime jamais cela. Et cette histoire de votre frère que vous avez ramené à la vie sur son lit de mort, selon votre version, fit beaucoup de bruit à l'époque. Le docteur McCausland soutient qu'il n'est jamais mort, et qui mieux que lui pourrait en juger ? Quelques minutes sans signe de vie. Eh bien ! c'est loin d'être Lazare, ne croyez-vous pas ? Et votre propre expérience lorsque vous avez été blessé — franchement, vous n'aviez plus tout votre esprit. Je dois vous le dire carrément. Vous feriez mieux de vous ôter cela de la tête et de l'oublier.

« Vous avez toujours eu beaucoup d'imagination. C'est ce qu'on disait de vous, adolescent, et vous ne semblez pas avoir changé. Vous devriez faire attention à ce genre de choses, croyez-moi. Maintenant, vous me dites que vous vous intéressez énormément aux saints. D'accord, je ne cherche pas à convertir, mais si c'est votre façon de voir les choses, vous feriez mieux de regarder d'où viennent les saints. Et lorsque vous aurez compris, je vous parie un dollar que vous vous en écarterez comme d'une flamme. Vous les gars malins et imaginatifs voulez flirter avec Notre Sainte Mère l'Église, mais ce n'est pas le genre de femme à flirter, laissez-moi vous le dire. Vous aimez l'aspect sentimental, mais vous ne pouvez en supporter le joug.

« Vous êtes hypnotisé par cette idée que trois miracles font un saint, et vous croyez être en présence de trois miracles pour une malheureuse femme qui a bien perdu l'esprit et qui ne différencie pas le bien du mal. Allons donc !

« Écoutez, monsieur Ramsay, je vais vous le dire sans détours : il y a beaucoup d'excellentes personnes dans le monde, et il se passe beaucoup de choses bizarres dont l'explication nous échappe, mais il n'y a qu'une seule Église qui entreprenne d'aller jusqu'au fond des choses et d'affirmer ce qui est un miracle et ce qui ne l'est pas, qui est un saint et qui ne l'est pas, et vous et cette pauvre âme dont vous parlez sont en dehors de cela. Vous ne pouvez fabriquer une sorte de saint de contrebande, alors suivez mon conseil et coupez court. Contentez-vous des faits que vous avez, ou pensez avoir, et ne poussez pas les choses trop loin — autrement il se pourrait qu'à votre tour vous deveniez un peu étrange.

« J'essaie d'être aimable, vous savez, car j'admirais vos parents. Des gens bien, et votre père avait l'esprit ouvert à toutes les confessions. Mais il y a des dangers spirituels dont vous, les protestants, ne semblez pas connaître l'existence, et vous mêler de choses complexes et sacrées est la façon la plus sûre de vous mettre dans le pétrin. Je me souviens, alors que j'étais encore au séminaire, comment on nous mit en garde contre une créature appelée un " saint-toqué ".

« Avez-vous déjà entendu parler d'un " saint-toqué " ? Non. Je m'y attendais. À dire vrai, c'est une idée juive, et les Juifs ne sont pas fous, vous savez. Un " saint-toqué " est quelqu'un qui semble être pénétré de sainteté, qui aime tout le monde, qui fait tout le bien qu'il peut, mais parce que c'est un fou, ça n'aboutit à rien — à pis que rien, car c'est de la vertu empreinte de folie, et l'on ne sait à quoi ça peut mener. Saviez-vous que la prudence est une des vertus capitales ? Voilà le problème avec votre " sainte-toquée ", voyez-vous — elle n'agit avec aucune prudence. Ces gens-là ne peuvent que déteindre sur vous et vous apporter de la malchance. Saviez-vous que la malchance pouvait être contagieuse ? Il existe un terme théologique pour cela, mais je ne m'en souviens plus.

« Oui, je sais que beaucoup de saints ont fait d'étranges choses, mais je n'ai aucun souvenir de saints se baladant dans les rues avec un panier de laitues fanées et de pommes de terre pourries, ou en causant du scandale dans leur ville par leurs actions honteuses. Non, non ; la pauvre femme est une " sainte-toquée ", si du moins elle est quelque chose, et je vous conseillerais fortement de vous tenir loin d'elle. »

Je retournai à Toronto, l'oreille basse, avec ce conseil si évidemment bon que je ne pouvais que le suivre ou bien détester Regan de me l'avoir donné. Connaissant maintenant mon obstination, vous pouvez imaginer ce que je fis. La même semaine, j'étais à Weston et je parlais de nouveau à ma « sainte-toquée ».

8

Mary Dempster avait maintenant quarante ans, mais elle paraissait plus jeune. Une femme assez ordinaire à vrai dire si ce n'était la grande douceur de son expression ; elle portait une robe simple que sa tante avait dû choisir, car elle était beaucoup plus longue que ne le prescrivait la mode et avait l'air d'avoir été faite à la maison. Pour commencer, elle ne se souvint pas du tout de moi, mais quand je me mis à parler de Paul, j'éveillai en elle des souvenirs douloureux. La tante dut intervenir et l'emmener.

La tante n'avait pas voulu me laisser entrer dans la maison et comme je m'étais douté que cela arriverait, je m'étais présenté à la porte sans la prévenir. Mlle Bertha Shanklin était toute petite, d'un âge indéfinissable, et il y avait dans sa façon d'être une douceur provinciale. Sa maison était jolie et suggérait une culture démodée, la plupart des choses étaient laides et dans le style d'il y a cinquante ans, mais rien n'était du toc ; il y avait quelques boîtes en mosaïque, et un ou deux tableaux de la Campagne italienne, représentant des ruines classiques et des paysans pittoresques, — ce qui portait à croire que quelqu'un était allé en Italie. Mlle Shanklin me laissa parler avec Mme Dempster pendant environ dix minutes, avant de l'emmener. Je ne bougeai pas, bien que les règles du savoir-vivre me conseillassent de partir.

« Je suis sûre qu'en venant rendre visite à Mme Dempster votre intention était bonne, monsieur Ramsay, dit-elle en revenant, mais vous pouvez voir par vous-même que ma nièce n'est pas assez bien pour recevoir des visites. C'est peine perdue d'essayer de lui rappeler le passé — ça ne fait que la troubler et ne lui apporte rien. Alors laissez-moi vous dire au revoir et vous remercier d'être venu. »

Je tentai de lui expliquer les raisons de ma démarche et

lui parlai de l'intérêt que je portais à sa nièce, à qui je devais beaucoup. Je ne mentionnai pas les saints ; ça ne cadrait pas avec Mlle Shanklin. Mais je lui racontai combien elle s'était montrée gentille pendant mon enfance, et à quel point ma mère s'intéressait à Mary Dempster. Je lui confiai que je ressentais un sentiment de culpabilité de ne pas l'avoir recherchée plus tôt. Cette confidence brisa un peu la glace.

« Vous êtes vraiment généreux. Je sais que de terribles choses se sont passées à Deptford, et c'est bon de savoir que tout le monde n'a pas oublié la pauvre Mary. Après tout, à vous je puis dire que j'ai toujours considéré toute cette histoire comme une erreur. Amasa Dempster était un homme bon, sans doute, mais Mary avait été habituée à un genre de vie plus facile — pas une vie idiote, vous me comprenez, mais du moins qui avait ses bons côtés. Je ne vais pas prétendre que j'étais en faveur de cette union, et j'imagine que je suis en partie à blâmer. Ils ne se sont pas vraiment enfuis, mais leur conduite me froissa ; on aurait dit qu'ils étaient seuls au monde. J'aurais pu rendre la vie plus facile à Mary, mais Amasa était très fier et même assez désagréable parce que Mary avait de l'argent à elle ; ce qui me poussa à dire : c'est bon, qu'ils volent de leurs propres ailes. Cela me coûta énormément. Vous savez que je n'ai jamais vu Paul et j'aurais certes fait n'importe quoi pour lui si j'avais pu régler mes problèmes avec son père. Mais je pense que le peu d'argent que je pouvais avoir me rendait fière, et la religion lui faisait le même effet ; ensuite ce fut trop tard. J'aime Mary, voyez-vous. Je n'ai pas de famille en dehors d'elle. L'amour peut vous pousser à des actions méchantes quand vous pensez qu'il a été bafoué. J'ai été mesquine, je vous l'accorde. J'essaie maintenant de faire ce que je peux ; mais il est trop tard, j'imagine. »

Mlle Shanklin pleura, ni fort ni passionnément, mais au point d'avoir à s'essuyer les yeux et de s'en aller à la cuisine pour demander du thé. Quand enfin le thé fut servi — par la « domestique » dont l'influence amollissante sur Mary avait été si décriée par les matrones de la congrégation —, Mlle Shanklin et moi étions en très bons termes.

« J'aime vous entendre dire que Mary était si bonne et si douce, même après ce terrible accident — ce fut un accident, n'est-ce pas ? Un coup sur la tête ? À la suite d'une chute ou quelque chose ? — et que vous avez pensé à elle, même lorsque vous étiez à la guerre. J'avais toujours fondé de si grands espoirs sur elle. Pas seulement de la garder avec moi, mais — voyez-vous, je sais qu'elle aimait Amasa Dempster, et l'amour est censé tout excuser. Cependant elle aurait pu rencontrer d'autres hommes, et elle serait difficilement tombée plus mal, ne pensez-vous pas ? La vie avec Amasa semble avoir été si sombre, si glaciale et si désespérée. Mary était si pleine d'espoir — avant son mariage.

« Maintenant elle n'a qu'une poignée de souvenirs, et c'est aussi bien comme cela, car lorsqu'elle se souvient de quelque chose, c'est à Paul qu'elle pense. Je n'essaie même pas de spéculer sur ce qui a pu arriver à un petit bonhomme comme lui, s'enfuyant avec des saltimbanques. Fort probablement, il est mort depuis longtemps, et c'est sans doute préférable. Mais pour elle, il demeure un petit garçon. Elle n'a aucune notion du temps, voyez-vous. Quand elle pense à lui, c'est affreux de l'entendre pleurer et faire des scènes. Et je ne peux me débarrasser du sentiment que si seulement j'avais eu un peu plus de simple bon sens, les choses se seraient passées différemment.

« J'avais envisagé de vous dire de ne pas revenir, plus jamais, mais je n'en ferai rien. Venez voir Mary, mais promettez-moi que vous vous habituerez à la connaître d'une nouvelle façon, comme si c'était une nouvelle amie. Le passé n'existe pas pour elle, sauf pour d'horribles souvenirs enchevêtrés comme d'être attachée, la disparition de Paul, et Amasa — elle se souvient toujours de lui avec une bouche bleue, comme un trou pourri au milieu du visage — disant à Dieu qu'il lui pardonnait d'avoir ruiné sa vie. Amasa est mort en priant, saviez-vous cela ? »

9

Ce fut au mois de mai suivant, celui de la malheureuse année de 1929, que je reçus un appel de Boy — en soi quelque chose d'inhabituel, mais encore plus inhabituel par son message.

« Dunny, ne prends pas le mors aux dents, mais tu ne devrais pas attendre plus de deux semaines avant d'écouler certaines de tes actions. » Et il nomma une demi-douzaine de valeurs qu'il savait être en ma possession parce qu'il m'avait lui-même conseillé de les acheter.

« Mais elles montent chaque semaine », lui dis-je.

« C'est vrai, mais vends-les maintenant et procure-toi quelque chose de bon et de solide. Je vais m'arranger pour te procurer un bon paquet d'actions d'Alpha. »

Je suivis donc les conseils de Boy à qui je dois la réputation que j'ai acquise à l'école : celle d'un homme d'affaires très sagace. Presque chaque professeur, comme quelques millions d'autres personnes sur ce continent, avait des actions en bourse, et la plupart n'avaient versé que des acomptes sur leurs investissements. Ils perdirent tout avant Noël. Mais je me trouvai plaisamment riche pendant la plus mauvaise période de la Crise, car Boy Staunton se considérait sous certains rapports comme responsable de mon sort.

Pourtant, à l'époque, je n'étais pas braqué sur l'argent, car j'attendais impatiemment la fin du trimestre pour m'embarquer et entamer une longue chasse — débutant en Angleterre, puis traversant la France, le Portugal, la Suisse, l'Autriche et atteignant enfin la Tchécoslovaquie.

Ce fut le premier de mes périples annuels — interrompus seulement par la guerre de 1939-1945 — dévolus à la quête des saints, à leur classification et à leur description ; des voyages qui m'ont conduit à écrire *Une centaine de saints à l'intention des voyageurs,* toujours imprimé en six langues, un livre qui se vend allègrement, et je ne parle pas des neuf autres, ainsi que de mes articles. Cette fois-là, je partis à la recherche d'un gros gibier, un saint jamais décrit de façon satisfaisante et observable sous une multitude de formes ; j'espérais en percer le secret.

Il existe un saint pour chaque situation humaine, et j'étais sur les traces d'un spécimen de sainte assez curieux dont l'intercession était recherchée par des filles qui voulaient se libérer de prétendants désagréables. Son territoire, pour ainsi dire, était le Portugal, et on la disait fille d'un roi portugais, lui-même païen, qui l'avait fiancée au roi de Sicile ; mais elle était chrétienne et elle avait fait vœu de rester vierge. Lorsqu'elle pria pour recevoir de l'aide afin de le rester, une barbe épaisse lui poussa miraculeusement. Le roi sicilien la refusa, et son père en colère la fit crucifier.

J'avais pour objectif de visiter chaque sanctuaire de cette étrange sainte, de compter toutes les versions de la légende, d'établir ou de réfuter l'authenticité d'une prière qui, suivant l'opinion commune, était censée lui être adressée et avoir été autorisée par l'évêque de Rouen au seizième siècle, et en général de mettre mon nez dans tout ce qui pouvait éclairer son mystère. Son cas regorgeait de difficultés qui plaisent aux gens de mon tempérament. On l'appelait couramment Wilgeforte, dérivé supposé de Virgo-Fortis, mais on l'honorait aussi sous les noms de Liberata, Kummernis, Ontkommena, Livrade et Uncumber en Angleterre (à un moment elle eut un sanctuaire à St Paul). Le destin habituel de Wilgefortis, parmi les hagiographes les plus conservateurs, était d'être reléguée au rang de conception erronée d'un paysan qui avait regardé l'un des nombreux tableaux de la Sainte Face de Lucques, sur lequel un personnage aux cheveux longs et portant une barbe est suspendu à une croix. Bien entendu, c'est le Christ ; on a l'habitude de dire qu'il a été peint par saint Luc lui-même. Mais de nombreuses copies de ce tableau pourraient bien représenter une femme à barbe.

Cependant, j'avais une ou deux idées nouvelles sur Uncumber et je voulais les vérifier. La première était que sa légende pouvait dériver d'un personnage hermaphrodite de la Grande Mère, qui fut longtemps vénérée à Chypre et à Carthage. Nombre de personnages utiles et populaires, qui avaient accompli des merveilles, avaient été chipés aux païens par des chrétiens dans les premiers temps, et d'autres plus tard. Mon autre renseignement me parvint de deux médecins de la State University de New York, les professeurs Moses et Lloyd qui avaient publié certains résultats de recherches sur la pilosité anormale chez des femmes particulièrement émotives ; ils citaient plusieurs cas de barbes poussant très vite chez certaines femmes contrariées dans leurs amours ; de plus, deux médecins anglais confirmèrent qu'une barbe poussa à une jeune fille après la rupture de ses fiançailles. Y avait-il quelque chose là-dedans pour Uncumber ? Je partis pour l'Europe en quête d'une réponse.

Je me suis donc promené avec entrain à travers l'Europe pour mener à bien cette mission apparemment folle, partant à la chasse d'Uncumber dans des villages perdus ainsi que dans des endroits d'accès aussi faciles et aussi agréables que Beauvais et Wissant. Une fois, j'identifiai positivement un tableau qui se voulait être celui d'Uncumber (Wilgeforte, comme on l'appelait dans la région, et le prêtre en avait honte) comme étant celui de Galla, la patronne des veuves, qui, elle aussi, est parfois représentée avec une barbe. Au mois d'août, je finis par atteindre le Tyrol, à la recherche d'un sanctuaire situé dans un village à quelque trente-cinq milles au nord d'Innsbruck.

Le village était à peu près de la taille de Deptford, et ses trois auberges ne s'attendaient pas à beaucoup de touristes venus de l'Amérique du Nord ; c'était encore avant l'époque où l'enthousiasme pour les sports d'hiver développa chaque petit coin du Tyrol et imposa des installations sanitaires modernes dans chaque auberge et pension de famille. Je descendis à l'inévitable Cheval Rouge et inspectai les alentours.

Je n'étais pas le seul étranger dans le village.

Une tente et quelques banderoles décolorées annonçaient la présence du Grand Cirque forain de Saint-Guy sur la place du Marché. Je n'étais certes pas homme à négliger un cirque dédié à saint Guy, patron des artistes ambulants, et encore invoqué en milieu rural pour la guérison de la danse de Saint-Guy, de l'épilepsie et en vérité de tout ce qui secouait le corps. Les banderoles ne représentaient ni le coq, ni le chien que le nom de saint Guy aurait suggéré, mais elles promettaient *une Grenouille humaine, le plus grand des Tyroliens, le Solitaire des forêts* et — ma chance — *la Femme à barbe.* J'étais décidé à voir cette femme à barbe et si possible à découvrir si elle avait été contrariée dans ses amours.

Comme cirque, c'était minable. Il respirait la défaite et la souffrance. Il n'y avait pas de représentations programmées à l'avance ; de temps à autre, lorsqu'une foule assez importante s'était rassemblée, deux lugubres acrobates faisaient quelques exercices et marchaient sur un fil mal tendu. La Grenouille humaine s'asseyait sur sa tête, mais avec l'air de quelqu'un qui n'y prenait aucun plaisir. L'Homme sauvage rugissait et mâchait négligemment un morceau de viande crue sur laquelle on voyait encore un peu de poils ; le bonimenteur nous donnait à entendre sombrement que nous ferions bien de garder nos chiens à l'intérieur cette nuit-là, mais personne n'eut l'air de s'effrayer. Quand ce n'était pas son tour de parler, l'Homme sauvage restait tranquillement assis, et par le mouvement de ses mâchoires je déduisis qu'il se consolait en chiquant.

Il y avait un nain achondroplasique qui dansait sur des morceaux de bouteille ; ses pieds nus étaient sales, et après des danses répétées le verre avait perdu de son tranchant. Leur grand numéro était l'apanage d'un type misérable — *Rinaldo l'Hétéradelphe* — qui enleva sa toge pour nous montrer sous sa poitrine une malheureuse grosseur tremblotante que l'œil de la foi, avec la description du bonimenteur, pouvait faire accepter comme deux petites fesses et ce qui aurait pu être deux petites jambes sans pieds — un jumeau incomplet. *La Femme à barbe* était assise et tricotait ; sa robe au décolleté plongeant dévoilait les vallonnements de deux énormes seins et supprimait toute idée que c'était du chiqué. C'est sur elle que je portai mon attention, car l'*Hétéradelphe* et l'odeur de renfermé des *lederhosen* tyroliens étaient difficiles à supporter, même pour quelqu'un habitué à une salle de classe pleine d'écoliers.

Je commençai à en avoir assez du *Grand Cirque forain de Saint-Guy* et je m'apprêtai à partir lorsqu'un jeune homme bondit sur la plate-forme à côté du *Solitaire des forêts* et se mit rapidement et élégamment à faire des tours de cartes. C'était Paul Dempster.

Depuis quelque temps je m'étais rangé à l'opinion émise par M. Mahaffey et Mlle Shanklin que Paul devait être mort, ou certainement perdu à jamais. Le voyant ainsi, cependant, je n'éprouvai aucune incrédulité ni aucune incertitude. J'avais vu Paul pour la dernière fois en 1915, à l'âge de sept ans ; quatorze ans plus tard, bien des hommes devenus adultes n'auraient plus été reconnaissables, mais je sus immédiatement que c'était lui. Après tout, il avait été mon élève dans l'art de manipuler cartes et pièces de monnaie, et je l'avais très minutieusement observé pendant qu'il étalait sa supériorité devant moi qui était si maladroit. Son visage avait mûri, mais on ne pouvait se méprendre devant ses mains et sa façon de les utiliser.

Il fit son boniment en français, glissant quelques mots d'allemand avec un accent autrichien. Il était très bon — excellent, à dire vrai —, mais trop bon pour son public. Les hommes qui étaient joueurs de cartes appartenaient à la classe de gens qui jouent à des jeux très lents dans les auberges qu'ils fréquentent, posant chaque carte comme si elle pesait une livre et battant les cartes posément. Ses passes rapides et ses manipulations brillantes épataient, sans plus. Il en fut de même lorsqu'il se mit à travailler avec des pièces. « Procurez-vous six demi-couronnes et empalmez-les » — l'expression intimidante me revint à l'esprit alors que Paul en faisait précisément autant avec de grosses pièces autrichiennes, les arrachant aux barbes d'hommes mûrs, ou paraissant traire le nez d'enfants pour les récupérer ou encore les sortant prestement du corsage de filles qui riaient nerveusement. C'était la plus simple mais aussi la plus difficile forme de prestidigitation, car elle relevait de l'habileté manuelle la plus délicate : il y conférait une élégance qui valait tout ce que j'avais déjà vu, car mon enthousiasme d'autrefois m'avait conduit à voir un prestidigitateur chaque fois que l'occasion se présentait.

Lorsqu'il voulut une montre pour la casser, j'offris la mienne pour attirer son attention, mais il l'ignora en faveur d'un gros oignon en argent que lui tendit un Tyrolien cossu. En dépit de mes efforts, il refusait de me regarder, bien que je fusse en évidence, étant le seul homme du public qui ne portât pas le costume régional. Lorsqu'il eut cassé la montre en morceaux qu'il fit disparaître et qu'il eut invité une grosse paysanne à la sortir de son sac à tricot, la représentation était finie, et les

Tyroliens se déplacèrent lourdement jusqu'à la porte de la tente.

Je décidai de rester et lui adressai la parole en anglais. Il répondit en français, et lorsque je passai au français il utilisa immédiatement l'allemand. Je n'allais pas m'avouer battu. Notre conversation, lente et gênée, dura pas mal de temps, mais il finit par admettre qu'il était Paul Dempster — ou l'avait été bien des années auparavant. Il avait été Faustus Legrand plus longtemps que les dix ans durant lesquels il avait répondu à son premier nom. Je lui parlai de sa mère, lui dis que je l'avais vue peu avant mon départ pour l'étranger. Il ne répondit pas.

Peu à peu, cependant, nos rapports s'améliorèrent, surtout parce que les autres membres de la troupe étaient curieux de savoir ce qu'un étranger comme moi pouvait bien vouloir à l'un d'entre eux, et ils s'affairaient autour de moi, poussés par une franche curiosité. Je leur appris que je venais du village où Paul était né ; utilisant la ruse que j'avais acquise en essayant de faire parler les prêtres et les sacristains au sujet des sanctuaires de leur région et des actions des saints, je fis savoir que je me ferais un honneur d'offrir à boire aux amis de Faustus Legrand — probablement plus d'une consommation.

Immédiatement l'atmosphère gagna en sérénité, et la *Femme à barbe*, qui semblait être le maître de cérémonie du Grand Cirque forain de Saint-Guy, organisa une soirée en quelques minutes seulement et ferma la tente aux clients. Tous, sauf le *Solitaire des forêts* (qui avait des yeux de toxicomane), aimaient beaucoup l'alcool et très vite nous nous retrouvâmes avec deux ou trois bouteilles de cet alcool de pommes de terre raffiné et additionné de sucre brun, connu en Autriche sous le nom de Rhum, mais qu'il ne faut pas confondre avec le rhum. À partir de cette première approche, je me mis au travail pour me rendre populaire.

Ce n'est pas difficile de se rendre populaire dans un

groupe — qu'il se compose des Canadiens les plus conventionnels ou de phénomènes d'Europe centrale — si l'on est prêt à parler aux gens d'eux-mêmes. En une heure, j'avais entendu parler de la fille de l'*Hétéradelphe* qui chantait dans un chœur d'opérette à Vienne et de sa femme qui s'était inexplicablement lassée de ses multiples attractions. Le nain, qui était timide et pas très intelligent, s'attacha à moi parce que je m'assurai qu'il ait sa bonne ration de Rhum. *La Grenouille humaine* était allemande et se montrait mal disposée sur la question des réparations de guerre ; je lui certifiai qu'au Canada tout le monde les trouvait ignobles. Je ne trompais pas ces pauvres gens ; leur travail était terminé et ils voulaient être considérés comme des êtres humains — j'étais tout disposé à les obliger. Je n'abordai des sujets personnels qu'avec la *Femme à barbe* à qui je parlai de ma recherche de la vérité au sujet d'Uncumber ; elle fut enchantée par l'histoire et elle insista pour que je la répète devant tout le monde ; elle la considéra comme un hommage aux femmes à barbe en général, et elle se mit sérieusement à discuter de la possibilité d'avoir une nouvelle banderole peinte sur laquelle elle pourrait s'annoncer comme Mme Wilgeforte et être représentée crucifiée, regardant sévèrement l'image d'un fiancé païen qui s'en va. En vérité, c'était ma carte maîtresse, car l'étrangeté de ma quête semblait me mettre au rang des phénomènes et faire de moi plus que jamais un membre de la famille.

Lorsque nous eûmes besoin de plus de Rhum, je m'arrangeai pour que Paul aille en chercher ; et jugeai que le moment était venu pour que ses collègues me parlent de lui. Ce qu'ils firent.

« C'est seulement à cause du *Solitaire* qu'il reste avec nous », dit la *Femme à barbe*. « Je ne vous cacherai pas, monsieur, que le *Solitaire* ne se porte pas bien et qu'il est incapable de voyager seul. Faustus honore de façon remarquable la dette de reconnaissance qu'il a envers lui, car avant que le *Solitaire* ne perde son talent et qu'on l'oblige à prendre le rôle subalterne de *solitaire*, il avait son propre spectacle et Faustus en faisait partie. Faustus considère le *Solitaire* comme son père en art, si vous comprenez le sens de cette expression professionnelle. Je crois que c'est le *Solitaire* qui le ramena d'Amérique. »

Ce fut une soirée très gaie, et avant qu'elle ne prît fin, j'avais dansé avec la *Femme à barbe*. Le nain procura la musique en sifflant une polka et en jouant le tambour avec ses pieds ; la vue d'un homme à la jambe de bois en train de danser parut terriblement drôle aux artistes de ce petit cirque borgne, alors que le Rhum faisait son effet. Quand nous nous fûmes séparés, j'eus une courte conversation avec Paul en tête à tête.

« Puis-je dire à ta mère que je t'ai vu ? »

« Je ne peux vous en empêcher, monsieur Ramsay, mais je n'en vois pas l'utilité. »

« La souffrance causée par ton départ l'a beaucoup affectée physiquement. »

« Étant donné que je désire rester perdu, je ne vois pas quel bien cela pourrait lui faire si vous lui parliez de moi. »

« Je suis désolé de voir que tu as si peu d'affection pour elle. »

« Elle fait partie d'un passé qui ne peut être retrouvé ni changé, quoi que je puisse entreprendre maintenant. Mon père m'a toujours dit que c'était ma naissance qui l'avait privée de ses facultés mentales. Encore enfant, la folie de ma mère me pesa comme un fardeau, comme quelque chose dont j'eusse été responsable personnellement. Et je dus supporter la cruauté des gens qui s'amusaient de son type de folie — une plaisanterie obscène. Quant à moi, c'est fini, et si elle meurt folle, qui dira qu'elle n'est pas mieux morte ? »

Alors le lendemain je partis en quête de la vérité sur

Uncumber, après avoir fait les démarches nécessaires pour obtenir de l'argent, car quelqu'un du Grand Cirque forain de Saint-Guy avait volé mon portefeuille et tout indiquait que c'était Paul.

IV

GYGÈS ET LE ROI CANDAULE

1

Pendant la Crise, Boy Staunton amassa beaucoup d'argent parce qu'il faisait surtout le commerce de denrées consolatrices. En période de malchance, un homme semble consommer de grandes quantités de café et de beignes. Le sucre dans le café était le sucre de Boy et les beignes ses beignes. Lorsqu'une femme surmenée et démunie de l'argent nécessaire pour procurer un repas convenable à ses enfants doit leur donner quelque chose de bourratif, de sucré et d'agréable pour qu'ils arrêtent de pleurer, elle leur donne probablement une limonade ; c'était la limonade de Boy. Lorsqu'une agence de bien-être social veut enjoliver un panier de nourriture, elle y ajoute un paquet de bonbons pour les enfants ; c'étaient les bonbons de Boy. Quoique peu de gens fussent au courant, derrière les tonnes de confiserie à bon marché, derrière les bonbons, les goûters, les petites choses à grignoter, les biscuits et le sucre lui-même auxquels s'ajoutaient des océans d'eau gazeuse sucrée que des préparations chimiques faisaient passer pour toutes sortes de jus de fruits, se tenait Boy Staunton. Il était président et administrateur de l'Alpha Corporation, compagnie hautement respectée qui ne produisait rien elle-même, mais qui contrôlait toutes les autres compagnies productrices.

Boy travaillait beaucoup et il était entreprenant. Quand il se lança pour la première fois dans le commerce du pain, parce qu'il avait pu acheter à un prix ridiculement bas une grande compagnie en difficulté, je lui demandai pourquoi il n'essayait pas d'en faire autant avec la bière.

« Je tenterai peut-être l'expérience quand l'économie sera redevenue plus stable, dit-il, mais pour l'instant je pense que je dois me consacrer aux denrées de première nécessité. » Et ensemble nous avalâmes pensivement une bonne gorgée de son excellent whisky soda.

La nouvelle compagnie de Boy fit sensation lorsque ses annonces publicitaires firent savoir qu'elle n'augmenterait pas le prix du pain. Et elle tint parole. Toutefois ses miches de pain devinrent un peu plus boursouflées et un peu plus légères qu'elles ne l'étaient auparavant. Nous en mangions à l'école, de sorte que j'étais en mesure d'en juger.

La décision de Boy alliait la piété filiale à l'altruisme. La contrariété du vieux Doc Staunton s'apercevant que son fils était plus malin que lui avait cédé la place à la cupidité, et le vieil homme détenait une grande part des actions d'Alpha. L'avoir associé au commerce de la bière aurait créé des problèmes et Boy ne recherchait jamais les ennuis.

« Alpha concentre ses efforts sur les articles de première nécessité », se plaisait à dire Boy. « En temps de crise, les gens ont besoin d'aliments nourrissants et bon marché. Si une famille ne peut acheter de la viande, nos biscuits vitaminés sont encore à sa portée. » A tel point, d'ailleurs, que Boy devint rapidement un homme vraiment riche, je veux dire par là un de ceux dont le revenu personnel, quoique considérable, n'est que bagatelle comparé aux énormes richesses qu'ils contrôlent, dont les sommes mythiques ne peuvent être mesurées, mais seulement évaluées.

Quelques politiciens grincheux du parti le plus radical

essayèrent d'en établir le montant afin de montrer que, d'une certaine façon, l'existence même de Boy était intolérable dans un pays où les gens étaient dans le besoin. Mais, comme nombre d'idéalistes, ils ne comprenaient rien à l'argent ; après une réunion au cours de laquelle ils avaient fustigé Boy et ses semblables et menacé de confisquer leurs biens à la première occasion, ils se rendaient dans des restaurants à bon marché, où ils buvaient son sucre, mangeaient son sucre, et fumaient des cigarettes qui, à leur insu, rapportaient gros à quelque autre monstre qu'ils essayaient d'abattre.

J'avais l'habitude de l'entendre injurier par quelques-uns des jeunes professeurs de l'école. C'étaient des Anglais ou des Canadiens qui avaient étudié en Angleterre et qui étaient imprégnés de la sagesse de la London School of Economics et des doctrines du *New Statesman* dont les exemplaires parvenaient en mauvais état dans la salle commune, un mois après leur publication. Je n'ai jamais été très sûr de mes convictions politiques (mes études en histoire et ma prédilection pour le mythe et la légende ont toujours émoussé mon sectarisme politique), mais cela m'amusait d'entendre ces pauvres types, qui travaillaient pour des salaires de misère, dénoncer Boy et une poignée d'autres gens comme étant des « capitalistes » ; ils appuyaient toujours sur la première syllabe — c'était une prononciation à la mode qui semblait rendre les hommes riches particulièrement méprisables. Je n'élevais jamais la voix pour protester, et pas un seul de mes collègues ne sut jamais que je connaissais personnellement le capitaliste au physique attirant, au style de vie élégant, au succès choquant qui rendait dignes de pitié leur propre infortune, leurs vestes aux coudes de cuir et leurs pantalons de flanelle fatigués. Il ne s'agissait pas de déloyauté ; j'avais plutôt le sentiment que le Boy qu'ils détestaient et qu'ils ne connaissaient pas n'avait rien à voir avec le

Boy que je rencontrais environ une fois tous les quinze jours et parfois davantage.

J'avais ce privilège parce que j'étais la seule personne à qui il pouvait parler franchement de Leola. Elle faisait beaucoup d'efforts, mais elle ne pouvait suivre Boy dans son ascension mondaine. Il était un génie — c'est-à-dire un homme qui fait de façon superlative et sans effort apparent ce que la plupart des gens ne peuvent accomplir, même s'ils s'efforcent d'utiliser à fond leur potentiel. Il était génial en matière d'argent, ce qui est aussi rare que de réussir brillamment dans les arts. La simplicité de ses idées et le brio avec lequel il s'en servait faisaient dire aux gens jaloux qu'il était chanceux et aux gens comme mes collègues qu'il était un escroc ; mais il fut l'instrument de sa propre chance, et jamais l'ombre d'un scandale financier ne l'effleura.

Ses ambitions ne résidaient pas uniquement dans la finance ; il faisait grand état de ses relations avec le prince de Galles et si, en réalité, il ne s'agissait que d'une simple carte de Noël portant son monogramme, sans aller jusqu'à l'absurde, elle prenait beaucoup d'importance dans la conversation. « Il n'ira pas les rejoindre à Sandringham cette année », disait-il, alors que Noël approchait ; « c'est trop guindé, j'imagine. » Cette remarque suggérait en quelque sorte qu'il puisait ces renseignements à la source — peut-être une lettre personnelle — bien que quiconque lisant les journaux en sût autant. Tous les amis de Boy devaient saisir rapidement qui était ce « il », ou ils cessaient d'être ses amis. Chez un jeune homme au succès moins éclatant, une telle attitude eût été risible, mais les gens que Boy fréquentait n'étaient pas de ceux qui se moquent de plusieurs millions de dollars. Ce fut après la naissance de David qu'on vit nettement que Leola avait du mal à suivre.

Une femme ne peut tabler sur son capital beauté que jusqu'à un certain point. Pour Leola, comme pour Boy et moi-même, la jeunesse s'enfuyait ; j'étais l'aîné de deux mois et si j'accusais plus que mes trente-deux ans, lui ne les paraissait pas. Leola avait à peine un an de moins que nous, et ses manières de petite fille correspondaient mal à son âge et à sa position. Elle avait fait des efforts démesurés pour apprendre le bridge, le mah-jong, le golf et le tennis ; elle avait pioché d'un bout à l'autre les Sélections-Livre du Mois mais *Kristin Lavransdatter* était au-dessus de ses forces ; elle avait écouté sur disques *Le Sacre du Printemps* qui l'avait mystifiée et le *Boléro* de Ravel pour lequel elle avait manifesté un enthousiasme déplacé ; rien ne l'impressionnait fortement, et la perplexité ainsi qu'un sentiment d'échec commençaient à s'emparer d'elle. Elle n'avait plus le cœur à se battre pour devenir le genre de femme sophistiquée, cultivée, d'une vivacité à la mode que Boy aurait désirée. Elle adorait faire des achats, mais elle ne savait pas s'habiller ; elle se passionnait pour les jolies choses et avait un penchant pour les fanfreluches à une époque où la mode exigeait des lignes pures et du flair dans le vêtement féminin. Si Boy la laissait faire seule des achats, elle revenait toujours avec ce qu'il appelait « un autre bon Dieu d'accoutrement à la Mary Pickford », et s'il l'emmenait chez les couturiers, à Paris, les séances se terminaient souvent par des pleurs, parce qu'il se rangeait du côté des vendeuses habiles contre sa femme qui manquait de décision et qui oubliait toujours son français, acquis à grand-peine, dès qu'elle se trouvait en face des Français. D'ailleurs elle ne parlait pas non plus l'anglais châtié digne de la femme de quelqu'un qui avait frayé avec un prince et qui était susceptible de recommencer. J'entendis Boy lui dire un jour que, si elle devait absolument employer des expressions provinciales, elle pourrait au moins dire : « Pour l'amour du ciel », et non pas « Pour l'amour des cieux ». Et que le « souper » était un repas que l'on prenait après le théâtre, et *non pas* celui qu'il prenait chaque soir à sept heures et demie. Elle était tout aussi incapable de savoir quand employer « on » pour parler d'elle que de se souvenir de ne pas dire « ent' nous deux » pour « entre nous ».

Au cours des premières années de leur mariage, Leola s'était irritée de ce genre de remarques et elle lui avait répondu avec fougue ; elle ne voyait pas pourquoi elle devrait faire la prétentieuse, parler comme elle ne l'avait jamais fait auparavant, et se conduire d'une manière qui ne lui était pas naturelle. Quand cela arrivait, Boy lui réservait « un traitement par le silence » ; il ne lui disait rien, mais l'oreille intérieure de Leola était si habituée au silence qu'elle devinait les réponses à toutes ses impertinences et à tous ses blasphèmes : il n'y avait *rien* de prétentieux à se conduire selon son rang social, et le parler de Deptford n'était *pas* le parler du monde auquel ils appartenaient maintenant ; quant à la conduite naturelle, c'était précisément cela qu'on demandait à la nurse engagée pour le jeune David de déraciner, à savoir : manger avec les deux mains et faire pipi par terre. Alors ne parlons pas bêtement d'être naturel. Bien sûr, Boy avait raison, et bien sûr Leola cédait et s'efforçait d'être la femme qu'il voulait.

C'était si facile pour lui ! Il n'oubliait jamais ce qui pouvait lui être utile, et ses bonnes manières ainsi que sa façon de parler se raffinaient constamment. Non pas qu'il perdît un atome de sa virilité ni de sa jeunesse, mais elles lui seyaient comme à un de ces merveilleux acteurs anglais — Clive Brook, par exemple — virils et très gentlemen, qualités que, en général, les Canadiens ne réunissaient jamais.

Cette situation ne se produisit pas tout à coup ; elle se développa au cours des six années de leur mariage, pendant lesquels Boy évolua énormément et Leola presque pas. Elle ne tira aucun profit de sa maternité ; elle parut se détendre après avoir accompli son devoir biologique au lieu de s'affirmer dans la vie.

Je ne m'interposais jamais lorsque Leola se trouvait en difficulté ; leurs disputes semblaient être des incidents isolés et c'est seulement avec le recul que je me rendis compte qu'elles constituaient de terribles batailles dans une guerre perpétuelle. Pour être franc, je dois ajouter que je ne voulais pas endosser la pénible responsabilité du conciliateur : Boy ne permit jamais qu'on oubliât qu'il m'avait, comme il le croyait, ravi Leola ; il aimait plaisanter à ce sujet, et insinuait parfois, au moyen d'un sous-entendu goguenard, qu'il eût peut-être mieux valu que les choses se soient passées autrement. Cependant je n'éprouvais plus aucun sentiment à l'égard de Leola, si ce n'est de la pitié. En prenant sa défense, je risquais de devenir son champion, et un homme qui prend fait et cause pour une femme contre son mari doit être prêt à en assumer les conséquences.

Je n'y étais pas prêt et je ne voulais pas m'en mêler. Je rendais souvent visite aux Staunton, parce qu'ils m'invitaient et que les brillantes transactions de Boy me fascinaient. J'aimais beaucoup mon rôle d'Ami de la Famille, bien que me fissent défaut l'élégance, la richesse et la jeunesse des gens qui faisaient partie de leur « clan ». Il me fallut un certain temps pour saisir que Boy avait besoin de moi parce que je lui permettais de penser tout haut et un grand nombre de ses pensées avaient surtout trait à l'imperfection de la femme qu'il avait choisie pour partager sa haute destinée.

Personnellement, je ne crus jamais que Leola s'en tirât mal ; elle contrebalançait un excès de perfection chez Boy. Mais dans son esprit, sa femme devait allier la beauté, le maintien de Lady Diana Manners et l'esprit de Margot Asquith. Il me fit savoir que l'amour seul l'avait poussé à se marier ; même s'il ne l'avouait pas, on sentait clairement qu'il gardait rancune à Cupidon.

À deux reprises seulement j'ai failli me disputer avec eux au sujet de leurs affaires personnelles. La première querelle eut lieu au début de leur mariage, aux alentours de 1926 je pense, lorsque Boy fit la découverte du docteur Émile Coué ; le médecin était très en vogue depuis 1920, mais le Canada ne s'intéressa à lui qu'au moment où sa réputation déclinait.

Vous vous souvenez du docteur Coué et de son grand succès avec l'autosuggestion ? Sa méthode avait la simplicité et la réponse-à-tout auxquelles Boy, en dépit de toute sa perspicacité, ne pouvait résister. Si vous vous endormiez en murmurant : « Chaque jour, en tout point, je m'améliore », des merveilles en résultaient. La constipation ne posait plus de problème, pas plus que la nervosité utérine, la paix intérieure succédait à l'indigestion ; les tics et les tremblements disparaissaient ; les irritations de la peau s'évanouissaient en une nuit ; les bègues s'exprimaient avec aisance ; la mémoire défaillante s'améliorait ; la mauvaise haleine ressemblait tout à coup au zéphyr de mai, et les pellicules n'étaient plus qu'un odieux souvenir. Mieux encore, l'autosuggestion procurait de « l'énergie morale », et Boy Staunton croyait fermement à l'énergie sous toutes ses formes.

Il voulait que Leola acquît de l'énergie morale, après quoi la grâce mondaine, l'esprit et la distinction s'ensuivraient certainement. Elle répéta avec soumission la formule, le plus souvent possible et chaque soir pendant six semaines, mais sans grand succès.

« Tu n'essaies pas vraiment, Leo », lui dit-il un soir, alors que je dînais avec eux. « Il faut que tu fasses plus d'efforts, te dis-je. »

« Il se pourrait qu'elle en fasse trop », répliquai-je.

« Ne sois pas absurde, Dunny. Quoi qu'on fasse, on ne s'efforce jamais trop. »

« Mais si. N'as-tu jamais entendu parler de la Loi de l'Effort Inversé ? Plus tu essaies, et plus il y a de chances pour que tu ne parviennes pas au résultat escompté. »

« Je n'ai jamais entendu pareilles sottises. Qui dit cela ? »

« Bien des sages l'ont dit, et le dernier en date est le docteur Coué. Ne serrez pas les dents et ne forcez pas le succès, dit-il, ou tout se retournera contre vous. C'est un fait psychologique. »

« C'est de la blague ! Ce n'est pas ce qu'il dit dans mon livre. »

« Mais Boy, tu n'étudies jamais rien à fond. Cette malheureuse petite brochure que tu as te donne seulement quelques bribes grotesques du couéisme. Tu devrais lire *Suggestions et Autosuggestion* de Baudoin pour t'éclaircir les idées. »

« Combien de pages ? »

« Je ne compte pas les pages. C'est un livre d'une bonne taille. »

« Je n'ai pas le temps de lire de gros ouvrages. Ce qu'il me faut, c'est l'essentiel des choses. Si l'effort ne sert à rien, pourquoi la méthode Coué marche-t-elle pour moi ? Je m'y adonne vraiment. »

« Je ne crois pas que la méthode marche vraiment dans ton cas. Tu n'en as pas besoin. Chaque jour tu t'améliores en tout point, quelle que soit ta définition du verbe " améliorer ", car c'est dans ta nature. Tu es le succès en personne. »

« Eh bien ! apporte ton livre ici et explique-le à Leo. Fais-lui lire et aide-la à comprendre. »

C'est ce que je fis, mais en vain. La pauvre Leola ne s'améliora pas parce qu'elle n'avait pas la moindre idée de ce que voulait dire « s'améliorer ». Elle ne pouvait concevoir ce que Boy voulait qu'elle devînt. Je ne crois pas avoir jamais rencontré femme plus charmante et plus stupide. Ainsi le docteur Coué échoua avec elle, comme avec bien d'autres, mais je ne l'en blâme pas. Son système était vraiment une sorte de prière profane et égoïste, dénuée de la dignité humaine que même la plus modeste prière suggère. La méthode tomba à l'eau comme le font toutes les tentatives qui prétendent assurer le succès aux ratés chroniques.

La deuxième fois que j'intervins entre Boy et Leola, ce fut beaucoup plus sérieux. À la fin de 1927, après la fameuse Tournée Royale, Boy me donna un certain nombre de pellicules et il me demanda de les lui développer. Cela se comprenait assez bien, car dans mes expéditions pour découvrir des saints j'utilisais souvent un appareil photo et j'avais acquis une certaine habileté ; à l'école, comme je ne pouvais pas surveiller les sports, je m'occupais du Club des Photographes et j'enseignais aux garçons comment utiliser la chambre noire. J'étais toujours prêt à rendre service à Boy, grâce aux conseils de qui j'étais solvable, et quand il me dit qu'il ne voulait pas confier ces films à un photographe dans le commerce, j'en déduisis que c'étaient des photos de la Tournée et que probablement il y en avait du prince.

C'était le cas sauf pour deux pellicules qui étaient des « photos d'art » prétentieuses consacrées à Leola — un vrai travail d'amateur : Leola allongée sur des coussins, regardant à la dérobée à travers des voiles, assise devant sa coiffeuse, agenouillée devant l'âtre, menaçant du doigt un ours en peluche, choisissant un chocolat dans une boîte enrubannée, toutes poses sentimentales approuvées par le goût de l'époque pour les photographies « mignonnes », mais sur chacune elle était complètement nue. Si elle avait été un mannequin expérimenté et lui un photographe plein de talent, ces photos auraient pu paraître dans les magazines les plus audacieux. Mais leur inexpérience à tous deux avait produit des instantanés gênants du genre de ceux que des centaines de couples prennent mais ont l'intelligence de garder pour eux-mêmes.

Je ne sais pas pourquoi cela me mit tellement en colère. Étais-je tellement insignifiant, tellement l'eunuque du palais que je ne comptais pas ? Où était-ce plutôt sa façon de me faire connaître ce que j'avais perdu lorsqu'il me l'avait ravie ? Où encore Boy essayait-il ainsi de me signifier que si je voulais le débarrasser de Leola, il n'y verrait aucune objection ? Il m'avait dit que Leola avait des idées conventionnelles et que son propre appétit aventureux se lassait de sa manière conformiste de faire l'amour. Quelle que fût la raison, j'étais furieux et j'envisageai de détruire le film. Mais — je dois être franc — j'examinai les photos avec soin, et j'avoue les avoir dévorées des yeux, ce qui redoubla ma colère.

La solution que j'adoptai était typique. Je développai toutes les photos aussi soigneusement que possible, agrandis les meilleures (toutes celles de Leola), les renvoyai sans un mot, et attendis de voir ce qui allait se passer.

La première fois que je retournai dîner chez eux, toutes les photos furent sorties, et Boy les examina lentement une par une, me rapportant les paroles exactes de S.A.R. pendant qu'il les prenait. Finalement, nous arrivâmes à celles de Leola.

« Oh ! ne montre pas celles-là ! »

« Pourquoi pas ? »

« Parce que. »

« Dunny les a déjà vues, tu sais. C'est lui qui les a développées, et j'imagine qu'il en a conservé un jeu. »

« Non », répondis-je, « ma foi, je n'en ai pas gardé. »

« D'autant plus bête. Tu ne verras jamais de photos d'une aussi jolie fille. »

« Boy, s'il te plaît, range-les ou autrement je vais être obligée de monter. Je ne veux pas que Dunny les voie en ma présence. »

« Leo, je n'aurais jamais cru que tu pouvais être une telle petite prude. »

« Boy, ce n'est pas correct. »

« Correct, correct ! Naturellement que ce n'est pas *correct* ! Seuls les imbéciles s'inquiètent de ce qui est *correct*. Allons, assieds-toi à côté de moi, et Dunny de l'autre côté, et sois fière d'être aussi ravissante. »

Alors, Leola, pressentant une dispute, au ton tranchant de la voix de Boy, s'assit entre nous tandis qu'il montrait les photos, m'expliquant quelles ouvertures de lentilles il avait utilisées, comment il avait disposé les éclairages, et comment il était parvenu à obtenir certaines « valeurs » qui d'ailleurs faisaient ressembler le postérieur pétale de rose de Leola à de la peau de requin et faisait briller ses tétons alors qu'ils auraient dû rougir. Il donnait l'impression de jouir de la déconfiture de Leola ; c'était éducatif pour elle d'apprendre que sa beauté avait une signification publique autant que privée. Il se rappelait le récit de Margot Asquith qui recevait des visiteurs alors qu'elle prenait son bain — il avait toujours été un lecteur inattentif — mais ne pouvait se souvenir des circonstances exactes.

Comme le spectacle touchait à sa fin, il se tourna vers moi et me dit avec un sourire narquois : « J'espère que tu ne trouves pas qu'il fasse trop chaud ici, mon vieux ? »

À dire vrai, j'étouffais. Toute la colère que j'avais ressentie en développant les photographies resurgissait, mais je prétendis être à mon aise.

« Oh ! Je pensais seulement que tu pourrais trouver la situation un tantinet inhabituelle, comme c'est le cas pour Leo. »

« Inhabituelle mais pas sans précédent. Appelons-la historique — voire mythologique. »

« Comment cela ? »

« C'est déjà arrivé auparavant, tu sais. Te souviens-tu de l'histoire de Gygès et du roi Candaule ? »

« Jamais entendu parler d'eux. »

« J'en étais sûr. Eh bien ! Candaule était roi de Lydie il y a fort longtemps, et il était si fier de la beauté de sa femme qu'il insista pour que son ami Gygès la vît toute nue. »

« Un gars généreux. Que s'est-il passé ? »

« Il y a deux versions. L'une veut que la reine se soit amourachée de Gygès et qu'ensemble ils aient détrôné Candaule. »

« Vraiment ? Guère de chance que cela arrive ici, n'est-ce pas, Leo ? Tu trouverais mon trône un peu trop grand, Dunny. »

« La seconde version veut que Gygès ait tué Candaule. »

« Je ne te vois pas en train de faire ça, Dunny. »

Je ne m'y voyais pas moi-même. Mais je crois avoir attisé quelque ardeur conjugale, car neuf mois plus tard naissait le petit David et des calculs précis me donnèrent la quasi-certitude qu'il avait été conçu cette nuit-là. Boy était certainement une nature complexe, et je suis sûr qu'il aimait Leola. Ce qu'il pensait de moi, je n'en sais toujours rien. Que Leola l'aimât de tout son amour irréfléchi, on ne pouvait en douter ; il ne pouvait changer cela.

2

Pendant le trimestre scolaire je me rendais à Weston toutes les deux semaines, le samedi matin, et je prenais mon déjeuner avec Mlle Bertha Shanklin et Mme Dempster. Le trajet durait moins d'une demi-heure par le train local, de sorte que je pouvais partir après l'étude des pensionnaires que je surveillais, et j'étais de retour en ville vers les trois heures. Rester plus longtemps, au dire de Mlle Shanklin, aurait fatigué la pauvre Mary. En fait, elle parlait pour elle-même ; comme beaucoup de gens qui s'occupent d'un malade, elle projetait ses propres sentiments sur sa patiente, parlant au nom de Mme Dempster comme un prêtre pourrait interpréter les propos d'un dieu balourd. Mais elle était douce et gentille, et j'appréciais tout particulièrement qu'elle procurât à sa nièce de jolies robes fraîches et s'assurât que ses cheveux fussent propres et bien arrangés ; à l'époque de Deptford, je m'étais habitué à la voir vivre dans le désordre et la saleté tandis qu'elle faisait les cent pas, attachée à la corde qui la retenait.

Durant ces repas, Mme Dempster parlait rarement, et bien que d'une fois à l'autre elle ait reconnu en moi le visiteur régulier que j'étais, il ne se passa jamais rien entre nous qui évoquât Deptford. Je jouais franc-jeu avec Mlle Shanklin, faisant figure de nouvel ami ; elles m'accueillaient avec joie, car elles voyaient peu d'hommes, et la plupart des femmes, même les vieilles filles les plus endurcies, prennent plaisir à un peu de compagnie masculine.

Le seul autre homme à visiter cette maison à n'importe quel moment lorsque je m'y trouvais était l'avocat de Mlle Shanklin, Orpheus Wettenhall. Je ne découvris jamais la raison pour laquelle ses parents lui avaient donné un prénom aussi prétentieux ; il s'agissait peut-être d'un prénom héréditaire. Il m'invita à l'appeler Orph, comme tout le monde, me dit-il. C'était un petit homme qui riait toujours et portait une grosse moustache à la gauloise et des lunettes cerclées d'argent.

Orph était le sportif le plus acharné que j'aie jamais connu. À chaque époque où il était légalement permis de chasser ou de pêcher n'importe quel animal vivant, il était sur les lieux ; en dehors de la saison, il tuait des marmottes d'Amérique juste devant les pancartes d'interdiction. Quand la saison de la pêche à la truite ouvrait, sa ligne était dans l'eau, une minute après minuit ; quand on pouvait tuer des cervidés, il vivait comme Robin des Bois. Comme tous les bons chasseurs, il devait se débarrasser de ce qu'il avait tué ; sa femme « ruait dans les brancards », quand il ramenait de la venaison plus de quatre ou cinq fois par semaine. De temps à autre, il arrivait donc à l'improviste chez Mlle Shanklin, ouvrait la porte d'entrée sans cérémonie et criait : « Bert ! Je t'apporte quelque chose de beau ! » ; il apparaissait un instant plus tard avec quelque chose d'humide ou de sanglant que la domestique emportait, tandis que Mlle Shanklin à la grande satisfaction d'Orph exprimait son plaisir devant la bonté de celui-ci et son horreur à la vue de l'animal que l'intrépide chasseur avait abattu de ses propres mains.

Il était galant et se montrait si gai et si prévenant envers Mlle Shanklin et Mme Dempster que je l'aimais bien. Il m'invitait souvent à me joindre au carnage, mais ma jambe de bois me servait d'excuse pour refuser de le suivre en forêt. J'avais eu tout mon soûl des fusillades pendant la guerre.

J'entrepris mes premières visites à l'automne de 1928 et m'y astreignis fidèlement jusqu'en février 1932, date à laquelle Mlle Shanklin attrapa une pneumonie et mourut. Je n'en sus rien jusqu'à ce que je reçoive une lettre de Wettenhall, m'invitant aux funérailles et me priant de rester après le service pour discuter.

Ce fut l'un de ces misérables enterrements de février et je fus heureux de quitter le cimetière pour le petit bureau chauffé de Wettenhall. Il portait un costume noir ; ce fut la seule fois que je le vis porter autre chose que des vêtements de sport.

« Pas d'entrée en matière, Ramsay », dit-il en nous servant un copieux rye dans des verres qui portaient la marque de lèvres d'autres personnes. « C'est aussi simple que cela : vous avez été nommé exécuteur testamentaire de Bert. Tout revient à Mary Dempster, sauf quelques petits legs — l'un à moi, la chère vieille, pour m'être occupé de ses affaires — et une poignée d'autres dons. Vous devez recevoir cinq mille dollars par an, à une condition. Cette condition implique que vous soyez nommé tuteur de Mary Dempster, que vous preniez la responsabilité de vous occuper d'elle et d'administrer son argent pour le temps qui lui reste à vivre. Je dois m'assurer que le curateur approuve. Après la mort de Mary, tout vous reviendra. Quand toutes les dettes et toutes les taxes seront payées, Bert devrait laisser une fortune s'élevant à au moins un quart de million, peut-être trois cent mille. Vous pouvez refuser cette responsabilité, ainsi que le legs, si vous ne voulez pas être embêté. Peut-être aimeriez-vous disposer d'un jour ou deux pour y réfléchir ? »

J'acquiesçai, même si j'avais déjà accepté en mon for intérieur. Je fis quelques remarques conventionnelles mais parfaitement sincères sur l'affection que je portais à Mlle Shanklin et au fait qu'elle allait me manquer.

« À vous comme à moi, à tous les deux », dit Orph. « J'aimais Bert — d'une façon parfaitement décente, bien sûr — et bon Dieu, je ne sais pas comment vont aller les choses sans elle. »

Il me tendit un exemplaire du testament et je retournai en ville. Je ne suis pas allé voir Mme Dempster qui, bien sûr, n'avait pas assisté aux funérailles. Je m'occuperais de cela après avoir pris quelques arrangements.

Le lendemain je m'informai pour savoir comment me faire nommer tuteur de Mary Dempster et découvris que la procédure n'était pas très compliquée, mais que cela prendrait un certain temps. J'éprouvais un extraordinaire sentiment d'exaltation, et je ne peux attribuer ce changement qu'à l'allégement de mon sentiment de culpabilité. Enfant, je m'étais senti responsable jusqu'à en être accablé, puis la guerre avait dissipé ce remords, du moins je l'avais cru. Une jambe — n'était-ce pas payer le prix fort pour une mauvaise action ? Quelles pensées primitives ! et je n'eus aucun mal à m'en défaire, semble-t-il. Mais le sentiment de culpabilité avait seulement été écarté, ou refoulé, car il jaillissait de nouveau, vivace, vociférant pour que je me rachète dès lors que l'occasion s'en présentait.

J'essayais de repousser une autre pensée, mais en vain : si Mme Dempster était une sainte, à l'avenir elle serait *ma* sainte. Était-elle une sainte ? Rome, qui seule, parmi les institutions humaines, prend sur elle de décider qui est saint et qui ne l'est pas, exige trois miracles bien certifiés. Ceux de Mme Dempster étaient les suivants : la réforme de Surgeoner grâce à un acte de charité qui tenait de l'héroïsme, vu les mœurs de Deptford ; la résurrection de Willie d'entre les morts ; et sa miraculeuse apparition à Passchendaele alors que mon endurance atteignait ses ultimes limites.

J'aurais maintenant la possibilité d'observer une sainte de près et peut-être d'étudier un cas particulier sans tout l'appareil de Rome que je n'avais pas le pouvoir d'invoquer. Il me vint à l'idée qu'il était peut-être de mon ressort d'apporter une sérieuse contribution à la psychologie des religions et de mener plus loin le travail de William James. Je ne crois pas m'être montré très bon professeur le jour où toutes ces idées me trottaient dans la tête.

J'enseignai encore plus mal deux jours plus tard, lorsque la police m'appela pour m'avertir qu'Orpheus Wettenhall s'était tiré une balle dans la tête et qu'on voulait me parler.

On essaya d'étouffer l'affaire. Les gens parlent hardiment du suicide et du droit de l'homme à choisir l'heure de sa mort, lorsqu'ils ne songent pas à la leur. Pour la plupart d'entre nous, quand il nous touche de près, le suicide évoque la peur, et jamais autant que dans les petites communautés repliées sur elles-mêmes. La police, le coroner et toutes les personnes impliquées prirent toutes leurs précautions pour que la vérité au sujet d'Orph ne s'ébruitât pas. Mais naturellement elle s'ébruita — c'était la vieille histoire classique.

Orph était un avocat de la vieille école, conseiller des familles. Il gérait les biens de fermiers et de gens comme Mlle Shanklin qui n'étaient pas initiés aux nouvelles façons de faire des affaires. La parole d'Orph était aussi bonne que sa signature, de sorte qu'il eût été inamical de la lui demander. Il avait versé à ses clients des intérêts raisonnables pendant des années, mais il avait investi leur argent à la Bourse et en avait tiré des gains élevés qu'il avait gardés pour lui. Quand le krach arriva, il n'y était pas préparé, et depuis 1929 il versait de fortes sommes sur ce qui lui appartenait (si l'on peut dire) afin de maintenir ses affaires en équilibre. La mort de Bertha Shanklin l'avait empêché de continuer.

On raconta au public qu'Orph, qui s'était servi de fusils toute sa vie, était en train de nettoyer un fusil de chasse armé et chargé et qu'on ne pouvait expliquer comment il s'était mis le bout du canon dans la bouche ; il en avait été tellement étonné que, par inadvertance, il avait marché sur la gâchette et s'était fait exploser la moitié supérieure du crâne. Mort accidentelle, si jamais il en fut pour un coroner.

Il se peut que quelques personnes aient cru à cette histoire, jusqu'à ce qu'on apprenne, un ou deux jours plus tard, l'état pitoyable des affaires d'Orph et que l'on rencontrât une poignée de vieillards, hommes et femmes, déambulant dans les rues, incapables de croire à leur malheur.

Personne n'avait de temps ou de pitié à consacrer à ces personnages secondaires du drame ; toute la compassion publique était tournée vers Orph Wettenhall. Quelles affres avait-il dû endurer avant de se donner la mort ! N'était-il pas significatif qu'il se fût précipité dans l'au-delà les yeux levés vers la grosse tête empaillée d'un orignal qu'il avait tué quarante ans plus tôt ? Qui aurait le cœur de le remplacer à la chasse au chevreuil l'automne prochain ? Avait-il jamais eu son pareil pour dépouiller un cerf avec dextérité et rapidité ? Mais son habileté à dépouiller un client ne fut guère mentionnée, sauf pour dire que naturellement il avait eu l'intention de restituer les fonds manquants dès que possible.

On se garda de l'exprimer clairement, mais l'opinion

publique semblait néanmoins trouver que Bertha Shanklin avait commis une faute de goût en mourant si tôt, embarrassant ainsi le Nemrod du coin. « N'était la grâce de Dieu, ce pourrait être moi », dirent plusieurs citoyens ; comme la majorité des gens qui citent ce dicton ambigu, ils n'avaient jamais songé un seul instant à ses implications. Quant à Mary Dempster, je n'entendis pas une seule fois prononcer son nom. J'en tirai deux leçons : la popularité et la bonne réputation ne vont pas de pair ; la compassion engourdit l'esprit plus rapidement que le cognac.

Le montant d'argent que je trouvai chez Mlle Shanklin s'élevait à vingt et un dollars ; celui qu'elle avait à son compte en banque, auquel Wettenhall faisait des versements trimestriels, avait couvert les frais de sa dernière maladie et ceux de l'enterrement et il ne restait que deux cents dollars environ.

Je me mis alors à subvenir aux besoins de Mme Dempster et cela jusqu'à sa mort en 1959. Que pouvais-je faire d'autre ?

En tant qu'exécuteur testamentaire, je pus vendre la maison et les meubles, mais la vente rapporta moins de quatre mille dollars ; la Crise ne favorisait pas les ventes aux enchères. En temps voulu, je fus nommé tuteur de Mary Dempster. Mais qu'allais-je faire d'elle ? Je me renseignai sur les hôpitaux privés, mais il s'avéra que ses frais de séjour me laisseraient sans le sou. On avait prié tous les professeurs de Colbourne d'accepter une réduction de salaire pour ne pas fermer l'école, et nous avions accepté ; il y avait de nombreux enfants dont les parents ne pouvaient payer les frais de scolarité, ou les payaient avec beaucoup de retard, et Colbourne n'était pas le genre d'école à les chasser. Mes investissements étaient supérieurs à ceux de bien des gens, cependant Alpha ne payait pas grand-chose non plus ; Boy dit que ça aurait fait mauvais effet. On subdivisa les actions et on les distribua en dividendes. Les sommes importantes ainsi économisées furent réinvesties dans l'affaire pour des bénéfices à venir. Étant célibataire, ma situation n'était pas si mauvaise ; néanmoins elle ne me permettait pas de subvenir aux besoins coûteux d'une malade. À contrecœur, je dus faire admettre Mme Dempster dans un hôpital psychiatrique à Toronto où je pouvais garder un œil sur elle.

Le jour où je l'y conduisis fut sombre pour nous deux. Le personnel était bon et aimable mais insuffisant, et le bâtiment une vieille horreur. Il datait d'environ quatre-vingts ans et avait été conçu à une époque où on n'avait rien de plus pressé que d'aliter le malade dans le but de le tenir en sûreté et à l'écart, jusqu'à ce qu'il guérisse ou meure. Les quelques pièces communes de l'hôpital n'étaient par conséquent pas adaptées aux besoins des patients qui s'asseyaient dans les couloirs, faisaient la navette, ou s'allongeaient sur leurs lits. D'un point de vue architectural, c'était le genre de bâtiment qui est plus intéressant de l'extérieur qu'à l'intérieur ; avec son dôme et un grand nombre de fenêtres munies de barreaux, il ressemblait à un palais en décrépitude.

À l'intérieur, les plafonds étaient hauts, la lumière mauvaise et en dépit des fenêtres la ventilation était capricieuse. L'hôpital empestait le désinfectant, mais l'odeur prédominante était cette puanteur du désespoir qui ne trompe pas et que l'on trouve si souvent dans les prisons, les tribunaux et les asiles.

On lui donna un lit dans une des longues salles, et je partis, la laissant debout à côté de son lit en compagnie d'une gentille infirmière qui lui expliquait quoi faire du contenu de sa valise. Mais déjà son visage ressemblait à celui que je lui connaissais dans ses plus mauvais jours à Deptford. Je n'osais pas me retourner, et je me sentis plus mesquin que je ne l'avais jamais été. Mais qu'aurais-je pu faire ?

3

En dehors de mon enseignement, de mon observation de l'inconsciente destruction de Leola par Boy et de mon entière responsabilité toute neuve vis-à-vis de Mme Dempster, ce fut la période la plus chargée de ma vie, car c'est à cette époque que j'entrai en contact avec les Bollandistes et que je me trouvai au cœur du travail qui m'a apporté un plaisir infini et une certaine réputation de spécialiste.

J'ai passé bien des heures de ma vie à expliquer qui sont les Bollandistes, et bien que vous, cher Directeur, ayez à l'école la réputation de tout connaître, je ferais peut-être bien de vous rappeler qu'il s'agit d'un groupe de jésuites dont la mission est de consigner par écrit tout ce que l'on sait des saints dans leurs remarquables *Acta Sanctorum*, auxquels ils travaillent (avec des arrêts lors d'émeutes civiles ou religieuses) depuis que John van Bolland se mit à la tâche en 1643 ; ils y sont restés attelés pratiquement sans interruption depuis 1837 ; partant des jours de fête des saints qui commencent en janvier, ils ont rempli soixante-neuf volumes et sont maintenant parvenus au mois de novembre.

En plus de cette immense tâche, inévitablement lente, depuis 1832 ils publient chaque année un ensemble de documents concernant leurs travaux, mais en dehors du cadre des *Acta*, sous le nom d'*Analecta Bollandiana* ; c'est pour ces savants un haut degré de modestie que de les appeler « Glanures Bollandistes », car ils sont de la plus grande importance et du plus grand intérêt, historiquement aussi bien qu'hagiographiquement.

Étudiant moi-même l'histoire, j'ai toujours trouvé révélateur de voir qui devient un saint à une période donnée ; certains âges aiment les faiseurs de miracles, d'autres préfèrent des organisateurs remarquables dont l'attention qu'ils portent aux affaires produit des miracles évidents. Ces dernières années, de bons vieux saints qui sont même aimés des protestants ont perdu du terrain en faveur de personnages moins importants qui ont la chance d'avoir la peau noire, jaune ou rouge — une sorte de représentation de la population par les saints. Mes amis bollandistes sont les premiers à admettre que la politique entre davantage dans la création d'un saint que ne pourrait le supposer le dévot innocent.

J'étais loin de pouvoir me permettre d'acheter un jeu des *Acta*, mais je les consultais fréquemment — parfois deux ou trois fois par semaine — à la bibliothèque de l'université. Cependant la chance me favorisa et je pus m'acheter une série des *Analecta*, et bien qu'elle me coûtât une fortune pour cette période de la Crise, je ne pouvais la laisser passer ; sa taille et sa reliure d'apparence étrangère ont intrigué maints visiteurs dans mon bureau à l'école.

Les garçons ouvrent des yeux ronds lorsqu'ils découvrent que je lis vraiment le français, l'allemand et le latin, mais il est bon qu'ils se rendent compte que ces langues ont une existence propre en dehors de la salle de classe ; certains de mes collègues regardent mes livres avec amusement, et quelques ânes pompeux ont ébruité la rumeur que je suis passé dans le camp catholique ; le vieux Eagles (bien avant votre temps) prit sur lui de me mettre en garde contre l'Église catholique romaine et me demanda avec emphase comment je pouvais « gober » le pape. Depuis, des millions ont gobé Hitler, Mussolini, Staline et Mao, et nous avons gobé quelques leaders démocratiques qu'il a fallu museler sans plaisir. Gober le pape semble être une bagatelle en comparaison. Mais pour en revenir à 1932, j'étais donc un abonné et un avide lecteur des *Analecta*, et je me mis à l'étude du grec (pas le grec d'Homère, mais l'étrange grec des moines copistes du Moyen Âge) afin de ne rien en perdre.

C'est alors que j'eus l'audacieuse idée d'envoyer mes notes sur Uncumber à l'éditeur des *Acta*, le grand

Hippolyte Delehaye ; au pire, il feindrait d'ignorer les avoir reçues, ou bien il me les renverrait avec des remerciements de pure forme. En bon protestant, j'imaginais que les catholiques vous crachaient toujours dans l'œil lorsqu'ils le pouvaient, et naturellement les jésuites — astucieux et, de par leur formation, prédisposés à la mauvaise foi — pourraient me chiper mon travail et s'arranger pour me faire sauter avec une bombe, afin de camoufler leur crime. De toute façon, j'essaierais.

Un bon mois s'écoula avant que je ne reçoive cette lettre :

Cher Monsieur Ramsay,

Vos notes sur le personnage de Wilgefortis-Kummernis ont été lues avec intérêt par certains de nos membres, et bien que les renseignements ne soient pas entièrement nouveaux, l'interprétation et la synthèse sont d'une telle qualité que nous vous demandons de consentir à leur publication dans notre prochain numéro d'*Analecta.* Veuillez avoir l'obligeance de m'écrire le plus tôt possible, car le temps presse. Si un jour vous avez l'occasion de visiter Bruxelles, nous ferez-vous le plaisir de nous rendre visite ? Nous éprouvons toujours une grande satisfaction lorsque nous rencontrons un hagiographe sérieux, et en particulier quelqu'un qui, comme vous, entreprend le travail non pas professionnellement mais par goût.

Avec mes souhaits sincères,

Hippolyte Delehaye S.J.

Société des Bollandistes
24, boulevard Saint-Michel
Bruxelles

Peu de choses dans la vie m'ont donné autant de plaisir que cette lettre ; je l'ai toujours. Depuis la guerre, je m'étais astreint à ne jamais parler de mes enthousiasmes ; car lorsque les autres ne les partageaient pas, ce qui était fréquent, j'étais froissé et mon plaisir s'en ressentait ; pourquoi m'enthousiasmais-je toujours pour des choses dont les autres se moquaient ? Mais je ne pus cette fois me retenir. Je me vantai un peu dans la salle commune d'avoir un article accepté par *Analecta* ; mes collègues restèrent impassibles, sans la moindre lueur de compréhension, comme des vaches devant un train qui passe, et ils continuèrent à parler de l'extraordinaire trou-en-un réussi la veille au golf par Brebner.

J'en dis un mot à Boy à la première occasion ; seul le fait que j'aie rédigé mon article en français le frappa. Pour être juste, je dois dire que je ne lui parlai pas de l'histoire d'Uncumber ni de sa barbe miraculeuse ; j'aurais perdu mon temps à lui raconter des commérages psychologico-mythologiques qui ne pouvaient intéresser que des gens simples ou bien vraiment cultivés. Boy n'était ni l'un ni l'autre, mais il savait reconnaître la qualité et c'est à la suite de cet entretien que je fus invité plus souvent à dîner en compagnie des amis élégants des Staunton et cessai d'être convié seulement lorsqu'ils étaient seuls. À quelques reprises, j'entendis Boy parler de moi aux banquiers et aux courtiers comme « étant un type très capable — il parle couramment plusieurs langues et contribue à de nombreuses publications européennes — un peu excentrique, bien sûr, mais un vieil ami ».

Je crois que ses amis pensaient que j'écrivais des articles d'actualité, et très souvent ils s'enquéraient de mes vues sur l'aboutissement de la Crise. En pareilles occasions, je prenais un air docte et j'expliquais qu'à mon sens la Crise tirait à sa fin mais qu'on n'avait peut-être pas encore vu le pire — réponse qui contenait exactement le mélange d'espoir et de pessimisme qui rassurait le monde de la finance. Je les considérais comme une affreuse bande d'imbéciles, mais par ailleurs je me rendais compte qu'ils devaient être bons à quelque chose puisqu'ils étaient si riches. Tout en aimant beaucoup l'argent, je préférais à leur encontre ne pas en avoir s'il fallait pour cela leur ressembler.

C'était un groupe étrange que ces riches amis de Boy, mais ils s'appréciaient mutuellement de façon évidente. Ils parlaient beaucoup de ce qu'ils appelaient « la politique », bien qu'elle n'eût guère de plans ni de stratégie et ils s'inquiétaient du sort de l'homme moyen, ou plutôt du « type ordinaire » comme ils l'appelaient. Ce type ordinaire avait deux défauts : il était incapable de penser clairement et il voulait récolter ce qu'il n'avait pas semé. Je n'ai jamais constaté beaucoup de clarté de pensée chez ces capitalistes, mais j'en conclus qu'ils récoltaient ce qu'ils avaient semé, et que ce qu'ils avaient semé n'était pas, comme ils le pensaient, du travail acharné ni de grands sacrifices, mais du talent — un talent assez rare dont personne, même ceux qui le possèdent, n'aime se vanter et qui n'est pas à la portée de tout individu prêt à transpirer pour l'acquérir — le talent du manieur d'argent.

Comme ils auraient pu être heureux s'ils avaient reconnu et glorifié leur talent, s'ils avaient affronté le monde en égotistes doués, comparables aux peintres, musiciens ou sculpteurs ! Mais ce n'était pas leur style. Ils s'acharnaient à rabaisser leur talent au niveau de la simple expérience et du travail assidu. Ils voulaient passer pour sages dans la conduite de leur vie et pour des malins en politique ; ils voulaient démontrer que le « type ordinaire » pourrait leur ressembler si seulement il apprenait à penser clairement et s'il se contentait de récolter ce qu'il avait semé. Eux et leurs femmes (qui pour la plupart ressemblaient à des perroquets ou à des bulldogs) étaient si dépourvus d'humour, sauf lorsqu'ils étaient ivres, et d'humeur si rébarbative que je me disais que le « type ordinaire » avait de la chance de ne pas leur ressembler.

J'avais l'impression qu'ils en savaient moins que moi

sur le « type ordinaire », car j'avais combattu pendant la guerre comme un type ordinaire et la plupart d'entre eux avaient été des officiers. J'avais vu l'héroïsme du type ordinaire, mais aussi sa scélératesse, sa tendresse et sa cruauté inconsciente ; je n'avais jamais vu en lui beaucoup d'habileté à élaborer ou à exécuter un projet cohérent, bien pensé et à long terme. Il était tout aussi victime de ses émotions que ces riches pédants. Où trouver la sagesse et où placer la compréhension ? Pas parmi les capitalistes de Boy Staunton, ni parmi les rêveurs sans le sou de la salle commune de l'école, et encore moins aux réunions socialistes-communistes en ville, interrompues parfois par la police. J'avais l'impression d'être la seule personne sans plan d'action pour remettre le monde sur pied et essuyer les larmes des yeux de chacun. Pas étonnant que je me sentisse étranger dans mon propre pays.

Et pas étonnant non plus que je cherchasse quelque endroit où je puisse me sentir chez moi, et jusqu'à ma première visite au Collège de Saint-Michel à Bruxelles, j'étais innocent au point de croire que cela pourrait être au sein de la communauté bollandiste. J'y passai plusieurs semaines très heureuses, car immédiatement ils m'épargnèrent le hall pour étudiants étrangers, et lorsque je commençai à connaître quelques-uns des jésuites qui dirigeaient le Collège, j'entrai davantage dans leurs bonnes grâces et je pus me servir de leur magnifique bibliothèque. Plus de quinze mille livres ayant trait aux saints ! On aurait dit un paradis. Mais souvent, en général vers trois heures de l'après-midi, lorsque l'air s'épaississait et que les érudits sommeillaient sur leurs notes derrière leurs bureaux proches du mien, je me disais : Dunstan Ramsay, pour l'amour du ciel, que fais-tu là, et où penses-tu que cela va te mener ? Tu as maintenant trente-quatre ans, tu n'as ni femme ni enfant, et pas d'autre projet que ton propre caprice ; tu enseignes à des garçons qui, avec juste raison, te considèrent comme un poteau indicateur sur le chemin qu'ils doivent suivre ; et comme un poteau ils te dépassent sans t'accorder une pensée ; la seule personne dont tu te sentes responsable est une folle pour qui tu te berces d'illusions fantastiques ; et voilà que tu t'étonnes devant des documents relatant des vies aussi étranges que des contes de fées, écrits par des gens dépourvus du sens de l'histoire, et pourtant tu ne peux te débarrasser de l'idée que tu ne perds pas ton temps. Pourquoi ne vas-tu pas à Harvard pour faire un doctorat, pourquoi n'essaies-tu pas d'obtenir un poste dans une université, pour être respectable intellectuellement ? Réveille-toi, mon ami. Ta vie se disperse en rêves !

Et puis je continuais mes recherches pour découvrir comment Marie-Madeleine avait pu passer pour Marie, la sœur de Marthe et de Lazare, et si ces deux sœurs, l'une représentant la femme au foyer et l'autre la femme sensuelle, avaient de réels équivalents dans les croyances païennes — Ô oisif et imbécile que j'étais ! —, et si leur riche père était décrit quelque part comme ces hommes riches que j'avais rencontrés aux dîners de Boy Staunton. S'il l'était, qui s'étonnerait que sa fille tournât mal ?

En dépit de ces doutes et de ces reproches que je me faisais l'après-midi, je m'obstinais, bien qu'elle fût mal définie, dans ma conviction qu'une étude sérieuse sur n'importe quelle connaissance humaine, théorie ou croyance, si elle est entreprise sans cruauté avec un esprit critique, finit par révéler quelque secret ou aperçu précieux et permanent sur la nature de la vie et la véritable destinée humaine. J'empruntais sans doute un chemin bizarre pour un jeune de Deptford, élevé dans la foi protestante, mais le destin m'avait si fermement poussé dans cette direction que lui résister eût été le défier dangereusement. Car, comme vous l'avez déjà deviné, je collaborais étroitement avec le Destin, je n'étais pas du genre à lui braquer un pistolet sur la tempe pour exiger des trésors précis. Tout ce qu'il me restait à faire était de continuer à persévérer, d'avoir foi en ma lubie et de me souvenir que pour moi, comme pour les saints, l'illumination, lorsqu'elle viendrait, jaillirait probablement d'une source inattendue.

Les jésuites de la Société des Bollandistes n'étaient pas très nombreux, et petit à petit je connus bien la plupart d'entre eux. Ils formaient un groupe aimable et courtois. Je me rends compte aujourd'hui que, même si je pensais m'être purgé l'esprit de toutes les bêtises attribuées à ces religieux, un résidu de méfiance persistait. Je pensais par exemple qu'ils étaient doués d'une subtilité surnaturelle et qu'au cours de mes conversations je devais être très prudent — à quel sujet ? je n'en savais rien. En tout cas, s'ils possédaient d'extraordinaires dons de subtilité, ils ne les ont pas gaspillés avec moi. Je croyais également qu'ils pouvaient sentir dans mes veines le sang noir protestant, et que je ne gagnerais jamais leur confiance. Au contraire, mon protestantisme éveilla leur intérêt : j'étais une curiosité et ils me choyèrent. À cette époque, l'usage des fiches pour prendre des notes n'était pas encore universel, et les miennes les intriguaient ; la plupart d'entre eux prenaient des notes sur de petits morceaux de papier, qu'ils gardaient en ordre avec une virtuosité qui m'étonnait. Même si à tous égards je fus très bien traité, je savais que je resterais toujours un invité dans ce milieu courtois et hors du monde. Je m'aperçus d'ailleurs rapidement que la Compagnie de Jésus décourageait toute intimité avec ses membres, même pour d'autres jésuites. J'avais l'habitude de vivre sans vrais amis, mais je nourrissais un espoir inavoué qu'ici, parmi des hommes dont je partageais la préoccupation, la situation pourrait être différente.

Je fus donc d'autant plus flatté lorsque, à la fin de l'une de deux ou trois conversations avec le Père Delehaye, rédacteur en chef des *Analecta,* celui-ci me dit : « Notre revue, comme vous avez pu le constater, publie des articles soumis par les Bollandistes et leurs amis ; j'espère que vous correspondrez souvent avec nous, et que vous viendrez ici quand vous le pourrez, car maintenant nous vous considérons comme l'un de nos amis. » Il me dit cela en guise d'adieu, car le lendemain je partais pour Vienne et j'allais faire le voyage avec un Bollandiste âgé, Padre Ignacio Blazon.

Padre Blazon était le seul excentrique que j'aie rencontré au Collège de Saint-Michel. Il compensait avantageusement l'apparence et la conduite placidement banales des autres qui, semble-t-il, avaient un petit peu honte de lui. Contrairement à la coutume jésuite, il était visiblement — je dirai même théâtralement — prêtre. À l'intérieur, il portait toujours sa soutane, et parfois même dans la rue (ce qui était mal vu). Il y a fort longtemps, son chapeau noir cabossé avait dû faire partie du costume de Don Basile dans *Le Barbier de Séville*, mais depuis il avait perdu sa dignité et sa forme. À l'intérieur le père portait une calotte de velours verdie avec des coutures blanchies qu'il gardait sous son chapeau lorsqu'il sortait. La plupart des prêtres fumaient, modérément, mais lui prisait, immodérément, et il gardait son tabac dans une grande boîte en corne. Ses lunettes étaient rafistolées avec de la ficelle sale. Ses cheveux n'avaient pas besoin de ciseaux mais d'une tondeuse à gazon. Son nez était fort, rouge et bulbeux. Il ne lui restait que quelques dents de sorte que ses joues étaient concaves. À dire vrai, son apparence était si grotesque qu'aucun metteur en scène ayant tant soit peu de goût ne lui aurait permis de monter sur scène avec pareil maquillage. Et pourtant il était là, une réalité, traînant les pieds en parcourant la bibliothèque bollandiste, chantonnant pour lui-même, prisant bruyamment, et regardant par-dessus l'épaule des gens pour voir ce qu'ils faisaient.

On le tolérait, je le découvris rapidement, pour son érudition et pour ce qu'on estimait être son grand âge. Il parlait anglais avec éloquence, mais avec un très léger accent étranger, et il passait d'une langue à l'autre avec une virtuosité qui faisait l'admiration de tout le monde et qui le ravissait. Quand je le remarquai pour la première fois, il bavardait joyeusement en erse avec un moine irlandais, sans se soucier des « chut » discrets ni des « *Tacete* » murmurés par le bibliothécaire de service. Quand il m'aperçut pour la première fois, il essaya de me décontenancer en s'adressant à moi en latin, mais je sus me montrer à la hauteur, et après quelques platitudes nous passâmes à l'anglais. Je ne fus pas long à découvrir qu'il avait un faible pour la bonne chère, et après cela nous dînâmes souvent ensemble.

« Ma nature est d'être invité, dit-il, et si vous voulez bien vous occuper de la note, je serai heureux de vous récompenser en vous donnant sur les saints des renseignements que vous ne trouverez certainement pas dans notre bibliothèque. Si au contraire vous insistez pour que je sois l'hôte à mon tour, je m'attendrai que vous me divertissiez — et je ne suis pas un homme facile à amuser, monsieur Ramezay. Comme amphitryon, je suis exigeant, rébarbatif et malcommode. Comme invité — ah ! c'est une autre paire de manches, je vous assure ! »

Je fus donc toujours l'hôte, et nous visitâmes plusieurs bons restaurants de Bruxelles. Padre Blazon tint plus encore qu'il n'avait promis. « Vous, les protestants, quand ça vous arrive de penser aux saints, vous ne les vénérez pas comme il faudrait », me dit-il lors de notre premier dîner. « Je pense que ce qui vous égare c'est notre sculpture religieuse de pacotille. Toutes ces poupées roses et bleues, vous savez, sont pour des gens qui les trouvent belles. Saint Dominique, si beau avec ses joues roses, un lis à la main, c'est l'idée qu'une paysanne se fait d'un homme bon — exactement le contraire de l'homme à qui elle est mariée, qui pue la transpiration, lui donne des coups de poing dans la poitrine et lui met ses pieds froids dans le dos par les nuits d'hiver. Mais saint Dominique lui-même

— et c'est un jésuite qui parle, Ramezay — n'avait rien d'une poupée en sucre. Saviez-vous qu'avant sa naissance sa mère avait rêvé qu'elle enfanterait un chien avec une torche allumée dans la gueule ? C'était bien lui — féroce et portant avec constance le flambeau de la foi. Mais montrez à une paysanne un chien avec une torche, et il ne l'intéressera pas ; elle veut un saint Dominique qui puisse voir sa belle âme, c'est-à-dire un homme sans passion ni désir — une sorte d'eunuque aux nobles sentiments.

« Mais elle ne serait pas elle-même si elle voulait cela tout le temps. Elle ne l'échangerait pas contre son mari empuanti. Elle donne à ses saints une autre vie et quelques soucis très étranges que nous, Bollandistes, devons connaître mais que nous gardons pour nous. Passons à saint Joseph — de qui est-il le patron, Ramezay ? »

« Des charpentiers, des mourants, des familles, des couples et des gens qui cherchent une maison. »

« Oui, et à Naples, des confiseurs ; ne me demandez pas pourquoi. Mais quoi d'autre ? Allons, réfléchissez. Qu'est-ce qui a rendu Joseph célèbre ? »

« Son rôle de père du Christ sur cette terre ? »

« Oho ! Que voilà un bon petit garçon protestant ! Mais non, Joseph est le plus célèbre cocu de l'histoire. Dieu n'a-t-il pas usurpé à Joseph sa fonction, d'après l'opinion commune, en fécondant sa femme par l'oreille ? Les méchants petits séminaristes n'appellent-ils pas encore *curicula* — l'oreille — le *sine qua non* de la femme ? Et Joseph n'est-il pas connu dans toute l'Italie comme Tio Pepe — Oncle Joé ? N'est-il pas invoqué par les maris qui s'inquiètent ? Saint Joseph entend plus de prières concernant le cocufiage que le logement ou la confiserie, je peux vous l'affirmer. D'ailleurs, dans l'hagiographie clandestine dont j'ai promis de vous parler, on murmure que la Vierge elle-même, qui naquit de Joachim et d'Anne par l'intervention personnelle de Dieu, était une fille divine autant qu'une épouse divine ; même les Grecs n'auraient pu faire mieux, n'est-ce pas ? Et la légende populaire veut que les parents de Marie aient été riches, ce qui rend bizarre le respect de l'Église pour la pauvreté mais qui correspond bien au respect qu'elle porte généralement à l'argent. Et connaissez-vous le scandale qui oblige à séparer les statues de Marie et celles de saint Jean... »

Arrivé là, Padre Blazon criait presque et je dus lui demander de baisser la voix. Dans le restaurant, les gens nous fixaient et la poitrine d'une ou deux dames d'apparence dévote se soulevait d'indignation. Il balaya la pièce du regard furieux d'un conspirateur de mélodrame et baissa le ton au niveau d'un sifflement qui lui fit éjecter des particules de nourriture qui volèrent sur la table.

« Mais toutes ces terribles anecdotes sur les saints ne sont pas irrévérencieuses, Ramezay. Loin de là ! C'est de la foi. C'est de l'amour ! Montrer l'autre aspect du caractère d'un saint que l'histoire ou la légende ont supprimé — qu'il a fort bien pu réprimer lui-même dans sa lutte pour accéder à la sainteté —, c'est ça qui vous le rend cher. Le saint triomphe du péché. Oui, mais la plupart d'entre nous en sommes incapables, et parce que nous aimons le saint et que nous voulons qu'il nous ressemble davantage, nous lui attribuons quelque imperfection. Pas toujours sexuelle, bien sûr. Saint Thomas d'Aquin était monstrueusement gras ; saint Jérôme avait très mauvais caractère. Cela réconforte les hommes gros et coléreux. L'humanité ne peut supporter la perfection ; cela l'étouffe. Elle exige que les saints eux-mêmes soient imparfaits. S'ils peuvent s'approcher de Dieu, ces êtres saints qui ont vécu si magnifiquement mais qui néanmoins sont imparfaits, alors il y a de l'espoir pour le pire d'entre nous.

« Parfois je me demande pourquoi si peu de saints furent des sages. Certains le furent, naturellement, mais les vraies têtes de cochon étaient beaucoup plus nombreuses. Souvent je me demande si Dieu ne prise pas moins la sagesse que la vertu héroïque. Mais la sagesse n'a rien de bien spectaculaire ; elle ne brille pas dans le ciel. La plupart des gens aiment le spectacle. On ne peut les en blâmer. Mais pour soi-même — ah ! non merci ! »

C'est en compagnie de ce bavard érudit que je fis le voyage de Bruxelles à Vienne. J'arrivai de bonne heure à la gare, comme il me l'avait ordonné, et le trouvai en possession d'un compartiment pour lui tout seul. Il me fit signe de le rejoindre et poursuivit son occupation qui consistait à lire son bréviaire à haute voix, en gardant la fenêtre ouverte pour que les passants puissent l'entendre.

« Aidez-moi à réciter un Pater noster », dit-il, et de toutes ses forces il se mit à hurler un Notre Père en latin. Je me joignis à lui, tout aussi bruyamment, et nous enchaînâmes avec quelques Ave et quelques Agnus Dei vigoureux. Grâce à ce pieux tapage, nous gardâmes le compartiment pour nous seuls. Les gens s'approchaient de la portière, décidaient qu'ils ne pouvaient supporter pareille compagnie, et passaient outre en grommelant.

« Que c'est étrange de voir combien les voyageurs sont réticents à participer à des dévotions qui pourraient — sait-on jamais ? — éviter quelque terrible accident », dit Blazon, me faisant un clin d'œil solennel, alors que retentissait le sifflet du chef de train, que la locomotive piaulait et que nous quittions la gare. Il étala un grand mouchoir sur ses genoux, déposa sa grosse tabatière en plein milieu, fit voler son affreux chapeau sur le porte-bagages pour tenir compagnie à un ballot retenu par un châle, et se recueillit avant de parler.

« Avez-vous apporté le panier à provisions ? » demanda-t-il. Je l'avais et je n'avais pas lésiné. « Il serait peut-être prévoyant de boire un peu de cognac immédiatement, dit-il. Je connais ce trajet, et parfois le mouvement du train peut être très déprimant. » À neuf heures trente du matin, nous nous mîmes donc à boire du cognac, et très vite Blazon se lança dans un de ces monologues, déclamés à pleins poumons, qu'il préférait à une conversation plus normale. Je le condenserai.

« Je n'ai pas oublié vos questions concernant la femme que vous gardez dans un asile, Ramezay. Si, récemment, je n'ai pas entamé le sujet au cours de nos dîners, il ne m'est pas sorti de l'idée, je puis vous en assurer. Invariablement, j'en reviens à ma conclusion première : pourquoi vous inquiétez-vous ? Qu'est-ce que ça vous donnerait si je vous disais qu'en effet c'est une sainte ? On ne peut reconnaître les saints que devant l'évidence irréfutable de leur sainteté. Si vous la croyez sainte, c'est que c'est une sainte pour vous. Que voulez-vous de plus ? C'est ce que nous appelons la réalité de l'âme ; vous êtes insensé d'exiger en plus que le monde vous donne son accord. Elle est protestante. Qu'est-ce que cela peut faire ? Être protestant, c'est être à moitié athée, bien sûr, et vos innombrables sectes n'ont pas reconnu de saints depuis ce qu'on appelle la Réforme. Mais cela ne serait pas très chrétien de supposer que la vertu héroique ne puisse se révéler parmi les protestants. Faites confiance à votre propre jugement. C'est exactement pour que l'on vous reconnaisse le droit de le faire que vous, les protestants, avez fait de telles histoires. »

« Mais ce sont les miracles qui m'intéressent. Ce que vous dites ne tient pas compte des miracles. »

« Oh ! les miracles ! Il s'en produit partout. Ils sont relatifs. Si je vous photographie, c'est un compliment et en fait peut-être une corvée. Si je vais dans la jungle sud-américaine et prends une photo d'un primitif, il pense probablement que c'est un miracle et il se peut qu'il craigne que je lui aie volé une partie de son âme. Si je prends la photo d'un chien et que je la lui montre, il ne sait même pas à quoi il ressemble, alors ça ne l'impressionne pas ; il se perd dans la masse canine. Les miracles sont des choses que les gens ne peuvent s'expliquer. Au Moyen Âge on aurait considéré votre jambe artificielle comme un miracle probablement fait par le Diable. Les miracles dépendent beaucoup du temps et du lieu, de ce que nous savons et de ce que nous ignorons. Je me rends à Vienne pour travailler au catalogue des manuscrits grecs dans ce qui était la bibliothèque de l'empereur. Je vais me noyer dans les miracles, car ces simples moines grecs n'aimaient rien tant que les miracles et ils en voyaient partout. Je vous le dis franchement, j'en aurai assez des miracles avant d'être relevé de ce travail. La vie elle-même est un miracle trop grand pour que nous fassions un tel cas d'insignifiants petits renversements de ce que nous tenons pompeusement pour l'ordre naturel.

« Regardez-moi, Ramezay. Je suis moi-même plus ou moins un miracle. Mes parents étaient des Espagnols simples qui vivaient à quelques lieues de Pampelune. Ils avaient sept filles — pensez-y, Ramezay, sept ! Ma pauvre mère était bouleversée par cette disgrâce. C'est ainsi qu'elle fit le vœu solennel, à l'église, que si elle enfantait un fils, elle le consacrerait au service de Dieu. Elle fit son vœu dans une église jésuite, alors rien de plus naturel d'ajouter qu'elle en ferait un jésuite. Moins d'un an plus tard, voici que naît le petit Ignacio, ainsi nommé pour le saint fondateur de la Compagnie de Jésus. Pour un généticien, je suppose qu'il n'y a rien d'époustouflant à ce qu'une femme ait un fils après avoir mis au monde sept filles, mais pour ma mère il s'agissait d'un miracle. Les voisins dirent — vous connaissez la mentalité des voisins — “ Attendez les problèmes à venir ; ce sera un enfant difficile, cet Ignacio ; la prison attend ces enfants sanctifiés. ” Est-ce que ce fut le cas ? Pas le moins du monde. Il paraît que j'étais un jésuite dès le sein de ma mère — studieux, obéissant, intelligent et chaste. Regardez-moi, Ramezay, vierge à l'âge de soixante-seize ans ! Combien peuvent en dire autant ? Les filles se mettaient en frais pour me tenter ; mes sœurs, dont la chasteté était ordinaire et qui trouvaient la mienne de mauvais goût, les incitaient à me séduire. Je ne nierai pas que j'étais flatté par ces tentations. Mais je disais toujours : " Dieu ne vous a pas donné ce joyau qu'est la chasteté pour qu'elle soit foulée au pied dans la saleté, ma chère Dolores (ou Maria ou toute autre) ; prie pour un mariage d'amour honorable, et cesse de penser à moi. " Oh ! comme elles détestaient ça ! L'une d'elles me lança une grosse pierre ; vous pouvez encore en voir la marque à la naissance des cheveux. C'était un vrai miracle, car chaque matin j'avais la très nette assurance que j'aurais pu être un amant formidable — vous me comprenez ? — mais j'aimais davantage ma vocation.

« Je l'aimais tellement que lorsque le temps vint d'entrer chez les jésuites, mes examinateurs se montrèrent méfiants. J'étais trop bon pour être vrai. Le vœu de ma mère, mes propres abstinences — tout cela les inquiétait. Ils fouillèrent partout, essayant de découvrir quelque trait de caractère qui n'avait pas été racheté — quelque imperfection comme nous le disions plus tôt — mais je n'en avais aucun. Savez-vous, Ramezay, cela me mit des bâtons dans les roues, tout comme si j'avais été un rouspéteur entêté ou un fomentateur de troubles ? Oui, mon noviciat fut très pénible, et lorsque j'en fus venu à bout et que je fus un scolastique accompli, on me donnait n'importe quel sale boulot pour voir si je plierais. Ce n'est qu'après dix-sept années complètes que je reçus la permission de prendre mes quatre derniers vœux et de devenir un membre attitré de la Compagnie. Et puis — eh bien, vous voyez ce que je suis devenu. Je suis une personne bien utile, je crois, et j'ai fait du bon travail pour les Bollandistes, mais personne ne pourrait dire que je suis la fine fleur des jésuites. Si je fus jamais un miracle, c'est fini maintenant. L'imperfection se manifesta assez tard dans ma vie.

« Vous savez qu'à la base de la formation jésuite, il y a une réforme rigoureuse du moi et l'accomplissement de la connaissance de soi. Quand un homme parvient enfin aux vœux suprêmes, tout élément émotif ou fantaisiste de sa piété est censé avoir été extirpé. Je pense y être parvenu, dans la mesure où mes supérieurs purent en juger, mais ayant dépassé la quarantaine je commençai à me faire des idées et à me poser des questions qui n'auraient pas dû m'effleurer. Les hommes ont cette période critique, tout comme les femmes. Les docteurs le nient, mais dans la profession j'ai rencontré quelques cas de personnes très marquées par l'andropause. Quant à mes idées — sur le Christ, par exemple. Il reviendra, n'est-il pas vrai ? Honnêtement, je doute qu'il ait jamais été bien loin. Mais supposons qu'Il revienne, je présume que tout le monde s'attend qu'Il vienne nous tirer les marrons du feu. Que diront-ils s'Il vient rouiller la vigne, fouetter et expulser un jour les changeurs hors du temple et frayer avec les riches le lendemain, exactement comme Il l'a déjà fait ? Il était très coléreux, vous savez, il tenait de Son Père. Viendra-t-il sous les traits d'un Occidental — disons d'un Irlandais ou d'un Texan — parce que la citadelle de la chrétienté est située à l'Ouest ? Il ne sera certainement pas de nouveau un Juif, car cela mettrait le feu aux poudres. Les Arabes riraient follement si Israël présentait un Prétendant embarrassant. Résoudra-t-il le désaccord entre catholiques et protestants ? Toutes ces questions paraissent frivoles comme celles que pourraient poser des enfants. Mais ne nous a-t-il pas recommandé d'être des enfants ?

« Je suis convaincu que lorsqu'Il reviendra, ce sera sous l'apparence d'un vieillard pour continuer son ministère. Je suis un vieil homme, ma vie s'est passée en soldat du Christ, et laissez-moi vous dire que plus je vieillis et moins l'enseignement du Christ me concerne. Parfois je suis très conscient de marcher sur les traces d'un chef mort quand Il n'avait même pas la moitié de mon âge. Je vois et ressens des choses qu'Il n'a jamais vues ni ressenties. Je connais des choses qu'Il ne semble jamais avoir connues. Chacun veut un Christ pour lui-même et pour ceux qui pensent comme lui. Ai-je donc tort de vouloir un Christ qui m'enseignera à être un vieil homme ? Tout l'enseignement du Christ est présenté avec le dogmatisme, la certitude et la force de la jeunesse : j'ai besoin de quelque chose qui prenne en considération l'apport de l'expérience, le sens du paradoxe et de l'ambiguïté qui viennent avec les années ! Je crois qu'après la quarantaine, nous devrions reconnaître poliment le Christ mais pour nous faire guider et réconforter, nous tourner vers Dieu le Père, qui connaît le bien et le mal dans la vie, et vers le Saint-Esprit qui possède une sagesse supérieure à celle du Christ incarné. Après tout, nous adorons une Trinité, dont le Christ n'est que l'une des personnes. Je crois que lorsqu'Il reviendra, ce sera pour déclarer l'unité de la vie de la chair et de la vie de l'esprit. Et alors nous pourrons peut-être trouver un sens à cette vie composée à la fois de merveilles, de circonstances cruelles, d'obscénités et de platitudes. Qui peut le dire ? — il se pourrait même que nous la rendions supportable pour tout le monde !

« Je n'ai pas oublié votre sainte-toquée. Je pense que vous êtes fou de vous chagriner qu'elle ait été frappée à la tête à cause d'un de vos actes. C'était peut-être son destin, Ramezay. Elle vous a sauvé sur le champ de bataille, dites-vous. Mais ne vous a-t-elle pas sauvé lorsqu'elle prit le coup qui vous était destiné ?

« Je ne suggère pas que vous manquiez à votre devoir envers elle ; si elle n'a pas d'autre ami que vous, occupez-vous d'elle ; que rien ne vous empêche. Mais cessez de vouloir être Dieu, la dédommageant parce que vous êtes sain d'esprit et elle folle. Tournez-vous vers le vrai problème : qui est-elle ? Oh ! je ne parle pas de son identité pour la police ni de son nom de jeune fille. J'entends, qu'est-elle dans votre mythologie personnelle ?

Si elle a paru vous sauver sur le champ de bataille, comme vous le dites, cela a autant à voir avec vous qu'avec elle — bien davantage probablement. Beaucoup d'hommes ont des visions de leurs mères quand ils se trouvent en danger. Pourquoi pas vous ? Pourquoi s'est-il agi de cette femme ?

« Qui est-elle ? C'est ce que vous devez découvrir, Ramezay, et vous devez trouver votre réponse dans la vérité psychologique et non dans la vérité objective. Vous ne trouverez pas rapidement, j'en suis sûr. Pendant que vous cherchez, poursuivez votre vie, acceptez la possibilité qu'elle puisse être achetée au prix de la sienne et que Dieu avait peut-être fait ce choix pour vous deux.

« Vous pensez que c'est terrible ? Pour elle, pauvre sacrifiée, et pour vous qui devez accepter le sacrifice ? Écoutez, Ramezay, avez-vous déjà entendu ces paroles d'Einstein ? — Einstein, le grand savant, pas un jésuite comme le vieux Blazon. Il dit : “ Dieu est subtil, mais il n'est pas cruel. ” Voilà de la bonne sagesse juive pour votre esprit embrouillé de protestant. Essayez de comprendre la subtilité, et cessez de pleurnicher sur la cruauté. Dieu vous destine peut-être à quelque chose de spécial. Peut-être à un degré tel que vous valez la santé mentale d'une femme.

« Je devine ce qu'il y a dans votre œil écossais revêche. Vous croyez que mes paroles me sont dictées par l'excellent pique-nique que vous avez préparé. “ Le vieux Blazon tire son inspiration du poulet rôti et de la salade, des prunes et des sucreries, sans oublier une bonne bouteille de beaune, enflammée par quelques cognacs ”, je vous entends penser. “ Alors il m'incite à penser du bien de moi-même au lieu de me mépriser comme tout protestant qui se respecte. ” Sottises, Ramezay. Je suis un vieil oiseau plein de sagesse, mais je ne suis pas un ermite du désert, capable de prophétiser seulement lorsque ses boyaux sont torturés par la faim. Je suis plongé dans le puzzle du vieil homme, tâchant de relier la sagesse du corps à la sagesse de l'esprit jusqu'à ce que les deux ne fassent plus qu'une. À mon âge, on ne peut séparer l'esprit du corps sans éprouver angoisse et destruction, sans tenir des propos fantaisistes et mensongers.

« Vous êtes encore suffisamment jeune pour penser que le tourment de l'esprit est splendide, le signe d'une nature supérieure. Mais vous n'êtes plus un homme jeune ; vous êtes un homme d'un certain âge, relativement jeune, et il est temps que vous découvriez que cet athlétisme spirituel ne mène pas à la sagesse. Pardonnez-vous votre nature humaine, Ramezay. C'est le commencement de la sagesse. Cela fait partie de ce que l'on entend par la crainte de Dieu ; et pour vous, c'est la seule façon de sauvegarder votre santé mentale. Commencez dès maintenant, autrement vous finirez avec votre sainte à l'asile d'aliénés. » Sur ce, Padre Blazon étala son mouchoir sur son visage et s'endormit, me laissant à mes réflexions.

4

C'était facile pour Blazon de me donner des conseils et de continuer, dans les années qui suivirent, en m'envoyant des cartes postales de temps à autre (généralement des maîtres les plus truculents de la Renaissance — il aimait les nus bien en chair) sur lesquelles il écrivait à l'encre violette un message tel que : « Comment vous comportez-vous dans la Grande Bataille ? Qui est-elle ? Je prie pour vous. J. B., s.j. » Ces cartes soulevaient une grande curiosité dans l'école où l'on n'en recevait guère sans que deux ou trois autres personnes ne les aient d'abord lues. Mais même si j'avais été plus disposé à recevoir des conseils que je ne le suis, mon chemin eût été semé de difficultés.

Mes visites à Mme Dempster m'affectaient. À l'hôpital, elle n'était pas une patiente difficile, mais elle devint apathique ; les éclairs de lucidité dont elle faisait preuve parfois quand elle vivait avec Bertha Shanklin ne se manifestaient plus. Mes visites hebdomadaires étaient les seuls moments privilégiés de sa vie ; elle m'attendait toujours le samedi après-midi, son chapeau sur la tête. Je savais que cela voulait dire qu'elle espérait que cette fois-ci je l'emmènerais avec moi. C'était l'espoir de nombreux patients, et lorsque le médecin de service faisait son entrée, il y avait des scènes au cours desquelles des femmes s'accrochaient à ses manches et même — je ne l'aurais pas cru si je n'en avais été témoin — tombaient à genoux et essayaient de lui baiser les mains, car toutes celles qui avaient une certaine liberté de mouvement savaient qu'il détenait le pouvoir de les laisser partir. Parmi les plus jeunes, quelques-unes essayaient de donner à leur attitude une allure sexuelle, et elles s'écriaient : « Ah ! Docteur, vous savez bien que je suis votre amie, docteur ; vous allez me laisser partir cette fois-ci, n'est-ce pas, docteur ? Vous savez que c'est moi que vous aimez le mieux. » Je n'aurais pu supporter cela, mais il le supportait. Je haïssais ces relents de concupiscence. Bien sûr, j'étais « l'ami de Mary » et elles l'assuraient que chaque visite était certaine d'apporter la délivrance. Je lui apportais des chocolats parce que c'était quelque chose qu'elle pouvait offrir aux autres ; la plupart ne recevaient pas de visite régulièrement.

Laissez-moi vous redire que je ne blâmais nullement l'hôpital ; c'était un grand hôpital dans une grande ville, et il était forcé d'accepter tous les patients qui se présentaient. Mais une heure en compagnie de ces gens déséquilibrés, sans amis, était tout ce que je pouvais supporter. Je fis la connaissance de plusieurs de ces femmes, et je pris l'habitude de leur raconter des histoires ; étant donné que les histoires de saints constituaient le gros de mon répertoire, j'en racontais beaucoup, évitant ce qui était trop miraculeux ou trop troublant et surtout — après une mauvaise expérience — tout ce qui touchait à des libérations miraculeuses, de prison ou de quelque asservissement que ce fût. Les malades aimaient qu'on leur parlât, et lorsque je m'entretenais avec un groupe, du moins n'avais-je pas à me forcer pour mener une conversation en tête à tête avec Mme Dempster et ne voyais-je pas l'attente silencieuse au fond de ses yeux.

Ces visites gravèrent en moi la notion que même lorsque la raison est atteinte, les sentiments vivent intensément chez les fous. Je sais que mes visites lui faisaient plaisir, en dépit de la déception de chaque semaine de n'être pas emmenée ailleurs ; après tout, j'étais son visiteur spécial, considéré par les autres comme un type amusant toujours prêt à raconter une nouvelle histoire, et grâce à moi elle bénéficiait d'une certaine considération. J'ai honte d'avouer que cela me coûtait beaucoup ; certains samedis je devais me forcer pour me résoudre à aller à l'hôpital, pestant contre cette obligation qui ressemblait à une peine à perpétuité.

J'aurais dû être objectif. J'aurais dû considérer mes visites comme de « bonnes actions ». Mais mes relations avec Mme Dempster rendaient cela impossible. C'était comme si je rendais visite à une partie de mon âme condamnée à vivre en enfer.

Êtes-vous en train de vous dire : pourquoi n'est-il pas allé voir Boy Staunton pour lui demander de l'argent afin d'offrir à Mme Dempster de meilleures conditions de vie, en invoquant qu'elle était de Deptford et qu'elle était dans le besoin, ou même que Staunton avait sa part de responsabilité dans ce qu'elle était devenue ? Il n'y a à cela aucune réponse facile. Staunton n'aimait pas qu'on lui rappelle Deptford, sauf pour plaisanter. De plus, Boy avait l'habitude de dominer toute entreprise à laquelle il était associé ; si j'avais reçu de l'aide de lui — ce qui n'est pas certain, car il insistait toujours pour dire qu'une des conditions premières du succès était l'aptitude à dire

« non » — il se serait donné le rôle de protecteur et de sauveur de Mme Dempster, et j'aurais été relégué au rang d'intermédiaire. Ma propre motivation n'était ni claire ni pure : j'étais résolu à ce que, si je ne pouvais m'occuper de Mme Dempster, personne d'autre ne le fît. Elle m'appartenait.

Vous vous posez peut-être la question suivante : s'il ne pouvait se permettre d'envoyer cette femme dans un hôpital privé, ou de la faire admettre dans l'aile réservée aux patientes privilégiées d'un hôpital du gouvernement, comment payait-il ses escapades à l'étranger, l'été ? Il ne semblait pas lésiner dans ce domaine. C'est vrai, mais malgré mon dévouement servile pour Mme Dempster, je n'étais pas entièrement oublieux de mes propres besoins et intérêts. J'étais absorbé par mon enthousiasme pour le monde des saints et j'avais l'ambition de me distinguer en les expliquant aux autres. Il me fallait aussi prendre du repos et me rafraîchir l'esprit.

Mon journal révèle que j'ai rendu visite à Mme Dempster quarante samedis par an, plus une visite à Pâques, à Noël et à l'occasion de son anniversaire. Si ces chiffres ne vous impressionnent pas, essayez donc de le faire avant de porter un jugement. Elle était toujours déprimée quand je lui annonçais que je m'apprêtais à partir en voyage pour l'été, mais je me durcissais et lui promettais beaucoup de cartes, car elle aimait les photos et recevoir du courrier lui valait un certain prestige auprès des malades. Ai-je fait tout ce que je pouvais ? J'en avais l'impression, et certes je n'envisageais pas de rejoindre ma sainte à l'asile, comme Blazon m'en avait menacé, en devenant le simple accessoire de sa maladie.

Ma vie m'absorbait aussi. À l'école, j'avais obtenu un poste plus élevé, et j'étais occupé. J'avais terminé mon premier livre, *Une centaine de saints à l'intention des voyageurs,* et il se vendait bien en six langues mais surtout en anglais, car les Européens ne voyagent pas autant que les Britanniques et les Américains. D'écriture simple et objective, ce livre indiquait aux lecteurs comment identifier les saints les plus connus qu'ils voyaient en peinture ou en sculpture, et expliquait la raison de leur popularité. J'évitais le débordement sentimental catholique et les simagrées protestantes. J'amassais des renseignements pour mon prochain livre, ouvrage beaucoup plus important, qui aurait pour titre : *Les Saints : une étude de l'histoire et de la mythologie populaire.* Tout d'abord, je voulais approfondir pourquoi les gens avaient besoin de saints et dans quelle mesure ce besoin concernait la sainteté d'un nombre de gens extraordinaires et doués. C'était s'attaquer à une question considérable et je n'étais pas sûr de réussir, mais je voulais essayer. J'entretenais aussi mes rapports avec les Bollandistes, et dès que j'avais quelque chose à dire, je continuais d'écrire pour *Analecta* et aussi pour la Société royale d'histoire.

J'étais de plus en plus mêlé à la vie de Staunton. Boy aimait que je fusse à ses côtés tout comme il aimait avoir des tableaux de prix et de beaux tapis ; je donnais le ton. J'entends par là que cela lui donnait un avantage sur ses amis d'avoir fréquemment chez lui quelqu'un d'un monde différent du leur et, lorsqu'il me présentait comme Écrivain, je pouvais entendre la majuscule dans sa voix. Naturellement, il recevait d'autres écrivains ainsi que des peintres, des musiciens et des acteurs, mais j'étais le pilier de la collection, et le moins gênant.

Si je donne l'impression de payer de retour par des moqueries les montagnes d'excellente nourriture et les innombrables bonnes bouteilles que j'ai consommées sous son toit, laissez-moi vous dire que j'ai payé mon entrée : j'étais celui qu'on pouvait appeler à la dernière minute pour venir dîner lorsqu'un invité leur avait fait faux bond, qui pouvait parler à la plus terne des invitées, et celui enfin qui répandait un air de culture aux réunions les plus bourgeoises de fabricants de sucre et de boulangers en gros, sans toutefois rabaisser les autres invités. M'avoir dans la salle à manger équivalait presque à un Raeburn sur les murs ; j'avais une bonne couche de vernis, de la classe et je n'offensais personne.

Pourquoi ai-je accepté de tenir une place que je décris maintenant en ces termes ? Parce que, pour commencer, ma curiosité me poussait inlassablement à voir comment Boy réussissait dans la vie. Parce que je l'aimais vraiment, en dépit de son attitude affectée et pompeuse. Parce que, dans quel autre foyer aurais-je rencontré une telle variété de gens ? Parce que j'étais toujours reconnaissant envers Boy de ses conseils financiers qui me permettaient de traverser facilement la Crise et, le temps venu, de mieux subvenir aux besoins de Mme Dempster et de m'organiser une vie plus intéressante. Mes raisons, comme celles de la plupart des gens, étaient diverses.

Si sa vie mondaine m'intéressait, sa vie privée me fascinait. Je n'avais jamais connu un homme dont la vie sexuelle jouât un rôle aussi prédominant. Il n'était pas du même avis. Un jour, il me dit que ce fameux Freud devait être fou pour tout rapporter au sexe comme il le faisait. Je n'essayai pas de défendre Freud ; à cette époque-là, j'étais déjà très captivé par ce fantastique vieux duc des coins obscurs, C. G. Jung, mais j'avais beaucoup lu Freud et me souvenais de son injonction de ne pas plaider pour la psychanalyse devant ceux qui la détestaient visiblement.

La virilité était l'essence même de la vie de Boy : il n'en prenait pas plus conscience que de l'air qu'il respirait. Le petit David devait agir en homme à tout moment ; je me souviens d'une dispute bruyante qu'il eut avec Leola lorsqu'elle permit à l'enfant d'avoir une poupée écossaise. Alors âgé de six ans, l'enfant aimait aller se coucher avec sa poupée. Boy demanda à sa femme si elle voulait faire de son fils une poule mouillée, puis il jeta la poupée à la poubelle sous les yeux d'un David en pleurs. Il reçut à la place un cadeau pratique : un beau moteur à vapeur qui actionnait une scie circulaire capable de couper une allumette en deux. À huit ans, on lui donna une paire de gants de boxe et il dut essayer de frapper son père sur le nez tandis que Boy s'agenouillait devant lui.

Avec la petite Caroline, Boy était d'une galanterie amusée. « Comment va ma petite chérie, ce soir ? » disait-il en embrassant sa petite main. Quand la gouvernante l'amenait pour être admirée par un groupe d'amis, Boy ne manquait pas de les suivre jusque dans le hall pour dire à Caroline qu'elle avait été de loin la plus jolie fille de l'assemblée. Comment s'étonner que David ait été un gamin tourmenté, voulant faire plaisir à tout prix, et Caroline une enfant incroyablement gâtée ?

Leola ne l'entendait jamais dire qu'elle était la plus jolie. L'attitude habituelle de Boy vis-à-vis d'elle était une courtoisie patiente que sous-tendait une exaspération discernable. Elle l'aimait avec servilité, mais lui ne gaspillait pas sur elle son énergie sexuelle — sauf d'une façon négative en la rudoyant. J'essayais le plus possible de venir en aide à Leola, mais comme elle était tout à fait incapable de se défendre elle-même, je devais faire attention. Si je me mettais en colère contre Boy, comme cela arrivait parfois, elle prenait son parti. Elle vivait uniquement en fonction de lui ; s'il pensait du mal d'elle, ce que j'avais à dire n'avait aucun poids. Il ne pouvait qu'avoir raison.

Bien sûr, la situation n'était pas toujours aussi tranchée. Je me souviens très bien de l'occasion où elle apprit pour la première fois qu'il avait des maîtresses. Elle fit cette découverte de façon classique par l'intermédiaire d'un mot révélateur trouvé dans une poche — dans les vicissitudes de la vie, les Staunton n'échappaient que rarement aux clichés.

Évidemment, j'étais au courant des aventures de Boy, car il ne pouvait rien garder pour lui et il avait l'habitude de se justifier devant moi, tard le soir, quand nous avions bu beaucoup de whisky. « Un homme avec mes besoins physiques ne peut être retenu par une seule femme — surtout une femme qui ne considère pas le sexe comme l'association de deux partenaires — qui ne donne rien, qui se contente d'être couchée là comme un maudit sac de terre », disait-il, faisant des grimaces éloquentes pour que je puisse savoir quelle torture il subissait.

Il parlait sans détours de ses besoins sexuels ; il devait faire l'amour souvent ; il fallait que celui-ci fût toutes sortes de choses à la fois — intense, passionné, cruel, spirituel, provocant — et qu'il fût fait avec une Vraie Femme. Cela paraissait très éreintant et ressemblait étrangement à une séance d'entraînement au punching-ball ; je me réjouissais de ne pas avoir de besoins aussi exigeants. Il y avait donc deux ou trois femmes à Montréal — pas des prostituées, remarquez bien, mais des femmes sophistiquées et spirituelles qui exigeaient leur indépendance, bien qu'elles fussent mariées — à qui il rendait visite aussi souvent qu'il le pouvait. Il avait des relations d'affaires à Montréal et c'était facile.

Parler d'affaires me rappelle une autre phase de la sexualité de Boy dont il était certainement inconscient mais que je constatai plusieurs fois. J'appelais cela une Homosexualité de Sociétés. Il était toujours à la recherche de jeunes gens prometteurs qui, à son service, pourraient gravir les échelons. Ils devaient être de fervents apôtres du sucre, des beignes, des boissons non alcoolisées ou de n'importe quoi, mais ils devaient aussi être bien élevés. Chaque fois qu'il en découvrait un, Boy se « liait avec lui » — l'invitait à déjeuner à son club, à dîner chez lui, et à venir bavarder dans son bureau. Il expliquait au jeune homme la mystique des affaires et le poussait de l'avant le plus vite possible, parfois au détriment d'hommes plus âgés qui n'étaient pas « bien élevés » mais simplement capables et efficaces.

Après quelques mois d'association, la désillusion survenait. Le jeune homme bien élevé, étant ambitieux et guère plus porté à la gratitude que ne le sont généralement les ambitieux, jugeait que tout cela lui était dû ; il cessait d'être aussi réceptif et admiratif qu'il l'avait été au début, et il pouvait même manifester une certaine indépendance d'esprit. Boy était consterné de découvrir que ses protégés le jugeaient chanceux d'avoir des associés de leur calibre.

Certains allèrent même jusqu'à se marier, forts de leurs espoirs nouvellement acquis, et Boy leur demandait toujours d'amener leurs épouses à dîner chez lui. Plus tard, il me demandait pourquoi un jeune homme impeccable, avec tout pour lui, gâchait ses chances en épousant une stupide nullité qui l'empêcherait de réussir dans la compagnie ? D'une façon ou d'une autre, Boy était déçu de la plupart de ces jeunes gens « impeccables » ; quant à ceux qui survivaient à cette épreuve, il s'en désintéressait comme il est naturel à la longue, et ils obtenaient une bonne situation, mais pas un poste clef, dans son empire.

Je ne suggère pas que Boy ait jamais vu autre chose dans ces jeunes gens que des collaborateurs ; mais ses relations avec eux me faisaient penser à celles de Zeus avec son échanson. Ces Ganymèdes des Affaires ne connaissaient pas leur rôle et ne pouvaient que décevoir.

Le réveil de Leola survint au cours du Noël fatidique de 1936. Pour Boy, cette année-là avait été très pénible sur le plan émotif. Le vieux roi George V était mort en janvier, et en souvenir de ce regard qui était une fois passé entre nous, je portai une cravate noire pendant une semaine. Mais Boy était aux anges, car « il » allait monter sur le trône ; ils ne s'étaient pas vus depuis neuf ans, mais Boy était plus fidèle que jamais à son héros. Il répétait tout commérage qu'il entendait ; il y aurait de grands changements : un trône plus significatif que jamais, une éviction totale des vieux hommes stupides, un glorieux courant de jeunesse autour du nouveau roi, et bien sûr une cour plus gaie — la plus gaie probablement depuis celle de Charles II. Pour Boy, une cour gaie impliquait une exaltation de l'attitude punching-ball en matière de sexe. S'il avait jamais lu l'un de ces psychologues qui affirment qu'un roi couronné et oint est le phallus symbolique de son peuple, Boy eût été entièrement d'accord.

Comme chacun sait, très vite les nouvelles prirent une tournure différente. Le continent nord-américain les reçut plus tôt que les gens en Angleterre, car nos journaux n'avaicnt pas besoin d'avoir autant de tact. Le jeune roi — il avait quarante-deux ans, mais pour des gens comme Boy il paraissait très jeune — avait des problèmes avec les vieux, et les vieux avec lui. Stanley Baldwin, qui l'avait accompagné dans sa visite au Canada en 1927 et que Boy avait vénéré comme un homme d'État ayant un fort penchant pour la littérature, devint un ennemi personnel de Boy, et il parla de l'archevêque de Cantorbéry en termes que même Woodiwiss — maintenant archidiacre — avait du mal à laisser passer.

Quand survint le drame, il y eut des pourparlers extravagants pour former un groupe d' « Hommes du Roi » qui, sans spécifier clairement comment, se rallieraient aux côtés de leur héros et mettraient la femme de son choix sur le trône à côté de lui. Boy voulait absolument être un Homme du Roi ; quiconque se considérait comme un gentleman et un homme comprenant la nature exigeante de l'amour ne pouvait réagir que comme lui. Il me sermonnait là-dessus à chacune de nos rencontres ; l'historien que je suis plaignait beaucoup le roi mais je ne voyais pas comment il pourrait se tirer indemne de cette terrible situation. Je crois même que Boy envoya quelques télégrammes d'encouragement, mais je n'ai jamais entendu parler de réponses. Lorsque le sombre mois de novembre arriva, je commençai à craindre pour sa raison ; il lisait tout, écoutait chaque bulletin de nouvelles à la radio, et s'emparait de la moindre rumeur. Je n'étais pas avec lui lorsqu'il entendit l'émission consacrée à l'abdication le 11 décembre, mais je passai chez lui ce soir-là et le trouvai, pour la seule fois de sa vie à ma connaissance, complètement ivre, oscillant entre les pleurs et d'horribles diatribes contre toutes les forces de répression qui travaillaient contre l'Amour et les aspirations profondes de la nature humaine.

Noël fut un jour sombre chez les Staunton. Leola fut obligée d'acheter seule tous les cadeaux des enfants et, pour la plupart d'entre eux, Boy ne trouva qu'à redire. Le concierge bedonnant des bureaux d'Alpha se présenta dans son habit de Père Noël loué et Boy lui dit, devant les enfants, de ne pas se conduire comme un imbécile mais de faire son numéro et de disparaître. Il refusa d'ouvrir les cadeaux que Leola et les enfants lui offraient. Quand j'eus fini de rendre visite à Mme Dempster à l'hôpital, et que j'arrivai chez eux pour le déjeuner de Noël, je trouvai Leola en larmes, David recroquevillé dans un coin avec un livre qu'il ne lisait pas, et Caroline qui courait dans toute la maison en exigeant qu'on répare sa poupée cassée. Je plaisantai avec David, réparai la poupée qui, bien que mutilée, se retrouva d'une seule pièce, et essayai d'être aimable avec Leola. Boy me dit que si je devais me comporter comme l'un de ces sacrés saints dont je n'arrêtais pas de lui rebattre les oreilles, il me conseillait d'aller le faire ailleurs. Lui ayant maladroitement dit qu'il devrait accepter son abdication en homme, il se mit à nous manifester une haine muette, qui aigrit notre digestion. Puis il annonça qu'il allait faire un tour — seul.

Leola, qui souffrait pour lui, voulut lui apporter son manteau et, en cherchant ses gants dans sa poche, tomba sur un billet d'une des femmes les plus brillantes de Montréal. Lorsqu'il entra dans le hall, Boy la trouva accroupie sur les marches, sanglotant éperdument, et il comprit instantanément la raison de son désespoir.

« Tu n'as aucune raison de te conduire ainsi », dit-il, ramassant le manteau qu'il enfila. « Ta situation n'est pas en danger. Mais si tu crois que j'ai l'intention d'être enchaîné à tout ça » — et d'un geste il désigna le salon jonché de jouets, qui offrait, je dois dire, le spectacle désolant d'un foyer ravagé par le mauvais goût et l'opulence bourgeois — « tu te mets le doigt dans l'œil. » Et il partit, abandonnant Leola à ses hurlements.

C'est à regret que je parle de « hurlements », mais Leola n'était pas digne dans sa douleur. La gouvernante ayant congé pour la journée, je parvins à envoyer les enfants dans leurs chambres et passai ensuite une heure pénible à essayer de la calmer. J'aimerais pouvoir dire que je réussis à la réconforter, mais un seul homme en eût été capable, et celui-ci avançait laborieusement dans la neige, emmuré dans son propre enfer d'égoïsme. Enfin je la persuadai d'aller dormir, ou du moins s'allonger, et d'attendre les événements. Je lui assurai que les choses ne sont jamais aussi terribles qu'elles le paraissent. Je ne le croyais pas vraiment, mais j'avais l'intention de parler sérieusement à Boy.

Elle se rendit à sa chambre, et lorsque je jugeai qu'un laps de temps suffisant s'était écoulé, je montai voir si la situation s'améliorait. Je la trouvai recoiffée, le visage frais lavé, et couchée dans une des coûteuses chemises de nuit que Boy aimait.

« Est-ce que je peux te laisser seule maintenant ? »

« Embrasse-moi, Dunny. Non, pas comme ça, ce n'est qu'un petit baiser sur la joue. Tu avais l'habitude d'aimer m'embrasser. »

Qu'elle l'ait su ou non, c'était une invitation qui pouvait conduire beaucoup plus loin. L'histoire de Gygès et de Candaule devait-elle avoir pour fin celle où Gygès prend la femme de son ami ? Non ; à première vue, je ne le croyais pas. Mais je me penchai vers elle et l'embrassai un peu moins fraternellement.

« Pas comme ça, te dis-je. Embrasse-moi *vraiment.* »

C'est ce que je fis, et si ma jambe artificielle n'avait pas émis un craquement de mauvais augure tandis que je m'agenouillais sur le lit, j'aurais pu continuer et, sans aucun doute, cocufier Boy Staunton, qui le méritait bien. Mais recouvrant mon sang-froid je me levai et dis : « Il faut dormir, maintenant. Je repasserai plus tard dans la soirée et nous parlerons à Boy. »

« Tu ne m'aimes pas ! » gémit-elle.

Je m'empressai de déguerpir tandis qu'elle se remettait à sangloter.

Bien entendu, je ne l'aimais pas. Pourquoi l'aurais-je aimée ? Il y avait au moins dix ans que je ne pensais plus à elle qu'avec pitié. Comme on fait son lit, on se couche. J'avais fait le mien et il n'y avait pas de place dedans pour Leola. Lors de mes dernières visites à l'étranger, j'avais passé un week-end avec Diana et son mari dans leur charmante maison de campagne près de Cantorbéry et j'y avais pris un très grand plaisir. Comme je m'étais guéri de mon amour d'adolescent pour Diana, de même avais-je laissé derrière moi tout sentiment que j'avais éprouvé pour Leola. Ce n'est pas parce qu'elle s'apitoyait sur son sort que j'allais être sa victime. Le bouleversement émotif provoqué par sa découverte de l'infidélité de Boy avait excité son appétit sexuel ; rien de plus. J'imagine que Boy n'avait pas couché avec elle depuis le début des difficultés qui entraînèrent l'abdication. Je n'allais pas être victime de la chronologie défectueuse de leurs épanchements. J'allai donc me promener, pris un autre repas de Noël — il était impossible d'échapper à la bonne chère ce jour-là — et rentrai à l'école vers les neuf heures avec l'intention de lire un peu.

Au lieu de cela, l'homme qui s'occupait de la chaudière, la seule personne de service ce jour-là, m'accueillit en me disant que je devais téléphoner aux Staunton immédiatement, que c'était urgent.

J'appelai et la gouvernante des enfants me répondit. Elle était rentrée de vacances ; la femme de chambre et le cuisinier n'étant pas encore revenus, elle était allée voir Mme Staunton pour lui souhaiter bonne nuit. L'avait trouvée dans un très mauvais état. Ne voulait pas donner de détails au téléphone. Oui, elle avait appelé le médecin, mais c'était la nuit de Noël, et après une heure d'attente il n'était pas encore arrivé. Pouvais-je venir tout de suite ? Oui, c'était *très* grave.

La gouvernante était presque hystérique, et je m'empressai d'obéir. Mais la nuit de Noël, ce n'est pas facile de trouver un taxi, et il se passa une bonne demi-heure avant que j'aie pu enfin monter quatre à quatre l'escalier qui menait à la chambre de Leola. Je la trouvai dans son lit, blanche comme les draps, les poignets entourés de bandages, et la gouvernante au bord d'une crise de nerfs.

« Regardez cela », dit-elle, suffoquant, et elle me poussa dans la direction de la salle de bains.

On aurait dit que la baignoire était pleine de sang. Apparemment, Leola s'était ouvert les poignets et s'était allongée pour mourir selon la grande coutume romaine, dans un bain chaud. Mais elle ne s'y connaissait pas en anatomie et son travail de boucherie n'avait pas été fatal.

Le docteur arriva peu de temps après, pas mal ivre mais raisonnablement lucide. La gouvernante ayant prodigué les premiers soins, il n'eut qu'à changer les pansements et à faire une piqûre quelconque à Leola, l'assurant qu'il repasserait le lendemain.

« Je vous ai appelé sans tarder à cause de ceci », dit la gouvernante dès que le docteur fut parti. Elle me tendit une lettre dont l'enveloppe m'était adressée. Je lus :

Dunny chéri,
C'est la fin. Boy ne m'aime pas et toi non plus, alors il vaut mieux que je parte. Pense à moi de temps en temps. Je t'ai toujours aimé.

Baisers,
Leola.

La folle, la folle, la folle ! Ne penser qu'à elle et me placer dans une situation intolérable avec une note pareille ! Si elle était morte, qu'en aurait-on conclu lors de l'enquête ? Déjà, j'étais persuadé que la gouvernante l'avait lue, car elle n'était pas cachetée. J'étais furieux après Leola, pauvre idiote. Pas de note pour Boy. Non, juste une note pour moi. J'aurais eu l'air d'un monstre, si elle n'avait pas raté son suicide, comme elle avait raté bien d'autres choses.

Cependant, comme elle revenait à elle petit à petit, je ne pouvais lui faire de reproches, et je fis très attention à ne pas mentionner la note. Elle non plus n'en fit pas mention. Nous n'en parlâmes jamais.

Boy était introuvable. Son bureau de Montréal ne savait rien de lui, il ne revint qu'après le jour de l'An. Leola, quoique faible, était maintenant en convalescence. J'ignore ce qui eut lieu entre eux, ils ne m'en parlèrent jamais, mais à partir de ce moment-là, ils parurent se supporter sans mésentente apparente, bien que Leola perdît rapidement son éclat et parût plus que son âge. Le joli minois qui avait enjôlé Boy et moi se boursoufla, en effet, et se vida de toute expression. Leola avait rejoint les rangs de la grande infanterie des blessés dans la bataille de la vie.

Ce sont les enfants qui semblèrent les plus touchés par l'incident. La gouvernante, efficace et disciplinée pendant la crise, s'était ensuite écroulée dans la chambre des enfants et leur avait laissé entendre que maman était presque morte. Cette nouvelle qui suivait la dispute un peu plus tôt dans la journée suffit à les démonter pour un bon moment ; David devint de plus en plus tranquille et effacé, tandis que Caroline se mit à crier et à piquer des colères.

Bien plus tard, David me confia qu'il haïssait Noël plus que tout autre jour de l'année.

V

LIESL

1

Laissez-moi passer le plus vite possible sur les années de la Seconde Guerre mondiale, ou guerre mondiale numéro deux, comme l'appelaient mes élèves, affirmant ainsi que celle toujours présente à ma mémoire n'était ni la seule, ni la plus importante folie de notre siècle. Mais je ne peux pas la laisser complètement de côté, ne serait-ce que parce qu'elle renforça le prestige de Boy Staunton. Industriel de plus en plus puissant, Boy avait des intérêts dans d'innombrables entreprises et il était un homme important pour l'économie canadienne ; lorsque la guerre exigea que les hommes les plus compétents fussent enrôlés au service de la nation, qui mieux que lui aurait pu occuper le poste de ministre du Ravitaillement dans un cabinet de coalition ?

Ce poste lui convenait à merveille. Il savait faire travailler les autres, et aussi ce que la masse des gens aime manger. Il utilisa toutes les ressources de son Alpha Corporation, et de toutes les succursales qu'elle contrôlait pour nourrir le Canada, ses forces armées et la Grande-Bretagne dans la mesure où la guerre sous-marine le permettait. Il poussa inlassablement les recherches pour produire de nouveaux concentrés — principalement à base de fruits — qui soutiendraient les hommes au combat et les enfants d'un pays bombardé, lorsque des denrées plus volumineuses n'étaient pas disponibles. Si la taille moyenne des habitants des îles Britanniques a augmenté depuis 1939, le mérite en revient surtout à Boy Staunton. Il était l'une des rares personnes, autres que les savants professionnels, qui savait vraiment ce qu'étaient les vitamines, où les trouver et comment les utiliser à bon compte.

Bien sûr, il devait passer le plus clair de son temps à Ottawa. Il vit rarement Leola et ses enfants pendant la durée de la guerre, sauf lors de visites effectuées par avion, mais il ne put faire revivre les intimités perdues, pas même avec sa chère Caroline.

Je voyais Boy de temps en temps, car il était membre de notre conseil d'administration et David était pensionnaire à notre école. David aurait pu demeurer avec sa mère, mais Boy voulait qu'il fasse l'expérience de la vie communautaire et qu'il soit soumis à une discipline masculine. L'enfant passa de sa dixième à sa dix-huitième année à Colbourne, et lorsqu'il entra au cours secondaire, vers les douze ans, je le vis presque tous les jours.

En fait, c'est à moi, en 1942, qu'il incomba d'apprendre à ce malheureux enfant que sa mère était morte. La pauvre Leola était devenue de plus en plus apathique depuis la déclaration de guerre ; tandis que Boy gagnait en importance et que ses remarquables qualités s'imposaient de plus en plus, elle se fana. Ce n'était pas une de ces femmes de politiciens qui font savoir que c'est grâce à leur compréhension et à leur appui que la compétence de leur mari reste à la hauteur. Elle n'était pas non plus du type opposé qui raconte aux journalistes et aux clubs féminins que, même si leurs maris jouent un rôle important dans le monde, elles sont malheureuses comme les pierres à la maison. Leola avait une vie très retirée et n'en voulait pas d'autre.

Elle avait complètement abandonné le golf, le bridge ou tout autre passe-temps auxquels elle s'adonnait sans éclat quand elle était plus jeune ; elle ne lisait plus les livres à la mode — elle ne lisait plus du tout. Chaque fois que je lui rendais visite, elle tricotait quelque chose pour la Croix-Rouge — d'énormes chaussettes pour porter à l'intérieur de bottes de marins ou des articles du même ordre — qu'elle semblait fabriquer automatiquement pendant que son esprit était ailleurs. Quelquefois, je l'invitais à dîner, et cela représentait une lourde tâche, même si c'était plus facile que lorsque nous dînions chez les Staunton. Boy parti et les deux enfants à l'école, cette caserne richement meublée se mourait peu à peu ; les serviteurs, ayant seulement à s'occuper d'une femme facile à satisfaire et qui, de plus, avait peur d'eux, étaient démoralisés.

Quand Leola tomba malade, atteinte de pneumonie, j'en informai Boy et fis tout ce qui s'imposait sans m'inquiéter de rien. Mais à cette époque-là, il n'y avait pas de médicaments aussi efficaces que ceux dont nous disposons maintenant pour soigner cette maladie et, une fois la crise passée, il fallait une longue période de convalescence. Comme il était difficile pour elle d'aller vivre dans un climat plus chaud, et comme il n'y avait personne pour l'accompagner, Leola dut rester à la maison. Bien que je ne puisse rien affirmer, j'ai toujours trouvé suspect que Leola ait ouvert ses fenêtres un après-midi, après que l'infirmière les eut fermées, et qu'elle ait pris froid. Elle mourut moins d'une semaine plus tard.

Boy était en Angleterre, s'occupant de quelque chose pour son ministère ; le sens du devoir et la difficulté des vols transatlantiques le retinrent là-bas. Il me demanda par télégramme de faire le nécessaire. Je m'occupai donc des funérailles, ce qui fut facile, et fis part des nouvelles du décès à ceux qui devaient l'apprendre, ce qui le fut moins. Caroline réagit bruyamment et je la laissai en compagnie de quelques institutrices compétentes qui encaissèrent les coups. Mais David m'étonna.

« Pauvre maman, dit-il, je crois que cela vaut mieux pour elle, vraiment. »

Que devais-je penser de cette remarque venant d'un garçon de quatorze ans ? Et que devais-je faire de lui ? Je ne pouvais le renvoyer chez lui, et je n'avais pas de foyer à moi, sauf mon bureau et ma chambre à l'école ; alors je l'y installai et m'assurai qu'environ toutes les heures l'une des employées irait voir s'il n'était pas complètement effondré et s'il avait tout ce que l'école était en mesure de lui donner. Heureusement, il dormit beaucoup, et je l'envoyai passer la nuit à l'infirmerie, où il pouvait avoir une chambre à lui.

Je le gardai à mes côtés pendant les funérailles, car les parents Staunton étaient morts tous les deux, et les Cruikshank étaient si affligés qu'ils parvenaient seulement à se tenir la main et à pleurer. Les relations entre les enfants et les Cruikshank n'avaient pas été encouragées, de sorte qu'ils ne connaissaient pas David.

Ce fut l'un de ces misérables enterrements de fin d'automne, et bien qu'il ne plût pas vraiment, tout était humide et triste. Il n'y avait pas grand monde, car tous les amis des Staunton étaient des gens importants, et on aurait dit que tous ces gens-là étaient si occupés à faire la guerre d'une manière ou d'une autre qu'ils ne pouvaient se déplacer. Mais il y eut des montagnes de fleurs — les plus chères —, toutes complètement ridicules sous ce ciel de novembre.

Un personnage inattendu se tenait près de la tombe. Bien que plus vieux, plus gras et inhabituellement silencieux, je reconnus immédiatement Milo Papple. Pendant que Woodiwiss lisait les prières au bord de la tombe, il me vint à l'esprit que son propre père était mort au moins douze ans plus tôt, et que j'avais écrit à Milo à cette occasion. Mais le Kaiser (que Myron Papple avait si comiquement imité pendant le simulacre de pendaison après la Grande Guerre), lui, avait continué à vivre jusqu'en 1941, probablement sans se soucier de la haine de Deptford ou d'autres villes. Il avait vécu à Doorn, sciant du bois et se demandant quelle folie s'était emparée du monde pour le détrôner, et cela pendant vingt-trois ans après sa chute. Je réfléchissais sur la longévité des monarques détrônés, alors que j'aurais dû faire mes adieux à Leola. Mais je savais très bien que mon cœur lui avait fait ses adieux cet après-midi de Noël où elle avait fait appel à moi pour que je la réconforte et où je m'étais esquivé. Depuis, j'avais toujours agi uniquement par devoir.

Milo et moi nous nous serrâmes la main en quittant le cimetière. « Pauvre Leola », dit-il d'une voix étranglée. « C'est la fin d'un grand roman d'amour. Tu sais que nous avons toujours pensé qu'elle et Perse formaient le plus beau couple qui se soit jamais marié à Deptford. Et je sais pourquoi, toi, tu ne t'es jamais marié. Ce doit être dur pour toi de la voir partir, Dunny. »

J'avais honte parce qu'en fait ce n'était pas cela du tout. Ce qui était dur, c'était de retourner avec David dans cette horrible maison vide et de lui parler jusqu'à ce que les domestiques nous servent un dîner médiocre ; puis de le ramener à l'école et de lui dire que je jugeais préférable qu'il retourne dans sa chambre ; puisqu'il lui faudrait bien reprendre sa vie de tous les jours, le plus tôt serait le mieux.

Boy se demandait toujours si David deviendrait un homme. Il me parut très homme pendant cette pénible période. Je n'aurais pas pu le voir autant si je n'avais pas été directeur intérimaire. À la déclaration de la guerre, notre directeur s'était empressé d'aller se jeter sur l'ennemi dans le cadre du programme d'éducation de l'armée ; une nuit, après le couvre-feu, il coupa la route à un camion, et l'école le pleura comme un héros. Lorsqu'il partit, les administrateurs durent trouver rapidement un directeur, mais la guerre rendait les hommes valables si rares qu'ils me nommèrent par intérim, sans augmenter mon salaire, car notre devoir à tous exigeait que l'on fasse sa part sans songer à soi. C'était une tâche astreignante et ingrate, et j'en détestais le côté administratif. Mais je m'y pliai et fis mon possible jusqu'en 1947, lorsque j'eus une pénible conversation avec Boy qui était devenu C.B.E. (pour son travail pendant la guerre) et président de notre conseil d'administration.

« Dunny, tu as accompli un travail superbe pendant toute la guerre, et bien au-delà. Mais tu y as pris plaisir, n'est-ce pas ? »

« Il n'y a eu aucun plaisir là-dedans. J'ai dû drôlement bûcher ! Pour recruter et garder le personnel. Apprendre à me débrouiller en ne pouvant compter que sur nos vieillards et sur quelques jeunes gens qui n'étaient pas bons pour le service — ni pour l'enseignement, d'ailleurs. Et que de problèmes avec les garçons réfugiés qui avaient le mal du pays, détestaient le Canada, ou qui en profitaient pour tirer au flanc parce qu'ils n'étaient pas en Angleterre. Sans oublier l'inévitable hystérie qui balayait l'école lorsque les nouvelles étaient mauvaises et une hystérie pire encore lorsqu'elles étaient bonnes. Et j'avais la corvée de donner presque tous mes propres cours en plus de m'occuper de mes devoirs administratifs. Aucun plaisir, Boy. »

« Personne n'a eu une guerre facile, Dunny. Et je dois dire que tu as été à la hauteur. La question est de savoir ce que nous allons faire maintenant. »

« C'est toi le président du conseil. C'est à toi de me le dire. »

« Tu ne veux pas continuer à assumer la responsabilité de directeur, n'est-ce pas ? »

« Tout dépend des conditions. Ça pourrait être beaucoup plus agréable maintenant. Ces derniers dix-huit mois, je suis parvenu à recruter un bon personnel, et je suis sûr qu'il y aura davantage d'argent maintenant que le conseil peut s'en occuper. »

« Mais tu viens de me dire que tu détestais être directeur. »

« En temps de guerre — qui n'en aurait fait autant ? Mais, je le répète, les choses s'améliorent. Je vais peut-être aimer cela. »

« Écoute, mon vieux, trêve de discours. Le conseil apprécie tout ce que tu as fait. Ils veulent t'offrir un dîner en témoignage de leur estime. Ils veulent te dire devant toute l'école combien ils te sont reconnaissants. Mais ils veulent un directeur plus jeune. »

« Jeune ? Qu'entendent-ils par là ? Tu connais mon âge. Je n'ai pas encore cinquante ans, comme toi. De nos jours, quel âge faut-il avoir pour être considéré comme un jeune directeur ? »

« Ce n'est pas seulement ça. Tu ne me rends pas les choses faciles. Tu n'es pas marié. Un directeur a besoin d'une épouse. »

« Quand j'en ai voulu une, je me suis aperçu que tu la voulais plus que moi. »

« Ça c'est un coup bas. De toute façon, Leo n'aurait pas — laissons cela. Tu n'as pas de femme. »

« Peut-être pourrais-je en trouver une rapidement. Mlle Gostling, de notre école sœur, Bishop Cairncross, me lance des œillades académiques depuis deux ou trois ans. »

« Sois sérieux. Ce n'est pas seulement la question d'avoir une femme. Dunny, tu dois regarder les choses en face. Tu es bizarre. »

« Tu veux parler du péché de sodomie ? Tu ne connais pas les garçons comme moi, sans quoi tu ne penserais pas cela. D'ailleurs, Oscar Wilde, s'il avait plaidé la folie, aurait quitté le tribunal en homme libre. Des raisonnements d'enfant, quoi ! »

« Non, non, non ! Ce n'est pas du tout ce que je veux dire. Tu es *bizarre* — étrange, drôle, pas comme les autres. »

« Voilà qui est très intéressant ! Comment suis-je bizarre ? Te souviens-tu du pauvre Iremonger qui avait une plaque d'argent dans la tête ? Il avait l'habitude de grimper aux tuyaux de sa salle de classe et de parler aux élèves du plafond. *Lui* était bizarre. Ou Bateson, ce malheureux alcoolique qui avait l'habitude de jeter un gant de boxe mouillé aux élèves inattentifs et de le récupérer en tirant sur une ficelle ? J'ai toujours pensé qu'ils apportaient quelque chose à l'école — un aperçu du vaste monde que les élèves n'auraient jamais pu avoir dans les écoles publiques. Voyons ! ma bizarrerie ne peut tout de même pas être comparée à la leur ? »

« Tu es un excellent professeur. Tout le monde le sait. Tu obtiens de nombreuses bourses pour tes élèves, et cela aussi est tout à ton honneur. Tu es un auteur reconnu. Mais voilà. »

« Voilà quoi ? »

« Cette histoire de saints. Tes livres sont splendides, c'est entendu. Mais si tu étais père, aimerais-tu envoyer ton fils à une école dont le directeur fait autorité en matière de saints ? Et la question se poserait avec encore plus d'acuité si tu étais une mère. Les femmes détestent le moindre mystère chez un homme à qui elles songent à confier leur fils. La religion à l'école, c'est une chose ; elle y a une place bien déterminée. Mais il ne s'agit pas de ce monde trouble où naviguent les faiseurs de miracles, les grands prêtres magiciens et les femmes asexuées. Les saints sont d'ailleurs tout à fait en dehors de la question. J'ai beau être un vieil ami, il n'en demeure pas moins que je suis aussi président du conseil d'administration et, à ce titre, je peux t'assurer que c'est tout à fait impossible. »

« Es-tu en train de me foutre à la porte ? »

« Absolument pas. Ne dramatise donc pas. Tu sais

sûrement ce que, comme maître, tu ajoutes au prestige de la maison — auteur réputé ayant su traiter subtilement d'un sujet difficile, traduit en langue étrangère, amusant, original et tout le reste — mais si tu étais directeur du collège en temps de paix, ce serait une véritable catastrophe. »

« Original, moi ? »

« Oui, toi. Bon sang ! Crois-tu que la façon dont tu te grattouilles l'intérieur de l'oreille avec le petit doigt n'amuse pas les garçons ? Et la façon dont tu te remontes les sourcils — on dirait d'énormes moustaches en broussaille, je me demande pourquoi tu ne les tailles pas — et tes affreux complets en Harris tweed que tu ne fais jamais repasser. Que dire aussi de cette manie dégoûtante de te moucher puis de regarder dans ton mouchoir comme si tu t'attendais à faire une prophétie à partir de cette saleté ? De plus, tu fais dix ans de plus que ton âge. Les temps des originaux du genre comique à la direction du collège sont révolus. De nos jours, les parents veulent quelqu'un qui leur ressemble davantage. »

« Un directeur créé à leur propre image, hein ? Bon ! tu as quelqu'un de pratiquement engagé, c'est clair ; autrement tu ne serais pas aussi pressé de te débarrasser de moi. Qui est-ce ? »

(Boy vous nomma, cher Directeur. Je n'avais jamais entendu parler de vous à ce moment-là ; il n'y a donc aucune malice de ma part à rapporter cette conversation.)

Nous argumentâmes encore un moment, et j'en profitai pour faire languir Boy, car je ne trouvais pas qu'on se montrât très chic à mon égard. Finalement je lui dis : « D'accord, je veux bien continuer comme chef de la section Histoire et directeur adjoint. Mais je ne veux pas de ton dîner en mon honneur, et je te prierai instamment, en ta qualité de président, d'informer les élèves et les professeurs que je n'ai pas été rétrogradé dès que l'on a pu trouver quelqu'un qui plaisait davantage aux parents. Ce sera un mensonge, mais ce qui m'importe c'est de sauver la face. Explique-leur que les exigences de mon métier d'écrivain m'ont fait suggérer cette solution et que je m'engage à donner tout mon appui au nouveau directeur. J'exige de plus six mois de congé, à plein salaire, avant de reprendre mon travail. »

« D'accord. Tu es beau joueur, Dunny. Où iras-tu pendant ces six mois ? »

« Voilà longtemps que je désire visiter les grands sanctuaires d'Amérique latine. Je commencerai au Mexique par le Sanctuaire de la Vierge de Guadalupe. »

« Te voilà reparti, te consacrant de nouveau à la seule chose qui ait vraiment constitué un obstacle entre toi et le poste de directeur. »

« Exactement. Tu ne t'attends tout de même pas que j'attache la moindre importance à l'opinion de nigauds comme toi et les membres de ton conseil, ou de parents de quelques centaines de crétins ? »

2

C'est ainsi que, quelques mois plus tard, je me retrouvai assis dans un coin de l'immense basilique byzantine du dix-neuvième siècle à Guadalupe, occupé à observer l'inépuisable foule d'hommes et de femmes, jeunes et vieux, qui se traînaient à genoux pour se rapprocher le plus possible du tableau de la Vierge miraculeuse.

Celui-ci me surprit. Que ce fût ou non parce que je me faisais une idée faussement préconçue du clinquant de tout ce qui était mexicain, ou de l'extravagante latinité de la légende, je m'étais attendu à quelque chose qui offenserait mon sens artistique. Avec le temps j'étais devenu un modeste connaisseur dans le domaine de l'art sacré, depuis les catacombes et le visage noirci et menaçant de la Sainte Face à Lucques aux plus tendres Raphaël et Murillo. Mais ici j'étais en présence d'un tableau qui n'aurait pas été peint de main d'homme — pas même par celle de saint Luc — et qui était miraculeusement apparu à l'intérieur d'une pèlerine de paysan.

En 1531, à cet endroit, la Vierge était en effet apparue plusieurs fois à Juan Diego et elle lui avait ordonné de dire à l'évêque Zumárraga qu'un autel en son honneur devait être construit sur les lieux mêmes ; lorsque l'évêque Zumárraga demanda tout naturellement à Juan Diego d'autres preuves, la Vierge remplit de roses sa pèlerine, bien qu'on fût en décembre. Et lorsqu'il l'ouvrit devant l'évêque, non seulement elle contenait des roses, mais l'envers en était devenu un tableau. Ce que voyant, l'évêque tomba prosterné d'émerveillement.

Le plus discrètement possible (car j'essaie de ne pas trop me faire remarquer quand je visite les sanctuaires), j'examinai le tableau à l'aide d'un excellent petit télescope de poche. Il était évidemment peint sur une étoffe très grossière et la couture qui en parcourait le milieu de haut en bas obliquait juste assez du droit-fil pour éviter le visage de la Vierge. Il avait pour modèle l'Immaculée Conception ; la Vierge, une jeune paysanne d'environ quinze ans, était debout, les pieds posés sur un croissant de lune. La facture en était habile et le visage très beau — si, chassant de son esprit le masque de putain que les cosmétiques modernes ont substitué à la beauté, on s'arrêtait sur le faciès. Pourquoi l'œil droit était-il à demi clos, comme s'il était enflé ? Détail inattendu dans une image sainte. Mais les couleurs étaient très belles, et l'or, quoique abondant, n'avait pas été appliqué avec démesure. L'Espagne aurait pu être fière d'un tel tableau. Quant à ses proportions — il était trois fois et demie plus long que large —, c'étaient celles d'une *tilma*, vêtement que j'avais vu sur le dos des paysans dans la campagne environnante. Un tableau remarquable, sans aucun doute.

Cependant, ce n'est pas le tableau lui-même qui retenait

surtout mon attention. Je n'arrivais pas à détacher les yeux des suppliants agenouillés, fasciné par la beauté qu'expriment presque tous les visages en présence de la Déesse de la Merci, de la Sainte Mère, image de la Divine Compassion. Comme ils étaient différents, ces visages, de ceux qu'on voit dans les galeries, jetant sur les Madones des regards de commissaires-priseurs, plissant les yeux, se mordant les lèvres. Ces suppliants n'avaient aucune notion artistique ; pour eux un tableau était un symbole, et tout naturellement le symbole se transformait en réalité. Ils n'avaient pas encore été atteints par l'éducation moderne, mais leur gouvernement s'efforçait, par tous les moyens, de leur procurer ce bienfait inestimable ; l'anticléricalisme et la trépidation américaine les libéreraient bientôt de leur foi dans les miracles et la vertu des images saintes. Mais alors, me demandai-je, d'où viendront la miséricorde et la compassion divines ? Ou serait-ce que les gens bien nourris et qui connaissent les merveilles cachées au cœur de l'atome peuvent se passer de telles panacées ? Ce n'est pas que je décrie les progrès que nous avons faits sur le plan de l'économie et de l'éducation ; je me demande seulement quel en sera le prix et en quelles espèces nous devrons le payer.

Jour après jour, j'allais m'asseoir dans la basilique durant quelques heures pour réfléchir. Les sacristains et les religieuses qui distribuaient de petites reproductions de la peinture miraculeuse s'étaient habitués à moi ; ils pensaient que je devais être un membre de ce petit groupe d'excentriques que sont les riches dévots ou que peut-être j'écrivais un article pour une revue touristique. Je prenais soin de glisser une obole dans chaque tronc et l'on me laissait en paix. Mais je ne suis ni riche ni dévot dans le sens traditionnel du mot, et ce que j'écrivais lentement, laborieusement, et avec tant de révisions que la version finale n'était pas en vue, constituait une sorte de prologue à une discussion sur la nature de la foi. Pourquoi, de tout temps et dans le monde entier, les hommes ont-ils recherché le merveilleux ? Et celui-ci est-il le produit de leur désir ou est-ce leur désir qui, résultant d'une connaissance profondément enfouie dans le subconscient, ne pouvant être ni appréhendée directement ni analysée, permet de considérer le merveilleux comme un aspect du réel ?

Les philosophes se sont penchés sur la question, bien entendu, et ils ont trouvé des réponses qui leur ont donné entière satisfaction, mais je n'ai jamais vu qu'une réponse de philosophe pût rendre service au commun des mortels. J'essayais d'aborder mon sujet en me détachant du point de vue de la foi qui fait voir tout en rose, et de celui de la science qui arbore le vert de l'espoir. Tout ce que j'avais pu établir avant d'aller m'asseoir dans la basilique de Guadalupe consistait à trouver dans la foi une réalité psychologique qui, lorsqu'on ne lui permettait pas de s'accrocher à l'invisible, envahissait et rendait infernal le visible. Ou, en d'autres termes, l'irrationnel sera toujours de la partie, peut-être parce que « irrationnel » n'est pas le terme qui convient.

Il est évidemment impossible de remplir ses journées à jongler de la sorte. J'avais pris l'habitude de me lever de bon matin et de me rendre aussitôt au sanctuaire. Après déjeuner, suivant le mode de vie local, je faisais la sieste. Puis, j'explorais la ville jusqu'au dîner. Mais que faire ensuite ? Je ne pouvais guère m'asseoir dans les salons de mon hôtel, car le mobilier, de style espagnol, était vraiment trop inconfortable. De plus, un gigantesque tableau de la dernière Cène dominait la pièce destinée à la correspondance. C'était la plus lugubre représentation du plus sombre des festins ; aucun des convives ne paraissait en appétit et, sur un plat posé au milieu de la table, l'air malencontreusement vivant bien qu'il fût écorché, un agneau entier fixait sur Judas un regard plein de reproche.

J'essayai le théâtre et endurai jusqu'au bout un drame

dans lequel je reconnus *Frou-Frou* de Sardou, fortement hispanisé et rehaussé d'une saveur mexicaine. La pièce traînait en longueur. Je vis deux ou trois films américains doublés en espagnol. Puis, avec soulagement, je découvris dans un journal du matin qu'on pouvait voir un magicien au Teatro Chueca, et je me procurai un billet par l'intermédiaire de mon hôtel.

Mon enthousiasme pour la magie n'avait jamais complètement disparu, et j'avais vu les meilleurs illusionnistes de mon temps — Thurston, Goldin, Blackstone, ce remarquable Allemand du nom de Kalanag, et Harry Houdini peu de temps avant sa mort. Mais je n'avais jamais entendu parler de l'homme qui donnait une représentation à Mexico ; l'annonce déclarait que Magnus Eisengrim étonnerait Mexico après ses tournées triomphales en Amérique du Sud. Je présumai que c'était un Allemand qui jugeait malavisé de se produire aux États-Unis si peu de temps après la guerre.

Peu après le lever du rideau, je sus que c'était une séance de magie comme je n'en avais jamais vu. Au vingtième siècle, les magiciens de la scène ont toujours été de grands farceurs ; Houdini lui-même arborait un sourire d'étoile de cinéma pendant tout son spectacle. Leur boniment était destiné à assurer le public qu'on ne devait pas les prendre au sérieux ni croire qu'ils faisaient vraiment des merveilles ; c'étaient de très habiles professionnels qui aimaient divertir, mais dont la magie appartenait au domaine du spectacle. Même lorsqu'ils ajoutaient à leur numéro un peu d'hypnotisme — comme Blackstone le faisait si adroitement —, personne ne pouvait s'alarmer.

Rien de tel avec Magnus Eisengrim. Il ne portait pas l'habituelle tenue de soirée, mais un beau *frac* à col de velours et une culotte de cheval en soie. Il commença son spectacle en apparaissant tout à coup au milieu de la scène : il leva la main pour cueillir dans les airs une baguette magique et, s'enroulant dans une cape noire, il devint tout à coup transparent ; des membres de sa compagnie — des jeunes filles vêtues de costumes fantaisistes — semblaient passer à travers lui en marchant ; puis, après un autre envol de sa cape, lui se transformait de nouveau en être de chair, et quatre des jeunes filles devenaient suffisamment fantomatiques pour qu'il pût les transpercer de sa baguette magique. Je commençais à m'amuser ; il s'agissait évidemment de la vieille illusion du *Fantôme de Pepper* — dont le principe est assez connu — mais dans une nouvelle présentation remplie de mystère. Personne sur la scène n'esquissait l'ombre d'un sourire.

C'est alors qu'Eisengrim se présenta à l'auditoire. Il parlait un espagnol châtié et dès le début il fut clair qu'il ne se considérait pas comme un Gugusse, mais comme un maître capable de réussir un spectacle empreint de mystère et de beauté, avec peut-être un soupçon de terreur. Certainement, son apparence et son entourage ne correspondaient pas à ceux des magiciens que l'on voyait habituellement sur la scène ; il n'était pas grand, mais il avait un maintien si remarquable que sa petite taille était sans importance. Il avait de beaux yeux et une grande dignité, mais il se distinguait surtout par sa voix ; elle était beaucoup plus forte que celle que l'on s'attendrait à trouver chez un homme de sa taille ; elle avait une très belle sonorité et un registre exceptionnel. Il nous accueillit comme des invités de marque et nous promit une soirée de visions et d'illusions dignes de toutes celles qui avaient nourri l'imagination de l'humanité pendant deux mille ans — sans compter quelques petits tours, histoire de nous divertir.

Quelle nouveauté — un magicien poète qui se prenait au sérieux ! Ce n'était certes pas dans ce rôle que je m'attendais à rencontrer de nouveau Paul Dempster. Mais sans aucun doute, c'était bien Paul, si sûr de lui, si raffiné, si totalement différent du prestidigitateur de cirque portant moustache, barbe et vieilles hardes que j'avais rencontré au Grand Cirque forain de Saint-Guy voilà plus de quinze ans, qu'il me fallut un bon moment avant d'être sûr de le reconnaître. Comment s'était-il forgé cette nouvelle personnalité, et où avait-il mis au point ce numéro magnifique et de si bon goût ?

Le spectacle du Teatro Chueca fut présenté avec tant d'élégance que je doute que, en dehors de moi, quiconque ait pu se rendre compte de l'ancienneté de son contenu. Paul n'effectua pas un seul nouveau tour ; il se cantonna dans les classiques, bien connus des gens qui s'intéressent à l'histoire de cet art singulier et de ce métier mineur.

Il invita des spectateurs à venir prendre un verre sur scène avant d'entreprendre son véritable travail, et leur servit de la même bouteille du vin rouge, du vin blanc, du cognac, de la tequila, du whisky, du lait et de l'eau ; c'était un très vieux tour mais auquel son air de gracieuse hospitalité donnait un cachet nouveau. Il emprunta une douzaine de mouchoirs — le mien entre autres — et y mit le feu dans un récipient en verre ; puis, des cendres, il fit renaître onze mouchoirs lavés et repassés ; lorsque le douzième spectateur montra de l'inquiétude, Eisengrim l'incita à regarder au plafond d'où le mouchoir descendit en voletant pour lui tomber dans les mains. Il emprunta le sac d'une dame, et il en sortit un paquet qui s'enfla et grossit jusqu'à ce qu'il ait révélé une jeune fille sous l'emballage ; il fit s'élever la jeune personne dans les airs, la fit flotter au-dessus de la fosse d'orchestre, retourner à la table et, une fois couverte de nouveau, rétrécir pour devenir un paquet qui, remis dans le sac de la dame, s'avéra être une boîte de bonbons. Tous de vieux tours, tous très bien faits. Et tous offerts sans ces facéties qui rendent généralement les spectacles de magie d'un mauvais goût insupportable.

La deuxième partie du spectacle débuta par une séance d'hypnotisme. De la cinquantaine de personnes qui se proposèrent, il en choisit vingt et les fit asseoir en demicercle sur la scène. Puis, un par un, il les persuada de faire les trucs dont se servent toujours les hypnotiseurs — ramer, manger des repas invisibles, se comporter comme des invités à une soirée, écouter de la musique, et tout le reste — mais il avait aussi une idée que je ne connaissais pas ; il informa un homme d'âge mûr, à l'air sérieux, qu'il venait de recevoir le prix Nobel et il lui demanda de prononcer son discours d'acceptation. L'homme s'exprima avec une telle dignité et une telle éloquence que le public applaudit vigoureusement. J'ai vu des séances d'hypnotisme dans lesquelles les gens étaient amenés à agir de façon ridicule afin de prouver le pouvoir des hypnotiseurs ; rien de tel n'eut lieu, et les vingt volontaires quittèrent la scène sans qu'on ait porté la moindre atteinte à leur dignité, et en éprouvant, en fait, un sens accru de leur importance.

Puis Eisengrim nous fit assister à quelques trucs d'évasion. Il se libéra de cordes et de courroies avec lesquelles les spectateurs, qui se croyaient très habiles, l'avaient attaché. Il se laissa ficeler et enfermer dans une malle qui fut soulevée par une corde jusqu'au plafond du théâtre ; au bout de trente secondes, Eisengrim descendit l'allée centrale jusqu'à la scène, fit descendre la malle et montra qu'elle contenait une absurde effigie de lui-même.

L'évasion qui couronna toutes les autres était une variante d'une évasion créée et rendue célèbre par Houdini. Eisengrim, vêtu seulement d'un maillot de bain et menottes aux mains, fut introduit la tête la première dans un récipient en métal qui ressemblait à un bidon de lait. Le haut de ce bidon fut plongé dans un bassin d'eau, muni de fenêtres permettant au public de voir ce qui se passait à l'intérieur ; des rideaux furent tirés autour du bac et son contenu, et le public attendit la suite en silence. On demanda à deux hommes de minuter l'évasion ; si elle prenait plus de trois minutes, ils devaient donner ordre au pompier de service de briser le bidon sans délai.

Les trois minutes s'écoulèrent. Le pompier reçut l'ordre et il essaya maladroitement de sortir le bidon du bac et d'ouvrir les cadenas. Mais quand il eut fini, le bidon était vide, et le pompier n'était autre qu'Eisengrim. Ce fut le seul moment de la soirée contenant le moindre élément comique.

Les troisième et quatrième parties du spectacle furent du genre sérieux, presque solennel, mais il en émanait un érotisme tel que je n'en avais jamais vu dans un spectacle de magie, où parmi les spectateurs le nombre des enfants dépasse de beaucoup celui des adultes. *Le Rêve de Midas* était une illusion de longue durée au cours de laquelle Eisengrim, aidé d'une jolie fille, produisit un incroyable nombre de dollars en argent qu'il allait chercher dans l'air, les poches, les oreilles, le nez et le chapeau du public ; il jeta toutes ces pièces sonnantes au fond d'un gros pot en cuivre, dans un tintement ininterrompu. Possédé par une avidité insatiable, il changea la fille en or, puis fut horrifié de son acte. Il lui tapa dessus avec un marteau, lui brisa une main qu'il fit circuler dans la salle et frappa la statue au visage. Puis, dans l'extase du renoncement, il cassa en deux sa baguette magique. Sur-le-champ, le pot en cuivre fut vide, et lorsque notre attention se reporta sur la fille, celle-ci avait repris sa forme humaine, mais il lui manquait une main et du sang coulait de sa lèvre. Cette note de cruauté apportait du piquant et le public parut enchanté.

Sa dernière illusion se nommait *La Vision du docteur Faust*, et le programme nous assurait que dans cette scène, et uniquement dans celle-là, la belle Faustina ferait son apparition. Réduite à ses éléments de base, c'était la vieille illusion dans laquelle le magicien fait tour à tour apparaître la même jeune fille dans deux armoires largement espacées sans qu'on la voie se déplacer de l'une à l'autre.

Mais dans la présentation d'Eisengrim, il s'agissait du conflit que se livraient l'Amour sacré et l'Amour profane pour l'âme de Faust : d'un côté de la scène apparaissait la belle Faustina en Gretchen, assise à son rouet et pudiquement vêtue ; lorsque Faust s'approchait d'elle, elle disparaissait, et de l'autre côté de la scène, sous une tonnelle de fleurs, apparaissait Vénus aussi court vêtue que pouvait le tolérer le sentiment mexicain de la pudeur. Visiblement, Gretchen et Vénus étaient la même et unique jeune fille, mais celle-ci, ayant des dons de comédienne, arrivait à faire clairement comprendre à son auditoire ravi que la beauté de l'esprit pouvait fort bien cohabiter chez une même personne avec une sensualité de bon aloi. À la fin du compte, Faust, rendu fou par les difficultés du choix, se donna la mort et Méphistophélès apparut au milieu des flammes pour l'entraîner en enfer. Au moment où il disparaissait en plein milieu de la scène, flottant sans soutien visible à environ huit pieds au-dessus des planches, symbole j'imagine de l'Éternel Féminin, parut de nouveau la belle Faustina, rayonnante de compassion, tout en montrant généreusement ses jolies jambes. Le numéro atteint son paroxysme lorsque Méphistophélès, entrouvrant sa toge, révéla qu'il était Eisengrim le Grand et que si quelqu'un avait été entraîné en enfer, ce n'était en tout cas pas lui !

Le public montra sa satisfaction en applaudissant chaudement le numéro final. Une ouvreuse m'ayant empêché d'utiliser la porte de la scène, je me rendis à l'entrée des artistes où je demandai à voir le señor Eisengrim. Impossible, répondit le portier. Les ordres étaient formels : on ne devait laisser passer personne. Je tentai de lui offrir ma carte de visite, car bien qu'elles ne soient plus guère utilisées en Amérique du Nord, elles possèdent encore une certaine autorité en Europe, et j'en conserve toujours quelques-unes sur moi. Mais cela ne servit à rien.

J'étais mécontent, et je m'apprêtais à partir furieux, lorsqu'une voix dit : « Êtes-vous monsieur Dunstan Ramsay ? »

La personne qui me parlait de la dernière marche de l'escalier qui menait au théâtre était probablement une femme, mais elle portait des vêtements masculins et avait les cheveux coupés à la garçonne ; c'était certainement la créature humaine la plus laide que j'aie jamais vue. Non pas qu'elle fût difforme ; elle était grande, se tenait très droite et possédait visiblement une très grande force, mais elle avait des mains et des pieds immenses, le menton en galoche, des arcades sourcilières proéminentes qui donnaient à ses yeux l'air d'être enfoncés dans de petites et très profondes cavernes. Mais la voix était belle, et elle s'exprimait comme quelqu'un de cultivé avec une pointe d'accent étranger.

« Eisengrim se fera un plaisir de vous voir. Il vous a remarqué dans l'auditoire. Suivez-moi, s'il vous plaît. »

Les coulisses étaient étroites et le corridor qu'elle me fit prendre résonnait du bruit d'une querelle en une langue qui ne m'était pas familière — le portugais, probablement. Mon guide frappa à la porte, entra sans attendre, avec moi sur ses talons, et nous nous trouvâmes en présence des antagonistes. C'était Eisengrim, nu jusqu'à la taille, retirant le fard de son visage avec une serviette sale, et la belle Faustina, nue comme l'aurore, jolie comme la brise, et folle de rage ; elle aussi enlevait son maquillage de scène qui paraissait lui recouvrir presque tout le corps. Elle empoigna un peignoir, s'enroula dedans et continua de faire sa toilette, tandis que nous conversions, découvrant l'une après l'autre les parties de son corps qu'il fallait nettoyer.

« Elle dit qu'il lui faut davantage de lumière rose dans le dernier tableau », dit Eisengrim à mon guide, en allemand. « Je lui ai dit que cela gâcherait tout l'effet de mon spot rouge sur Méphisto, mais tu connais sa tête de cochon. »

« Pas maintenant », dit la femme laide. « Monsieur Dunstan Ramsay, votre vieil ami Magnus Eisengrim, et la belle Faustina. »

Le sourire éblouissant de la belle Faustina me fit presque perdre connaissance. Elle me tendit une main huileuse qui venait tout juste de lui servir à enlever le maquillage sur le haut de sa cuisse. Je suis peut-être un Canadien d'ascendance écossaise qui a vu le jour à Deptford, mais je ne suis pas le genre d'homme à me laisser désarmer par une girl sud-américaine. Je baisai donc cette main avec ce que je crus être beaucoup d'élégance. Puis je serrai la main d'Eisengrim dont le sourire n'était pas vraiment amical.

« Cela fait longtemps, monsieur Dunstable Ramsay », dit-il en espagnol. Je pense qu'il voulait me placer en état d'infériorité, mais je me débrouille assez bien en espagnol, et nous continuâmes la conversation dans cette langue.

« Ça fait plus de trente ans, à moins que vous ne comptiez notre rencontre au Grand Cirque forain de Saint-Guy, dis-je. Comment vont *Le Solitaire des forêts* et mon amie *La Femme à barbe* ? »

« *Le Solitaire* est mort peu après notre rencontre », dit-il. « Je n'ai pas revu les autres depuis le début de la guerre. »

Nous poursuivîmes notre conversation un moment, mais elle était si guindée, si difficile que je décidai de partir ; manifestement, Eisengrim ne voulait pas de moi dans sa loge. Mais quand je pris congé, la femme laide dit : « Nous espérons beaucoup que demain vous puissiez déjeuner avec nous. »

« Liesl, te rends-tu vraiment compte de ce que tu fais ? » dit Eisengrim rapidement en allemand.

Mais je me débrouille assez bien en allemand aussi. Quand la femme laide répondit : « Oui, j'en suis absolument certaine et toi aussi, alors ne reviens plus sur la question », je compris tout, et déclarai en allemand : « Ce sera un très grand plaisir, si toutefois je ne dérange pas. »

« Comment un vieil ami pourrait-il être un intrus ? » dit Eisengrim en anglais, et à partir de ce moment-là il n'utilisa plus d'autre langue, même si son anglais était rouillé. « Tu sais, Liesl, que M. Ramsay fut mon premier professeur de magie ? » Il était tout miel maintenant. Et comme je m'en allais, il se pencha en avant et murmura : « Ce prêt temporaire, vous vous souvenez — rien n'aurait pu me le faire accepter si *Le Solitaire* n'avait pas été sans le sou — vous devez me permettre de vous le rembourser sans plus tarder. » Et il tapota légèrement l'emplacement où, dans une poche intérieure, je mets mon argent.

Ce soir-là, alors qu'en bon Canadien écossais je faisais sagement mes comptes, comme d'habitude, je découvris que plusieurs billets s'étaient infiltrés dans mon portefeuille, la somme dépassant légèrement, mais non de façon embarrassante, celle qui avait disparu de ma poche lorsque j'avais rencontré Paul pour la dernière fois. Je me mis à avoir une meilleure opinion d'Eisengrim. J'aime l'honnêteté scrupuleuse en matière d'argent. C'est ainsi que je devins membre de l'entourage de Magnus Eisengrim, et ne fis jamais ma tournée des lieux saints d'Amérique du Sud. Tout fut décidé lors du déjeuner qui suivit notre première rencontre. Eisengrim y assistait, ainsi que la hideuse Liesl, mais la belle Faustina n'était pas des nôtres. Quand je m'enquis d'elle Eisengrim dit : « Elle n'est pas encore prête à être vue dans un lieu public. » Eh bien ! pensai-je, s'il peut se montrer au restaurant avec un monstre, pourquoi pas avec la plus belle femme que j'aie vue de ma vie ? Avant la fin de ce long déjeuner, je sus pourquoi.

Au bout d'une heure ou deux, Liesl sembla moins laide. Ses vêtements paraissaient masculins du fait qu'elle portait une veste et un pantalon, mais sa blouse était fine et son beau foulard retenu par un anneau. À sa place, je n'aurais pas porté ces souliers vernis de danseur — une pointure onze au moins —, mais autrement elle avait une tenue discrète. Ses cheveux courts étaient élégamment coiffés, et elle portait même un peu de rouge aux lèvres. Rien ne pouvait atténuer l'extrême laideur et la difformité de son visage, mais elle était gracieuse, avait une voix charmante, et tenait en laisse une intelligence vive afin qu'Eisengrim pût dominer la conversation.

« Tu vois ce que nous tentons de faire, dit-il. Nous sommes en train de monter un spectacle de magie qui sera unique en son genre et nous le voulons tout à fait au point avant d'entreprendre une tournée mondiale. Il ne l'est pas encore — oh ! c'est très gentil à toi de protester, mais je t'assure que ce n'est rien en comparaison de ce à quoi nous voulons arriver. Nous visons à combiner une exécution parfaite avec le charme et le romantisme généralement associés au ballet — le ballet européen s'entend, pas la séance d'athlétisme américaine. Tu sais que de nos jours, le théâtre n'a presque plus recours au charme ; les acteurs veulent suer et être vrais, les dramaturges veulent pouvoir se gratter les aisselles en public. Très bien, c'est la tendance de l'époque. Mais il y a toujours un autre courant, un courant qui semble être précisément le contraire de la mode. À notre époque, ce désir secret va vers le romantisme et le merveilleux. Et c'est ce que nous croyons pouvoir apporter, mais pas en faisant des courbettes et des sourires obséquieux ; il faut faire preuve d'autorité. C'est ce à quoi nous travaillons présentement. Tu as remarqué que nous ne sourions pas beaucoup pendant le spectacle ; nous ne faisons aucune plaisanterie, à vrai dire. Sourire dans ce genre de spectacle, c'est faire la courbette. Observe les magiciens qui passent dans les boîtes de nuit ; ils veulent à tout prix être aimés et savoir que tout le monde pense : “ Quel type drôle ” au lieu de : “ Quel type exceptionnel, quel type mystérieux. " C'est la maladie du monde des spectacles : aime-moi, cajole-moi, tapote-moi la tête amicalement. Ce n'est pas ce que nous souhaitons. »

« Et que souhaites-tu ? Être craint ? »

« Je veux les émerveiller. Ce n'est pas de l'égoïsme. Les gens meurent d'envie de pouvoir s'émerveiller, et notre époque les en empêche. Ils paieront pour y arriver, à condition que tu saches les étonner vraiment. La guerre n'a-t-elle rien appris à personne ? Hitler a dit : " Regardez-moi, et soyez émerveillés, étonnés, je peux faire ce dont les autres sont incapables " — et ils se précipitèrent pour l'admirer. Ce que nous offrons est tout à fait innocent — tout ce que prétend faire notre spectacle, c'est nourrir cette partie de l'esprit qui est affamée. Mais ça ne marchera pas si nous nous laissons coudoyer, fréquenter et cajoler par ceux-là mêmes que nous aurons émerveillés. D'où notre projet. »

« Qui est ? »

« De garder en tout temps, au spectacle, son caractère. Je ne dois pas me laisser voir hors de scène sauf dans des occasions ayant vraiment du cachet ; je ne dois jamais faire de magie en dehors du théâtre. Quand les gens me rencontrent, ils doivent toujours considérer que le gentleman que je suis leur fait une faveur ; je ne dois jamais être le " brave type " qu'on associe aux autres. Le contrat des jeunes femmes doit stipuler qu'elles n'accepteront pas d'invitation que nous n'approuvions, qu'elles ne porteront que des vêtements de notre choix pour sortir, qu'elles n'auront pas de liaisons tapageuses et donneront toujours l'impression d'être des femmes " bien ". Pas facile, vois-tu. Faustina elle-même pose un problème ; elle n'a pas encore appris à se vêtir de façon appropriée, et elle s'empiffre comme un goinfre. »

« Il va falloir que tu paies le prix fort pour que des gens acceptent ce mode de vie. »

« Bien sûr. La compagnie doit donc rester plutôt petite

et la paie être tentante. Nous chercherons les gens qu'il nous faut. »

« Excuse-moi, mais tu n'arrêtes pas de dire *nous* ferons ceci, *nous* ferons cela. S'agit-il du pluriel de majesté ? Si c'est le cas, tu te prépares peut-être des problèmes d'ordre psychologique. »

« Non, non. Quand je dis *nous,* je veux dire Liesl et moi. Je suis le magicien. Elle est l'autocrate de la compagnie, comme tu vas le découvrir. »

« Et pourquoi Liesl est-elle l'autocrate de la compagnie ? »

« Ça aussi, tu le découvriras. »

« Ce n'est pas du tout sûr. Pour quelles raisons peux-tu vouloir de moi ? Je suis encore moins bon magicien que lorsque tu me servais de public dans la bibliothèque municipale de Deptford. »

« Ça ne fait rien. Liesl te veut. »

Je regardai Liesl, qui souriait avec tout le charme que lui permettait sa mâchoire proéminente, et dis : « Elle ne peut rien savoir de moi. »

« Vous vous sous-estimez, Ramsay, dit-elle. N'êtes-vous pas l'auteur d'*Une centaine de saints à l'intention des voyageurs ?* Et de *Saints oubliés du Tyrol ?* Et de *Saints celtiques de Grande-Bretagne et d'Europe ?* Hier soir, quand Eisengrim mentionna qu'il vous avait vu dans l'auditoire et que vous aviez insisté pour prêter votre mouchoir, je voulus aussitôt vous rencontrer. Je vous suis obligée de m'avoir procuré beaucoup de renseignements, mais encore plus de m'avoir fourni tant de belles heures à lire votre délicieuse prose. On n'a pas si souvent l'occasion de faire la connaissance d'un hagiographe distingué. »

Il y a plus d'une sorte de magie. Ce petit discours eut pour effet de me révéler que Liesl était loin d'être aussi laide que j'avais pu le croire, et que c'était en vérité une femme d'une intelligence et d'un charme captivants, cruellement emprisonnée dans un corps difforme. Je sais reconnaître la flatterie, mais il m'est rarement donné d'en entendre. De plus, il faut savoir discerner la flatterie habile de la maladroite ; celle-ci provenait du meilleur cru. Et qui était cette femme qui connaissait un terme aussi bizarre qu' « hagiographie » dans une langue qui n'était pas la sienne ? Personne, hormis un Bollandiste, n'avait jamais employé ce terme à mon sujet ; cependant c'était un titre que je n'aurais pas échangé pour celui de Seigneur des Iles. Prose délicieuse ! Il me fallait absolument en savoir davantage.

De nombreuses personnes cherchent immédiatement à se durcir devant la flatterie ; elles essaient de cacher le fait qu'elles ont mordu à l'hameçon. C'est mon cas.

« Votre projet me paraît dangereusement onéreux, dis-je. A notre époque, pour ne pas perdre d'argent, les spectacles ambulants doivent jouer devant des salles combles et être solidement financés. Vous envisagez un spectacle d'une qualité rare. Mais qu'est-ce qui vous permet de croire qu'il pourra survivre ? Ce n'est pas moi qui peux vous conseiller dans ce domaine. »

« Ce n'est pas ce que nous attendons de vous, dit Liesl. Nous nous adresserons à des financiers pour nous faire conseiller en matière de finances. Non, ce que vous pouvez nous apporter c'est votre bon goût, et aussi une forme d'aide quelque peu inusitée. Et pour cela, vous serez rémunéré, bien entendu. »

En d'autres termes, pas de conseils d'amateur en matière de spectacle, ni de curiosité concernant leur financement. En quoi, alors, pourrait bien consister cette aide inusitée ?

« Tous les magiciens ont une autobiographie qui se vend au théâtre même, et ailleurs, continua-t-elle. La plupart sont des abominations ; toutes sont écrites par quelqu'un d'autre — vous appelez cela un nègre, je crois ? Nous voulons une autobiographie qui soit de même calibre que notre spectacle. Elle doit être d'une qualité irréprochable, tout en étant populaire, persuasive et écrite avec style. C'est là où vous entrez en scène, cher Ramsay. »

Prenant une expression qui chez une autre femme eût été flatteusement aguichante, elle posa une énorme main sur l'une des miennes, la couvrant entièrement.

« Si vous voulez que je l'écrive sous mon propre nom, c'est hors de question. »

« Pas du tout ! Il est important que l'on croie à une autobiographie. Nous vous demandons de faire office de nègre. Et au cas où une telle proposition serait insultante pour l'excellent écrivain que vous êtes, nous vous proposons une rémunération intéressante : trois mille cinq cents dollars, je me suis renseignée, c'est une somme raisonnable. »

« Mais pas extraordinaire non plus. Donnez-moi cette somme plus la moitié des redevances, et je pourrai reconsidérer votre offre. »

« Ah ! le vieux sang cupide des Ramsay ! » dit Eisengrim en riant — le premier rire véritable que je lui aie entendu.

« Eh bien ! réfléchis à ce que tu demandes de moi. Il s'agit, bien entendu, d'un ouvrage de fiction. Tu ne penses tout de même pas que le monde avalera l'idée d'un courtisan aux manières raffinées, s'il te sait fils de pasteur baptiste, né quelque part dans la campagne canadienne ? »

« Tu ne m'as jamais dit que ton père était pasteur, dit Liesl. Comme nous avons des choses en commun ! Plusieurs membres de la famille de mon père étaient pasteurs. »

« L'autobiographie, comme la personnalité, devra être faite sur mesure, dis-je, et comme vous me l'avez dit vous-même, tout au long du déjeuner. Une œuvre de valeur dans le domaine imaginaire ne s'écrit pas n'importe comment. »

« Je vous en prie, ne vous montrez pas trop exigeant, dit Liesl. Voyez-vous, nous ne pouvons pas nous adresser à n'importe quel écrivain. Mais vous, vous êtes exactement l'homme qu'il nous faut. Il n'est que de se rappeler le ton convaincant de vos livres sur les saints — la candeur, si brillamment dépourvue de naïveté apparente, avec laquelle vous désarmez les sceptiques, votre sérieux en parlant du merveilleux. Nous pouvons payer et nous paierons, bien que nous ne puissions envisager une somme déraisonnable. Mais je vous crois beaucoup trop ami de la magie pour dire non. »

En dépit de son visage ingrat, son sourire était si engageant que je ne pus refuser. J'avais l'impression de me lancer dans une aventure et, à cinquante ans, les aventures ne se présentent pas tous les jours.

3

À cinquante ans, devrait-on encore songer à l'aventure ? C'est la question que je me posais un mois plus tard. J'en avais franchement assez de Magnus Eisengrim et de sa troupe, et je m'étais mis à détester cordialement Liselotte Vitzlipützli, nom absurde de sa monstrueuse associée. Mais je ne pouvais me défaire de l'emprise que leur vitalité, leur détermination et le beau mystère de leur art exerçaient sur ma solitude.

Les premiers jours, cela me flattait d'être assis à l'orchestre dans le théâtre vide, aux côtés de Liesl, pendant qu'Eisengrim répétait. Il n'y avait pas de jour qu'il ne réétudiât à fond plusieurs de ses tours, retouchant un passage du spectacle, atténuant l'effet d'un autre, et perfectionnant sans cesse cette subtile technique qui consiste à diriger ailleurs l'attention du public, alpha et oméga de l'art du prestidigitateur.

J'éprouvais une profonde satisfaction à l'observer, car il

était passé maître de tous ces tours qui m'avaient paru si extraordinaires, si impossibles à réussir dans ma jeunesse. « Procurez-vous six demi-couronnes et placez-les au creux de votre paume. » Il pouvait exécuter ce tour de l'une ou l'autre main. Son frac de magicien me tirait presque les larmes ; c'était une telle merveille de poches dissimulées, *pochettes* et *profondes* ; quand il était rempli et prêt pour son entrée en scène dans le *Rêve de Midas*, son frac pesait douze livres — mais il lui allait parfaitement, sans montrer le moindre bourrelet.

On me demanda mon opinion sur le programme, et je la donnai. C'est sur mon conseil que la deuxième partie du spectacle fut remaniée. Je suggérai qu'il supprimât complètement le numéro de l'évasion ; cela ne cadrait pas avec ses tours d'illusionniste, car c'était essentiellement une performance d'ordre physique, non pas un tour de magie. Il n'y avait rien de très attirant à voir quelqu'un se faire coincer dans un bidon à lait et en ressortir. Liesl saisit l'occasion d'insister pour que fût inclus *La Tête d'Airain du Frère Bacon* et je l'appuyai vigoureusement ; ce numéro était tout à fait dans le ton du spectacle qu'ils étaient en train de monter. Mais Eisengrim le Grand n'avait jamais entendu parler du Frère Bacon, et comme tant de gens qui n'ont jamais entendu parler de quelque chose, il ne pouvait pas croire que qui que ce soit en dehors de quelques excentriques en ait entendu parler.

« Tu ne peux pas te tromper, dis-je. Tu peux leur parler du grand prêtre-magicien et de sa *Tête d'Airain* qui prédisait le futur et connaissait le passé ; je t'écrirai la présentation. Que les gens aient ou non entendu parler du *Frère Bacon* ne change rien. Il y en a beaucoup qui ne connaissent pas le *Docteur Faust*, mais ils aiment quand même ton numéro final. »

« Oh ! tous les gens instruits ont entendu parler de Faust », dit Eisengrim avec une pointe de suffisance. « Il est dans un opéra très célèbre. » Il n'avait pas la moindre idée de la présence de Faust dans l'une des plus célèbres pièces de théâtre jamais écrites.

Il n'avait reçu pratiquement aucune instruction, bien qu'il pût parler plusieurs langues, et l'une des choses que Liesl dut lui apprendre, en y mettant beaucoup de tact, était de ne pas parler de ce qu'il ne connaissait pas. J'avais l'impression, d'ailleurs, que sa personnalité extraordinairement imposante était due en grande partie à son ignorance — ou plutôt au fait qu'il n'avait pas la tête bourrée de futilités qui lui auraient permis tout au plus de pouvoir discuter de choses banales avec des gens sans envergure. Ayant été professeur pendant vingt ans, je ne pouvais souffrir les gens superficiels. Ce que savait Eisengrim, il le savait mieux que n'importe qui, il en tirait confiance tout en étant parfois d'un égoïsme d'une candeur déconcertante.

Nous travaillâmes d'arrache-pied pour mettre au point la *Tête d'Airain*, qui n'était en somme qu'un numéro de télépathie présenté sous un jour nouveau. Sur l'ordre d'Eisengrim, la *Tête d'Airain* s'élevait « par lévitation » et allait flotter au milieu de la scène, n'étant apparemment soutenue par aucun fil de fer ou support ; les jeunes filles circulaient alors dans la salle, récoltant des objets que leurs prêteurs étaient priés de cacheter dans des enveloppes avant de les leur remettre. Sur scène, Eisengrim recevait ces enveloppes sur un plateau et demandait à la *Tête d'Airain* de décrire les objets qu'elles contenaient et d'identifier leurs propriétaires ; la *Tête d'Airain* les décrivait, donnant la rangée et le numéro du fauteuil de chaque propriétaire ; c'est seulement à ce moment-là qu'Eisengrim les touchait. La *Tête* donnait ensuite à trois membres du public, apparemment pris au hasard, des messages ayant trait à leur vie privée. C'était un tour d'illusion de première classe, et le texte que j'écrivis pour l'occasion — simple, intelligible et débarrassé de rhétorique pompeuse si chère aux prestidigitateurs — joua un rôle important pour créer son aura de mystère.

Les répétitions étaient souvent difficiles, car nous étions à la merci des jeunes filles chargées de recueillir les objets ; celles-ci devaient utiliser leur cervelle, qui n'était certes pas la partie la mieux développée de leur anatomie. Les différents messages étaient simples mais dangereux, car il fallait compter sur le travail du gérant de la compagnie, un pickpocket particulièrement doué ; mais grâce à son air honnête et jovial, alors qu'il se mêlait au public qui arrivait au théâtre, serrant les mains et se faufilant dans la foule comme s'il se rendait ailleurs pour accomplir quelque chose de très important, personne ne le soupçonnait. Parfois, il trouvait des lettres inestimables dans les manteaux de visiteurs distingués à qui, pour éviter de faire la queue au vestiaire, il rendait le service de les apporter dans son bureau. Mais dans le cas d'hommes et de femmes du commun, il « plongeait », ce qui pouvait être dangereux, mais il aimait cela ; ça le ramenait au bon vieux temps avant les ennuis qui l'avaient forcé à quitter Londres pour se rendre à Rio.

À cause d'un message que la *Tête d'Airain* donna à une jolie femme lors de la première représentation, un duel eut lieu le lendemain entre un avocat mexicain bien connu et un dentiste qui se prenait pour un don Juan. Rien n'aurait pu surpasser ce genre de publicité, et toutes sortes de gens offrirent de grosses sommes pour pouvoir consulter la *Tête d'Airain* en privé. Eisengrim, inquiet comme le sont toujours les perfectionnistes, craignait que de telles révélations puissent empêcher les gens de venir au théâtre, mais Liesl avait confiance et exultait ; elle affirma qu'ils accourraient entendre ce qu'on disait des autres, et ils accoururent.

Le travail de Liesl consistait à parler pour la *Tête d'Airain*, car elle était la seule personne de la compagnie capable d'interpréter rapidement une lettre ou un carnet de rendez-vous, et de composer un message qui fût piquant sans être positivement diffamatoire. C'était une femme d'une intelligence et d'une intuition exceptionnelles, elle avait le don d'improviser et de rédiger des messages ambigus, mais saisissants, qui auraient fait honneur à l'oracle de Delphes.

La *Tête d'Airain* eut un tel succès qu'on envisagea de la mettre en fin de spectacle comme « clou » du programme, mais je m'y opposai ; à la base, le spectacle était de nature romantique, ce qu'était la *Vision du docteur Faust*. Mais la tête était ce que vous avions de mieux dans le domaine du mystère pur.

Je ne peux me retenir de me vanter d'avoir suggéré l'idée d'une des illusions qui fit d'Eisengrim le magicien le plus célèbre du monde. Partout, les théâtres de variétés abondaient en magiciens qui pouvaient scier une femme en deux ; je suggérai qu'Eisengrim offrît de scier un spectateur en deux.

Ses dons d'hypnotiseur rendirent la chose possible. Après que nous eûmes réglé les détails et inscrit l'illusion au programme, il commença le numéro par l'illusion banale qui consistait à scier en deux, avec une scie circulaire, l'une des jeunes filles de la troupe, et à montrer sa tête souriante à un bout de la boîte, tandis qu'elle donnait des coups de pied à l'autre bout — un hiatus de trois pieds séparant les deux parties de la boîte. Puis il offrait de faire la même chose avec un spectateur volontaire. Celui-ci serait légèrement « anesthésié » par hypnose, afin d'être sûr qu'il ne se débatte pas en risquant de se blesser ; il serait ensuite placé dans une nouvelle boîte, et Eisengrim le scierait en deux avec une redoutable scie de bûcheron. On montrait le volontaire coupé en deux, mais capable de donner des coups de pied et de répondre aux questions relatives à la sensation délicieusement éthérée qu'il ressentait en son milieu. D'une seule pièce de nouveau, le spectateur quittait la scène visiblement étourdi, mais émerveillé de ses prouesses et fier des applaudissements.

Cette illusion atteignait son paroxysme lorsque deux assistants apportaient un grand miroir afin que le volontaire puisse se voir scié en deux. Nous remplaçâmes par cette illusion le numéro hypnotique plutôt ordinaire que comportait le spectacle lors de mon arrivée.

Il était très agréable de travailler à ces tours, mais cela avait une influence néfaste sur mon caractère. J'étais conscient de faire revivre les meilleurs moments de mon enfance ; mon imagination n'avait jamais connu une si grande liberté ; mais en plus de la liberté et de l'émerveillement, je redevenais sournois, sans scrupules et égoïste comme un enfant. Je me surpris à me vanter et à mentir effrontément. Je rougissais sans arriver à me maîtriser. Je ne crois pas être jamais complètement entré dans la peau d'un directeur de collège — l'emblème de l'autorité, de l'érudition, de la probité — mais j'étais historien, hagiographe, célibataire de bonne réputation, récipiendaire de la croix de Victoria, auteur de plusieurs livres assez prisés, un homme dont la vie était tracée d'avance et dont les limites du succès étaient établies. Et pourtant, j'étais là, à Mexico, et non seulement je faisais partie d'un spectacle de magie, mais je subissais l'influence du milieu. Le jour où je me pris à taper sur les fesses d'une girl et à lui faire un clin d'œil en réponse à son geste de protestation rituelle, je sus que quelque chose n'allait vraiment plus avec Dunstan Ramsay.

Je pouvais facilement identifier deux des facteurs responsables de mon état : j'étais devenu dangereusement bavard, et j'étais tombé amoureux de Faustina.

Je ne saurais dire ce qui m'étonnait le plus. Ma discrétion remonte à ma plus tendre enfance ; jamais je ne colportais de ragots si je pouvais faire autrement, tout en aimant bien les écouter ; jamais je ne trahissais une confidence, préférant à ce plaisir celui, plutôt constipé, d'être un confident dépositaire de secrets. Une bonne part de l'amitié que me vouait Boy Staunton tenait au fait qu'il pouvait être sûr que je ne divulguerais jamais rien de ce qu'il m'avait confié, et très peu de ce qu'il me racontait. C'était ce que je savais qui m'apportait de la satisfaction, non pas ce que j'aurais pu raconter. Et pourtant, voici que j'étais devenu une véritable pie, racontant des secrets que je n'aurais jamais révélés auparavant en m'adressant à Liesl, qui ne paraissait pas être le genre de personne à respecter les confidences.

C'est l'après-midi que nous bavardions, pendant qu'elle travaillait aux accessoires et au mécanisme des tours dans le minuscule atelier du théâtre situé sous la scène. Je découvris bientôt les raisons de l'influence prépondérante que Liesl exerçait sur la compagnie. Tout d'abord, elle en était le mécène, et tout le financement tenait à son argent ou à de l'argent dont elle avait garanti l'emprunt. C'était une Suissesse, et le bruit courait dans la compagnie qu'elle venait d'une des grandes familles fabricantes de montres. Deuxièmement, c'était un excellent mécanicien ; ses énormes mains accomplissaient des merveilles avec les ressorts compliqués, les déclenchements et déplacements, les échappements et les leviers, aussi minuscules qu'ils fussent. C'était également un artisan très adroit ; elle fabriqua la *Tête d'Airain* à l'aide d'une matière plastique extrêmement légère, et le résultat fut saisissant ; il n'y avait pas de clinquant dans le spectacle d'Eisengrim, rien qui ne portât la marque du goût exigeant de Liesl. Mais contrairement à beaucoup de bons artisans, elle pouvait voir plus loin que l'objet qu'elle faisait et songer à l'effet qu'il produirait lorsqu'on l'utiliserait.

Elle me tenait parfois de longs discours sur les beautés de la mécanique. « Il y a environ une douzaine de principes de base, disait-elle, et bien qu'ils ne puissent pas servir à tout faire, on peut les utiliser pour faire de la magie — quand on sait où on veut en venir. Certains magiciens essaient d'utiliser ce qu'ils appellent des techniques modernes — rayons, radar et autres inventions. Mais n'importe quel adolescent peut comprendre ces trucs-là. Peu de gens comprennent le mécanisme d'une montre parce qu'ils la portent au poignet, au vu et au su de tous, et qu'ils n'y pensent jamais. »

Elle insistait pour me parler de l'atmosphère de l'autobiographie d'Eisengrim que je préparais. Je n'étais pas habitué à discuter d'un travail en cours — j'avais même une espèce de superstition qui me faisait craindre que d'en parler pourrait nuire au livre, parce que c'était le priver d'une partie de l'énergie qui aurait dû être consacrée à sa rédaction. Mais Liesl voulait toujours savoir comment le livre progressait, quelle orientation je comptais lui donner et quels magnifiques mensonges je mijotais pour faire de Paul Dempster le grand magicien des pays nordiques.

En gros, nous étions tombés d'accord pour qu'il fût un enfant des steppes baltiques, élevé peut-être par des Lapons-gnomes après la mort de ses parents qui avaient été des explorateurs, probablement des Russes de haute naissance. Ou plutôt non, pas des Russes. Plutôt des Suédois ou des Danois qui auraient longtemps vécu en Finlande ; car être russe occasionnait trop d'ennuis aux frontières, et Paul conservait encore son passeport canadien. Ou bien vaudrait-il mieux que ses parents aient trouvé la mort dans les vastes étendues canadiennes ? De toute façon, il devait être un enfant des steppes qui avait adopté son nom de loup en hommage aux animaux sauvages dont les hurlements nocturnes lui avaient servi de premières berceuses, et afin d'éviter de révéler le nom de sa famille distinguée. J'avais étudié la vie de plusieurs saints nordiques, et je connaissais sur le bout du doigt ce sujet haut en couleur.

Pendant que nous inventions, il n'était pas étonnant que Liesl désire connaître les faits. En dépit de son apparence physique et de la profonde méfiance que j'éprouvais à son endroit, c'était une femme qui pouvait vous soutirer des confidences, et je me surpris à débiter des histoires sur Deptford, les Dempster et la naissance prématurée de Paul, bien que je ne lui aie pas dit tout ce que je savais à cet égard ; je lui parlai même de la triste affaire dans la carrière, ce qu'il en advint, et comment Paul s'était enfui ; à mon grand désarroi, je me rendis compte que je lui avais parlé de Willie, de Surgeoner et même de la petite Madone. Je restai éveillé toute la nuit après ces dernières indiscrétions, et la prenant à part dès le lendemain, je la suppliai de ne rien révéler de ce que je lui avais raconté.

« Non, Ramsay, je ne peux rien promettre de semblable, dit-elle. Tu es trop vieux pour croire aux secrets. Les secrets, ça n'existe pas ; tout le monde aime parler, et tout le monde parle. Oh, il y a des gens comme les prêtres, les avocats et les médecins qui sont censés ne pas divulguer ce qu'ils savent, mais ils le font — en général. Sinon, ils deviennent très bizarres ; ils paient cher leur discrétion. Tu as toi-même payé ce prix, et tu as tout à fait l'air d'un homme plein de secrets — le pli menaçant de la bouche, les lèvres pincées, le regard dur, cruel — oui, tu es cruel envers toi-même. Cela te fait du bien de raconter ce que tu sais ; tu as déjà l'air plus humain. Encore un peu ébranlé ce matin car tu n'as pas du tout l'habitude d'être libéré du poids de tous tes secrets, mais tu ne tarderas pas à te sentir mieux. »

Je renouvelai ma supplication cet après-midi-là, mais elle refusa de promettre ; d'ailleurs eussé-je pu croire à sa promesse, si elle m'en avait fait une ? Depuis cinquante ans, le respect du secret était un idéal qui m'obsédait, au point d'être devenu quelque peu irrationnel. Et maintenant j'avais trahi cet idéal.

« Si un cachottier de nature comme toi ne peut garder secret ce qu'il sait d'Eisengrim, comment peux-tu t'attendre que quelqu'un que tu méprises comme tu me méprises le fasse ? dit-elle. Oh oui ! tu méprises presque tout le monde sauf la mère de Paul. Pas étonnant qu'elle soit devenue pour toi une sainte ; tu lui as fait porter le poids de l'affection que tu aurais dû étendre à cinquante personnes. Ne me fais pas cette tête tragique. Tu devrais me remercier au contraire, ce n'est pas trop tôt, à cinquante ans, pour commencer à te connaître toi-même. Cet horrible village et ton haïssable famille écossaise ont fait de toi un monstre au point de vue moral. Cela dit, il n'est pas trop tard pour profiter de quelques années de vie à peu près normale.

« Pas la peine d'essayer de m'avoir avec tes airs tristes, Ramsay. Tu es un gentil garçon, mais idiot. Maintenant, dis-moi comment tu vas sortir ce jeune Magnus Eisengrim de cet abominable Canada et le transplanter dans un pays où de grandes aventures spirituelles sont possibles ? »

Si le brusque changement de caractère qui m'avait transformé en un bavard invétéré était difficile à supporter, ce n'était rien comparé aux tortures de mon amour pour la belle Faustina.

J'étais malade, je le savais ; je voyais clairement tout ce qui aurait dû m'empêcher d'aimer ce genre de femme. Elle avait au moins trente ans de moins que moi pour commencer, et dans la tête, j'aurais eu beau fouiller, pas une once de cervelle. Elle était d'une vanité monstrueuse, jalousement féroce des autres jeunes filles de la troupe, et elle boudait chaque fois qu'on ne l'admirait pas suffisamment. Elle s'insurgeait contre le règlement de la compagnie voulant qu'elle n'accepte pas d'invitations de spectateurs, mais trouvait délicieux de les voir se précipiter à l'entrée des artistes pour la couvrir de fleurs, de bonbons, de cadeaux de toutes sortes, tandis qu'elle montait avec Eisengrim dans une limousine de location. Je me souviens d'un étudiant aux yeux hagards qui réussit un soir à lui glisser dans la main un poème ; voyant l'écriture, et croyant sans doute qu'il s'agissait d'une facture, elle le lui rendit impitoyablement. J'eus mal pour ce pauvre dadais. Le côté animal de Faustina l'emportait sur tout le reste.

Mais je l'aimais ! Je traînais dans le théâtre pour suivre ses allées et venues. Je restais tapi dans la coulisse — à laquelle on m'avait donné accès, car des grands écrans avaient été installés pour protéger les tours de prestidigitation des regards des machinistes ne faisant pas partie de la compagnie. Je la surveillais, tandis que, vive comme l'éclair, elle changeait de costume pour se transformer de Gretchen en Vénus et vice versa, car l'espace d'un instant, en dépit de la dextérité de deux habilleuses, elle était presque nue. Elle s'en rendait parfaitement compte, et me faisait à certains moments un sourire complice tandis qu'à d'autres elle prenait un air offensé. Elle ne pouvait pas résister à l'admiration, et bien que je demeurasse une sorte de mystère pour la plupart des membres de la troupe, elle savait que ma voix était entendue en haut lieu.

Maintes fois je restai éveillé, de une heure du matin jusqu'à l'aube, à essayer de me la représenter. Au cours de ces nuits-là, je devais endurer, par moments, ce qu'il y a de plus affreux pour un amant : j'étais incapable d'évoquer le visage de l'adorée et — je l'écris ne m'attendant guère à être cru, sauf par quelqu'un qui a subi les affres de l'adoration — le sacrilège d'avoir ainsi égaré son image me faisait grelotter. Je m'accablais de questions sans lendemains : la promesse d'une vie passée à la servir arriverait-elle à la faire plier devant moi ? Et puis — comme je n'avais jamais tout à fait perdu le sens des réalités —, j'imaginais la belle Faustina à Colbourne College en train de parler à des garçons médusés et que la curiosité dévorait, ou lors de leurs inénarrables thés, de rencontrer les épouses des autres professeurs, et j'étais alors secoué par quelque chose qui ressemblait à un rire. J'étais si attaché à ma vie au Canada, voyez-vous, que l'idée de Faustina était toujours associée dans mon esprit au mariage et à la poursuite de mon travail.

Mon travail ? Comme si elle aurait jamais pu comprendre ce que signifiait l'éducation, ou comment on pouvait y consacrer sa vie ! Quand je m'acharnais à découvrir une façon de le lui expliquer, j'étais encore plus ébranlé parce que, pour la première fois, je me demandais si, tout bien réfléchi, l'éducation était vraiment une vocation aussi merveilleuse que ma profession m'avait porté à le croire. Comment pouvais-je déposer à ses mignons petits pieds ma réussite puisqu'elle était incapable d'en comprendre la nature ? Quelqu'un — je soupçonne que ce fut Liesl — lui dit que je savais beaucoup de choses sur les saints, et cela, elle parut le comprendre.

Un jour que je la croisai dans le corridor du théâtre après avoir regardé ses métamorphoses pendant la *Vision du docteur Faust*, elle me dit : « Bonsoir, saint Ramsay. »

« Saint Dunstan », lui dis-je.

« Je ne connais pas ce saint Dunstan, dit-elle. Était-il un de ces vilains vieux saints voyeurs ? O-o-oh ! honte à toi, saint Dunstan ! » Et, esquissant avec les hanches un mouvement éminemment lascif, elle se précipita dans la loge qu'elle partageait avec Eisengrim.

J'étais plongé dans une molle extase où les délices le disputaient au désespoir. Elle m'avait adressé la parole ! Elle savait que je l'épiais et avait probablement deviné que je l'aimais et la désirais. Son déhanchement (ou serait-ce ses ondulations ? Je ne connais pas le terme exact) laissait clairement entendre que — oui, mais m'appeler saint Dunstan ? que penser de cela... Et « vilain vieux saint » en plus — elle me croyait donc vieux. Et je l'étais. J'avais cinquante ans, et dans la chronologie d'une petite Péruvienne, probablement plus qu'à moitié indienne, j'étais ni plus ni moins qu'un ancêtre. Mais qu'importe, elle m'avait parlé, et elle m'avait indiqué qu'elle avait deviné ma passion pour elle.

Je continuai à faire l'imbécile une bonne partie de cette nuit-là, attribuant à Faustina, au point de friser l'absurde, des charmes secrets que je ne pouvais combattre.

Officiellement, elle était la maîtresse d'Eisengrim, bien qu'ils se querellassent continuellement, car lui était excessivement soigné et elle semait le désordre dans leur loge. De plus, je voyais que sa passion dominante avait lui-même pour objet ; il ne pensait qu'à son personnage et aux illusions dont la réussite psychologique le préoccupait au moins autant que le côté mécanique intéressait Liesl. J'avais vu beaucoup d'égoïsme dans ma vie, et je savais qu'il laissait dépérir l'amour quand il ne le consumait pas entièrement. C'était bien ce qui était arrivé dans le cas de Boy et Leola. Malgré tout, Eisengrim et la belle Faustina vivaient ensemble à l'hôtel. Je le savais parce que j'avais quitté mon propre hôtel pour vivre dans l'établissement encore plus espagnol où logeaient les cadres de la troupe. Ils partageaient la même chambre, mais au-delà de cela, comment savoir ?

J'eus ma réponse le lendemain du jour où elle m'avait appelé saint Dunstan. J'étais au théâtre vers cinq heures de l'après-midi et je me trouvais par hasard dans le couloir où était la loge de la star. La porte était ouverte et Faustina toute nue — elle était toujours en train de se changer — était dans les bras de Liesl, qui la tenait serrée contre elle et l'embrassait passionnément ; de son bras gauche elle l'enlaçait et bien que sa main droite me fût cachée, le mouvement des hanches de Faustina et ses murmures lascifs révélèrent sans l'ombre d'un doute, même à mes yeux naïfs, quel genre d'enlacement c'était.

Je ne me suis jamais senti aussi abattu, même aux pires moments de la guerre. Et cette fois, il n'y avait pas de petite Madone pour me donner du courage ou m'aider à m'évanouir.

4

« Dis donc, mon cher Ramsay, tu me parais un peu pâle. »

C'était Liesl. J'avais répondu à un coup frappé à ma porte vers une heure du matin, et elle se trouvait là en pyjama et en peignoir, son horrible sourire aux lèvres.

« Que veux-tu ? »

« Parler. J'aime parler avec toi, et tu es un homme qui a besoin de parler. Nous ne dormons ni l'un ni l'autre, par conséquent, nous allons parler. »

Elle entra, et comme la petite pièce n'offrait qu'une chaise à dos droit, elle s'assit sur le lit.

« Viens t'asseoir près de moi. Si j'étais une dame anglaise ou la mère d'un élève, je suppose que je devrais commencer par dire : “ Alors, qu'est-ce qui ne va pas ? ” — mais tout cela c'est de la rhétorique. L'essentiel est que tu nous aies surprises Faustina et moi cet après-midi. Oh oui ! je t'ai aperçu dans le miroir ! Donc ? »

Je ne dis rien.

« Tu as tout à fait l'air d'un petit garçon, Ramsay. Non, j'oublie que seuls les hommes bêtes aiment s'entendre dire qu'ils agissent comme des petits garçons. Bon, eh bien, tu es comme un homme de cinquante ans dont les sentiments auraient été emprisonnés dans une bouteille, et qui viendrait de la casser en répandant du verre et de l'acide partout. C'est la raison pour laquelle je t'ai qualifié de petit garçon, et je dois m'excuser ; mais tu n'as pas appris l'art de pouvoir aborder ce genre de situation en homme de cinquante ans, alors tu redeviens le petit garçon que tu as été. Je suis désolée pour toi, mon vieux. Pas outre mesure, remarque, mais un peu tout de même. »

« Ne prends pas ce ton paternaliste, Liesl. »

« Voilà une expression de vos pays que je n'ai jamais vraiment comprise. »

« Ne me bouscule pas, alors. Ne fais pas celle qui sait tout mieux que tout le monde. Ne joue pas à l'Européenne qui a tout vu, à la gitane avec sa boule de cristal, à la femme merveilleusement intuitive qui n'hésite pas à humilier le pauvre imbécile dont les valeurs sont accrochées aux notions d'honneur et de décence et qui ne profite pas de ceux qui ne savent peut-être pas ce qu'ils font. »

« Tu veux parler de Faustina ? Ramsay, c'est une fille formidable, mais dans un sens que tu ne piges pas du tout. Ce n'est pas une de vos filles nord-américaines, moitié bachelière, moitié putain et moitié brave fille — ça fait trois moitiés, mais c'est égal. C'est une créature charnelle, son corps est son gagne-pain et son temple tout à la fois, et ce que son corps lui dicte remplace toutes les lois et tous les prophètes. Tu ne peux comprendre ce genre de personnes, mais il y en a davantage dans le monde que de femmes qui sont empêtrées dans l'honneur et la décence et toutes les autres notions très masculines que tu admires tant. Faustina est une des grandes œuvres du Créateur. Elle est dépourvue de ce que tu nommes le cerveau ; elle n'en a pas besoin pour accomplir sa destinée. Ne me lance pas ce regard furibond parce que je te parle de sa destinée. Celle-ci sera éblouissante pendant quelques années, et ne consistera pas à survivre à un mari ennuyeux dont elle pourra ensuite gaspiller l'argent jusqu'à l'âge de quatre-vingts ans, fréquentant les salles de conférence et comparant les mérites des différentes croisières hivernales dans les romanesques Antilles. »

« Tu parles comme si tu étais Dieu. »

« Excuse-moi. C'est ton privilège, n'est-ce pas, vieux chat faussement cynique, d'observer le jeu de la vie assis dans les estrades, analysant les erreurs que commettent les joueurs ? Pour toi, la vie est un sport auquel tu assistes en spectateur. Tu viens d'être projeté au milieu du ring, et tu pleurniches parce qu'on t'a fait mal. »

« Liesl, je suis trop crevé pour discuter, mais laisse-moi te dire ceci, et tu pourras en rire aussi fort et aussi longuement que tu le désires, et le raconter à tout le monde puisque tu avoues toi-même traiter ainsi les confidences : j'aimais Faustina. »

« Et tu ne l'aimes plus à cause de ce que tu as surpris cet après-midi ! Oh ! noble chevalier ! Oh ! saint admirable ! Tu l'aimais, mais lui as-tu seulement jamais offert un cadeau ? ou fait un compliment ? L'as-tu jamais invitée à dîner ? ou essayé de lui procurer ce que Faustina appelle l'amour — ce bouleversement physique délicieusement partagé avec un bon partenaire ? »

« Liesl, j'ai cinquante ans, une jambe de bois et seulement la moitié d'un de mes bras. Penses-tu vraiment que je pourrais intéresser Faustina ? »

« Oui, tout l'intéresse. Tu ne la connais pas, mais pis encore, tu ne te connais pas toi-même. Tu n'es pas si moche que ça, Ramsay. »

« Merci. »

« Oooh ! quelle dignité ! Est-ce comme ça qu'on accepte un compliment d'une femme ? Je lui dis qu'il n'est pas si moche, et il se hérisse comme une vieille fille et fait la tête. Voyons si je peux faire mieux : tu es une fascinante vieille cloche. Tu préfères cela ? »

« Si tu as terminé ce que tu étais venue me dire, j'aimerais aller me coucher. »

« Oui, j'ai remarqué que tu as retiré ta jambe de bois et que tu l'as posée debout dans un coin. Eh bien, moi aussi j'aimerais aller me coucher maintenant. Pourquoi ne pas nous coucher ensemble ? »

Je la regardai avec stupéfaction. Elle semblait parler sérieusement.

« Eh bien quoi ? Tu as l'air de dire qu'il n'en est pas question. Pourtant, tu as cinquante ans et tu es un peu dingue, et moi je suis certainement la femme la plus grotesque que tu rencontreras jamais. Tu ne trouves pas que ça pourrait avoir du piquant ? »

Je me levai et me mis à sauter à cloche-pied jusqu'à la porte. Avec les années je suis devenu assez habile à ce petit jeu. Mais Liesl m'attrapa par le pan de ma veste de pyjama et m'attira sur le lit.

« Ah bon ? Tu veux que ce soit comme Vénus et Adonis ! Que je t'attire dans mes bras et que j'y écrase ta pudeur juvénile. Tant mieux ! »

Elle était beaucoup plus forte que je ne l'aurais supposé, et ne s'embarrassait guère de notions idiotes sur le combat loyal. Elle me traîna jusqu'au lit, sautillant toujours, et m'enlaça. Son corps était caoutchouteux, je ne peux le décrire autrement tant il me parut souple et musclé. Son énorme visage hilare, à l'horrible mâchoire, frôlait le mien ; sa bouche projetait en avant ses babines simiesques prêtes au baiser. Je ne m'étais pas battu depuis des années — pas depuis la guerre, en fait — mais j'y étais maintenant forcé pour... en fait, pour quoi ? Dans mes rencontres bienséantes avec Agnes Day, Gloria Mundy et Libbie Doe, maintenant si lointaines, j'avais toujours été l'agresseur, si l'on peut parler d'agression en ce qui concerne ces amoureuses en pantalon tire-bouchonnant. Je n'allais certes pas me laisser violer par une gargouille suisse ! Je la soulevai de toutes mes forces, attrapant un bout de sa veste de pyjama et une bonne poignée de cheveux et je la jetai par terre.

Elle atterrit avec une telle force qu'elle faillit écailler le plâtre des murs. Mais bientôt, rebondissant comme une balle, elle empoigna ma jambe de bois et m'en donna un tel coup sur mon unique tibia que je me mis à hurler et à jurer. Je n'avais jamais envisagé ma jambe sous ce jour, mais c'était une arme terrible, avec ses ressorts et ses rivets, et quand elle s'apprêta à me frapper de nouveau, je la lui arrachai violemment des mains avec l'aide d'un oreiller.

Cette fois, à l'étage au-dessous, quelqu'un tapa au plafond et protesta en espagnol, mais rien n'aurait pu m'apaiser. Je sautillai dans la direction de Liesl, agitant ma jambe de bois avec colère et proférant de telles menaces qu'elle fit la bêtise de battre en retraite, et je la tins à ma merci dans un coin. Je laissai tomber la jambe et lui donnai de si féroces coups de poing que je devrais avoir honte de les évoquer ; toutefois, elle se mit à me frapper à son tour et comme elle avait d'énormes poings, le combat était assez égal. Mais devant mon sale caractère écossais qui avait atteint un paroxysme jusque-là insoupçonné de moi, elle prit finalement peur. Des larmes de douleur ou d'effroi se mirent à couler de ses yeux enfoncés, et d'une coupure à la lèvre filtrait un filet de sang. Après quelques nouveaux coups de poing bien placés, accotant mon côté sans jambe au mur, je me mis à la pousser vers la porte. Elle mit la main sur la poignée derrière elle, mais comme elle la tournait, je saisis fermement la tête du lit d'une main, et lui coinçai le nez entre les doigts de l'autre, tordant si fort que je crus entendre quelque chose craquer. Elle hurla, réussit à ouvrir la porte, et s'engouffra dans le couloir.

Je retombai sur le lit. J'étais épuisé, je soufflais, mais je me sentais bien. Je pensai à Faustina. Cette chère Faustina ! Avais-je rossé Liesl pour la venger ? Non, décidément non. Un grand nuage semblait s'être envolé et ne plus peser sur mon esprit, et bien que ce fût trop tôt pour en juger, je crus que peut-être ma raison (pour ce qu'elle valait) s'était remise en selle et qu'en faisant attention j'allais bientôt redevenir moi-même.

Pour mon malheur, je n'avais pas dîné, et je me rendis compte que j'avais faim. Je n'avais rien à manger, mais dans ma serviette en cuir se trouvait un flacon de whisky. Je le pris, m'allongeai sur mon lit et avalai une rasade généreuse. La pièce ressemblait à un champ de bataille, mais je la mettrais en ordre le lendemain matin. Le peignoir et quelques lambeaux du pyjama de Liesl jonchaient le sol ; je les y laissai. D'honorables trophées.

Mais voilà qu'on frappait à la porte.

« Qu'est-ce que c'est ? » dis-je en anglais.

« Señor », siffla une voix protestataire, « cette lune de miel — c'est très bien, très bien pour vous, señor, mais s'il vous plaît de vous rappeler qu'il y a des gens en dessous qui ne sont pas aussi jeunes, s'il vous plaît, señor ! »

Je m'excusai de mon mieux, en espagnol, et le propriétaire de la voix repartit en traînant les pieds. Lune de miel ! Quelle façon étrange ont les gens d'interpréter les bruits !

Quelques minutes plus tard, il y eut un autre coup à la porte, plus doux. Je m'écriai : « Qui est-ce ? » — en espagnol cette fois.

La voix pâteuse et guindée était celle de Liesl. « Soyez assez aimable pour me laisser récupérer ma clef », dit-elle.

J'ouvris la porte ; elle se tenait là, pieds nus, se couvrant la poitrine de son mieux avec ce qui restait de sa veste de pyjama.

« Bien sûr, señora », dis-je, faisant une courbette peu gracieuse d'unijambiste et l'invitant du geste à entrer. Pourquoi ai-je fermé la porte derrière elle, je l'ignore. Nous nous lançâmes des regards furibonds.

« Tu es bien plus fort que tu n'en as l'air », dit-elle.

« Toi aussi », dis-je. Puis je lui fis un petit sourire. Un sourire de vainqueur, je suppose ; le genre de sourire que j'adresse aux garçons à qui j'ai fichu la trouille. Elle ramassa son peignoir, prenant soin de ne pas me tourner le dos.

« Puis-je t'offrir à boire ? », dis-je en lui tendant le flacon. Elle le prit et le porta à ses lèvres, mais le whisky lui aviva une coupure qu'elle avait dans la bouche et elle tressaillit de douleur. Du coup, mon geste de hargne s'évanouit. « Assieds-toi, dis-je, et je vais mettre quelque chose sur tes blessures. »

Elle s'assit sur le lit — et je vous fais grâce des détails —, je baignai ses coupures et mis une compresse d'eau froide sur son nez qui avait enflé de façon ahurissante. Cinq minutes plus tard, nous étions assis dans le lit, le dos contre les oreillers, buvant chacun son tour au flacon.

« Comment te sens-tu maintenant ? » lui dis-je.

« Beaucoup mieux. Et toi ? Comment va ton tibia ? »

« Voilà une éternité que je ne me suis senti aussi bien. »

« Bon. C'est pour que tu te sentes ainsi que j'étais venue. »

« Vraiment ? Je croyais que c'était pour me séduire. On dirait que c'est ton passe-temps. N'importe qui et n'importe quoi. Te fais-tu souvent flanquer des corrections ? »

« Quel idiot ! Ce n'était qu'une façon d'essayer de te dire quelque chose. »

« Pas que tu m'aimes, j'espère. J'ai cru à d'étranges choses dans mon temps, mais là, ce serait trop me demander. »

« Non, je voulais tout simplement te dire que tu es humain, comme les autres. »

« L'ai-je jamais nié ? »

« Écoute, Ramsay, durant les trois dernières semaines tu m'as raconté l'histoire de ta vie, à grand renfort de détails émotifs, et tu ne donnes vraiment pas l'impression de te prendre pour un être humain. Tu te rends responsable des malheurs de tout le monde. C'est ta lubie. Tu t'occupes d'une pauvre folle que tu as connue étant enfant. Tu tolères les subtiles insultes de cet ami d'enfance qui te considère comme une quantité négligeable — ce magnat du sucre qui est tellement puissant dans ton coin du monde. Tu as pris en amitié cette femme — Leola, quel nom ! — qui t'a plaqué pour épouser M. Sucre. Tu caches tout ça sous un air guindé, et jamais tu n'admettrais que c'est drôlement gentil de ta part. Ce n'est pas une conduite très humaine. Tu es chic avec tout le monde, sauf avec une seule personne : Dunstan Ramsay. Comment peux-tu être vraiment bon envers qui que ce soit si tu n'es pas bon envers toi-même ? »

« Je n'ai pas été élevé à me vanter quand il m'arrive de rendre service. »

« La façon dont on est élevé ? Bon. Et le calvinisme ? Je suis suisse, Ramsay, et je connais le calvinisme aussi bien que toi. C'est un mode de vie, même si tu oublies la religion et que tu lui donnes le nom de morale ou bonne conduite ou toute autre chose qui exclut Dieu.

« On peut même supporter le calvinisme, à condition d'en arriver à un certain compromis avec soi-même. Mais toi — il y a un énorme morceau de ta vie qui n'a pas été vécu, mais refusé, mis de côté. C'est pourquoi, à cinquante ans, tu ne peux plus te supporter, tu perds les pédales et tu te racontes à la première femme vraiment intelligente que tu rencontres — moi, s'entend. Et tu te mets à éprouver des langueurs d'adolescent pour une fille qui t'est aussi étrangère que si elle vivait sur la lune. C'est la vie que tu n'as pas vécue qui se venge, Ramsay. Brusquement elle te tourne en ridicule.

« Crois-moi, tu devrais examiner ce côté de ta vie. Ce n'est pas la peine de te tortiller, de renâcler et d'essayer de protester. Je ne veux pas dire que tu devrais t'enivrer secrètement pendant des semaines entières, ou aller retrouver quelque veuve les jeudis dans un appartement douillet où elle t'attend, comme n'importe quel don Juan de banlieue. Tu vaux beaucoup mieux que ça. Mais tout homme a son démon, et un homme exceptionnel comme toi, Ramsay, a un démon exceptionnel. Il faut apprendre à le connaître. Tu dois même apprendre à connaître son père, le Vieux Démon. Oh ! cette chrétienté ! Même quand les gens jurent ne pas y croire, ils ont, enfouies jusqu'à la moelle, les quinze cents années de chrétienté qui ont façonné notre monde, et ils essaient de montrer qu'ils n'ont pas besoin du Christ pour être chrétiens. Ceux-là sont les pires ; ils ont gardé la cruauté de la doctrine sans conserver la grâce poétique du mythe.

« Pourquoi ne fais-tu pas la paix avec ton démon, Ramsay, et n'arrêtes-tu pas de mener cette vie idiote ? Pourquoi, juste une fois, ne ferais-tu pas quelque chose d'inexplicable, d'irrationnel, n'écouterais-tu pas le diable, simplement pour lâcher ton fou ? Tu serais transformé.

« Mes propos ne s'adressent pas à n'importe qui, bien entendu. Seulement à ceux qui ont eu une double naissance. On reconnaît toujours ceux qui sont nés deux fois. Ils vont jusqu'à se donner de nouveaux patronymes. Ne m'as-tu pas dit que cette Anglaise t'avait rebaptisé ? Et qui était Magnus Eisengrim, dis-moi ? Et moi — sais-tu ce que mon nom veut vraiment dire, Liselotte Vitzlipützli ? Il a une drôle de consonance, mais un jour tu tomberas sur sa vraie signification. Te voilà, deux fois né, plus près de la mort que de ta naissance, et tu as encore à te créer une vraie vie.

« Qui es-tu ? Comment te rattaches-tu à la poésie et au mythe ? Sais-tu qui je crois que tu es, Ramsay ? Je crois que tu es le Cinquième Emploi.

« Tu ne sais pas ce que c'est ? Eh bien, à l'opéra, dans une compagnie permanente du genre de celles que nous avons en Europe, tu dois avoir une Prima Donna — toujours un soprano, toujours l'héroïne, souvent une idiote ; un ténor qui joue toujours le rôle de son amant ; et tu dois avoir un contralto qui est la rivale du soprano, ou une sorcière ou quelque chose dans ce goût-là ; et une basse qui est le traître ou le rival ou tout ce qui menace le ténor.

« Jusque-là, pas de problème. Seulement tu ne peux pas bâtir une intrigue sans ajouter un homme de plus, et c'est souvent un baryton — dans la profession, on l'appelle le Cinquième Emploi parce qu'il reste en surnombre, la personne qui n'a pas de vis-à-vis de l'autre sexe. Le Cinquième Emploi est indispensable, car c'est lui qui connaît le secret de la naissance du héros, qui vient au secours de l'héroïne quand elle pense que tout est perdu, qui garde la femme ermite dans sa grotte, ou qui peut même causer la mort de quelqu'un si cela fait partie de l'intrigue. C'est à la Prima Donna et au ténor, au contralto et à la basse qu'appartiennent les meilleurs passages musicaux, et leurs rôles sont toujours spectaculaires, mais tu ne peux pas avoir d'intrigue sans Cinquième Emploi ! Ce n'est pas spectaculaire comme genre de rôle, mais c'est intéressant, je peux te l'affirmer, et ceux qui jouent ce rôle ont quelquefois une carrière qui survit aux voix d'or. Es-tu le Cinquième Emploi ? Tu ferais bien de te renseigner. »

Cela n'est pas un compte rendu textuel, cher Directeur ; moi-même j'ai beaucoup parlé, j'ai aussi corrigé au passage l'anglais de Liesl, et résumé ses propos. J'ajoute que nous avons bavardé jusqu'à ce qu'une horloge sonne quatre heures. Nous nous sommes alors endormis, l'un et l'autre fort heureux, et non sans avoir fait ce pourquoi Liesl avait d'abord envahi ma chambre.

Avec une pareille gargouille ! Et pourtant je n'ai jamais connu de telles délices ni la tendresse apaisante qui s'ensuivit.

Le lendemain, suspendus à la poignée de ma porte, il y avait un bouquet de fleurs et un message écrit en un espagnol impeccable :

> Veuillez excuser mes mauvaises manières d'hier soir. L'amour est toujours vainqueur, et la jeunesse a tous les droits. Puissiez-vous connaître cent années de nuits heureuses. Votre Voisin dans la Chambre du Dessous.

VI

LA SOIRÉE DES ILLUSIONS

1

Je pris beaucoup de plaisir à écrire l'autobiographie de Magnus Eisengrim. N'étant nullement forcé de respecter la vérité historique ni de tenir compte de la valeur des témoignages, je me laissai aller et inventai le genre de livre sur la vie d'un magicien que j'aurais aimé lire si j'avais fait partie de son public ; c'était plein de romantisme et de merveilleux tout en ayant une mesure discrète mais suffisante d'érotisme et de sadisme. Le livre se vendit comme des petits pains.

Liesl et moi avions imaginé qu'il se vendrait raisonnablement bien dans le foyer des théâtres où l'on présentait le spectacle, mais il marcha bien en librairie aussi, et dans l'édition brochée qui sortit peu de temps après, il se vendit régulièrement chez les marchands de tabac et autres endroits où l'on offrait de la lecture à sensation. Des gens qui, de leur vie, ne s'étaient jamais concentrés une heure durant sur un travail adoraient lire comment le jeune Magnus pratiquait ses tours de cartes et de pièces de monnaie pendant quatorze heures d'affilée, jusqu'à ce que son corps soit baigné d'une sueur nerveuse, et qu'il ne pût avaler autre chose qu'un grand verre de crème additionnée de cognac. Des gens dont la propre vie amoureuse se déroulait entièrement en clef d'ut étaient enchantés d'apprendre qu'au moment où il se dévouait entièrement à l'étude de l'hypnotisme, chacun de ses regards était si magnétique que les jolies femmes lui tombaient dans les bras, pauvres papillons de nuit forcés de s'immoler dans sa flamme.

Je parlai de l'atelier caché dans un chateau tyrolien où il créait ses tours d'illusionniste, et je laissai sous-entendre que des jeunes filles avaient parfois été horriblement blessées à cause d'un défaut de mise au point d'un dispositif ; bien sûr, Eisengrim payait toujours pour qu'elles fussent remises sur pied ; je faisais de lui une sorte de monstre, mais pas trop monstrueux quand même. Je laissais également planer le doute sur son âge. C'était un ouvrage très vivant, et mon seul regret était de ne pas avoir mieux négocié ma part des profits. Toutefois, le livre arrondit agréablement mes revenus et continue encore aujourd'hui.

Je l'écrivis dans un coin retiré des Adirondacks où je me rendis quelques jours après ma rencontre nocturne avec Liesl. L'engagement d'Eisengrim au Teatro Chueca tirait à sa fin et le spectacle devait aller en tournée dans quelques villes d'Amérique centrale avant de se rendre en Europe, où l'on espérait faire un séjour prolongé. J'offris à la belle Faustina un collier joli et assez coûteux en guise d'adieu, et elle me donna un baiser, que nous considérâmes tous deux comme un échange honnête. Je présentai à Eisengrim des boutons de manchette de grand prix pour porter avec l'habit. Il fut frappé de stupeur, car il était follement avare et ne pouvait concevoir que quelqu'un puisse avoir envie de donner quoi que ce soit. Je lui avais d'autre part parlé entre quatre-z-yeux, et je lui avais extirpé la promesse de contribuer au soutien de Mme Dempster ; il n'en avait aucunement le désir, jura qu'il ne lui devait rien et qu'en vérité sa mauvaise réputation l'avait poussé à s'enfuir de chez lui. Je lui indiquai toutefois que s'il en avait été autrement, il ne serait pas devenu le Grand Eisengrim, mais aurait probablement été pasteur baptiste quelque part en province, au Canada. Cet argument n'était pas sérieux et portait atteinte à sa vanité, mais il m'aida à affermir ma position. Liesl, elle aussi, apporta son concours. Elle insista pour qu'Eisengrim signât un billet à ordre pour une somme qui devait m'être payée mensuellement, car elle savait que s'il devait envoyer des chèques, il oublierait très vite. Les boutons de manchette avaient pour but d'apaiser son avarice blessée. Je ne donnai rien à Liesl ; elle et moi étions maintenant de grands amis et nous nous donnions mutuellement quelque chose qui ne pouvait trouver son équivalent dans des cadeaux.

Cet argent fourni par Eisengrim n'était pas absolument nécessaire, mais j'étais heureux de le recevoir. Un mois après la fin de la guerre, j'avais pu transférer Mme Dempster des étages publics de cet affreux asile municipal à un bien meilleur hôpital près d'une petite ville, où elle était patiente à titre privé, tout en pouvant avoir de la compagnie si elle le désirait, et où elle bénéficiait du grand air et d'un vaste parc. Je fus en mesure d'effectuer ce transfert grâce à un ami influent ; les docteurs de l'asile pensaient aussi qu'elle y serait mieux et que, même si elle avait trouvé où aller, elle n'était pas suffisamment bien pour recouvrer sa liberté. Cela représentait une dépense mensuelle importante, et bien que ma fortune se fût suffisamment accrue pour me permettre de payer, je devais restreindre mes dépenses personnelles, me demandant même quelle serait, dans l'avenir, la fréquence de mes voyages en Europe. J'aurais pensé la trahir ainsi que la mémoire de Bertha Shanklin si je n'avais pas profité de l'occasion lorsqu'elle m'avait été offerte, mais cela signifiait que j'en ressentais le contrecoup, d'autant plus que j'essayais aussi de me constituer un fonds de retraite. Je n'étais certes pas seul à me trouver dans cette situation ; je voulais évidemment faire mon devoir, mais je ne pouvais m'empêcher de regretter l'exécrable dépense.

J'étais donc content, je le répète, de recevoir régulièrement une somme d'Eisengrim qui s'élevait à peu près au tiers du montant à payer, et mon soulagement me poussa à combattre une stupide erreur de jugement. Quand je rendis visite à Mme Dempster pour la première fois après mon absence de six mois, je lui dis que j'avais retrouvé Paul.

À l'époque, son état s'était grandement amélioré et l'air désespéré et égaré qu'elle avait arboré pendant tant d'années avait fait place à quelque chose qui ressemblait presque à l'expression douce et amusée que je lui connaissais lorsqu'elle vivait attachée au bout de sa corde à Deptford. Elle avait les cheveux blancs, mais pas de rides et elle était mince. Je me réjouissais de cette amélioration, mais elle était encore dans cet état que les psychiatres affublent de divers noms scientifiques, mais qu'à Deptford on avait qualifié de « simple d'esprit ». Elle pouvait se débrouiller toute seule, conversait utilement, se divertissait avec les autres patients et rendait même des services en faisant faire des promenades à certaines personnes qui étaient encore plus perdues qu'elle. Mais elle n'avait aucune notion ordonnée du monde qui l'entourait, et elle n'avait pas, en particulier, la notion du temps. Parfois elle se souvenait d'Amasa Dempster comme d'un personnage d'un livre qu'elle avait lu distraitement un jour. Je représentais le seul élément constant dans sa vie. Mais j'allais et je venais, et maintenant s'il m'arrivait d'être absent pendant six mois, elle n'établissait guère de différence entre cette durée et celle qui séparait mes visites hebdomadaires. L'obligation de lui rendre visite régulièrement dépendait uniquement de moi et découlait d'un sens du devoir plutôt que du sentiment que je pourrais lui manquer. Par contre, comme je le découvris très rapidement, Paul occupait une place très différente dans son univers confus.

Pour elle, Paul était encore un enfant, son petit garçon perdu — perdu depuis un temps à la fois très long et très court — et qu'il fallait retrouver au moment précis où il venait de s'enfuir. Non pas qu'elle crût vraiment qu'il venait de s'enfuir ; sans doute avait-il été attiré par de méchantes gens qui connaissaient son immense valeur ; ils l'avaient enlevé par cruauté, pour priver une mère de son enfant et un enfant de sa mère. De cette méchanceté, elle ne pouvait se faire une idée très précise, mais parfois elle mentionnait les Gitans. Pendant plusieurs centaines d'années les Gitans ont été rendus responsables des peurs irrationnelles des mères de famille. Dans la *Vie d'Eisengrim* j'avais écrit un passage dans lequel il vivait une partie de sa jeunesse parmi des Gitans, et en écoutant parler Mme Dempster, j'avais honte de moi.

Si je savais où Paul se trouvait, pourquoi ne l'avais-je pas ramené ? Qu'avais-je fait pour le récupérer ? Avait-il été maltraité ? Comment pouvais-je lui dire que j'avais des nouvelles de Paul tout en lui racontant des histoires pour gagner du temps, en ne lui apportant pas son enfant et en ne l'emmenant pas le voir ?

En vain, je lui expliquai que Paul avait maintenant plus de quarante ans, qu'il voyageait beaucoup, qu'il avait une carrière très absorbante et qu'il n'était pas son propre maître ; qu'il visiterait certainement le Canada — pas maintenant, mais un jour. Je lui dis qu'il lui envoyait ses pensées affectueuses — ce qui était un mensonge, car il n'avait jamais rien dit de tel — et qu'il voulait lui procurer le confort et la sécurité. Elle était si surexcitée et si différente de ce qu'elle était normalement que j'en fus bouleversé ; j'allai jusqu'à lui dire que Paul assurait les frais d'hôpital, ce qui, Dieu sait, n'était pas vrai et s'avéra une autre erreur.

Prétendre qu'un enfant puisse payer son hospitalisation était la chose la plus ridicule qu'il lui ait jamais été donné d'entendre. C'était donc ça ? L'hôpital était une prison savamment déguisée où on l'emprisonnait pour l'empêcher de voir son fils ! Elle n'avait pas besoin qu'on lui dise qui était son geôlier. C'était moi. Dunstan Ramsay, qui se prétendait son ami, était un serpent, un ennemi, l'agent de ces forces ténébreuses qui l'avaient arrachée à Paul.

Elle se jeta sur moi et essaya de me griffer les yeux. J'étais à mon désavantage, alarmé et abattu par la tempête que j'avais déclenchée ; de plus, j'avais trop de respect pour Mme Dempster pour la rudoyer. Heureusement — bien que cela m'eût terrifié sur le moment — elle se mit à hurler, faisant accourir une infirmière. À nous deux, nous parvînmes bientôt à la réduire à l'impuissance. Mais il s'ensuivit une demi-heure de confusion pendant laquelle j'expliquai à un médecin les données du problème, et Mme Dempster fut mise au lit avec ce qu'ils appelaient « de légères restrictions » — des courroies — et une piqûre quelconque pour la calmer.

Quand j'appelai l'hôpital le lendemain, le rapport était mauvais. Il empira pendant la semaine et avec le temps je dus reconnaître que je semblais avoir transformé une femme qui était simple d'esprit, et rien de plus, en une femme persuadée qu'une conspiration s'ourdissait sous ma direction pour la priver de son petit garçon. Elle était maintenant internée, et il n'était pas recommandé que je lui rendisse visite. Mais j'y suis allé une fois, poussé par un sentiment de culpabilité, et bien que je ne l'aie pas vue, on m'indiqua sa fenêtre ; c'était une de celles situées dans l'aile où il y a des barreaux sur les fenêtres.

2

Ainsi je perdis, pour un temps, l'une des étoiles fixes de mon univers, et c'est par ma propre stupidité que j'avais suscité ce grand changement dans l'état de Mme Dempster. J'étais très déprimé. Je devais cependant subir une autre perte — ou du moins constater un changement marqué — quand Boy Staunton se remaria et que je n'eus pas l'heur de plaire à sa femme.

Pendant la guerre, Boy avait acquis le goût de ce qu'il prenait pour la politique. Étant conservateur, il avait été élu facilement, car dans leur désir de former un cabinet de coalition, les libéraux n'avaient désigné personne pour s'opposer à lui. Mais au cours des années où il devait exercer une grande influence, il oublia qu'il avait été élu par acclamation et en vint à se considérer comme un homme politique ou plutôt comme un homme d'État — jouissant d'une grande popularité auprès des électeurs. Comme tous les amateurs de la politique, il se racontait des histoires. À la fin de la guerre il prétendait détecter un courant, qui allait s'amplifiant dans certaines régions du Canada jusqu'à devenir une véritable clameur, voulant qu'il devienne au plus tôt chef du parti conservateur afin de libérer les Canadiens de l'ignominieux esclavage imposé par les libéraux. Une autre illusion propre au novice lui faisait croire qu'il pourrait appliquer « les sains principes du monde des affaires » au gouvernement, lui donnant ainsi un nouveau visage.

Il essaya donc de se faire élire chef du parti conservateur, mais il était nouveau venu, et n'avait aucune chance de réussir. Pour ma part, je trouvais que Boy n'était pas du tout fait pour la politique : il était très riche et ne pouvait comprendre que les hommes très riches ne soient pas aimés de la majorité des gens ; il était bel homme et les beaux hommes ne sont pas populaires en politique, même auprès des femmes ; il n'avait pas d'amis politiciens et ne comprenait pas pourquoi ils étaient indispensables.

En dépit de ses handicaps il se fit élire une fois, à l'élection complémentaire d'un siège parlementaire traditionnellement conservateur. Les électeurs se souvinrent des services qu'il avait rendus pendant la guerre et ils lui donnèrent une majorité de moins de mille voix. Mais il fit plusieurs discours bêtes à la Chambre des Communes, qui le firent accuser par certains journaux d'autoritarisme ; il injuria alors les journaux en Chambre, ce qu'ils lui firent payer chèrement. Boy était loin de se douter de la cible qu'il présentait aux sarcasmes des envieux. Il se trouva toutefois quelques supporters, parmi lesquels se trouvait Denyse Hornick.

Elle avait une position très forte dans le monde des femmes. Elle avait été W.R.N.S. pendant la guerre et était devenue un lieutenant de vaisseau d'une grande compétence. Après la guerre, elle avait fondé une petite agence de voyages dont elle avait fait une affaire importante. Elle aimait les idées politiques de Boy et après quelques rencontres elle aima Boy tout court. Je ne peux lui imputer sans preuves des intentions, mais il m'apparut qu'elle avait décidé de l'épouser, en lui faisant croire que l'idée venait de lui.

Boy avait toujours aimé le plaisir sexuel que les femmes lui apportaient, mais je doute qu'il comprît grand-chose aux femmes. Il est certain qu'il n'avait pas l'expérience de femmes intelligentes et décidées comme Denyse. Il fut attiré par elle au début, à cause de sa place prépondérante dans deux ou trois groupes qui préconisaient une plus grande influence féminine en politique, et qui pouvaient, par conséquent, lui apporter un grand nombre de votes. Très vite il s'aperçut qu'elle comprenait ses idées politiques mieux que quiconque et il lui fit un compliment digne de lui en proclamant à la ronde qu'elle avait un esprit masculin.

L'élection complémentaire lui donna deux ans de sursis au Parlement avant la tenue d'une élection générale qui devait vraiment le mettre à l'épreuve. Le public avait oublié depuis longtemps tout ce qu'il lui avait dû pendant la guerre ; le parti conservateur le trouvait gênant parce qu'il lui arrivait de critiquer ouvertement le chef du parti ; les libéraux entendaient naturellement le vaincre, et les journaux voulaient sa peau. De son côté, il mena une campagne désastreuse, perdant la tête, rudoyant ses électeurs alors qu'il aurait dû leur faire la cour, et entrant en guerre avec un journal à grand tirage, qu'il menaça de poursuivre en libelle diffamatoire. Le jour des élections, il fut battu si nettement qu'il était évident que les raisons de son échec étaient plus personnelles que politiques.

Il passa à la télévision — une émission inoubliable — dès qu'il admit sa défaite. « Que pensez-vous des résultats dans votre comté, monsieur Staunton ? » lui demanda le journaliste, s'attendant à une réponse tranchante, mais pas à celle qui lui fut donnée : « Je me sens exactement comme Lazare, dit Boy, léché par les chiens ! »

Tout le pays en rit, et le journal auquel il avait reproché de l'avoir diffamé lui donna une leçon sur la nature de la démocratie dans un éditorial court et pompeux. Mais il y en eut qui lui restèrent fidèles, et Denyse fut en tête de liste.

Petit à petit, la presse se fatigua de le harceler, et il y eut même quelques éditoriaux pour regretter que son indiscutable habileté ne fût pas utilisée pour le bien public. Mais ce fut en vain. Boy avait soupé de la politique et il retourna au sucre, et à tout ce qu'on pouvait en faire, avec une nouvelle détermination.

Denyse avait d'autres ambitions pour lui, et elle était plus habile en politique que lui. Elle était convaincue qu'il ferait un excellent lieutenant-gouverneur de l'Ontario et se mit au travail pour lui obtenir le poste.

Il s'agissait forcément d'une campagne de longue haleine. Le poste de lieutenant-gouverneur relevait de la Couronne, ce qui voulait dire que c'est le Cabinet du Dominion qui faisait la nomination. On venait de nommer un lieutenant-gouverneur, et comme il était en excellente santé, il faudrait attendre cinq ans, et peut-être davantage, avant que Boy n'ait sa chance. Il avait cependant un atout en main : son argent. Il en fallait beaucoup en effet pour être lieutenant-gouverneur, car le traitement ne correspondait nullement aux obligations. Le poste n'était, par conséquent, pas très brigué. Cependant, étant donné qu'un gouvernement libéral à Ottawa ne risquait guère d'y nommer un ancien parlementaire conservateur, un changement de gouvernement était également indispensable pour que la chance puisse sourire à Boy. C'était un projet plein de risques et soumis à de nombreuses contingences ; s'il devait aboutir, ce serait par la diplomatie et grâce à une bonne dose de chance. Typiquement, Denyse s'attaqua sur-le-champ à la diplomatie, afin d'être prête à accueillir la chance si elle se présentait.

Boy trouvait l'idée brillante. Il n'avait jamais perdu le goût de traiter avec la Couronne ; il ne doutait pas de son habileté à remplir avec distinction un poste honorifique, et même de lui donner un nouveau prestige. Il remplissait toutes les conditions sauf une : un lieutenant-gouverneur doit être marié.

La tournure d'esprit masculine de Denyse se manifesta ici de façon frappante. Boy me rapporta mot à mot ses paroles lorsque la question fut soulevée entre eux pour la première fois. « Là-dessus, je ne peux pas t'aider, dit-elle, tu vas devoir te débrouiller seul. » Et elle se lança immédiatement dans un discours sur la raison d'être du poste de lieutenant-gouverneur — il constituait, disait-elle, une garantie contre toute forme de tyrannie à la portée d'une assemblée dominée par un parti politique. Il n'était pas seulement un poste d'apparat ; il permettait à la Couronne d'exercer sa fonction traditionnelle qui est de sauvegarder la constitution contre des politiciens oublieux trop souvent d'avoir été élus pour servir les gens et non pour les exploiter. Elle s'était minutieusement documentée sur le sujet et connaissait le pouvoir — et les limites — du lieutenant-gouverneur aussi bien qu'un avocat spécialiste de la constitution.

Depuis quelque temps, Boy remarquait la beauté de

Denyse ; maintenant elle commençait à lui plaire sérieusement. Dès le début de leur association, il avait été touché par le dévouement intelligent, calme, inébranlable qu'elle mettait à défendre ses intérêts, mais il avait été rebuté par la tournure masculine de son esprit. Il percevait maintenant combien la pauvre fille avait dû sacrifier de sa féminité pour réussir dans le monde des affaires, et promouvoir la cause des femmes qui, toutes, n'avaient pas sa perspicacité ni son bon sens. Elle en avait presque oublié qu'elle était femme, et une femme très attirante, qui plus est.

Quand l'amour frappe un homme d'âge mûr qui a réussi en affaires, il apporte à sa passion tant de personnalité et une telle détermination que les amours timides et maladroites des jeunes souffrent par comparaison. Le doute ne les effleure même pas ; ils savent ce qu'ils veulent et passent à l'attaque. Boy décida qu'il avait envie de Denyse.

Mais Denyse ne fut pas une proie facile. Boy me confia les moindres détails de sa cour. La nature de nos relations n'avait pas changé depuis trente ans, si ce n'est que Liesl m'avait appris à voir que ses confidences ne lui étaient nullement extirpées mais jaillissaient comme le pétrole d'un puits, et que moi, le Cinquième Emploi, j'étais son confident logique. Denyse se refusa tout d'abord à écouter ses déclarations d'amour. Il y avait deux raisons à cela : elle avait monté sa propre affaire et devait y consacrer le meilleur d'elle-même ; son amitié pour Boy lui interdisait d'autre part de mettre en péril une si belle carrière. Car l'attachement qu'ils envisageaient présentait de graves dangers.

« Lesquels ? » demanda-t-il.

« Eh bien », lui confia-t-elle, après maintes hésitations, « il y avait eu Hornick. » Elle l'avait épousé au début de la guerre, alors qu'elle n'avait que vingt ans ; ce mariage, déplaisant et de courte durée, s'était terminé par un divorce. Un représentant de la Couronne pouvait-il avoir une divorcée pour épouse ?

Boy ne fit aucun cas de ces arguments. La reine Victoria était morte après tout. Le roi George aussi. De nos jours, tout le monde reconnaissait la nécessité du divorce, de même que son aspect humain, et les magnifiques campagnes de Denyse pour obtenir la libération de la loi du divorce l'avaient placée dans une catégorie à part. Mais Denyse avait autre chose à avouer.

Il y avait eu d'autres hommes. Reconnaissant sans fausse pudeur l'existence chez elle de besoins physiques normaux, elle avoua avoir eu dans son passé une ou deux liaisons.

Pauvre enfant, disait Boy ; elle était encore une fois victime de préjugés ridicules. Il parla à Denyse de la terrible erreur qu'il avait commise avec Leola, et lui raconta comment il avait été poussé — vraiment poussé — à chercher en dehors du mariage la compréhension et l'accord physique dont il était privé à la maison. Elle comprit parfaitement, mais il dut plaider longuement pour arriver à lui faire adopter la même attitude qui en était une de simple bon sens. C'était dans des circonstances de ce genre, avait conclu Boy avec un sourire fat, que Denyse perdait la tournure masculine de son esprit. Il dut se montrer intraitable pour lui faire comprendre qu'elle disait des conneries. Il l'appela d'ailleurs « petite conne » pendant quelques jours, mais cessa bientôt car l'expression prêtait à une interprétation vulgaire.

Puis il m'expliqua, en souriant tristement devant l'absurdité de la chose, quelle avait été sa dernière objection : les gens pourraient s'imaginer qu'elle l'épousait pour son argent et pour sa position sociale. Elle avait grandi dans une petite ville, et bien qu'elle ait acquis depuis un certain vernis grâce à la vie qu'elle avait menée (je crois qu'elle alla même jusqu'à dire qu'elle avait été « à rude école »), elle n'était pas sûre d'être à la hauteur comme épouse de Boy Staunton et, peut-être éventuellement, comme femme du lieutenant-gouverneur. Supposons — supposons juste un instant — qu'elle soit appelée à recevoir des membres de la famille royale ! Non, Denyse Hornick connaissait trop bien ses points forts et ses faiblesses pour jamais consentir à exposer Boy, qu'elle aimait tellement, à subir des humiliations à cause d'elle.

Oui, elle l'aimait. Elle l'avait toujours aimé, et compris son tempérament énergique et impatient, incapable d'endurer le « concours de popularité » qu'était devenue la politique moderne. Elle le considérait tout simplement — bien que ne voulant pas passer pour un bas-bleu, il lui arrivait de faire des lectures sérieuses — comme un Coriolan canadien. « Vile meute d'aboyeurs ! Vous dont j'abhorre l'haleine. » Elle pouvait l'imaginer en train de dire ça aux salauds qui s'étaient retournés contre lui, lors des dernières élections. Dans son cœur aimant, c'était vraiment un grand homme qui n'avait pas besoin de s'abaisser à serrer des mains et embrasser des bébés pour persuader la racaille de le laisser faire ce à quoi il était si évidemment destiné.

La tournure d'esprit masculine qui avait fait le succès de Denyse Hornick dans son monde fut alors balayée, et la tendre femme amoureuse qu'elle dissimulait fut découverte et réveillée par Boy Staunton. Après les préparatifs d'usage, ils décidèrent de se marier.

Ce mariage ne fut ni une cérémonie religieuse ni une partie de plaisir. Faute de mieux, qualifions-le de réception. Toutes les personnalités de marque dans le milieu de Boy étaient là et grâce à l'habileté de Denyse, il y avait aussi plusieurs membres du cabinet fédéral, et le Premier ministre envoya un télégramme rédigé par le plus éloquent de ses secrétaires. L'évêque Woodiwiss officia à la cérémonie après avoir reçu l'assurance que le divorce de Denyse n'avait pas été prononcé contre elle ; comme il hésitait encore après cela, Boy réussit à le convaincre (il me dit ensuite que les soucis de son diocèse et des rumeurs touchant la mort de Dieu sapaient l'intelligence de l'évêque). La mariée portait une bague d'une grosseur peu commune, le garçon d'honneur était un président de banque, le meilleur champagne coulait comme il coule lorsque son débit est surveillé par un traiteur réputé (ce qui veut dire pas plus de trois coupes par invité à moins qu'il ne rouspète). Il y avait peu de gaieté franche, mais pas non plus d'amertume, sauf dans le cas de David.

« Peut-on embrasser la mariée ? » lui demanda un invité d'un certain âge.

« Pourquoi pas ? répondit David. Elle a été embrassée plus souvent que la Bible d'un commissariat de police et par la même sorte de monde. »

L'invité s'éclipsa en vitesse et dit à quelqu'un que David pensait à sa mère.

Je ne crois pas que c'était cela. Mais ni David, ni Caroline n'aimaient Denyse, et ils détestaient sa fille Lorene, dont ils ne supportaient pas la présence.

On s'était peu occupé de Lorene avant le mariage, mais il fallait faire face au problème qu'elle représentait. Elle était le fruit du mariage raté avec Hornick — qui avait peut-être eu la vérole, pour tout ce qu'on sait —, et elle avait maintenant treize ans. La puberté, chez elle, était déjà très avancée, et elle avait de gros seins solides qui lui touchaient presque le menton, donnant l'impression qu'elle n'avait pas de cou. Elle avait le corps trapu, et était tellement gauche, qu'elle avait tendance à renverser des objets sur des tables ne se trouvant même pas vraiment sur son passage. Elle avait de mauvais yeux et portait de grosses lunettes. Son système pileux était déjà abondant, et elle se couvrait de sueur au moindre effort. Elle riait bruyamment et fréquemment, et lorsqu'elle se laissait vraiment aller, de petits filets de bave dégoulinaient le long de son menton qu'elle aspirait ensuite en rougissant. Les gens peu charitables disaient qu'elle était faible d'esprit, mais ce n'était pas le cas ; au pensionnat huppé qu'elle fréquentait, ses professeurs l'avaient placée dans un cours d'Opportunité qui correspondait davantage à ses aptitudes que le programme scolaire assez peu exigeant ; elle y apprenait assez bien à faire la cuisine et à coudre.

Au mariage de sa mère Lorene était d'une gaieté folle. Le champagne avait chassé ses quelques inhibitions, et elle se faufilait entre les invités, en se cognant à tout ce qui se trouvait sur son passage, le menton humide, la mine extatique. « Aujourd'hui je suis la fille qui a eu le plus de chance au monde, exultait-elle. J'ai un merveilleux papa tout neuf, mon Daddy-Boy — il dit que je peux l'appeler Daddy-Boy. Regardez le bracelet qu'il m'a offert ! »

Dans sa candeur naïve, Lorene essaya de se montrer amicale envers David et Caroline. Après tout, ne formaient-ils pas une seule et même famille maintenant ? La pauvre Lorene ignorait la complexe hiérarchie des relations familiales. Caroline, qui n'avait jamais été d'humeur facile, se montra affreusement impolie à son égard. David s'enivra, et n'arrêta pas de s'esclaffer et de faire à mi-voix des remarques désobligeantes à l'intention de Boy, lorsque celui-ci prononça son discours en réponse au toast à la mariée.

Rares sont les cérémonies de mariage qui n'ont pas leur clown. Au deuxième mariage de Boy, ce fut Lorene qui joua ce rôle, mais ce n'est qu'après qu'elle se fut effondrée — à cause du champagne, ou du manque d'habitude de marcher en talons hauts, ou des deux — que je l'emmenai dans une antichambre et que je la laissai me parler de son chien si extraordinairement intelligent. Elle finit par s'endormir et deux serveurs la portèrent jusqu'à la voiture.

3

Denyse avait l'aversion normale de toutes les femmes envers les amis que son mari s'était faits avant qu'il ne l'épousât, mais je la trouvai particulièrement sévère dans mon cas. Intelligente et d'une beauté plutôt conventionnelle, elle avait des dons exceptionnels en ce qui touchait à l'intrigue et à la politique ; mais c'était une femme dont la vie et les intérêts restaient entièrement extérieurs. Non pas qu'elle fût indifférente aux choses de l'esprit ; elle était consciente de leur existence et se déclarait contre. Elle avait clairement exprimé qu'elle ne consentait à un mariage à l'église que parce qu'on s'y attendait de la part d'un homme de l'importance de Boy ; elle condamnait le rite de l'Église parce qu'il plaçait les femmes en état d'infériorité. Toute son énergie morale et tous ses principes étaient axés sur la réforme sociale. Divorce facilité, salaire égal pour travail égal entre hommes et femmes, pas de discrimination entre les sexes pour l'emploi — telles étaient ses grandes causes, et pour les défendre, elle ne se conduisait nullement en virago de bandes dessinées, mais se montrait au contraire raisonnable, logique et infatigable.

Boy m'assurait souvent que sous le personnage public se cachait une gamine timide et fort sympathique, attendrissante dans son désir d'affection et de tendresse sexuelle, mais que Denyse choisissait de ne pas me révéler cet aspect d'elle-même. Son intuition lui permettait sûrement de pressentir que, pour moi, les femmes étaient autre chose que des concitoyennes exploitées sur le plan économique, en raison de certaines différences biologiques sans importance. Il se pourrait même qu'elle ait deviné que la haute opinion que j'avais des femmes reposait sur les qualités mêmes qu'elle avait choisi de brimer dans son propre cas. Chose certaine, elle ne voulait pas de moi dans la maison Staunton, et si je passais par hasard, comme j'avais eu l'habitude de le faire pendant trente ans, elle me cherchait noise, le plus souvent au sujet de la religion. Comme beaucoup de gens qui ne s'y connaissent pas en matière de religion, elle attribuait à ceux qui s'y intéressaient d'absurdes croyances. Elle avait découvert mon intérêt pour les saints ; il n'était pas facile en effet d'ignorer mes livres quand on s'occupait d'une agence de voyages. La notion même de sainteté lui répugnait, et à ses yeux je ne valais guère mieux que les gens qui croyaient aux feuilles de thé ou au crédit social. Par conséquent, bien que je fusse invité à dîner de temps à autre, en compagnie de gens à qui il avait fallu coûte que coûte faire une politesse, je n'étais plus considéré comme un intime.

Boy essaya d'arranger les choses en m'invitant quelquefois à son club pour déjeuner. Il n'avait cessé de prendre de l'importance, car en plus d'avoir d'immenses intérêts financiers, il occupait un rôle prépondérant dans la communauté, comme philanthrope et même comme mécène, depuis que les arts commençaient à être à la mode.

J'eus l'impression que tout cela l'ennuyait profondément. Il détestait les comités, mais ne pouvait les éviter, même lorsqu'il les contrôlait. Il avait horreur de l'incompétence, mais devait quand même l'endurer, en bon démocrate, jusqu'à un certain point. Les déshérités, enfin, lui cassaient les pieds, mais s'étant déclaré philanthrope, il ne pouvait guère s'en passer. Je dois reconnaître qu'il était toujours bel homme et séduisant à ses heures ; mais à côté de cela, quand il était lui-même, comme avec moi, je le sentais amer et désillusionné. Il avait embrassé avec ferveur le rationalisme de Denyse — ainsi qu'elle l'appelait — et un jour au York Club, à la suite de la publication de mon gros bouquin sur la psychologie du mythe et de la légende, et des critiques qui avaient paru s'y rapportant, il me prit violemment à partie pour ce qu'il appelait ma trivialité et ma façon d'encourager la superstition.

Comme il n'avait pas lu le livre, je ne me gênai pas pour le tancer. Il rentra un peu les griffes, trouvant en guise d'excuse qu'étant athée il ne pouvait supporter ce genre de balivernes.

« Ça ne m'étonne pas, lui dis-je. Tu t'étais créé un Dieu à ton image, et quand tu t'es rendu compte de sa nullité, tu l'as aboli. C'est une forme courante de suicide psychologique. »

Je n'avais voulu que lui rendre coup pour coup, mais à mon grand étonnement, il se décomposa.

« Ne me harcèle pas, Dunny, dit-il. Je suis dans le cent sixième dessous. J'ai mené à bonne fin pratiquement tout ce que j'avais projeté de faire, et tout le monde croit à ma réussite. Et bien sûr, maintenant, j'ai Denyse qui me force à me tenir à la hauteur, ce en quoi je suis un veinard — c'est une veine énorme — et ne t'imagine pas que je ne m'en rends pas compte. Mais par moments, tu vois, il me prend des envies de sauter dans une voiture et de fuir tout le bastringue. »

« Un souhait éminemment mythologique, dis-je. Je t'épargnerai l'ennui de lire mon livre pour en trouver la signification, puisque tu veux tomber dans l'oubli revêtu de ton armure, comme le roi Arthur ; remarque que la science médicale contemporaine t'en empêchera, elle est devenue trop habile. Tu seras forcé de vieillir, Boy ; il va te falloir apprendre ce que signifie la vieillesse, et comment y parvenir. Un vieil ami que j'aimais beaucoup me dit un jour qu'il aurait aimé découvrir un Dieu qui lui enseignât l'art de vieillir. Je pense qu'il a trouvé ce qu'il cherchait. Tu dois en faire autant, sous peine d'être misérable. Les dieux donnent la jeunesse éternelle à ceux qu'ils haïssent. »

Il me lança un regard quasi haineux. « Je n'ai jamais entendu quelque chose d'aussi fou et d'aussi négatif », répliqua-t-il. Mais au café il avait recouvré sa bonne humeur.

Tout en l'ayant quelque peu malmené, je m'inquiétais pour lui. Adolescent, ç'avait été une brute, un vantard et un mauvais perdant. En grandissant il avait appris à isoler ces traits de caractère, et quelqu'un le connaissant moins bien que moi aurait pu croire qu'il s'était amélioré. Mais je n'ai jamais été de ceux qui croient que les caractéristiques dominantes d'un enfant soient appelées à disparaître avec la maturité ; elles peuvent être immergées ou bien se transformer, mais elles ne s'évaporent pas ; fréquemment elles remontent vigoureusement à la surface à l'approche de la vieillesse. C'est cela, et non la sénilité, que signifie « retomber en enfance ». Je pouvais voir clairement se dessiner ce phénomène en moi-même ; la cinquantaine sonnée, je me remis à mettre en pratique une sale petite habitude de mon enfance : celle de faire des mots d'esprit qui allaient bien au-delà de la réplique défensive et risquaient de blesser profondément. Je me vois très bien devenir un vieux monsieur redoutable, ressemblant à l'enfant insupportable de naguère. Boy Staunton, pour sa part, n'essayait même plus de cacher son désir dévorant de domination et quand les choses ne marchaient pas à son goût il devenait menaçant et faisait des crises de rage.

À mesure que nous approchions de la soixantaine, les mantes dont nous avions voilé notre personnalité profonde portaient des marques d'usure.

4

Mme Dempster mourut dans l'année qui suivit le second mariage de Boy. Sa mort m'étonna, car j'étais persuadé que les aliénés avaient une longue vie, et dans mon testament j'avais fait le nécessaire pour subvenir à ses besoins si je devais mourir avant elle. Sa santé n'avait été aucunement affectée par son long et misérable séjour à l'asile municipal, et elle avait profité au physique et au moral de son transfert à la campagne, mais je crois que mes propos irréfléchis au sujet de Paul l'avaient brisée. À la suite de cette bêtise pourtant bien intentionnée, elle ne fut plus jamais « simple d'esprit ». On lui donnait des médicaments pour la garder artificiellement passive, mais cela me déplaisait (par ignorance peut-être) et je leur demandai, dans la mesure du possible, de lui épargner l'ignominie de devoir être abrutie pour avoir une conduite acceptable.

Il fut par conséquent plus difficile et plus coûteux de s'occuper d'elle. Elle passait une partie de son temps à faire des crises de rage contre moi, son mauvais génie ; mais le plus souvent elle s'abandonnait à la tristesse et au désespoir.

Elle fut vite épuisée à ce petit jeu. On ne me laissait pas lui parler, mais parfois je la regardais à travers le judas de sa porte ; elle dépérissait constamment et semblait de moins en moins elle-même. Elle se mit à avoir des maux d'ordre physique — un peu de diabète, une légère faiblesse au rein, un mauvais fonctionnement du cœur — qui n'étaient pas jugés sérieux et que l'on contrôlait de différentes façons ; les médecins m'assurèrent, avec la bonne humeur qui caractérise leur profession, qu'elle en avait encore pour dix bonnes années. Mais je n'y croyais pas, car j'étais né à Deptford où l'on pouvait pressentir à coup sûr le moment où quelqu'un allait basculer, et je pouvais me rendre compte que c'était précisément ce qui la guettait.

Ce fut néanmoins une surprise pour moi d'apprendre par les autorités de l'asile qu'elle avait été victime d'une sérieuse crise cardiaque et qu'elle risquait d'en avoir une autre incessamment. Ma vie était depuis longtemps entremêlée à celle de Mme Dempster, et en dépit de la sagesse atavique qui faisait de moi, en certaines circonstances, une sorte de devin, je n'avais pas vraiment envisagé la possibilité de la perdre. J'eus moi-même une douleur au cœur qui m'effraya, mais je me rendis cependant à l'asile au plus tôt ; je n'y parvins que plusieurs heures après avoir reçu l'appel téléphonique.

Elle était à l'infirmerie, inconsciente. Cela n'augurait rien de bon, et je m'assis pour attendre — sa fin prochaine sans doute. Mais au bout d'environ deux heures une infirmière vint me dire qu'elle me réclamait. Comme depuis de nombreuses années elle ne m'avait pas vu sans éprouver une grande détresse, je doutai d'abord de l'opportunité de répondre à l'appel, mais ayant reçu l'assurance que tout se passerait bien, je me rendis à son chevet.

Je la trouvai très pâle et les traits tirés, mais quand je lui pris la main, elle ouvrit les yeux et me fixa longuement. Puis elle se mit à me parler, mais elle articulait mal et j'arrivais à peine à la comprendre.

« Êtes-vous Dunstable Ramsay ? » demanda-t-elle.

Je l'en assurai et il y eut un autre long silence.

« Mais c'était un petit garçon », dit-elle en refermant les yeux.

Je m'assis près de son lit et y restai un long moment, mais elle ne dit rien d'autre. J'espérais qu'elle parlerait peut-être de Paul. Je restai assis auprès d'elle pendant une heure environ, et puis à ma grande stupéfaction, la main que j'avais dans la mienne m'étreignit légèrement, oh très légèrement. Ce fut le dernier message de Mme Dempster. Peu après, elle se mit à avoir une respiration bruyante et les infirmières me firent signe de sortir. Une demi-heure plus tard, elles m'apprirent qu'elle était morte.

Je passai une très mauvaise nuit. Je maintins avec effort une sorte de stoïcisme sombre jusqu'au moment d'aller me coucher, et alors je me mis à sangloter. Cela ne m'était pas arrivé depuis des années, en fait, pas depuis le jour si lointain où ma mère m'avait battu — non, même pas au pire de la guerre — et j'en fus effrayé et blessé. Quand je finis par m'endormir, j'eus d'affreux cauchemars, certains d'entre eux me montrant ma mère sous des formes monstrueuses. Ils devinrent si intolérables que je m'assis dans mon lit et essayai de lire, mais je n'arrivais pas à me concentrer sur la page ; j'étais harcelé par des visions de désolation et d'infortune si horribles que j'aurais aussi bien pu ne pas avoir eu soixante ans, ne pas être la terreur des écoliers, ni un érudit de modeste réputation ; car elles m'écrasaient comme le plus faible des enfants. C'était une terrible invasion de mon esprit et quand la cloche finit par sonner dans l'école, j'étais si secoué que je me coupai en me rasant, rendis mon petit déjeuner une demi-heure après être sorti de table, et pendant mon premier cours, parlai de façon si inadmissible à un pauvre cancre que je le fis revenir après la classe pour m'excuser. Je devais avoir l'air abattu, car mes collègues furent exceptionnellement aimables avec moi, et je sentais un malaise chez les élèves. Je pense qu'ils me supposaient très malade, et je l'étais assurément, mais non d'un mal que j'aurais su guérir.

Comme je voulais qu'elle soit incinérée, je fis le nécessaire pour que la dépouille de Mme Dempster fût envoyée à Toronto, où un entrepreneur de pompes funèbres avait été chargé de faire ce qu'il fallait. Le lendemain de sa mort, j'allai le voir.

« Dempster, prononça-t-il. Oui, rendez-vous dans la salle C. »

Elle était là, assez peu ressemblante, car l'embaumeur n'avait pas ménagé le fard. Et j'aurais été bien incapable de dire si elle paraissait rajeunie ou en paix, les deux commentaires habituels en pareille occasion. Elle avait tout simplement l'air d'une petite vieille, prête à être enterrée. Je m'agenouillai et l'entrepreneur de pompes funèbres quitta discrètement la pièce. Je priai pour le repos de l'âme de Mary Dempster sans savoir où ni comment ni sous la protection de quelle puissance inconnue, mais profondément ressentie, je la plaçais. C'était le genre de prière qui donnait raison à Denyse Staunton dans tous ses arguments contre la religion, mais j'étais en proie à une impulsion à laquelle toute résistance eût signifié de ma part un suicide spirituel. Je demandai ensuite pardon pour moi-même car, bien que j'aie fait de mon mieux, je n'avais sûrement pas été suffisamment aimant ou de bon conseil, ou suffisamment généreux avec elle.

Puis je fis quelque chose de bizarre que j'hésite à vous confier, cher Directeur, de crainte que vous ne me signifiiez mon renvoi pour cause de folie ou d'imbécillité, ou des deux à la fois. J'avais autrefois été persuadé que Mary Dempster était une sainte, et même ces dernières années je n'avais pas vraiment changé d'avis. Il y avait eu les trois miracles, après tout ; ou du moins je les considérais comme tels. Les saints, selon la tradition, exhalent à leur mort une odeur que l'on a souvent comparée au parfum des violettes. Pour cette raison je me penchai vers la tête de Mme Dempster et la reniflai pour découvrir cette odeur de sainteté. Mais tout ce que je pus sentir fut un parfum, assez agréable je dois dire, mais qui provenait manifestement d'un flacon.

L'entrepreneur de pompes funèbres revint, apportant cette fois un crucifix ; me voyant à genoux, il avait présumé que l'enterrement était de ceux qui en requièrent. Il s'approcha de moi en reniflant.

« Le Numéro Cinq de Chanel, murmura-t-il, nous l'utilisons toujours quand la parenté ne fournit rien. Vous avez peut-être remarqué aussi que nous avons légèrement rembourré la poitrine de votre mère ; elle avait beaucoup maigri dans cette région de son anatomie, pendant sa dernière maladie, et lorsque le corps est allongé, cela se remarque encore davantage. »

C'était un homme honnête qui se consacrait à un

métier souvent vilipendé, mais néanmoins indispensable. Je ne fis aucun commentaire, sinon pour souligner que ce n'était pas ma mère.

« Excusez-moi. Votre tante, alors ? » dit-il, voulant coûte que coûte se montrer agréable et m'apporter du réconfort, tout en restant discret.

« Non, ni mère, ni tante », dis-je, et comme je ne pouvais utiliser un terme aussi banal et inexact qu' « une amie » pour décrire ce que Mary avait été pour moi, je le laissai sur sa faim.

Le lendemain, je me trouvai seul dans la chapelle crématoire, tandis que le corps de Mary Dempster s'engouffrait dans les flammes. Qui d'autre se souvenait d'elle ?

5

Elle mourut en mars. L'été suivant, je partis pour l'Europe et rendis visite aux Bollandistes, espérant recevoir quelques compliments pour mon volumineux bouquin. Je n'ai pas honte de l'avouer, qui mieux qu'eux, en effet, savait si oui ou non j'avais réussi dans mon travail, et l'estime la plus douce n'est-elle pas celle d'un expert dans sa propre spécialité ? Je ne fus pas déçu, ils furent généreux et accueillants, comme toujours. Et je puisai un renseignement qui me fit énormément plaisir : Padre Blazon, bien que très vieux, vivait toujours, dans un hôpital à Vienne.

Je n'avais pas envisagé d'aller à Vienne, bien que je me rendisse à Salzbourg pour le festival, mais je n'avais pas eu de nouvelles de Blazon depuis des années, et la tentation s'avéra irrésistible. Je le trouvai dans un hôpital dirigé par les Sœurs Bleues, adossé à des oreillers, paraissant plus vieux mais guère changé, sauf qu'il avait perdu ses dernières dents ; il portait même sa déplorable calotte de velours, posée cavalièrement de guingois sur ses cheveux blancs ébouriffés.

Il me reconnut immédiatement. « Ramezay ! » dit-il en croassant, alors que je m'approchais de lui. « Je vous croyais mort ! Comme vous avez vieilli ! Il est vrai que vous n'êtes plus de la première jeunesse. Quel âge avez-vous ? Allons, trêve de coquetterie, quel âge ? »

« Je viens d'avoir soixante et un ans », dis-je.

« Ah ! un véritable patriarche ! Mais on vous donnerait davantage. Savez-vous quel âge j'ai, moi ? Non, vous n'en savez rien, et je ne vais pas vous le dire. Si les sœurs l'apprenaient, elles pourraient penser que je suis sénile. Elles me lavent déjà bien trop souvent ; si elles savaient mon âge, elles m'écorcheraient vif avec leurs terribles brosses — comme saint Barthélemy. Mais je vous avouerai néanmoins ceci — je ne reverrai pas la centaine de sitôt ! De combien je la dépasse, ça je ne le dis à personne ; on le découvrira après ma mort. Je peux mourir à n'importe quel moment. Je peux mourir pendant que nous parlons tous les deux. Je serai sûr alors d'avoir le dernier mot, non ? Asseyez-vous. Ce que vous avez l'air fatigué !

« Vous avez écrit un très beau livre ! Non pas que je l'aie lu en entier, mais l'une des sœurs m'en a lu des extraits. Je l'ai empêchée de poursuivre parce que son accent anglais était si abominable qu'elle profanait votre élégante prose, et qu'elle était incapable de prononcer les noms correctement. Une vraie criminelle ! Comme ces femmes sont ignorantes ! Ce sont des meurtrières du verbe ! Comme punition, je lui ai fait me lire de grands passages du *Juif errant.* Elle parle un français très chaste, mais le livre lui a presque brûlé la langue — son anticléricalisme, vous savez. Et ce qu'on dit des jésuites ! Quels méchants sorciers, quelles vipères ! Si nous étions à un scrupule près aussi intelligents qu'Eugène Sue semblait le croire, nous serions aujourd'hui les maîtres du monde.

La pauvre, elle n'arrivait pas à comprendre pourquoi je tenais tant à entendre ce genre de choses ou ce qui me faisait tellement rire. Alors je lui ai dit que l'ouvrage était à l'index, et maintenant elle est persuadée que je suis un ogre déguisé en vieux jésuite. Quand même, quand même, ça fait passer le temps. Comment va votre sainte-toquée ? »

« Ma quoi ? »

« Ne criez pas ; mon ouïe est parfaitement bonne. Votre sainte-toquée, cette aliénée qui domine votre vie. Je m'attendais que vous parliez un peu d'elle dans votre livre, mais pas un mot. J'ai vérifié. J'ai commencé par lire l'index ; c'est toujours ce que je fais. Toutes sortes de saints, de héros, de légendes, mais pas de sainte-toquée, pas la moindre. Pourquoi ? »

« Vous m'avez surpris en l'appelant ainsi parce que je n'ai pas entendu cette expression-là depuis trente ans. Le dernier à l'avoir utilisée en parlant de Mary Dempster était un Irlandais. » Et je lui rapportai ma lointaine conversation avec l'abbé Regan.

« Ah ! Ramezay, vous êtes un téméraire. Quelle idée de poser pareille question à un curé de campagne ! Mais ce devait être quelqu'un de bien tout de même. Les Irlandais ne sont pas tous des idiots, ils ont beaucoup de sang espagnol, comme vous savez. Mais qu'il ait été au courant des fous de Dieu me paraît assez étrange. Au fait, saviez-vous qu'une sainte-toquée allait bientôt être canonisée ? Bertilla Boscardin qui accomplit des merveilles — de vraies merveilles — pendant la Première Guerre mondiale pour des patients des hôpitaux, elle fut responsable de nombreuses guérisons miraculeuses et suscita des actes d'héroïsme pendant les raids aériens. Toutefois, ce n'était pas la sainte-toquée traditionnelle ; d'abord elle était très active, alors que ces saints-là sont généralement des passifs, qui se contentent d'aimer Dieu de toute leur âme, avec ce don de perspicacité qui, selon saint Bonaventure, serait inaccessible même aux plus grands sages. »

« L'abbé Regan m'affirma que les saints-toqués sont des êtres dangereux. Les Juifs s'en méfient, surtout parce qu'ils ont le nez fourré partout et qu'ils portent la poisse. »

« Et c'est parfaitement vrai, lorsqu'ils sont plus fous que saints ; nous portons tous malheur aux autres, vous savez, le plus souvent sans le savoir. Mais quand je vous parle d'un saint-toqué, je n'entends pas par là l'un de ces incorrigibles bavards qui jacassent sur Dieu à longueur de journée, au lieu de parler d'obscénités comme ils le font presque toujours. Mais rappelez-moi l'histoire de cette Mary Dempster. »

Je lui rafraîchis la mémoire, et quand j'eus terminé mon récit, il me dit qu'il réfléchirait. Il commençait à se fatiguer, et une religieuse me fit signe qu'il était temps de partir.

« C'est un charmant vieillard que nous aimons beaucoup, me dit-elle, mais il ne peut s'empêcher de nous taquiner. Si vous voulez lui faire plaisir, apportez-lui de ce merveilleux chocolat viennois ; il trouve le menu de l'hôpital une grande épreuve. Il a un excellent estomac, vous savez. Oh ! comme j'aimerais avoir le même, moi qui n'ai même pas la moitié de son âge vénérable ! »

Le lendemain j'apportai donc une bonne quantité de chocolats, dont je remis la quasi-totalité à la religieuse afin qu'elle les lui rationne ; je ne voulais surtout pas qu'il se gavât au point d'expirer devant mes yeux. Mais la boîte était une jolie bonbonnière et elle comportait une petite pince pour prendre les chocolats.

« Ah ! saint Dunstan et sa pince ! murmura-t-il. Parlez plus bas, saint Dunstan, ou tous les autres vont vouloir de mon chocolat, et cela leur ferait probablement du mal. Oh ! saint homme ! Ne pourriez-vous pas tromper la vigilance des religieuses, et m'apporter une bouteille de vraiment bon vin ? Si vous saviez l'affreux tord-boyaux — acheté à bon compte, bien sûr — qu'elles distribuent, et au compte-gouttes, qui plus est, les rares jours de fête !

« Bon, maintenant j'ai réfléchi à la question de votre sainte-toquée, et je suis arrivé à la conclusion qu'elle n'aurait jamais été reconnue des Bollandistes. Mais ce devait être une personne extraordinaire, qui a dû aimer Dieu de tout son cœur, et avoir grande confiance dans l'amour qu'il lui portait. Pour ce qui est des miracles, vous et moi en avons fait une étude trop approfondie pour les ériger en dogmes ; le fait que vous y croyiez a embelli votre vie et l'a tournée vers le bien ; laissez faire les explications scientifiques, elles ne peuvent rien vous apporter de plus. Il me paraît beaucoup plus important qu'elle ait eu un comportement héroïque et accepté son pénible destin en y mettant tout son courage, jusqu'au moment où, n'en pouvant plus, elle sombra dans l'aliénation mentale. L'héroïsme au service de Dieu est la marque du saint, Ramezay, pas les tours de passe-passe. Le jour de la Toussaint, honorez donc sans crainte dans vos prières le nom de Mary Dempster. Vous admettez vous-même que vous avez pu goûter les bonnes choses de la vie parce qu'elle a subi le destin qui aurait pu vous échoir. Quoique, comme tous les jeunes garçons, Ramezay, vous ayez dû avoir la tête très dure — comme maître d'école vous en savez quelque chose. Vous vous en seriez peut-être tiré avec une bonne bosse sur la tête. Qui peut savoir ? Une chose est certaine, votre vie a été embellie par votre sainte-toquée ; combien de gens peuvent en dire autant ? »

Nous parlâmes encore un peu de nos amis communs à Bruxelles, et puis brusquement il me demanda : « Avez-vous jamais rencontré le Diable ? »

« Oui, répondis-je. Je l'ai rencontré à Mexico. Il était déguisé en femme — une femme hideuse, mais néanmoins indubitablement femme. »

« Indubitablement ? »

« Sans doute possible. »

« Vraiment, Ramezay, vous me renversez. Sans vouloir vous blesser, vous êtes quelqu'un de beaucoup plus remarquable qu'on ne pourrait d'abord le supposer. Que le Diable ait changé de sexe pour tenter le grand saint Antoine ne fait aucun doute, mais qu'il le fasse pour un maître d'école canadien ! Enfin, évitons d'avoir des prétentions quand il s'agit de choses spirituelles. Votre grande conviction me porte à supposer que le Diable est arrivé à ses fins ? »

« Il s'est montré très chic avec moi. Il m'a persuadé qu'un petit compromis ne me ferait pas de mal, allant même jusqu'à affirmer qu'après m'être livré à des rapports plus intimes avec lui, j'aurais bien meilleur caractère. »

« Je ne trouve rien de mal à cela. Le Diable connaît en nous des recoins que le Christ Lui-même ignore. Et je suis persuadé, voyez-vous, que le Christ Lui-même sut tirer parti de sa rencontre avec le Diable dans le désert. Bien sûr, c'étaient des retrouvailles entre frères ; on oublie trop facilement que Satan est le frère aîné du Christ et que, dans la discussion, il jouit des avantages d'un aîné. En général, nous nous conduisons très mal avec le Diable, et plus nous le malmenons, plus ça l'amuse. Mais racontez-moi plutôt votre rencontre avec lui. »

Il suivit attentivement mon récit, paraissant se scandaliser des passages un peu lestes et roulant les yeux — tout en portant à ses lèvres une main pudique pour cacher son irrésistible envie de rire. Finalement, n'en pouvant plus, il s'esclaffa. Puis, quand je décrivis l'incident de Liesl et de la belle Faustina dans la loge, il se voila la face des deux mains, non sans me lancer entre ses doigts des regards entendus. C'était une éblouissante performance de pudibonderie hispano-cléricale. Mais lorsque je lui racontai comment j'avais tordu le nez de Liesl jusqu'à en entendre craquer l'os, il rejeta d'un coup de pied son couvre-lit, et s'esclaffa de nouveau avec, cette fois, une si bruyante hilarité qu'une religieuse arriva en courant, seulement pour se voir repousser à grand renfort de gesticulations et de sifflements.

« Oh ! Ramezay ! Rien d'étonnant à ce que vous parliez si éloquemment dans vos livres de mythes et de légendes ! C'est saint Dunstan coinçant le groin du Diable avec ses pinces, mille ans après sa mort. Bien fait, bien fait ! Vous avez rencontré le Diable sur un pied d'égalité, sans courber l'échine, sans avoir peur et sans quémander de broutilles. C'est ça la vie héroïque, Ramezay. Vous avez tout ce qu'il faut pour devenir l'ami du Diable, sans crainte de tomber entre ses mains ! »

Le troisième jour, je pris congé de lui. J'avais fait le nécessaire pour lui procurer du chocolat quand il en manquerait, et j'étais même parvenu à faire accepter aux religieuses, comme faveur exceptionnelle, six bouteilles de vin à lui servir en temps opportun.

« Au revoir, me dit-il jovialement. Nous ne nous reverrons probablement jamais, Ramezay. Vous commencez à avoir l'air chancelant. »

« Je n'ai pas encore trouvé un Dieu qui m'apprenne à vieillir, dis-je, et vous ? »

« Chut, pas si fort. Je ne veux pas mettre les sœurs au courant de mes états d'âme. Oui, oui, je L'ai trouvé, et Il est d'une merveilleuse compagnie. Très calme, très doux, mais glorieusement vivant : nous *agissons*, Lui *est*. Il n'a rien du prosélyte ni de l'arriviste comme Ses fils. » Et il eut un formidable accès de fou rire.

Je le quittai peu après et de la porte, en me retournant pour lui faire un dernier adieu, je le vis en train de rire et de pincer son gros nez aux reflets cuivrés, avec la minuscule pince à bonbon. « Que Dieu vous accompagne, saint Dunstan », me dit-il en haussant la voix.

Je l'avais toujours présent à l'esprit tandis que je goûtais les joies de Salzbourg, et en particulier à la suite de ma première visite à une exposition, tenue dans les salles d'exposition de la cathédrale, appelée *Schöne Madonnen.* Car ici, enfin, et après avoir abandonné tout espoir et jusqu'à l'idée de continuer mes recherches, je découvris la Petite Madone de ma terrible nuit de Passchendaele. Elle se trouvait au milieu de sculptures de la Sainte Mère présentée sous tous ses aspects, réunies à titre d'exemples de l'art de sculpteur sur bois et sur pierre, et provenant d'églises, de musées et de collections particulières de toutes les parties de l'Europe.

C'était bien elle, facilement identifiable, depuis la charmante couronne qu'elle portait avec son air de Reine des Cieux, jusqu'à ses pieds qui étaient posés sur un croissant de lune. En dessous de cette lune, il y avait — détail que je n'avais pu remarquer à cause de la lumière aveuglante de la fusée — le globe terrestre qu'encerclait un serpent avec une pomme dans la gueule. Elle avait perdu son sceptre, mais non pas le Divin Enfant, un petit personnage dodu et réservé qui contemplait le monde à travers des paupières mi-closes. Le visage de la Madone était-il celui de Mary Dempster ? Non, ce ne l'était pas, bien que les cheveux fussent très semblables ; Mary Dempster, dont ma mère avait jadis comparé le visage à une cruche de lait, n'avait jamais eu d'aussi beaux traits, mais l'expression était indéniablement la sienne. C'était une expression miséricordieuse et aimante, tempérée par la perspicacité et la profondeur.

Je lui rendis visite chaque jour durant la semaine que je passai à Salzbourg. J'appris, en consultant le catalogue, qu'elle provenait d'une collection particulière réputée et qu'elle était considérée comme un exemple excellent, bien que tardif, de la Madone sous l'aspect de l'Immaculée Conception. On ne l'avait sans doute pas jugée digne d'être reproduite dans le catalogue, de sorte que, ma semaine terminée, je ne devais jamais la revoir, les photographes étant bannis de l'exposition. Mais je n'avais pas besoin de photo. Elle m'appartenait pour toujours.

6

La mort mystérieuse de Boy Staunton passionna momentanément l'opinion, et ceux qui s'intéressaient à la question des crimes non résolus — car ils étaient persuadés qu'il s'agissait d'un crime — en parlent encore aujourd'hui. Je suis sûr que vous devez vous souvenir des détails de l'affaire, cher Directeur. Vers quatre heures du matin, le 4 novembre 1968, sa Cadillac décapotable fut repêchée dans les eaux du port de Toronto, dans lesquelles elle avait été précipitée à une vitesse telle qu'avant de sombrer, elle avait couvert une distance d'environ vingt pieds à partir de la jetée en béton. Son corps était à la place du conducteur, les mains agrippées si fort au volant que la police eut du mal à l'extirper de la voiture. Les vitres et la capote étaient levées, de sorte qu'il s'était certainement écoulé un certain temps entre le moment où la voiture avait quitté le bout du quai et celui où elle s'était remplie d'eau. Mais ce qu'il y avait de curieux, c'était que la police avait trouvé dans la bouche de Boy une pierre — un simple morceau de granit rose de la grosseur d'un petit œuf — qui ne pouvait s'y trouver que si lui-même, ou un inconnu, l'y avait placée.

Comme on pouvait s'y attendre, les journaux publièrent de nombreux articles sur le sujet, car sur le plan local, c'était une nouvelle de première importance. S'agissait-il d'un meurtre ? Mais qui aurait eu intérêt à tuer ce philanthrope réputé, cet organisateur aux dons exceptionnels qui avait rendu de si éminents services à son pays pendant la guerre ? Mort, Boy était devenu un héros pour la presse. S'était-il suicidé ? Mais pour quelles raisons le président de l'Alpha Corporation, un homme remarquablement jeune physiquement ainsi que dans ses opinions, et l'un des deux ou trois hommes les plus riches du Canada, aurait-il voulu mettre fin à ses jours ? Sa vie privée était irréprochable. Sa femme, qui s'appelait Denyse Hornick avant son mariage avec Boy Staunton, était une personnalité dont la réputation n'était plus à faire dans la lutte pour l'égalité de la femme devant la loi et dans la vie économique. Tous deux avaient travaillé de pair à d'innombrables projets philanthropiques et culturels. D'autre part, les journaux jugeaient maintenant correct de révéler sa nomination par la Couronne au poste de lieutenant-gouverneur de l'Ontario — qui aurait normalement été annoncée au cours des prochains jours. Un homme aussi conscient de ses responsabilités de citoyen que Boy Staunton aurait-il été capable de s'enlever la vie de cette façon ?

Il reçut de nombreux témoignages de sympathie de la part de concitoyens en vue. Celui de Joel Surgeoner venait du fond du cœur. C'est à quelques mètres de la Lifeline Mission, en effet, que la mort l'avait frappé — une Mission que le défunt avait généreusement aidée. Vous-même, cher Directeur, en écrivant votre propre témoignage, souligniez, je me souviens, qu'il avait été un exemple parfait de ce que l'école entendait, avec tant d'insistance, par la phrase : Il sera beaucoup exigé de ceux qui ont beaucoup reçu.

Son épouse fut décrite en termes dithyrambiques, s'il est vrai qu'on passa discrètement sur « un premier mariage qui s'était terminé par la mort de la première Mme Staunton, née Leola Cruikshank, en 1942 ». Dans la liste des parents, Lorene eut préséance sur David (maintenant âgé de quarante ans, avocat et alcoolique) et Carole (maintenant Mme Beeston Bastable et mère d'une fille unique, prénommée également Caroline).

Les funérailles n'eurent pas tout à fait rang d'obsèques

nationales, malgré l'acharnement de Denyse ; son désir de voir placer un drapeau sur le cercueil ne fut pas exaucé, non plus que celui d'avoir des soldats au garde-à-vous. Néanmoins, il y eut beaucoup de drapeaux autour du catafalque, et elle réussit à rassembler une grande quantité de gens importants ou qui le devinrent du fait d'en représenter d'autres trop importants pour se déplacer. Tout le monde s'accorda pour louanger l'oraison funèbre prononcée par l'évêque Woodiwiss — il connaissait Boy depuis sa tendre enfance — bien que l'on ait déploré le marmonnement incompréhensible auquel était maintenant réduit le saint homme.

La réception qui suivit les funérailles s'inscrivit dans la grande tradition des réunions de ce genre, et la nouvelle maison que Denyse avait poussé Boy à faire élever dans la banlieue la plus huppée de Toronto était, malgré sa grandeur, comble à craquer. Denyse fit preuve d'un magnifique sang-froid, et tout se passa sans le moindre accroc. Ou presque ; il n'y eut qu'une chose qu'elle ne réussit pas.

S'approchant de moi quand elle eut fini d'accueillir ceux qui étaient venus pleurer Boy — si l'on peut ainsi décrire le groupe de gais lurons qui s'était mis à ingurgiter son scotch et son rye — elle me dit : « C'est évidemment vous qui allez écrire la biographie officielle. »

« Quelle biographie officielle ? » lui demandai-je, le souffle coupé par la stupéfaction.

« De quelle biographie officielle croyez-vous qu'il s'agit ? » dit-elle en me jetant un regard qui m'intimait l'ordre de prendre mes responsabilités et de cesser de faire l'imbécile.

« Oh ! Il va donc y en avoir une ? » demandai-je. Je ne cherchais nullement à l'ennuyer ; j'étais franchement démonté et avec raison.

« Oui, il va y en avoir une », dit-elle, des glaçons pendant de chaque mot. « Étant donné que vous connaissez Boy depuis vos jeunes années, vous allez avoir beaucoup à raconter avant que je ne puisse vous diriger. »

« Mais comment sera-ce officiel ? » demandai-je, de plus en plus abasourdi. « J'entends, qu'est-ce qui va la rendre officielle ? Le gouvernement ou quoi ? »

« Le gouvernement n'a pas eu le temps de penser à cela, dit-elle, mais moi, je désire qu'elle se fasse, et je me charge du gouvernement. Ce que je veux savoir maintenant c'est si oui ou non vous consentez à l'écrire. » Elle employait le ton d'une mère qui dit : « Vas-tu ou non faire ce que je te demande ? » en parlant à un enfant pris en faute. C'était moins une question que la menace du fouet.

« Disons que j'aimerais y réfléchir », dis-je.

« Oui, faites cela. Pour ne rien vous cacher, j'avais fixé mon premier choix sur Eric Roop — la note poétique, vous voyez ? — mais il ne peut pas, bien que, considérant le nombre d'actions que Boy avait réussi à lui obtenir, je ne comprenne pas quelles pourraient être ses raisons. Mais, quant à cela, Boy a encore fait davantage pour vous. Cela vous changera de vos fameux saints, en tout cas. » Et elle tourna les talons, furieuse.

Bien entendu, je n'écrivis rien. Une crise cardiaque survenue quelques jours plus tard me donna une excellente excuse pour me libérer de tout ce que je n'avais pas envie de faire. Comment aurais-je pu écrire une vie de Boy qui, à mes yeux, eût été acceptable, tout en évitant de mourir assassiné des mains de Denyse ? Et comment aurais-je pu — considérant ma formation d'historien qui enseigne de ne jamais rien supprimer, et la tradition bollandiste qui apprend à tenir compte de l'ombre autant que de la lumière —, comment aurais-je pu écrire une biographie de Boy sans raconter tout ce que je vous ai révélé, cher Directeur, et tout ce que je sais sur la façon dont il est mort ? Même là, aurait-ce été la vérité ?

J'appris quelque chose sur la vérité et les interprétations différentes qu'en donnent des gens tout à fait rationnels, de Boy lui-même, dans l'heure qui suivit sa mort.

Vous ne verrez pas ce mémoire avant ma propre mort, et vous garderez sûrement pour vous ce qu'il vous aura appris. Vous ne pourriez rien prouver de toute façon. D'autre part, la façon dont Boy est mort n'a rien de surprenant pour quiconque connaît sa vie comme vous.

Voici donc ce qui s'est passé.

7

Magnus Eisengrim ne vint pas au Canada avec son célèbre spectacle de magie avant 1968. Sa renommée était si grande qu'il aurait eu droit à sa photo sur la couverture de *Time* comme étant le plus grand magicien de l'histoire. L'*Autobiographie* se vendit très bien, quoique personne ne sût que le sujet et son auteur étaient tous deux canadiens. Fin octobre, il vint passer deux semaines à Toronto.

Évidemment, je les vis beaucoup, lui et sa compagnie. La belle Faustina avait été remplacée par une autre fille, non moins belle, qui portait le même nom. Liesl, qui avait maintenant un certain âge et la distinction des grands singes, était toujours une amie aussi intime, et je passais tout mon temps libre avec elle. Elle et Blazon étaient les seules personnes que j'aie jamais rencontrées avec qui je puisse reprendre une conversation exactement là où elle avait été interrompue, que ce fût hier ou six ans plus tôt. C'est grâce à son intercession — ce serait peut-être plus exact de parler d'ordre — que je pus obtenir d'Eisengrim qu'il vînt à l'école le dimanche soir correspondant au milieu de ses deux semaines d'engagement, pour parler aux pensionnaires de l'hypnotisme ; les professeurs n'ont aucune pudeur quand il s'agit d'extorquer ce genre de faveurs.

Il remporta un immense succès, naturellement, car bien qu'il soit venu contre son gré, il n'était pas le genre d'homme à bâcler ce qu'il avait entrepris de faire. Les garçons furent flattés qu'il les prenne au sérieux, leur expliquant la véritable nature de l'hypnotisme ainsi que ses limites. Il insista sur le fait que personne ne peut être forcé à agir contre son gré sous hypnose ; les gens ont cependant des désirs qu'ils n'acceptent pas de reconnaître, même en leur for intérieur. Je me souviens que plusieurs élèves eurent du mal à saisir ce concept et qu'Eisengrim l'expliqua d'une façon extrêmement claire et en employant des termes qui me démontrèrent qu'il était beaucoup mieux informé que je ne l'avais soupçonné. Il rejeta l'image de l'hypnotiseur démon-tout-puissant, qui impose sa volonté à ses sujets, à la Svengali, mais il raconta des histoires amusantes concernant des traits bizarres et embarrassants qui se révélaient chez certaines personnes pendant qu'elles étaient hypnotisées.

Bien sûr, les garçons le supplièrent de leur donner une démonstration, mais il refusa de violer sa règle de ne jamais hypnotiser un mineur sans avoir reçu la permission écrite de ses parents. (Il n'ajouta pas que les jeunes gens et les enfants sont souvent des sujets difficiles à hypnotiser parce qu'ils ont du mal à se concentrer.) Toutefois, il m'hypnotisa, moi, et me fit faire suffisamment de bizarreries pour enchanter les garçons sans porter atteinte à ma dignité professionnelle. Il me fit improviser un poème, ce que je n'avais jamais fait de ma vie, mais apparemment il n'était pas trop mauvais.

Sa causerie dura environ une heure, et comme nous nous trouvions dans le grand couloir du bâtiment où se donnent les cours, Boy Staunton sortit par la porte de côté de votre bureau, cher Directeur. Je les présentai, et Boy fut enchanté.

« J'ai vu votre spectacle jeudi dernier, dit-il. Nous fêtions justement l'anniversaire de ma belle-fille. D'ailleurs, vous lui avez donné une boîte de bonbons. »

« Je m'en souviens parfaitement, dit Eisengrim. Votre groupe était assis dans la rangée C et occupait les fauteuils 21 à 25. Votre belle-fille porte des lunettes à lentilles épaisses et elle a un rire facilement identifiable. »

« Oui, pauvre Lorene. Je crains qu'elle ne soit devenue un peu hystérique ; nous dûmes partir après le numéro où vous sciez un homme en deux. Mais pourrais-je vous demander une faveur tout à fait spéciale ? — comment votre *Tête d'Airain* pouvait-elle connaître la signification du message qu'elle donna à Ruth Tillman ? Cela a provoqué des commérages extraordinaires. »

« Non, monsieur Staunton, je ne peux pas répondre à cela. Mais peut-être, vous, pourriez-vous me dire comment vous savez ce qui a été dit à madame Tillman, qui était assise dans le F 32 vendredi soir, puisque votre groupe est venu au théâtre le jeudi ? »

« N'aurais-je pu le savoir par des amis ? »

« Vous auriez pu, mais ce ne fut pas le cas. Vous êtes revenu le vendredi soir pour voir mon spectacle, parce que vous en aviez manqué une partie en raison de la surexcitation de votre fille. Je dois donc supposer que mon spectacle vous offrait quelque chose que vous vouliez. Vous me faites un grand compliment et vous pouvez être sûr que je l'apprécie. En vérité, je l'ai tellement apprécié que la Tête décida de ne pas vous nommer et de ne pas annoncer à l'auditoire que votre nomination au poste de lieutenant-gouverneur serait officielle lundi. Vous comprendrez quelle dose de renoncement il y a à refuser une telle primeur. J'en aurais tiré une publicité formidable, mais cela vous aurait mis dans l'embarras et la Tête et moi décidâmes de ne pas le faire. »

« Mais c'est impossible que vous l'ayez su ! Ce n'est

que deux heures avant de me rendre au théâtre que moi-même j'ai reçu la lettre. D'ailleurs, je l'avais sur moi. »

« Très vrai, et vous l'avez sur vous en ce moment ; dans la poche intérieure droite du haut de votre veston. N'ayez pas peur. Je n'ai pas fait vos poches. Mais lorsque vous vous penchez en avant, même très peu, la pointe d'une longue enveloppe d'épais papier ivoire se laisse entrevoir ; seuls les gouvernements font preuve d'autant d'ostentation dans leur papier à lettres, et lorsqu'un homme aussi élégant que vous accepte qu'une de ces enveloppes déforme la ligne impeccable de sa veste, c'est probablement... vous voyez ? Voilà une leçon de magie élémentaire. Travaillez-y pendant vingt ans et vous comprendrez peut-être la *Tête d'Airain.* »

Voilà qui dama le pion à Boy. Celui-ci rit néanmoins de bon cœur, prêt à reprendre le commandement des opérations. « Pour tout vous dire, je viens à l'instant d'en faire part au Directeur, dit-il, car il me faudra naturellement remettre ma démission à la présidence du Conseil d'Administration. J'étais d'ailleurs venu pour t'en parler, Dunny. »

« Alors, accompagne-nous, dis-je. Nous allions justement prendre un verre. »

Je m'étais tout de suite aperçu que Boy s'apprêtait à faire son numéro de charme. Il avait commis un impair en demandant à Eisengrim de lui révéler le secret d'une de ses illusions magiques. Cela ne lui ressemblait pas, d'être aussi maladroit, mais j'imagine qu'étant surexcité par sa nouvelle nomination, il n'avait pu juguler les manifestations débordantes de son ego. Il me semblait déjà voir sur sa tête, incliné gaillardement, son couvre-chef empanaché de lieutenant-gouverneur.

Eisengrim avait été suffisamment blessant pour que Boy ait été en droit de lui en vouloir. Mais quand il se sentait offusqué, il n'aimait rien de mieux que de tendre l'autre joue — occupation qui n'est nullement réservée aux chrétiens pratiquants comme il me l'avait démontré à maintes reprises. Eisengrim s'était surpassé en révélant ses dons d'observateur au sujet de la lettre, ce qui avait eu pour résultat d'apparenter Boy à un enfant captivé par un nouveau jouet et qui refuse qu'on le lui enlève des mains l'espace d'un instant. Il voulait à tout prix rétablir l'équilibre, ce qui à ses yeux voulait dire se rendre maître de la situation.

Il était évident qu'il y avait entre ces deux-là un de ces mystérieux courants qui font naître la sympathie, ou l'antipathie, ou d'autres états émotifs pouvant conduire à l'amour, ou à des amitiés spontanées, ou à des haines irréductibles, mais qui sont toujours exceptionnels. J'étais curieux de voir ce qui allait se passer, et d'autant plus en appétit que je savais, moi, qui était Eisengrim, alors que Boy l'ignorait et ne l'apprendrait peut-être jamais.

Lorsque Boy voulait se faire apprécier d'un nouvel ami, il avait pour habitude de traiter les anciens avec une sorte de condescendance joviale. Quand nous eûmes tous les trois atteint ma chambre située au bout du couloir à l'étage supérieur — la vieille chambre que j'ai toujours occupée et que j'ai obstinément refusé d'échanger contre une autre plus confortable, dans les bâtiments modernes —, il ouvrit la porte d'un coup de pied et, entrant le premier, alluma la lumière et fit le tour de la pièce en s'exclamant : « Toujours le même nid à rats. Que feras-tu quand tu seras forcé de déménager ? Où trouveras-tu ailleurs à entasser tout ce fatras ? Regardez-moi ces livres ! Je parie qu'il y en a que tu n'ouvres pas une fois par an. »

Il est vrai que plusieurs de mes gros livres traînaient çà et là, et il me fallut en libérer un fauteuil pour qu'Eisengrim pût s'asseoir ; je me sentis quelque peu humilié, je l'avoue.

Mais Eisengrim déclara : « J'aime beaucoup cette pièce. Je suis si rarement chez moi, forcé de vivre dans des chambres d'hôtel pendant des semaines et des mois d'affilée. Et le printemps prochain je dois entreprendre une tournée mondiale ; ce qui veut dire environ cinq ans d'hôtel ! Cette pièce respire la paix intérieure et le travail de l'esprit. Comme j'aimerais que ce soit la mienne. »

« Je n'irais pas jusqu'à dire que l'esprit du vieux Dunny soit jamais au travail, dit Boy. Je voudrais bien, moi, que mon travail consiste à répéter la même leçon, année après année, pendant quarante ans. »

« Vous oubliez ses nombreux et excellents livres, je pense ? » dit Eisengrim. Boy comprit qu'il n'arriverait jamais à ses fins — qui étaient tout au plus de jouir d'une certaine complicité avec un étranger de marque en me rabaissant — alors il changea de tactique. « Vous ne devez pas vous méprendre sur mon apparent manque de respect envers le grand érudit. Nous sommes de vieux amis. Nous venons du même petit village. En fait, je crois qu'on pourrait affirmer que tous les cerveaux de Deptford — passés, présents et sans doute à venir — sont rassemblés dans cette pièce. »

Pour la première fois, en compagnie de Boy, Eisengrim éclata de rire. « Méritai-je vraiment de faire partie d'un groupe aussi distingué ? » demanda-t-il.

Boy était ravi d'avoir déclenché un rire. « Désolé, mais il faut absolument être né à Deptford. »

« Oh ! Ça, ça ne pose pas de problème ! C'était de ma réussite dans le monde que je doutais. »

« J'ai feuilleté votre *Autobiographie* — Lorene m'avait demandé de lui en acheter un exemplaire. Je croyais que vous étiez né quelque part dans le nord de la Suède. »

« Ça, c'est Magnus Eisengrim ; celui que j'étais auparavant est né à Deptford. Si l'*Autobiographie* semble un peu haute en couleur, vous devez en blâmer Ramsay. C'est lui qui l'a écrite. »

« Dunny ! Tu ne me l'avais jamais dit ! »

« Cela ne me parut jamais pertinent », dis-je. J'étais étonné que Paul lui ait révélé une telle chose, mais je pouvais voir que, comme Boy, il était prêt à jouer ses cartes maîtresses pour gagner cette épreuve de force.

« Je ne me souviens de personne vous ressemblant le moins du monde à Deptford. Quel était votre vrai nom, déjà ? »

« Mon vrai nom est Magnus Eisengrim ; c'est qui je suis aujourd'hui, et c'est ainsi que le monde me connaît. Mais avant cela, je m'appelais Paul Dempster, et je me souviens très bien de vous. Pour moi vous étiez toujours le Riche Jeune Souverain. »

« Et vous et Dunny êtes de vieux amis ? »

« Oui, de très vieux amis. Il a été mon premier professeur de magie. Il m'enseigna aussi certaines choses sur les saints, mais c'est la magie qui m'est restée. Comme prestidigitateur il se spécialisait dans les œufs — le Swami de l'Omelette. Il fut mon unique professeur jusqu'à ce que je me sois enfui avec un cirque ambulant. »

« Vous vous êtes enfui ? Savez-vous que c'est ce que je voulais faire aussi ? J'imagine que c'est le rêve de tous les jeunes mâles. »

« Alors les jeunes mâles ont bien de la chance que leur rêve ne se matérialise pas. Je n'aurais pas dû dire un cirque, d'ailleurs ; c'était plutôt un humble spectacle forain. Je m'étais littéralement laissé méduser par Willard le Magicien ; il était tellement plus habile que Ramsay. Il savait faire des tours de cartes et c'était un pickpocket exceptionnel. Je le suppliai de m'emmener avec lui, et j'étais à l'époque un petit garçon si ignorant — peut-être pourrais-je même parler d'innocence, bien que ce soit un mot que je n'aime pas — que je fus extatique lorsqu'il y consentit. Mais je devais apprendre sans tarder que Willard avait deux faiblesses — les petits garçons et la morphine. La morphine l'avait d'ailleurs rendu insouciant, sans quoi il n'aurait jamais couru le terrible risque de voler un enfant. Mais quand j'eus découvert ce que voyager avec Willard impliquait réellement, il m'avait déjà réduit à sa merci ; si l'on découvrait jamais ce que nous faisions ensemble, m'affirma-t-il, je serais assurément pendu, alors que lui s'en tirerait, du fait qu'il connaissait tous les juges, partout où nous allions. J'étais donc enchaîné à lui par la peur ; j'étais sa chose, sa créature, et pour me récompenser, il m'enseigna l'art du prestidigitateur. On apprend toujours à connaître, au prix de son innocence, le mystère que l'on a en soi, mais dans mon cas ce fut spectaculaire. L'étonnant, c'est que je me pris peu à peu d'amitié pour Willard, surtout à partir du moment où la morphine le rendit inapte à se livrer à son vice, et ruina sa carrière de prestidigitateur. C'est alors qu'il devint un Sauvage. »

« Connu sous le nom de *Solitaire des Forêts ?* » demandai-je.

« Non, ça c'est plus tard. Le premier stade de sa déchéance le fit passer du rôle de prestidigitateur à celui de Sauvage — c'est-à-dire de buveur de sang. »

« De buveur de sang ? » dit Boy.

« C'est comme ça qu'on les appelle dans les carnavals. Leur numéro ne reçoit aucune publicité, mais on fait circuler le mot qu'il y en a un dans une des tentes du fond, et l'on ramasse l'argent sans vendre de billets. Autrement, les sociétés de protection des animaux créent des ennuis. Le buveur de sang est représenté comme quelqu'un qui doit à tout prix avoir sa ration quotidienne de chair fraîche, et surtout de sang. Après un baratinage en règle du racoleur sur la psychologie et la physiologie du buveur de sang, on donne à ce dernier un poulet vivant ; il grogne et roule des yeux terribles, puis il ronge le cou jusqu'à ce que la tête tombe et boit le sang qui en jaillit. C'est une vie assez moche, et très dure pour les dents, mais si c'est la seule façon de vous procurer de la morphine, vous préférez encore cela à l'horreur d'en manquer. Être buveur de sang coûte cependant de l'argent ; il vous faut chaque fois un poulet vivant, et même les vieilles poules racornies sont chères. Avant que Willard ne devienne trop malade, même pour faire le buveur de sang, il se servait donc de vers et de couleuvres, lorsque j'arrivais à lui en attraper. Les péquenauds adoraient ça ; Willard était un être que même la brute la plus écœurante pouvait mépriser.

« Nous eûmes finalement des ennuis avec la police, et je pensai que les choses nous seraient plus faciles à l'étranger. Nous y étions déjà depuis pas mal de temps, Ramsay, lorsque nous nous rencontrâmes au Tyrol, et à ce moment-là Willard était très malade ; il ne pouvait rien faire de plus que le *Solitaire des Forêts.* Je pense qu'il ne savait même plus où il était. Voilà ce que c'était que de s'enfuir avec un cirque ambulant, monsieur Staunton. »

« Pourquoi n'avez-vous pas quitté ce Willard lorsqu'il s'est abaissé à faire le buveur de sang ? »

« Vous voulez une réponse honnête ? Très bien : c'était par loyauté. Oui, par loyauté envers Willard, mais certainement pas envers son affreux numéro, ni ses mauvaises habitudes avec les petits garçons. J'imagine que c'était par loyauté envers son inéluctable besoin de chaleur humaine. Vous avez une foule de gens qui ne peuvent se soustraire à ce genre de responsabilités, pourtant irraisonnées. Comme la loyauté de Ramsay envers ma mère, tenez. Je suis persuadé que ça lui a créé un tas de soucis, et coûté fort cher, mais il ne l'abandonna jamais. Sans doute l'aimait-il. J'en aurais peut-être fait autant si je l'avais connue. Mais voyez-vous, la personne que je connaissais était une femme différente de la mère de tous les autres garçons, et qui se faisait appeler " putain " par des gens comme vous, monsieur Staunton. »

« Je ne m'en souviens vraiment pas, dit Boy. En êtes-vous sûr ? »

« Absolument certain. Je n'ai jamais pu oublier ce qu'elle était ni comment elle se faisait appeler. Parce que, voyez-vous, c'est ma naissance qui l'avait privée de la raison. Mon père m'en informa afin que je puisse essayer de lui faire réparation. C'est ma naissance qui l'avait rendue démente ; ce sont des choses qui arrivent, vous savez, et sans doute aujourd'hui encore. J'étais trop jeune pour endosser, ainsi que mon père l'aurait voulu, le poids de ma culpabilité ; il croyait fermement aux vertus de la culpabilité en matière d'éducation. Ce fut au-dessus de mes forces. Aujourd'hui je ne me sens pas coupable. Mais je peux revivre en un instant le sentiment d'être l'enfant d'une femme qui se faisait railler par tout le monde et dont on parlait sur un ton grivois — vous y compris, Riche Jeune Souverain. Mais je suis sûr que votre vocabulaire est beaucoup plus recherché aujourd'hui. Un lieutenant-gouverneur qui emploierait des mots comme " putain " représenterait assez mal la Couronne, vous en conviendrez... »

Boy s'était souvent fait prendre à partie par des gens hostiles, et rien dans son comportement ne laissa deviner le moindre trouble. En fait il se préparait à reprendre l'offensive.

« Votre nom m'échappe encore. »

Eisengrim n'avait pas quitté son sourire ; je dis : « C'est Paul Dempster. »

Ce fut à mon tour d'être surpris. « Et qui, je vous prie, est Paul Dempster ? » demanda Boy.

« Comment cela, tu ne te souviens pas des Dempster ? À Deptford ? Du révérend Amasa Dempster ? »

« Non. Je ne me rappelle jamais les choses qui me sont inutiles, et je ne suis pas retourné à Deptford depuis la mort de mon père. C'était il y a vingt-six ans. »

« Tu ne te souviens pas du tout de Mme Dempster ? »

« Pas du tout. Pourquoi voudrais-tu que je m'en souvienne ? »

Je n'en croyais pas mes oreilles, mais à mesure que se poursuivait notre conversation, je dus me rendre à l'évidence qu'il avait fait un tel tri parmi ses souvenirs de jeunesse que l'incident de la boule de neige s'était complètement effacé de sa mémoire. Mais Paul, de son côté, n'avait-il pas gardé de ses souvenirs que la souffrance et la cruauté ? Je commençai à me demander ce que j'avais moi-même pu en modifier.

Nous sirotions nos boissons, en essayant d'être le plus naturel possible, malgré le climat hautement émotif qui s'était établi entre nous. Boy tenta une nouvelle fois de dominer la conversation en faisant dévier le sujet.

« Comment avez-vous été amené à choisir votre nom de théâtre ? Je sais bien que les magiciens aiment les noms extraordinaires, mais je trouve le vôtre un peu inquiétant, je dois dire. N'est-ce pas un handicap ? »

« Non, pas du tout. Je ne l'ai d'ailleurs pas choisi. Il me fut donné par mon patron. » Il tourna la tête vers moi, et je compris que le « patron » c'était Liesl. « Il provient des merveilleuses légendes animalières des pays nordiques, et veut dire Loup. Loin d'être un handicap, c'est un nom qui plaît. Les gens aiment avoir peur, vous savez. On ne peut pas dire que mon spectacle de magie soit de tout repos. Il provoque l'effroi ; c'est la raison de son succès. Par certains côtés, il me rappelle les saints de Ramsay, bien que mes miracles aient un piment diabolique — une autre idée du patron. C'est là où vous faites erreur. Vous avez toujours voulu vous faire aimer, or les gens ne réagissent pas toujours comme on le voudrait, ainsi ils se méfient de l'homme public qui tente à tout prix de se faire aimer. J'ai été plus sage que vous. J'ai choisi un nom de Loup. Vous, vous avez choisi d'être à jamais le Petit Garçon. Serait-ce parce que votre mère avait l'habitude de vous appeler son " Pissi-Boy-Boy " ? même quand vous étiez assez grand pour traiter ma mère de " putain " ? »

« Bon Dieu, comment avez-vous pu savoir cela ? Personne au monde d'encore vivant ne le sait. »

« Mais si ! il y a deux personnes qui le savent — moi-même d'abord, et puis Ramsay. Il me l'apprit il y a bien longtemps, sous le sceau du secret. »

« Je n'ai rien fait de pareil ! » hurlai-je, outré. Cependant, tout en m'égosillant, j'étais assailli par le doute.

« Mais si, tu me l'as dit. Autrement, comment l'aurais-je su ? Tu me l'as dit un jour pour me consoler, alors que le Riche Jeune Souverain et sa bande avaient crié des insultes à ma mère. Tous, nous oublions une quantité de choses que nous avons faites, surtout lorsque celles-ci ne correspondent pas à l'image que nous nous sommes forgée. Tu te considères comme le confident irréprochable, Ramsay. Il ne conviendrait pas que tu te souviennes d'avoir, un jour, trahi un secret. Dunstan Ramsay — quand as-tu cessé d'être Dunstable ? »

« Une fille me rebaptisa après que je me fus finalement arraché à ma mère. Liesl m'a dit que cela avait fait de moi l'un de ces êtres qui naissent deux fois. Vous rendez-vous compte que, tous les trois, nous appartenons à la compagnie des hommes qui sont nés deux fois ? Nous avons tous les trois rejeté nos origines pour devenir quelque chose de complètement étranger à nos parents. »

« Je ne peux imaginer, en effet, tes parents prévoyant que tu deviennes jamais un théoricien du mythe et de la légende, dit Eisengrim. Des gens durs — je me les rappelle très bien. Des gens très durs — ta mère en particulier. »

« Tu te trompes », lui dis-je. Et je lui racontai alors les prodiges d'imagination et de dévouement dont ma mère avait dû faire preuve pour lui improviser ce nid, grâce auquel il avait survécu. Et sa joie quand il s'était enfin décidé à vivre. « Elle disait que tu avais l'esprit combatif, et ça lui plaisait. »

C'est maintenant lui qui était décontenancé. « Puis-je prendre un de tes cigares ? » me demanda-t-il.

Je ne fume pas le cigare, mais la boîte qu'il avait prise sur une étagère de l'autre côté de la pièce aurait pu facilement être confondue avec un humidificateur — c'était une belle boîte, d'ailleurs. Mais comme il la prenait en soufflant avec préciosité la poussière qui s'y trouvait, il changea de visage.

Il vint la déposer sur la table basse autour de laquelle nous étions assis. « Qu'est-ce ? » me demanda-t-il.

« C'est ce que ça dit », répondis-je.

L'inscription gravée sur la plaque d'argent du couvercle était belle et très lisible, car j'en avais choisi les caractères avec soin :

Requiescat in pace
Mary Dempster
1888-1959
qui incarna la patience et
la foi des saints.

Nous la fixâmes pendant un moment. Boy parla le premier.

« Pourquoi gardes-tu chez toi une chose pareille ? »

« C'est une forme de piété. Un sentiment de culpabilité inexpiée. De la négligence aussi. J'ai toujours voulu leur trouver un endroit approprié, mais je n'ai pas encore réussi. »

« Un sentiment de culpabilité ? » dit Eisengrim.

Ça devait arriver. Le moment de parler ou de me taire à jamais était venu. Dunstan Ramsay conseillait le silence, mais le Cinquième Emploi ne voulut rien savoir.

« Oui, de culpabilité. C'est Staunton et moi qui avons privé ta mère de sa raison. » Et je leur racontai l'histoire de la boule de neige.

« C'est malheureux, dit Boy. Mais si je peux me permettre, Dunny, tu as échafaudé une histoire qui dépasse de beaucoup les faits. Vous les célibataires, vous êtes tous des inquiets. J'ai lancé la boule de neige — c'est du moins ce que tu prétends, et pour les fins de la discussion, je ne te contredirai pas — et tu l'as esquivée.

Cela a précipité quelque chose qui allait probablement arriver de toute façon. La différence entre nous, c'est que toi, depuis, tu n'as pas cessé de ruminer au sujet de cette histoire, tandis que moi je l'ai tout à fait oubliée. Je suis désolé si j'ai outragé votre mère, Dempster. Mais vous connaissez les garçons. Ce sont des brutes, qui ne savent pas mieux. Mais ils deviennent des hommes. »

« Des hommes très importants. Des hommes que la Couronne s'empresse d'honorer », dit Eisengrim avec un rire grinçant.

« Oui. Et si vous vous attendez que cela porte atteinte à ma confiance en moi, vous vous trompez complètement. »

« Des hommes, même, qui conservent quelque chose de la brute qu'ils étaient enfants », dis-je.

« Je ne te comprends pas. »

Le Cinquième Emploi insista pour se faire entendre de nouveau. « Est-ce que cela ne te rafraîchirait pas la mémoire ? » demandai-je en lui tendant mon vieux presse-papiers.

« Pourquoi faire ? Un caillou ? Tu t'en sers depuis des années pour assujettir la paperasse sur ton bureau. Je l'ai vu des centaines de fois. Ça ne me rappelle rien, sinon toi. »

« C'est le caillou que tu avais mis dans la boule de neige que tu as lancée à Mme Dempster, dis-je. Je l'ai gardé, parce que je n'arrivais pas à m'en séparer. Je te jure que je n'ai jamais eu l'intention de te dire ce que c'était. Mais Boy, pour l'amour de Dieu, quand vas-tu donc apprendre à te connaître ? La pierre-dans-la-boule-de-neige est caractéristique d'un trop grand nombre de tes actes pour que tu puisses te permettre de jamais l'oublier ! »

« De mes actes ! Tu oublies, Dunny, les actes qui ont fait de toi un homme exceptionnellement riche pour quelqu'un dans ta position. Je t'ai traité en frère. Je t'ai fait bénéficier de tuyaux que je n'ai jamais donnés à personne d'autre. Et c'est de cette façon que tu as pu amasser ton joli magot. Le fameux fonds de pension au sujet duquel tu te lamentais sans cesse. »

Je n'avais pas conscience de m'être jamais lamenté, mais après tout c'était peut-être vrai.

« Tiens-tu nécessairement à poursuivre cet inventaire moral ? dis-je. Je voudrais seulement t'aider à retrouver les pièces manquantes de ta vie. N'as-tu donc aucun désir de la reconstituer tout entière avec ses bonnes et ses mauvaises actions ? Je t'ai dit, un jour, que tu t'étais pris pour Dieu, et que ton insuffisance t'avait poussé à devenir athée. Il est temps que tu essaies de devenir tout simplement humain. Quelque chose qui t'est supérieur surgira peut-être alors pour toi à l'horizon. »

« Tu essaies de m'avoir. Tu veux m'humilier devant cet individu avec qui tu as fort probablement partie liée depuis des années — bien que tu ne l'aies jamais mentionné, ni lui ni sa misérable mère — moi, ton meilleur ami, ton employeur et celui qui t'a protégé contre ta propre incompétence ! Eh bien ! Pourquoi ne pas le mettre au courant de tout, puisque nous en sommes à nous dire nos vérités : tu me hais depuis le jour où je t'ai pris Leola. Et c'est effectivement ce que j'ai fait, te la prendre ! Et non pas parce que tu avais perdu une jambe ou à cause de ta laideur. Uniquement parce qu'elle m'aimait davantage. »

Il m'avait touché au vif, et n'ayant jamais pu résister à la tentation d'être cruel quand l'occasion s'en présentait, je rétorquai : « J'ai toujours remarqué qu'on a les femmes qu'on mérite, roi Candaule, et ceux qui se gavent de confiture avant le petit déjeuner sont rassasiés au moment d'aller au lit. »

« Messieurs, dit Eisengrim, quelque passionnante que soit cette discussion, le dimanche est le seul soir où je puisse me coucher avant minuit. Je vais donc vous prier de m'excuser. »

Boy se montra aussitôt d'une grande courtoisie. « Je pars aussi, laissez-moi vous reconduire », dit-il. Bien sûr, il voulait me démolir auprès d'Eisengrim, une fois dans la voiture.

« Très aimable à vous, monsieur Staunton, dit Eisengrim. À la suite de ce que Ramsay vient de nous relater, vous me devez quatre-vingts jours au Paradis, mais je vous libère de toute dette terrestre. Et nous oublierons tout de l'incident, si vous le voulez bien, une fois que vous m'aurez reconduit à mon hôtel. »

Je soulevai le coffret qui contenait les cendres de Mary Dempster « Veux-tu l'emporter, Paul ? »

« Non, merci, Ramsay. J'ai tout ce qu'il me faut. »

Sa remarque me parut étrange, mais étant donné les émotions que nous venions de vivre, je n'y prêtai guère attention. Ce n'est qu'après avoir entendu la nouvelle de la mort de Boy le lendemain matin que je remarquai la disparition de mon presse-papiers.

8

En raison des circonstances de sa mort, de l'enquête policière qui s'ensuivit et de la détermination de Denyse d'avoir des obsèques grandioses quoique non officielles, Boy ne fut enterré que le jeudi. Le samedi soir suivant, j'assistai à la dernière représentation d'*Une soirée d'illusions magiques,* comme Eisengrim appelait maintenant son spectacle ; et bien que j'aie passé la plupart du temps dans les coulisses avec Liesl, je retournai dans la salle pendant le numéro de la *Tête d'Airain du Frère Bacon.* Ou plutôt, je me cachai derrière les tentures d'une des loges du haut d'où j'avais un magnifique aperçu en plongée de notre beau vieux théâtre Royal Alexandra, tout en pouvant observer les réactions du public.

Tout se passa très bien pendant la collecte et la remise

des objets empruntés, et les visages que j'apercevais au-dessous de moi montraient comme toujours du plaisir, ou de l'étonnement, ou encore — et c'étaient toujours les plus intéressants — le désir d'être trompé en même temps que le ressentiment de l'être. Mais quand la Tête fut prête à livrer ses trois messages à l'auditoire et qu'Eisengrim eut dit ce qui allait se passer, quelqu'un cria du plus haut balcon : « Qui a tué Boy Staunton ? »

Il y eut un murmure dans la salle et un ou deux sifflements, mais le silence se rétablit aussitôt que la Tête s'illumina de l'intérieur, entrouvrit les lèvres et énonça — avec la voix de Liesl, à l'accent légèrement étranger, impossible à identifier comme étant celle d'un homme ou d'une femme :

« Il fut assassiné par l'habituelle cabale ; par lui-même d'abord ; par la femme qu'il connaissait ; par la femme qu'il ne connaissait pas ; par l'homme qui remplit son vœu le plus cher ; et par l'inévitable cinquième, qui était le gardien de sa conscience comme de la pierre. »

Si je me souviens bien, il y eut un énorme chahut. Dieu sait que Denyse en fit toute une histoire en apprenant la nouvelle. Elle pensa, évidemment, que « la femme qu'il connaissait » devait être elle. Ils harcelèrent la police, elle et ses amis influents, mais seulement après qu'Eisengrim et sa *Soirée d'illusions magiques* se furent envolés vers Copenhague. La police dut expliquer l'impossibilité dans laquelle elle se trouvait de mener une enquête portant sur des délits intangibles, quelque contrariants soient-ils. Mais je n'en sus rien, car c'est à ce moment précis, dans cette loge, que je subis ma crise, et que je fus transporté d'urgence à l'hôpital comme devait me le raconter plus tard une étrangère.

Quand je fus suffisamment remis pour lire mes lettres, j'en trouvai une — ou plutôt, ce dont j'avais horreur, c'était une carte — qui disait :

Profondément désolé de te savoir malade, et par ma faute — dans la mesure où on puisse rendre qui que ce soit responsable de ces choses-là. Mais je fus incapable de résister à la tentation, tout comme je t'implore de ne pas résister à celle-ci : viens nous rejoindre en Suisse, où t'attendent la *Basse* et la *Tête d'Airain.* Nous en profiterons pour mener joyeuse vie, avant que Les Cinq ne décident de tous nous achever.

Amitiés,
L.V.

Et voilà, mon cher Directeur, tout ce que j'avais à vous dire.

Sankt Gallen
1970

Table

IMPRIMERIE BUSSIÈRE À SAINT-AMAND (CHER).
DÉPÔT LÉGAL : SEPTEMBRE 1990. N° 88191 (1872).

Collection Points

SÉRIE ROMAN

R1. Le Tambour, *par Günter Grass*
R2. Le Dernier des Justes, *par André Schwarz-Bart*
R3. Le Guépard, *par Giuseppe Tomasi di Lampedusa*
R4. La Côte sauvage, *par Jean-René Huguenin*
R5. Acid Test, *par Tom Wolfe*
R6. Je vivrai l'amour des autres, *par Jean Cayrol*
R7. Les Cahiers de Malte Laurids Brigge
par Rainer Maria Rilke
R8. Moha le fou, Moha le sage, *par Tahar Ben Jelloun*
R9. L'Horloger du Cherche-Midi, *par Luc Estang*
R10. Le Baron perché, *par Italo Calvino*
R11. Les Bienheureux de La Désolation, *par Hervé Bazin*
R12. Salut Galarneau !, *par Jacques Godbout*
R13. Cela s'appelle l'aurore, *par Emmanuel Roblès*
R14. Les Désarrois de l'élève Törless, *par Robert Musil*
R15. Pluie et Vent sur Télumée Miracle
par Simone Schwarz-Bart
R16. La Traque, *par Herbert Lieberman*
R17. L'Imprécateur, *par René-Victor Pilhes*
R18. Cent Ans de solitude, *par Gabriel Garcia Marquez*
R19. Moi d'abord, *par Katherine Pancol*
R20. Un jour, *par Maurice Genevoix*
R21. Un pas d'homme, *par Marie Susini*
R22. La Grimace, *par Heinrich Böll*
R23. L'Age du tendre, *par Marie Chaix*
R24. Une tempête, *par Aimé Césaire*
R25. Moustiques, *par William Faulkner*
R26. La Fantaisie du voyageur
par François-Régis Bastide
R27. Le Turbot, *par Günter Grass*
R28. Le Parc, *par Philippe Sollers*
R29. Ti Jean L'horizon, *par Simone Schwarz-Bart*
R30. Affaires étrangères, *par Jean-Marc Roberts*
R31. Nedjma, *par Kateb Yacine*
R32. Le Vertige, *par Evguénia Guinzbourg*
R33. La Motte rouge, *par Maurice Genevoix*
R34. Les Buddenbrook, *par Thomas Mann*
R35. Grand Reportage, *par Michèle Manceaux*
R36. Isaac le mystérieux (Le ver et le solitaire)
par Jerome Charyn

R37. Le Passage, *par Jean Reverzy*
R38. Chesapeake, *par James A. Michener*
R39. Le Testament d'un poète juif assassiné
par Elie Wiesel
R40. Candido, *par Leonardo Sciascia*
R41. Le Voyage à Paimpol, *par Dorothée Letessier*
R42. L'Honneur perdu de Katharina Blum
par Heinrich Böll
R43. Le Pays sous l'écorce, *par Jacques Lacarrière*
R44. Le Monde selon Garp, *par John Irving*
R45. Les Trois Jours du cavalier, *par Nicole Ciravégna*
R46. Nécropolis, *par Herbert Lieberman*
R47. Fort Saganne, *par Louis Gardel*
R48. La Ligne 12, *par Raymond Jean*
R49. Les Années de chien, *par Günter Grass*
R50. La Réclusion solitaire, *par Tahar Ben Jelloun*
R51. Senilità, *par Italo Svevo*
R52. Trente Mille Jours, *par Maurice Genevoix*
R53. Cabinet Portrait, *par Jean-Luc Benoziglio*
R54. Saison violente, *par Emmanuel Roblès*
R55. Une comédie française, *par Éric Orsenna*
R56. Le Pain nu, *par Mohamed Choukri*
R57. Sarah et le Lieutenant français
par John Fowles
R58. Le Dernier Viking, *par Patrick Grainville*
R59. La Mort de la phalène, *par Virginia Woolf*
R60. L'Homme sans qualités, tome 1, *par Robert Musil*
R61. L'Homme sans qualités, tome 2, *par Robert Musil*
R62. L'Enfant de la mer de Chine, *par Didier Decoin*
R63. Le Professeur et la Sirène
par Giuseppe Tomasi di Lampedusa
R64. Le Grand Hiver, *par Ismaïl Kadaré*
R65. Le Cœur du voyage, *par Pierre Moustiers*
R66. Le Tunnel, *par Ernesto Sabato*
R67. Kamouraska, *par Anne Hébert*
R68. Machenka, *par Vladimir Nabokov*
R69. Le Fils du pauvre, *par Mouloud Feraoun*
R70. Cités à la dérive, *par Stratis Tsirkas*
R71. Place des Angoisses, *par Jean Reverzy*
R72. Le Dernier Chasseur, *par Charles Fox*
R73. Pourquoi pas Venise, *par Michèle Manceaux*
R74. Portrait de groupe avec dame, *par Heinrich Böll*
R75. Lunes de fiel, *par Pascal Bruckner*
R76. Le Canard de bois (Les Fils de la Liberté, I)
par Louis Caron

R77. Jubilee, *par Margaret Walker*
R78. Le Médecin de Cordoue, *par Herbert Le Porrier*
R79. Givre et Sang, *par John Cowper Powys*
R80. La Barbare, *par Katherine Pancol*
R81. Si par une nuit d'hiver un voyageur *par Italo Calvino*
R82. Gerardo Laïn, *par Michel del Castillo*
R83. Un amour infini, *par Scott Spencer*
R84. Une enquête au pays, *par Driss Chraïbi*
R85. Le Diable sans porte (tome 1 : Ah, mes aïeux !) *par Claude Duneton*
R86. La Prière de l'absent, *par Tahar Ben Jelloun*
R87. Venise en hiver, *par Emmanuel Roblès*
R88. La Nuit du Décret, *par Michel del Castillo*
R89. Alejandra, *par Ernesto Sabato*
R90. Plein Soleil, *par Marie Susini*
R91. Les Enfants de fortune, *par Jean-Marc Roberts*
R92. Protection encombrante, *par Heinrich Böll*
R93. Lettre d'excuse, *par Raphaële Billetdoux*
R94. Le Voyage indiscret, *par Katherine Mansfield*
R95. La Noire, *par Jean Cayrol*
R96. L'Obsédé (L'Amateur), *par John Fowles*
R97. Siloé, *par Paul Gadenne*
R98. Portrait de l'artiste en jeune chien, *par Dylan Thomas*
R99. L'Autre, *par Julien Green*
R100. Histoires pragoises, *par Rainer Maria Rilke*
R101. Bélibaste, *par Henri Gougaud*
R102. Le Ciel de la Kolyma (Le Vertige, II) *par Evguénia Guinzbourg*
R103. La Mulâtresse Solitude, *par André Schwarz-Bart*
R104. L'Homme du Nil, *par Stratis Tsirkas*
R105. La Rhubarbe, *par René-Victor Pilhes*
R106. Gibier de potence, *par Kurt Vonnegut*
R107. Memory Lane *par Patrick Modiano, dessins de Pierre Le-Tan*
R108. L'Affreux Pastis de la rue des Merles *par Carlo Emilio Gadda*
R109. La Fontaine obscure, *par Raymond Jean*
R110. L'Hôtel New Hampshire, *par John Irving*
R111. Les Immémoriaux, *par Victor Segalen*
R112. Cœur de lièvre, *par John Updike*
R113. Le Temps d'un royaume, *par Rose Vincent*
R114. Poisson-chat, *par Jerome Charyn*
R115. Abraham de Brooklyn, *par Didier Decoin*
R116. Trois Femmes, *suivi de* Noces, *par Robert Musil*

R117. Les Enfants du sabbat, *par Anne Hébert*
R118. La Palmeraie, *par François-Régis Bastide*
R119. Maria Republica, *par Agustin Gomez-Arcos*
R120. La Joie, *par Georges Bernanos*
R121. Incognito, *par Petru Dumitriu*
R122. Les Forteresses noires, *par Patrick Grainville*
R123. L'Ange des ténèbres, *par Ernesto Sabato*
R124. La Fiera, *par Marie Susini*
R125. La Marche de Radetzky, *par Joseph Roth*
R126. Le vent souffle où il veut, *par Paul-André Lesort*
R127. Si j'étais vous..., *par Julien Green*
R128. Le Mendiant de Jérusalem, *par Elie Wiesel*
R129. Mortelle, *par Christopher Frank*
R130. La France m'épuise, *par Jean-Louis Curtis*
R131. Le Chevalier inexistant, *par Italo Calvino*
R132. Le Dialogue des Carmélites, *par Georges Bernanos*
R133. L'Étrusque, *par Mika Waltari*
R134. La Rencontre des hommes, *par Benigno Cacérès*
R135. Le Petit Monde de Don Camillo
par Giovanni Guareschi
R136. Le Masque de Dimitrios, *par Eric Ambler*
R137. L'Ami de Vincent, *par Jean-Marc Roberts*
R138. Un homme au singulier
par Christopher Isherwood
R139. La Maison du désir, *par France Huser*
R140. Moi et ma cheminée, *par Herman Melville*
R141. Les Fous de Bassan, *par Anne Hébert*
R142. Les Stigmates, *par Luc Estang*
R143. Le Chat et la Souris, *par Günter Grass*
R144. Loïca, *par Dorothée Letessier*
R145. Paradiso, *par José Lezama Lima*
R146. Passage de Milan, *par Michel Butor*
R147. Anonymus, *par Michèle Manceaux*
R148. La Femme du dimanche
par Carlo Fruttero et Franco Lucentini
R149. L'Amour monstre, *par Louis Pauwels*
R150. L'Arbre à soleils, *par Henri Gougaud*
R151. Traité du zen et de l'entretien des motocyclettes
par Robert M. Pirsig
R152. L'Enfant du cinquième Nord, *par Pierre Billon*
R153. N'envoyez plus de roses, *par Eric Ambler*
R154. Les Trois Vies de Babe Ozouf, *par Didier Decoin*
R155. Le Vert Paradis, *par André Brincourt*
R156. Varouna, *par Julien Green*
R157. L'Incendie de Los Angeles, *par Nathanaël West*

R158. Les Belles de Tunis, *par Nine Moati*
R159. Vertes Demeures, *par Henry Hudson*
R160. Les Grandes Vacances, *par Francis Ambrière*
R161. Ceux de 14, *par Maurice Genevoix*
R162. Les Villes invisibles, *par Italo Calvino*
R163. L'Agent secret, *par Graham Greene*
R164. La Lézarde, *par Edouard Glissant*
R165. Le Grand Escroc, *par Herman Melville*
R166. Lettre à un ami perdu, *par Patrick Besson*
R167. Evaristo Carriego, *par Jorge Luis Borges*
R168. La Guitare, *par Michel del Castillo*
R169. Épitaphe pour un espion, *par Eric Ambler*
R170. Fin de saison au Palazzo Pedrotti, *par Frédéric Vitoux*
R171. Jeunes Années. Autobiographie 1, *par Julien Green*
R172. Jeunes Années. Autobiographie 2, *par Julien Green*
R173. Les Égarés, *par Frédérick Tristan*
R174. Une affaire de famille, *par Christian Giudicelli*
R175. Le Testament amoureux, *par Rezvani*
R176. C'était cela notre amour, *par Marie Susini*
R177. Souvenirs du triangle d'or
par Alain Robbe-Grillet
R178. Les Lauriers du lac de Constance, *par Marie Chaix*
R179. Plan B, *par Chester Himes*
R180. Le Sommeil agité, *par Jean-Marc Roberts*
R181. Roman Roi, *par Renaud Camus*
R182. Vingt Ans et des poussières
par Didier van Cauwelaert
R183. Le Château des destins croisés, *par Italo Calvino*
R184. Le Vent de la nuit, *par Michel del Castillo*
R185. Une curieuse solitude, *par Philippe Sollers*
R186. Les Trafiquants d'armes, *par Eric Ambler*
R187. Un printemps froid, *par Danièle Sallenave*
R188. Mickey l'Ange, *par Geneviève Dormann*
R189. Histoire de la mer, *par Jean Cayrol*
R190. Senso, *par Camillo Boito*
R191. Sous le soleil de Satan
par Georges Bernanos
R192. Niembsch ou l'immobilité, *par Peter Härtling*
R193. Prends garde à la douceur des choses
par Raphaële Billetdoux
R194. L'Agneau carnivore, *par Agustin Gomez-Arcos*
R195. L'Imposture, *par Georges Bernanos*
R196. Ararat, *par D.M. Thomas*
R197. La Croisière de l'angoisse, *par Eric Ambler*
R198. Léviathan, *par Julien Green*

R199. Sarnia, *par Gerald Basil Edwards*
R200. Le Colleur d'affiches, *par Michel del Castillo*
R201. Un mariage poids moyen, *par John Irving*
R202. John l'Enfer, *par Didier Decoin*
R203. Les Chambres de bois, *par Anne Hébert*
R204. Mémoires d'un jeune homme rangé
par Tristan Bernard
R205. Le Sourire du Chat, *par François Maspero*
R206. L'Inquisiteur, *par Henri Gougaud*
R207. La Nuit américaine, *par Christopher Frank*
R208. Jeunesse dans une ville normande
par Jacques-Pierre Amette
R209. Fantôme d'une puce, *par Michel Braudeau*
R210. L'Avenir radieux, *par Alexandre Zinoviev*
R211. Constance D., *par Christian Combaz*
R212. Épaves, *par Julien Green*
R213. La Leçon du maître, *par Henry James*
R214. Récit des temps perdus, *par Aris Fakinos*
R215. La Fosse aux chiens, *par John Cowper Powys*
R216. Les Portes de la forêt, *par Elie Wiesel*
R217. L'Affaire Deltchev, *par Eric Ambler*
R218. Les amandiers sont morts de leurs blessures
par Tahar Ben Jelloun
R219. L'Admiroir, *par Anny Duperey*
R220. Les Grands Cimetières sous la lune
par Georges Bernanos
R221. La Créature, *par Étienne Barilier*
R222. Un Anglais sous les tropiques, *par William Boyd*
R223. La Gloire de Dina, *par Michel del Castillo*
R224. Poisson d'amour, *par Didier van Cauwelaert*
R225. Les Yeux fermés, *par Marie Susini*
R226. Cobra, *par Severo Sarduy*
R227. Cavalerie rouge, *par Isaac Babel*
R228. Tous les soleils, *par Bertrand Visage*
R229. Pétersbourg, *par Andréi Biély*
R230. Récits d'un jeune médecin
par Mikhaïl Boulgakov
R231. La Maison des prophètes, *par Nicolas Saudray*
R232. Trois Heures du matin à New York
par Herbert Lieberman
R233. La Mère du printemps, *par Driss Chraïbi*
R234. Adrienne Mesurat, *par Julien Green*
R235. Jusqu'à la mort, *par Amos Oz*
R236. Les Envoûtés, *par Witold Gombrowicz*
R237. Frontière des ténèbres, *par Eric Ambler*

R238. Les Deux Sacrements, *par Heinrich Böll*
R239. Cherchant qui dévorer, *par Luc Estang*
R240. Le Tournant, *par Klaus Mann*
R241. Aurélia, *par France Huser*
R242. Le Sixième Hiver
par Douglas Orgill et John Gribbin
R243. Naissance d'un spectre, *par Frédérick Tristan*
R244. Lorelei, *par Maurice Genevoix*
R245. Le Bois de la nuit, *par Djuna Barnes*
R246. La Caverne céleste, *par Patrick Grainville*
R247. L'Alliance, tome 1, *par James A. Michener*
R248. L'Alliance, tome 2, *par James A. Michener*
R249. Juliette, chemin des Cerisiers, *par Marie Chaix*
R250. Le Baiser de la femme-araignée
par Manuel Puig
R251. Le Vésuve, *par Emmanuel Roblès*
R252. Comme neige au soleil, *par William Boyd*
R253. Palomar, *par Italo Calvino*
R254. Le Visionnaire, *par Julien Green*
R255. La Revanche, *par Henry James*
R256. Les Années-lumière, *par Rezvani*
R257. La Crypte des capucins, *par Joseph Roth*
R258. La Femme publique, *par Dominique Garnier*
R259. Maggie Cassidy, *par Jack Kerouac*
R260. Mélancolie Nord, *par Michel Rio*
R261. Énergie du désespoir, *par Eric Ambler*
R262. L'Aube, *par Elie Wiesel*
R263. Le Paradis des orages, *par Patrick Grainville*
R264. L'Ouverture des bras de l'homme
par Raphaële Billetdoux
R265. Méchant, *par Jean-Marc Roberts*
R266. Un policeman, *par Didier Decoin*
R267. Les Corps étrangers, *par Jean Cayrol*
R268. Naissance d'une passion, *par Michel Braudeau*
R269. Dara, *par Patrick Besson*
R270. Parias, *par Pascal Bruckner*
R271. Le Soleil et la Roue, *par Rose Vincent*
R272. Le Malfaiteur, *par Julien Green*
R273. Scarlett si possible, *par Katherine Pancol*
R274. Journal d'une fille de Harlem
par Julius Horwitz
R275. Le Nez de Mazarin, *par Anny Duperey*
R276. La Chasse à la licorne, *par Emmanuel Roblès*
R277. Red Fox, *par Anthony Hyde*
R278. Minuit, *par Julien Green*

R279. L'Enfer, *par René Belletto*
R280. Et si on parlait d'amour, *par Claire Gallois*
R281. Pologne, *par James A. Michener*
R282. Notre homme, *par Louis Gardel*
R283. La Nuit du solstice, *par Herbert Lieberman*
R284. Place de Sienne, côté ombre
par Carlo Fruttero et Franco Lucentini
R285. Meurtre au comité central
par Manuel Vásquez Montalbán
R286. L'Isolé soleil, *par Daniel Maximin*
R287. Samedi soir, dimanche matin, *par Alan Sillitoe*
R288. Petit Louis, dit XIV, *par Claude Duneton*
R289. Le Perchoir du perroquet, *par Michel Rio*
R290. L'Enfant pain, *par Agustin Gomez-Arcos*
R291. Les Années Lula, *par Rezvani*
R292. Michael K, sa vie, son temps
par J. M. Coetzee
R293. La Connaissance de la douleur
par Carlo Emilio Gadda
R294. Complot à Genève, *par Eric Ambler*
R295. Serena, *par Giovanni Arpino*
R296. L'Enfant de sable, *par Tahar Ben Jelloun*
R297. Le Premier Regard, *par Marie Susini*
R298. Regardez-moi, *par Anita Brookner*
R299. La Vie fantôme, *par Danièle Sallenave*
R300. L'Enchanteur, *par Vladimir Nabokov*
R301. L'Ile atlantique, *par Tony Duvert*
R302. Le Grand Cahier, *par Agota Kristof*
R303. Le Manège espagnol, *par Michel del Castillo*
R304. Le Berceau du chat, *par Kurt Vonnegut*
R305. Une histoire américaine, *par Jacques Godbout*
R306. Les Fontaines du grand abîme, *par Luc Estang*
R307. Le Mauvais Lieu, *par Julien Green*
R308. Aventures dans le commerce des peaux en Alaska
par John Hawkes
R309. La Vie et demie, *par Sony Labou Tansi*
R310. Jeune Fille en silence, *par Raphaële Billetdoux*
R311. La Maison près du marais, *par Herbert Lieberman*
R312. Godelureaux, *par Eric Ollivier*
R313. La Chambre ouverte, *par France Huser*
R314. L'Œuvre de Dieu, la part du Diable, *par John Irving*
R315. Les Silences ou la vie d'une femme, *par Marie Chaix*
R316. Les Vacances du fantôme, *par Didier van Cauwelaert*
R317. Le Levantin, *par Eric Ambler*
R318. Beno s'en va-t-en guerre, *par Jean-Luc Benoziglio*

R319. Miss Lonelyhearts, *par Nathanaël West*
R320. Cosmicomics, *par Italo Calvino*
R321. Un été à Jérusalem, *par Chochana Boukhobza*
R322. Liaisons étrangères, *par Alison Lurie*
R323. L'Amazone, *par Michel Braudeau*
R324. Le Mystère de la crypte ensorcelée
par Eduardo Mendoza
R325. Le Cri, *par Chochana Boukhobza*
R326. Femmes devant un paysage fluvial, *par Heinrich Böll*
R327. La Grotte, *par Georges Buis*
R328. Bar des flots noirs, *par Olivier Rolin*
R329. Le Stade de Wimbledon, *par Daniele Del Giudice*
R330. Le Bruit du temps, *par Ossip E. Mandelstam*
R331. La Diane rousse, *par Patrick Grainville*
R332. Les Éblouissements, *par Pierre Mertens*
R333. Talgo, *par Vassilis Alexakis*
R334. La Vie trop brève d'Edwin Mullhouse
par Steven Millhauser
R335. Les Enfants pillards, *par Jean Cayrol*
R336. Les Mystères de Buenos Aires, *par Manuel Puig*
R337. Le Démon de l'oubli, *par Michel del Castillo*
R338. Christophe Colomb, *par Stephen Marlowe*
R339. Le Chevalier et la Reine, *par Christopher Frank*
R340. Autobiographie de tout le monde
par Gertrude Stein
R341. Archipel, *par Michel Rio*
R342. Texas, tome 1, *par James A. Michener*
R343. Texas, tome 2, *par James A. Michener*
R344. Loyola's blues, *par Erik Orsenna*
R345. L'Arbre aux trésors, légendes, *par Henri Gougaud*
R346. Les Enfants des morts, *par Henrich Böll*
R347. Les Cent Premières Années de Niño Cochise
par A. Kinney Griffith et Niño Cochise
R348. Vente à la criée du lot 49, par *Thomas Pynchon*
R349. Confessions d'un enfant gâté
par Jacques-Pierre Amette
R350. Boulevard des trahisons, *par Thomas Sanchez*
R351. L'Incendie, *par Mohammed Dib*
R352. Le Centaure, *par John Updike*
R353. Une fille cousue de fil blanc, *par Claire Gallois*
R354. L'Adieu aux champs, *par Rose Vincent*
R355. La Ratte, *par Günter Grass*
R356. Le Monde hallucinant, *par Reinaldo Arenas*
R357. L'Anniversaire, *par Mouloud Feraoun*
R358. Le Premier Jardin, *par Anne Hébert*

R359. L'Amant sans domicile fixe
par Carlo Fruttero et Franco Lucentini
R360. L'Atelier du peintre, *par Patrick Grainville*
R361. Le Train vert, *par Herbert Lieberman*
R362. Autopsie d'une étoile, *par Didier Decoin*
R363. Un joli coup de lune, *par Chester Himes*
R364. La Nuit sacrée, *par Tahar Ben Jelloun*
R365. Le Chasseur, *par Carlo Cassola*
R366. Mon père américain, *par Jean-Marc Roberts*
R367. Remise de peine, *par Patrick Modiano*
R368. Le Rêve du singe fou, *par Christopher Frank*
R369. Angelica, *par Bertrand Visage*
R370. Le Grand Homme, *par Claude Delarue*
R371. La Vie comme à Lausanne, *par Erik Orsenna*
R372. Une amie d'Angleterre, *par Anita Brookner*
R373. Norma ou l'exil infini, *par Emmanuel Roblès*
R374. Les Jungles pensives, *par Michel Rio*
R375. Les Plumes du pigeon, *par John Updike*
R376. L'Héritage Schirmer, *par Eric Ambler*
R377. Les Flamboyants, *par Patrick Grainville*
R378. L'Objet perdu de l'amour, *par Michel Braudeau*
R379. Le Boucher, *par Alina Reyes*
R380. Le Labyrinthe aux olives, *par Eduardo Mendoza*
R381. Les Pays lointains, *par Julien Green*
R382. L'Épopée du buveur d'eau, *par John Irving*
R383. L'Écrivain public, *par Tahar Ben Jelloun*
R384. Les Nouvelles Confessions, *par William Boyd*
R385. Les Lèvres nues, *par France Huser*
R386. La Famille de Pascal Duarte, *par Camilo José Cela*
R387. Une enfance à l'eau bénite
par Denise Bombardier
R388. La Preuve, *par Agota Kristof*
R389. Tarabas, *par Joseph Roth*
R390. Replay, *par Ken Grimwood*
R391. Rabbit Boss, *par Thomas Sanchez*
R392. Aden Arabie, *par Paul Nizan*
R393. La Ferme, *par John Updike*
R394. L'Obscène Oiseau de la nuit, *par José Donoso*
R395. Un printemps d'Italie, *par Emmanuel Roblès*
R396. L'Année des méduses, *par Christopher Frank*
R397. Miss Missouri, *par Michel Boujut*
R398. Le Figuier, *par François Maspero*
R399. La Solitude du coureur de fond, *par Alan Sillitoe*
R400. L'Exposition coloniale, *par Erik Orsenna*
R401. La Ville des prodiges, *par Eduardo Mendoza*

R402. La Croyance des voleurs, *par Michel Chaillou*
R403. Rock Springs, *par Richard Ford*
R404. L'Orange amère, *par Didier van Cauwelaert*
R405. Tara, *par Michel del Castillo*
R406. L'Homme à la vie inexplicable, *par Henri Gougaud*
R407. Le Beau Rôle, *par Louis Gardel*
R408. Le Messie de Stockholm, *par Cynthia Ozick*
R409. Les Exagérés, *par Jean- François Vilar*
R410. L'Objet du scandale, *par Robertson Davies*
R411. Berlin mercredi, *par François Weyergans*
R412. L'Inondation, *par Evguéni Zamiatine*
R413. Rentrez chez vous Bogner !, *par Heinrich Böll*
R414. Les Herbes amères, *par Chochana Boukhobza*
R415. Le Pianiste, *par Manuel Vazquez Montalban*
R416. Une mort secrète, *par Richard Ford*

Collection Points

SÉRIE POLITIQUE

1. La Démocratie, *par Georges Burdeau*
2. L'Afrique noire est mal partie, *par René Dumont*
3. Communisme, Anarchie et Personnalisme, *par E. Mounier*
4. Que faire ?, *par Lénine*
5. Machiavel, *par Georges Mounin* (épuisé)
6. Dans trente ans la Chine, *par Robert Guillain* (épuisé)
7. Citations du président Mao Tsé-toung
8. Pour une réforme de l'entreprise
   par François Bloch-Lainé (épuisé)
9. Les Socialistes, *par André Philips* (épuisé)
10. Hô Chi-minh, *par Jean Lacouture* (épuisé)
11. Histoire de la Révolution russe, 1. Février, *par L. Trotski*
12. Histoire de la Révolution russe, 2. Octobre, *par L. Trotski*
13. Réflexions sur l'histoire d'aujourd'hui
    par Tibor Mende (épuisé)
14. Histoire du syndicalisme britannique
    par Henri Pelling (épuisé)
15. Trois encycliques sociales, de Jean XXIII et Paul VI (épuisé)
16. Bilan de l'URSS, 1917-1967, *par J.-P. Nett* (épuisé)
17. Mahomet, *par Maxime Rodinson*
18. Citations du président de Gaulle, *par Jean Lacouture* (épuisé)
20. Les Libertés à l'abandon, *par Roger Errera* (épuisé)
21. Qu'est-ce que la politique ?, *par Julien Freund*
22. Citations de Fidel Castro
    par Henri de La Vega et Raphaël Sorin
23. Les lycéens gardent la parole, *par les CAL* (épuisé)
24. Les Communistes français, *par Annie Kriegel* (épuisé)
25. La CGT, *par André Barjouet* (épuisé)
26. Les 20 Amériques latines, t. 1, Brésil, *par Marcel Niedergang*
27. Les 20 Amériques latines, t. 2, *par Marcel Niedergang*
28. Les 20 Amériques latines, t. 3, *par Marcel Niedergang*
29. Introduction à une politique de l'homme, *par Edgar Morin*
30. Le Nouveau Christianisme, *par Henri de Saint-Simon*
31. Le PSU, *par Michel Rocard* (épuisé)
32. La Nouvelle Classe ouvrière, *par Serge Mallet* (épuisé)
33. Réforme et Révolution, *par André Gorz*
34. L'État SS, *par Eugen Kogon*
35. L'État, *par Georges Burdeau*
36. Cuba est-il socialiste ?
    par René Dumont (épuisé)

37. Les Paysans dans la lutte des classes
par Bernard Lambert (épuisé)
38. La Pensée de Karl Marx, *par Jean-Yves Calvez*
39. La Pensée politique arabe contemporaine
par Anouar Abdel-Malek
40. Pour le nouveau parti socialiste, *par Alain Savary*
41. Autogestion, *par Daniel Chauvey*
42. Un socialisme du possible, *par François Mitterrand* (épuisé)
43. La CFDT, *ouvrage collectif* (épuisé)
44. Paris libre 1871, *par Jacques Rougerie*
45. Les Nouveaux Intellectuels
par F. Bon et M.-A. Burnier (épuisé)
46. Les Origines du gauchisme, *par Richard Gombin*
47. La Société bloquée, *par Michel Crozier*
48. Classe ouvrière et Révolution
par F. Bon et M.-A. Burnier (épuisé)
49. Histoire des démocraties populaires
1. L'ère de Staline, *par François Fejtö*
50. Histoire des démocraties populaires
2. Après Staline, *par François Fejtö*
51. La Faute à Voltaire, *par Nelcya Delanoë*
52. Géographie de la faim, *par Josué de Castro*
53. Le Système totalitaire, *par Hannah Arendt*
54. Le Communisme utopique, *par Alain Touraine*
55. Japon, troisième grand, *par Robert Guillain*
56. Les Partis politiques dans la France d'aujourd'hui
par François Borella
57. Pour un nouveau contrat social, *par Edgar Faure*
58. Le Marché commun contre l'Europe
par Bernard Jaumont, Daniel Lenègre et Michel Rocard (épuisé)
59. Le Métier de militant, *par Daniel Mothé*
60. Chine-URSS, *par François Fejtö*
61. Critique de la division du travail, *par André Gorz*
62. La Civilisation au carrefour, *par Radovan Richta*
63. Les Cinq Communismes, *par Gilles Martinet* (épuisé)
64. Bilan et Perspectives, *par Léon Trotski*
65. Pour une sociologie politique, t. 1
par Jean-Pierre Cot et Jean-Pierre Mounier
66. Pour une sociologie politique, t. 2
par Jean-Pierre Cot et Jean-Pierre Mounier
67. L'Utopie ou la Mort, *par René Dumont*
68. Fascisme et Dictature, *par Nicos Poulantzas*
69. Mao Tsé-toung et la Construction du socialisme
textes inédits traduits et présentés par Hu Chi-hsi
70. Autocritique, *par Edgar Morin*

71. Nouveau Guide du militant, *par Denis Langlois* (épuisé)
72. Les Syndicats en France, t. 1, *par Jean-Daniel Reynaud* (épuisé)
73. Les Syndicats en France, t. 2, textes et documents
par Jean-Daniel Reynaud
74. Force ouvrière, *par Alain Bergounioux*
75. De l'aide à la recolonisation, *par Tibor Mende*
76. Le Patronat, histoire, structure, stratégie du CNPF
par Bernard Brizay
77. Lettre à une étudiante, *par Alain Touraine*
78. Sur la France, *par Stanley Hoffmann*
79. La Cuisinière et le Mangeur d'hommes
par André Glucksmann
80. L'Age de l'autogestion, *par Pierre Rosanvallon*
81. Les Classes sociales dans le capitalisme aujourd'hui
par Nicos Poulantzas
82. Regards froids sur la Chine, *ouvrage collectif*
83. Théorie politique, *par Saint-Just*
84. La Crise des dictatures, *par Nicos Poulantzas* (épuisé)
85. Les Dégâts du progrès, *par la CFDT*
86. Les Sommets de l'État, *par Pierre Birnbaum*
87. Du contrat social, *par Jean-Jacques Rousseau*
88. L'Enfant et la Raison d'État, *par Philippe Meyer*
89. Écologie et Politique, *par A. Gorz et M. Bosquet*
90. Les Racines du libéralisme, *par Pierre-François Moreau*
91. Syndicat libre en URSS
par le Comité international contre la répression
92. L'Informatisation de la société, *par Simon Nora et Alain Minc*
93. Manuel de l'animateur social, *par Saül Alinsky*
94. Mémoires d'un révolutionnaire, *par Victor Serge*
95. Les Partis politiques en Europe, *par François Borella*
96. Le Libéralisme, *par Georges Burdeau*
97. Parler vrai, *par Michel Rocard*
98. Mythes révolutionnaires du tiers monde, *par Gérard Chaliand*
99. Qu'est-ce que la social-démocratie ?, *par la revue « Faire »*
100. La Démocratie et les Partis politiques
par Moisei Ostrogorski
101. Crise et Avenir de la classe ouvrière
par la revue « Faire » (épuisé)
102. Le Socialisme des intellectuels, *par Jan Waclav Makhaïski*
103. Reconstruire l'espoir, *par Edmond Maire*
104. Le Tertiaire éclaté, *par la CFDT*
105. Le Reflux américain, *par la revue « Faire »*
106. Les Pollueurs, *par Anne Guérin-Henni*
107. Qui a peur du tiers monde ?
par Jean-Yves Carfantan et Charles Condamines

108. La Croissance... de la famine, *par René Dumont*
109. Stratégie de l'action non violente, *par Jean-Marie Muller*
110. Retournez les fusils !, *par Jean Ziegler*
111. L'Acteur et le Système
par Michel Crozier et Erhard Friedberg
112. Adieux au prolétariat, *par André Gorz*
113. Nos droits face à l'État, *par Gérard Soulier*
114. Les Partis politiques, *par Maurice Duverger*
115. Les « Disparus », *par Amnesty International*
116. L'Afrique étranglée, *par René Dumont et Marie-France Mottin*
117. La CGT, *par René Mouriaux*
118. Le Mal-développement en Amérique latine
par René Dumont et Marie-France Mottin
119. Les assassinats politiques, *par Amnesty International*
120. Vaincre la faim, c'est possible
par Jean-Yves Carfantan et Charles Condamines
121. La Crise de l'État-providence, *par Pierre Rosanvallon*
122. La Deuxième Gauche, *par Hervé Hamon et Patrick Rotman*
123. Les Origines du totalitarisme. 1. Sur l'antisémitisme
par Hannah Arendt
124. La Torture, *par Amnesty International*
125. Les Origines du totalitarisme. 2. L'Impérialisme
par Hannah Arendt
126. Les Rebelles, *par Jean Ziegler*
127. Le Pari français, *par Michel Albert*
128. La Fin des immigrés
par Françoise Gaspard et Claude Servan-Schreiber
129. Les Régimes politiques occidentaux
par Jean-Louis Quermonne
130. A l'épreuve des faits, *par Michel Rocard*
131. Introduction aux relations internationales
par Jacques Huntzinger
132. Individu et Justice sociale. Autour de John Rawls
ouvrage collectif
133. Mai 68. Histoire des événements, *par Laurent Joffrin*
134. Le Libéralisme économique, *par Pierre Rosanvallon*
135. Un pays comme le nôtre, *par Michel Rocard*
136. La Nouvelle France, *par Emmanuel Todd*
137. Les Juges dans la balance, *par Daniel Soulez Larivière*
138. Les Cadets de la droite, *par Jacques Fremontier*

Collection Points

SÉRIE HISTOIRE

H1. Histoire d'une démocratie : Athènes
Des origines à la conquête macédonienne
par Claude Mossé
H2. Histoire de la pensée européenne
1. L'éveil intellectuel de l'Europe du IXe au XIIe siècle
par Philippe Wolff
H3. Histoire des populations françaises et de leurs attitudes devant la vie depuis le XVIIIe siècle
par Philippe Ariès
H4. Venise, portrait historique d'une cité
par Philippe Braunstein et Robert Delort
H5. Les Troubadours, *par Henri-Irénée Marrou*
H6. La Révolution industrielle (1770-1880)
par Jean-Pierre Rioux
H7. Histoire de la pensée européenne
4. Le siècle des Lumières, *par Norman Hampson*
H8. Histoire de la pensée européenne
3. Des humanistes aux hommes de science
par Robert Mandrou
H9. Histoire du Japon et des Japonais
1. Des origines à 1945, *par Edwin O. Reischauer*
H10. Histoire du Japon et des Japonais
2. De 1945 à 1970, *par Edwin O. Reischauer*
H11. Les Causes de la Première Guerre mondiale
par Jacques Droz
H12. Introduction à l'histoire de notre temps
L'Ancien Régime et la Révolution
par René Rémond
H13. Introduction à l'histoire de notre temps
Le XIXe siècle, *par René Rémond*
H14. Introduction à l'histoire de notre temps
Le XXe siècle, *par René Rémond*
H15. Photographie et Société, *par Gisèle Freund*
H16. La France de Vichy (1940-1944)
par Robert O. Paxton
H17. Société et Civilisation russes au XIXe siècle
par Constantin de Grunwald
H18. La Tragédie de Cronstadt (1921), *par Paul Avrich*
H19. La Révolution industrielle du Moyen Age
par Jean Gimpel

H20. L'Enfant et la Vie familiale sous l'Ancien Régime
par Philippe Ariès
H21. De la connaissance historique
par Henri-Irénée Marrou
H22. André Malraux, une vie dans le siècle
par Jean Lacouture
H23. Le Rapport Krouchtchev et son histoire
par Branko Lazitch
H24 Le Mouvement paysan chinois (1840-1949)
par Jean Chesneaux
H25. Les Misérables dans l'Occident médiéval
par Jean-Louis Goglin
H26. La Gauche en France depuis 1900
par Jean Touchard
H27. Histoire de l'Italie du Risorgimento à nos jours
par Sergio Romano
H28. Genèse médiévale de la France moderne, XIVe-XVe siècle
par Michel Mollat
H29. Décadence romaine ou Antiquité tardive, IIIe-VIe siècle
par Henri-Irénée Marrou
H30. Carthage ou l'Empire de la mer, *par François Decret*
H31. Essais sur l'histoire de la mort en Occident
du Moyen Age à nos jours, *par Philippe Ariès*
H32. Le Gaullisme (1940-1969), *par Jean Touchard*
H33. Grenadou, paysan français
par Ephraïm Grenadou et Alain Prévost
H34. Piété baroque et Déchristianisation en Provence
au XVIIIe siècle, *par Michel Vovelle*
H35. Histoire générale de l'Empire romain
1. Le Haut-Empire, *par Paul Petit*
H36. Histoire générale de l'Empire romain
2. La crise de l'Empire, *par Paul Petit*
H37. Histoire générale de l'Empire romain
3. Le Bas-Empire, *par Paul Petit*
H38. Pour en finir avec le Moyen Age
par Régine Pernoud
H39. La Question nazie, *par Pierre Ayçoberry*
H40. Comment on écrit l'histoire, *par Paul Veyne*
H41. Les Sans-culottes, *par Albert Soboul*
H42. Léon Blum, *par Jean Lacouture*
H43. Les Collaborateurs (1940-1945)
par Pascal Ory
H44. Le Fascisme italien (1919-1945)
par Pierre Milza et Serge Berstein
H45. Comprendre la révolution russe, *par Martin Malia*

H46. Histoire de la pensée européenne
6. L'ère des masses, *par Michaël D. Biddiss*
H47. Naissance de la famille moderne
par Edward Shorter
H48. Mythe de la procréation à l'âge baroque
par Pierre Darmon
H49. Histoire de la bourgeoisie en France
1. Des origines aux temps modernes
par Régine Pernoud
H50. Histoire de la bourgeoisie en France
2. Les temps modernes, *par Régine Pernoud*
H51. Histoire des passions françaises (1848-1945)
1. Ambition et amour, *par Theodore Zeldin*
H52. Histoire des passions françaises (1848-1945)
2. Orgueil et intelligence, *par Theodore Zeldin* (épuisé)
H53. Histoire des passions françaises (1848-1945)
3. Goût et corruption, *par Theodore Zeldin*
H54 Histoire des passions françaises (1848-1945)
4. Colère et politique, *par Theodore Zeldin*
H55. Histoire des passions françaises (1848-1945)
5. Anxiété et hypocrisie, *par Theodore Zeldin*
H56. Histoire de l'éducation dans l'Antiquité
1. Le monde grec, *par Henri-Irénée Marrou*
H57. Histoire de l'éducation dans l'Antiquité
2. Le monde romain, *par Henri-Irénée Marrou*
H58. La Faillite du Cartel, 1924-1926
(Leçon d'histoire pour une gauche au pouvoir)
par Jean-Noël Jeanneney
H59. Les Porteurs de valises
par Hervé Hamon et Patrick Rotman
H60. Histoire de la guerre d'Algérie, 1954-1962
par Bernard Droz et Évelyne Lever
H61. Les Occidentaux, *par Alfred Grosser*
H62. La Vie au Moyen Age, *par Robert Delort*
H63. Politique étrangère de la France (La Décadence, 1932-1939)
par Jean-Baptiste Duroselle
H64. Histoire de la guerre froide
1. De la révolution d'Octobre à la guerre de Corée, 1917-1950
par André Fontaine
H65. Histoire de la guerre froide
2. De la guerre de Corée à la crise des alliances, 1950-1963
par André Fontaine
H66. Les Incas, *par Alfred Métraux*
H67. Les Écoles historiques, *par Guy Bourdé et Hervé Martin*
H68. Le Nationalisme français, 1871-1914, *par Raoul Girardet*

H69. La Droite révolutionnaire, 1885-1914, *par Zeev Sternhell*
H70. L'Argent caché, *par Jean-Noël Jeanneney*
H71. Histoire économique de la France du XVIIIe siècle à nos jours
1. De l'Ancien Régime à la Première Guerre mondiale
par Jean-Charles Asselain
H72. Histoire économique de la France du XVIIIe siècle à nos jours
2. De 1919 à la fin des années 1970
par Jean-Charles Asselain
H73. La Vie politique sous la IIIe République, *par Jean-Marie Mayeur*
H74. La Grèce archaïque d'Homère à Eschyle, *par Claude Mossé*
H75. Histoire de la « détente », 1962-1981
par André Fontaine
H76. Études sur la France de 1939 à nos jours
par la revue « L'Histoire »
H77. L'Afrique au XXe siècle, *par Elikia M'Bokolo*
H78. Les Intellectuels au Moyen Age, *par Jacques Le Goff*
H79. Fernand Pelloutier, *par Jacques Julliard*
H80. L'Église des premiers temps, *par Jean Daniélou*
H81. L'Église de l'Antiquité tardive
par Henri-Irénée Marrou
H82. L'Homme devant la mort
1. Le temps des gisants, *par Philippe Ariès*
H83. L'Homme devant la mort
2. La mort ensauvagée, *par Philippe Ariès*
H84. Le Tribunal de l'impuissance, *par Pierre Darmon*
H85. Histoire générale du XXe siècle
1. Jusqu'en 1949. Déclins européens
par Bernard Droz et Anthony Rowley
H86. Histoire générale du XXe siècle
2. Jusqu'en 1949. La naissance du monde contemporain
par Bernard Droz et Anthony Rowley
H87. La Grèce ancienne, *par la revue « L'Histoire »*
H88. Les Ouvriers dans la société française
par Gérard Noiriel
H89. Les Américains de 1607 à nos jours
1. Naissance et essor des États-Unis, 1607 à 1945
par André Kaspi
H90. Les Américains de 1607 à nos jours
2. Les États-Unis de 1945 à nos jours, *par André Kaspi*
H91. Le Sexe et l'Occident, *par Jean-Louis Flandrin*
H92. Le Propre et le Sale, *par Georges Vigarello*
H93. La Guerre d'Indochine, 1945-1954
par Jacques Dalloz
H94. L'Édit de Nantes et sa révocation
par Janine Garrisson

H95. Les Chambres à gaz, secret d'État
par Eugen Kogon, Hermann Langbein et Adalbert Rückerl
H96. Histoire générale du XXe siècle
3. Depuis 1950. Expansion et indépendance (1950-1973)
par Bernard Droz et Anthony Rowley
H97. La Fièvre hexagonale, 1871-1968, *par Michel Winock*
H98. La Révolution en questions, *par Jacques Solé*
H99. Les Byzantins, *par Alain Ducellier*
H100. Les Croisades, *par la revue « L'Histoire »*
H101. La Chute de la monarchie (1787-1792)
par Michel Vovelle
H102. La République jacobine (10 août 1792 - 9 Thermidor an II)
par Marc Bouloiseau
H103. La République bourgeoise (de Thermidor à Brumaire, 1794-1799)
par Denis Woronoff
H104. La France napoléonienne (1799-1815)
1. Aspects intérieurs, *par Louis Bergeron*
H105. La France napoléonienne (1799-1815)
2. Aspects extérieurs, *par Roger Dufraisse* (à paraître)
H106. La France des notables (1815-1848)
1. L'évolution générale
par André Jardin et André-Jean Tudesq
H107. La France des notables (1815-1848)
2. La vie de la nation
par André Jardin et André-Jean Tudesq
H108. 1848 ou l'Apprentissage de la république (1848-1852)
par Maurice Agulhon
H109. De la fête impériale au mur des Fédérés (1852-1871)
par Alain Plessis
H110. Les Débuts de la Troisième République (1871-1898)
par Jean-Marie Mayeur
H111. La République radicale ? (1898-1914)
par Madeleine Rebérioux
H112. Victoire et Frustrations (1914-1929)
par Jean-Jacques Becker et Serge Berstein
H113. La Crise des années 30 (1929-1938)
par Dominique Borne et Henri Dubief
H114. De Munich et à Libération (1938-1944)
par Jean-Pierre Azéma
H115. La France de la Quatrième République (1944-1958)
1. L'ardeur et la nécessité (1944-1952)
par Jean-Pierre Rioux
H116. La France de la Quatrième République (1944-1958)
2. L'expansion et l'impuissance (1952-1958)
par Jean-Pierre Rioux

H117. La France de l'expansion (1958-1974)
1. La République gaullienne (1958-1969)
par Serge Berstein

H118. La France de l'expansion (1958-1974)
2. Croissance et crise (1969-1974)
par Serge Berstein et Jean-Pierre Rioux (à paraître)

H119. La France de 1974 à nos jours
par Jean-Jacques Becker (à paraître)

H120. Le XXe Siècle français, documents (à paraître)

H121. Les Paysans dans la société française
par Annie Moulin

H122. Portrait historique de Christophe Colomb
par Marianne Mahn-Lot

H123. Vie et Mort de l'ordre du Temple, *par Alain Demurger*

H124. La Guerre d'Espagne, *par Guy Hermet*

H125. Histoire de France, *sous la direction de Jean Carpentier et François Lebrun*

H126. Empire colonial et Capitalisme français
par Jacques Marseille

H127. Genèse culturelle de l'Europe (Ve-VIIIe siècle)
par Michel Banniard

H128. Les Années trente, *par la revue « L'Histoire »*

H129. Mythes et Mythologies politiques, *par Raoul Girardet*

H130. La France de l'an Mil, *collectif*

H131. Nationalisme, Antisémitisme et Fascisme en France
par Michel Winock

H132. De Gaulle 1. Le rebelle (1890-1944)
par Jean Lacouture

H133. De Gaulle 2. Le politique (1944-1959)
par Jean Lacouture

H134. De Gaulle 3. Le souverain (1959-1970)
par Jean Lacouture

H135. Le Syndrome de Vichy, *par Henri Rousso*

H136. Chronique des années soixante, *par Michel Winock*

H137. La Société anglaise, *par François Bédarida*

H201. Les Origines franques (Ve-IXe siècle), *par Stéphane Lebecq*

H202. L'Héritage des Charles (de la mort de Charlemagne aux environs de l'an mil), *par Laurent Theis*

H203. L'Ordre seigneurial (XIe-XIIe siècle), *par Dominique Barthélemy*

Collection Points

SÉRIE ACTUELS

A1. Lettres de prison, *par Gabrielle Russier*
A2. J'étais un drogué, *par Guy Champagne*
A3. Les Dossiers noirs de la police française
par Denis Langlois
A4. Do It, *par Jerry Rubin*
A5. Les Industriels de la fraude fiscale, *par Jean Cosson*
A6. Entretiens avec Allende, *par Régis Debray* (épuisé)
A7. De la Chine, *par Maria-Antonietta Macciocchi*
A8. Après la drogue, *par Guy Champagne*
A9. Les Grandes Manœuvres de l'opium
par Catherine Lamour et Michel Lamberti
A10. Les Dossiers noirs de la justice française
par Denis Langlois
A11. Le Dossier confidentiel de l'euthanasie
par Igor Barrère et Étienne Lalou
A12. Discours américains, *par Alexandre Soljénitsyne*
A13. Les Exclus, *par René Lenoir* (épuisé)
A14. Souvenirs obscurs d'un Juif polonais né en France
par Pierre Goldman
A15. Le Mandarin aux pieds nus, *par Alexandre Minkowski*
A16. Une Suisse au-dessus de tout soupçon, *par Jean Ziegler*
A17. La Fabrication des mâles
par Georges Falconnet et Nadine Lefaucheur
A18. Rock babies, *par Raoul Hoffmann et Jean-Marie Leduc*
A19. La nostalgie n'est plus ce qu'elle était
par Simone Signoret
A20. L'Allergie au travail, *par Jean Rousselet*
A21. Deuxième Retour de Chine
par Claudie et Jacques Broyelle et Évelyne Tschirhart
A22. Je suis comme une truie qui doute, *par Claude Duneton*
A23. Travailler deux heures par jour, *par Adret*
A24. Le rugby, c'est un monde, *par Jean Lacouture*
A25. La Plus Haute des solitudes, *par Tahar Ben Jelloun*
A26. Le Nouveau Désordre amoureux
par Pascal Bruckner et Alain Finkielkraut
A27. Voyage inachevé, *par Yehudi Menuhin*
A28. Le communisme est-il soluble dans l'alcool ?
par Antoine et Philippe Meyer
A29. Sciences de la vie et Société
par François Gros, François Jacob et Pierre Royer

A30. Anti-manuel de français
par Claude Duneton et Jean-Pierre Pagliano
A31. Cet enfant qui se drogue, c'est le mien
par Jacques Guillon
A32. Les Femmes, la Pornographie, l'Érotisme
par Marie-Françoise Hans et Gilles Lapouge
A33. Parole d'homme, *par Roger Garaudy*
A34. Nouveau Guide des médicaments, *par le Dr Henri Pradal*
A35. Rue du Prolétaire rouge, *par Nina et Jean Kéhayan*
A36. Main basse sur l'Afrique, *par Jean Ziegler*
A37. Un voyage vers l'Asie, *par Jean-Claude Guillebaud*
A38. Appel aux vivants, *par Roger Garaudy*
A39. Quand vient le souvenir, *par Saul Friedländer*
A40. La Marijuana, *par Solomon H. Snyder*
A41. Un lit à soi, *par Évelyne Le Garrec*
A42. Le lendemain, elle était souriante…, *par Simone Signoret*
A43. La Volonté de guérir, *par Norman Cousins*
A44. Les Nouvelles Sectes, *par Alain Woodrow*
A45. Cent Ans de chanson française, *par Chantal Brunschwig*
Louis-Jean Calvet et Jean-Claude Klein
A46. La Malbouffe, *par Stella et Joël de Rosnay*
A47. Médecin de la liberté, *par Paul Milliez*
A48. Un Juif pas très catholique, *par Alexandre Minkowski*
A49. Un voyage en Océanie, *par Jean-Claude Guillebaud*
A50. Au coin de la rue, l'aventure
par Pascal Bruckner et Alain Finkielkraut
A51. John Reed, *par Robert Rosenstone*
A52. Le Tabouret de Piotr, *par Jean Kéhayan*
A53. Le temps qui tue, le temps qui guérit
par le Dr Fernand Attali
A54. La Lumière médicale, *par Norbert Bensaïd*
A55. Californie (Le Nouvel Age)
par Sylvie Crossman et Édouard Fenwick
A56. La Politique du mâle, *par Kate Millett*
A57. Contraception, Grossesse, IVG
par Pierrette Bello, Catherine Dolto et Aline Schiffmann
A58. Marthe, *anonyme*
A59. Pour un nouveau-né sans risque
par Alexandre Minkowski
A60. La vie tu parles, *par Libération*
A61. Les Bons Vins et les Autres, *par Pierre-Marie Doutrelant*
A62. Comment peut-on être breton ?, *par Morvan Lebesque*
A63. Les Français, *par Theodore Zeldin*
A64. La Naissance d'une famille, *par T. Berry Brazelton*
A65. Hospitalité française, *par Tahar Ben Jelloun*

A66. L'Enfant à tout prix
par Geneviève Delaisi de Parseval et Alain Janaud
A67. La Rouge Différence, *par F. Edmonde Morin*
A68. Regard sur les Françaises, *par Michèle Sarde*
A69. A hurler le soir au fond des collèges, *par Claude Duneton avec la collaboration de Frédéric Pagès*
A70. L'Avenir en face, *par Alain Minc*
A71. Je t'aime d'amitié, *par la revue « Autrement »*
A72. Couples, *par la revue « Autrement »*
A73. Le Sanglot de l'homme blanc, *par Pascal Bruckner*
A74. BCBG, le guide du bon chic bon genre
par Thierry Mantoux
A75. Ils partiront dans l'ivresse, *par Lucie Aubrac*
A76. Tant qu'il y aura des profs
par Hervé Hamon et Patrick Rotman
A77. Femmes à 50 ans, *par Michèle Thiriet et Suzanne Képès*
A78. Sky my Husband ! Ciel mon mari !
par Jean-Loup Chifflet
A79. Tous ensemble, *par François de Closets*
A80. Les Instits. Enquête sur l'école primaire
par Nicole Gauthier, Catherine Guiguon et Maurice A. Guillot
A81. Objectif bébé. Une nouvelle science, la bébologie
par la revue « Autrement »
A82. Nous l'avons tant aimée, la révolution
par Dany Cohn-Bendit
A83. Enfances, *par Françoise Dolto*
A84. Orient extrême, *par Robert Guillain*
A85. Aventurières en crinoline, *par Christel Mouchard*
A86. A la soupe !, *par Plantu*
A87. Kilos de plume, kilos de plomb
par Jean-Louis Yaïch et Dr Gérard Apfeldorfer
A88. Grands Reportages, *collectif*
A89. François Mitterand ou la tentation de l'histoire
par Franz-Olivier Giesbert
A90. Génération 1. Les Années de rêve
par Hervé Hamon et Patrick Rotman
A91. Génération 2. Les Années de poudre
par Hervé Hamon et Patrick Rotman
A92. Rumeurs, *par Jean-Noël Kapferer*
A93. Éloge des pédagogues, *par Antoine Prost*
A94. Heureux Habitants de l'Aveyron, *par Philippe Meyer*
A95. Milena, *par Margarete Buber-Neumann*
A96. Plutôt russe que mort !, *par Cabu et Claude Marie Vadrot*

Collection Points

SÉRIE SCIENCES

dirigée par Jean-Marc Lévy-Leblond

DERNIERS TITRES PARUS

S7. La Recherche en astrophysique, *ouvrage collectif*
S8. La Recherche en neurobiologie (épuisé)
(voir nouvelle édition, S.57)
S9. La Science chinoise et l'Occident
par Joseph Needham
S10. Les Origines de la vie, *par Joël de Rosnay*
S11. Échec et Maths, *par Stella Baruk*
S12. L'Oreille et le Langage, *par Alexandre Tomatis*
S13. Les Énergies du Soleil, *par Pierre Audibert en collaboration avec Danielle Rouard*
S14. Cosmic Connection ou l'appel des étoiles
par Carl Sagan
S15. Les Ingénieurs de la Renaissance, *par Bertrand Gille*
S16. La Vie de la cellule à l'homme, *par Max de Ceccatty*
S17. La Recherche en éthologie, *ouvrage collectif*
S18. Le Darwinisme aujourd'hui, *ouvrage collectif*
S19. Einstein, créateur et rebelle, *par Banesh Hoffmann*
S20. Les Trois Premières Minutes de l'Univers
par Steven Weinberg
S21. Les Nombres et leurs mystères
par André Warusfel
S22. La Recherche sur les énergies nouvelles
ouvrage collectif
S23. La Nature de la physique, *par Richard Feynman*
S24. La Matière aujourd'hui, *par Émile Noël et alii*
S25. La Recherche sur les grandes maladies
ouvrage collectif
S26. L'Étrange Histoire des quanta
par Banesh Hoffmann et Michel Paty
S27. Éloge de la différence, *par Albert Jacquard*
S28. La Lumière, *par Bernard Maitte*
S29. Penser les mathématiques, *ouvrage collectif*
S30. La Recherche sur le cancer, *ouvrage collectif*
S31. L'Énergie verte, *par Laurent Piermont*
S32. Naissance de l'Homme, *par Robert Clarke*

S33. Recherche et Technologie
Actes du Colloque national
S34. La Recherche en physique nucléaire
ouvrage collectif
S35. Marie Curie, *par Robert Reid*
S36. L'Espace et le Temps aujourd'hui, *ouvrage collectif*
S37. La Recherche en histoire des sciences
ouvrage collectif
S38. Petite Logique des forces, *par Paul Sandori*
S39. L'Esprit de sel, *par Jean-Marc Lévy-Leblond*
S40. Le Dossier de l'Énergie
par le Groupe confédéral Énergie (CFDT)
S41. Comprendre notre cerveau, *par Jacques-Michel Robert*
S42. La Radioactivité artificielle
par Monique Bordry et Pierre Radvanyi
S43. Darwin et les Grandes Énigmes de la vie
par Stephen Jay Gould
S44. Au péril de la science ?, *par Albert Jacquard*
S45. La Recherche sur la génétique et l'hérédité
ouvrage collectif
S46. Le Monde quantique, *ouvrage collectif*
S47. Une histoire de la physique et de la chimie
par Jean Rosmorduc
S48. Le Fil du temps, *par André Leroi-Gourhan*
S49. Une histoire des mathématiques
par Amy Dahan-Dalmedico et Jeanne Peiffer
S50. Les Structures du hasard, *par Jean-Louis Boursin*
S51. Entre le cristal et la fumée, *par Henri Atlan*
S52. La Recherche en intelligence artificielle
ouvrage collectif
S53. Le Calcul, l'Imprévu, *par Ivar Ekeland*
S54. Le Sexe et l'Innovation, *par André Langaney*
S55. Patience dans l'azur, *par Hubert Reeves*
S56. Contre la méthode, *par Paul Feyerabend*
S57. La Recherche en neurobiologie, *ouvrage collectif*
S58. La Recherche en paléontologie, *ouvrage collectif*
S59. La Symétrie aujourd'hui, *ouvrage collectif*
S60. Le Paranormal, *par Henri Broch*
S61. Petit Guide du ciel, *par A. Jouin et B. Pellequer*
S62. Une histoire de l'astronomie, *par Jean-Pierre Verdet*
S63. L'Homme re-naturé, *par Jean-Marie Pelt*
S64. Science avec conscience, *par Edgar Morin*
S65. Une histoire de l'informatique, *par Philippe Breton*
S66. Une histoire de la géologie, *par Gabriel Gohau*
S67. Une histoire des techniques, *par Bruno Jacomy*